Der Tote am Urfahraner Markt

Sophia Scheer hat als Juristin Verhandlungen in aller Welt geführt und arbeitet nun als Verhandlungstrainerin, Vortragende und Autorin. Mehrere ihrer historischen England-Romane unter dem Pseudonym Sophia Farago landeten auf der Bestsellerliste. Als begeisterte Linzerin hat sie ihre Heimat Oberösterreich bereits in »Alles Tote kommt von oben«, »Bis die Fetzen fliegen« und der Geschichte »Alles hat ein Ende, nur die Wurst hat drei« in der Anthologie »Mordsbescherung 2« in den Mittelpunkt ihrer originellen Krimis gerückt und wird das mit mörderischem Vergnügen auch weiterhin tun.
www.sophias-romane.at

Nein, nein, der Urfahraner Markt ist alles andere als mörderisch. Er ist höchst lebendig, bunt und vielfältig. Und darum sind die Geschichte und alle Personen, die darin vorkommen, auch frei erfunden. Sollte sich jemand wiedererkennen oder gar meinen, er sei Rudolf Saxenpichler – mein aufrichtiges Beileid!

SOPHIA SCHEER

Der Tote am Urfahraner Markt

KRIMINALROMAN

emons:

Bibliografische Information der Deutschen Nationalbibliothek
Die Deutsche Nationalbibliothek verzeichnet diese Publikation in der Deutschen Nationalbibliografie; detaillierte bibliografische Daten sind im Internet über http://dnb.d-nb.de abrufbar.

MIX
Papier aus verantwortungsvollen Quellen
FSC® C083411
FSC
www.fsc.org

Umschlagmotiv: jock+scott/photocase.de
Umschlaggestaltung: Nina Schäfer, nach einem Konzept von Leonardo Magrelli und Nina Schäfer
Gestaltung Innenteil: César Satz & Grafik GmbH, Köln
Lektorat: Susanne Bartel
Druck und Bindung: CPI – Clausen & Bosse, Leck
Printed in Germany 2018
ISBN 978-3-7408-0076-5
2. Auflage

Dieser Roman wurde vermittelt durch die Michael Meller Literary Agency GmbH, München.

Im Jahr 1817 erteilte Franz I.,
von Gottes Gnaden Kaiser von Österreich,
der unterthänigsten Ortsgemeinde Ufer Linz das Recht,
das Jahr hindurch zwey Mal Jahrmärkte abzuhalten.

Aus dem kaiserlichen Dekret

Herbst

1

Die Frage ist die: Hätte der fesche Fritz von den »Fidelen Mühlviertler Spitzbuam« auch so ungeniert mit der Brünetten am ersten Biertisch vor der Bühne zu flirten versucht, hätte er gewusst, dass sie eine knappe Stunde später einen besonders grausamen Mord begehen wird? Dass sie mit einem scharfen japanischen Küchenmesser das Rückenmark der alten Huberta Hauzenberger so gekonnt durchtrennt, dass der Gerichtsmediziner später in seinem Bericht vermerken wird, da müsse ein absoluter Profi am Werk gewesen sein?

An diesem Abend Anfang September stand der fesche Fritz nichts ahnend und breitbeinig auf der Bühne des größten Bierzelts des Urfahraner Jahrmarkts und sang mit Schmalz und dem, was er für sein Gefühl für Rock 'n' Roll hielt, »Sweet little Rehlein«. Wie sein Vorbild Andreas Gabalier trugen er und die anderen drei »Fidelen« rot-weiß karierte Halstücher zu weißen T-Shirts und ließen den Latz ihrer aufwendig bestickten ledernen Kniebundhosen nach unten baumeln. Fritz hätte sich auch gern die Haare mit Gel zu einer Elvis-Tolle frisiert, hatte aber schweren Herzens einsehen müssen, dass das bei einer Glatze unmöglich war.

»So a liabes Rehlein, mit himmelblauen Augen«, sang er gerade und sah der Brünetten tief in ihre braunen, während der Ferdl neben ihm seine Ziehharmonika nach allen Regeln der Kunst auseinanderzog und wieder zusammenquetschte, »hob i übahaupt no gor nie gsehn. Du host mi anglocht …«

Er wünschte sich, die Brünette würde ihn auch endlich anlachen, doch stattdessen zog sie nur eine Augenbraue hoch und trank ihr Weinglas in einem Zug leer.

Sweet little Rehlein, so ein Schmarrn, dachte sie dabei abschätzig und wandte sich an ihre Freundin zur Rechten: »Wie viele Rehlein haben wohl für dem seine Hose ihr Leben lassen müssen?«

Die überlegte nur kurz und sagte dann: »Höchstwahrscheinlich gar keines. Die schaut doch ohnehin aus wie ein billiges Imitat aus China.«

Das Lied war verklungen, Applaus brandete auf. Die Brünette schaute in die Runde und stellte fest, dass sich ihre fünf Freundinnen tatsächlich zu amüsieren schienen. Sie hatten beim Refrain mitgesungen, und nun klatschten sie aus Leibeskräften und stimmten in den grölenden Chor derer ein, die »No amal!« riefen.

Doch während sich die anderen Musiker aus ihren Biergläsern stärkten, war der Fritz nicht bereit zu singen, denn jetzt stand erst einmal ein Witz auf dem Programm. »Weil heut so viel holde Weiblichkeit bei uns ist, muss ich euch etwas erzählen. Da sitze ich neulich bei meinem Lieblingsitaliener, kommt eine Blondine herein und bestellt sich eine Pizza. ›Bitte aufgeschnitten‹, sagt sie zum Kellner. ›Gern, in sechs oder in acht Teile?‹, fragt der. Darauf sie: ›In sechs, weil acht sind mir am Abend zu viel.‹«

Obwohl er den Witz sicher schon mehr als hundert Mal zum Besten gegeben hatte, tat er so, als würde er sich dabei königlich amüsieren, und klopfte sich begeistert auf seine ledernen Oberschenkel. Seine Kollegen an den Instrumenten hatten die Gläser wieder weggestellt und spielten nun einen Tusch, damit ja alle Gäste im gerammelt vollen Zelt wussten, dass sie jetzt zu lachen und zu klatschen hatten. Die Freundinnen der Brünetten brauchten keine solche Ermunterung. Zuerst hatten sie sich das eine oder andere Bier zum Grillhuhn genehmigt und waren mittlerweile längst bei der dritten Flasche Grüner Veltliner angelangt. Sie klatschten, dass die Bettelarmbänder rasselten und die Brüste in den tief ausgeschnittenen, engen Dirndlkleidern im Takt mitwippten.

»Mir ist das zu blöd«, unterbrach die Brünette das allgemeine Gelächter. Sie trug an diesem Abend als Einzige Bluejeans und eine knallgelbe Bluse, eine für sie eher ungewöhnliche Wahl. Die obersten Knöpfe der Bluse standen offen und gaben den Blick auf ein Dekolleté frei, von dem der fesche Fritz sich wünschte, er könnte nicht nur seine Blicke darin versenken.

Die mollige Freundin, die der Brünetten am Tisch gegenübersaß, sah sie mit großen Augen an. »Aber was hast du denn? Warum regst du dich so auf? Du bist doch eh keine Blondine!«

»Nein, aber ich bin müde. Und mir ist nicht mehr nach diesem lauten Hum-ta-ta.« Sie stand auf und griff zur Handtasche und der weißen Plastiktüte, die neben ihr auf der Bierbank lagen. »Ich geh nach Hause, Mädels. Morgen muss ich wieder früh raus.«

Der allgemeine Protest folgte umgehend.

»Jetzt sei doch keine Spielverderberin und setz dich wieder nieder. Ich habe grad eine Runde Prosecco für uns alle geordert«, sagte die hagere Blondine neben ihr und zog sie auf die Bank zurück. »Du wirst mich doch nicht hängen lassen!«

»Danke, Ingrid«, versuchte die Brünette es abermals und wollte sich aus dem festen Griff ihrer Freundin befreien, »aber ich habe eh schon mehr intus, als ich vertrage.«

»Ein Glaserl geht immer noch«, beharrte Ingrid. »Ist ja nur Prosecco, also kein Alkohol im eigentlichen Sinn.«

»Recht hat sie!«, rief die Mollige von gegenüber, die jetzt, zu fortgeschrittener Stunde, die am wenigsten Nüchterne war. »Fräulein, eine Runde Vogelbeerschnaps! Und für die Musiker gleich noch eine dazu! So jung kommen wir nicht mehr zusammen.«

Die anderen begannen, sich quer über den Tisch darüber zu unterhalten, welcher der Musiker am meisten Sex-Appeal hatte, und die Brünette amüsierte sich nun doch über ihren Eifer.

»Siehst du, jetzt musst du selbst lachen«, stellte Ingrid zufrieden fest. »Also verdirb uns nicht die Gaudi und bleib da. Auf dich wartet daheim doch ohnehin keiner.«

Die Brünette seufzte und ergab sich ihrem Schicksal. So oft sah sie ihre Freundinnen ja wirklich nicht. Wenn die anderen sich nach Feierabend trafen, musste sie meistens arbeiten. Warum sollte sie sich nicht auch einmal vergnügen? Und es stimmte ja auch, was Ingrid gesagt hatte: Zu Hause wartete niemand auf sie, nur der Hund. Und der würde es überleben, wenn er sein Fressen ausnahmsweise einmal etwas später bekam. Im Stillen beschloss sie, auf dem Heimweg die viel befahrene Freistädter Straße zu meiden. Denn dort standen die Polizisten gern in Scharen und kontrollierten die Besucher des Urfahraner Markts, die sich auf dem Weg nach Hause befanden. Nein, sie würde sich langsam quer durch die Wohngebiete schlängeln und dann die kleine Straße durch den Wald hinauf nach St. Magdalena nehmen. Mit diesem Plan dürften ein Glas Prosecco und der Schnaps hoffentlich wirklich kein Problem sein.

2

Huberta Hauzenberger trug ein wadenlanges schwarzes Kleidungsstück, das sie gern »meinen praktischen Staubmantel« nannte und das ihr bereits gute Dienste geleistet hatte, als sie noch als selbstständige Hebamme zu Hausbesuchen unterwegs war. Dass das nun schon gut zehn Jahre nicht mehr der Fall war und der Mantel fadenscheinige Stellen aufwies, störte sie nicht. Ihre braun gefärbten Haare waren wie immer am Hinterkopf zu einem Knoten zusammengefasst, und weil ihr Unordnung jeder Art auf das Höchste zuwider war, hatte sie den Knoten mit einem Haarnetz bedeckt. Haarnetze wie dieses waren heutzutage nur mehr schwer zu bekommen, und darum hatte sie sich, als sie eine Lieferquelle im Internet entdeckte, gleich ein ganzes Lager davon angelegt. Sie liebte das Internet, und sie liebte die Natur. Doch noch mehr liebte sie alte Rituale, deren Spuren auf die Kelten zurückgingen. Jahrtausendealt und hochmodern, das war für Huberta Hauzenberger kein Widerspruch.

Da sich bei ihren Touren mit dem Fahrrad immer wieder Insekten im Haarnetz verfingen und das penetrante Surren der dahinscheidenden Fliegen ihr mehrmals den letzten Nerv geraubt hatte, war sie dazu übergegangen, ein Kopftuch zu tragen. Sie besaß eines, das sie vor mehr als einem Jahr auf der Beerdigung ihres Nachbarn, des Sensenwirts, getragen hatte. Und weil sie nicht einsah, warum sie Geld für ein neues ausgeben sollte, war sie also an diesem Abend ganz in Schwarz gekleidet.

Fast ganz in Schwarz. Ihre Wollstrümpfe und die knöchelhohen Stiefeletten waren anthrazitgrau.

Sie ging hinter das Haus und holte ihr Fahrrad aus dem Schuppen. Ein kurzer prüfender Blick genügte, dann lehnte sie ihren Drahtesel mit einem unwilligen Schnaufen wieder an die Wand, stürmte ins Haus zurück und ließ die Holztür mit einem Knallen hinter sich zufallen. »Sigiii!«

Ihr Sohn Siegfried, seit ein paar Wochen dreiundvierzig Jahre alt, hatte es sich in der rustikal eingerichteten Wohnküche gemütlich gemacht. Er saß auf der hölzernen Eckbank, die Beine auf die Sitzfläche gelegt, auf den Ohren große Kopfhörer mit Musik, und drehte sich im Vertrauen darauf, dass seine Mutter längst zur Waldlichtung aufgebrochen war, in aller Seelenruhe einen Joint. Den verwaschenen, ehemals strahlend blauen Trainingsanzug mit den weißen Streifen an beiden Ärmeln und der Hosenseite hatte er in den neunziger Jahren zu Weihnachten bekommen und trug ihn immer noch gern. Bei Tag und auch in der Nacht. Untertags ergänzt von grau-orange-türkis changierenden Wollsocken, die ihm seine Mutter letztes Jahr gestrickt hatte. Vor ihm stand eine volle Flasche Bier. Den feuchten Kreisen auf der Tischplatte nach zu urteilen, war es nicht seine erste an diesem Abend.

Als er bemerkte, dass er sich nicht mehr allein in der Küche befand, beeilte er sich, den Joint hinter seinem Rücken zu verstecken, riss den Kopfhörer herunter und schnauzte ungehalten: »Hat man denn hier nie seine Ruh? Was ist denn jetzt schon wieder, Mama?«

»Frag doch nicht so blöd, wenn du es ohnehin genau weißt!«, keifte ihn seine Mutter an. »Und nimm die Füße von der Bank. Man lümmelt nicht unter dem Herrgottswinkel. Was ist mit dem kaputten Rücklicht an meinem Radl? Ich habe dich schon vor Tagen gebeten, es zu reparieren, aber es ist immer noch hin.«

Kaum hatte sie diese Worte gesprochen, krümmte sich ihr groß gewachsener, hagerer Körper vor Schmerzen, ein gequältes »Au weh, geht das schon wieder los?« entrang sich ihrem Mund, und sie ließ sich auf einen der Stühle fallen.

Jetzt jammert sie schon wieder, dachte der Sigi angeödet und schob den Joint heimlich unter das mit Kreuzstich bestickte Kissen. Gut, dass er ihn noch nicht angezündet hatte. Ein schneller Blick streifte die in sich zusammengesunkene Gestalt seiner Mutter. Würde sie ihn denn nie in Ruhe lassen? Er konnte ihr doch ohnehin nicht helfen. Ihre Schmerzen interessierten ihn ebenso wenig wie ihr dummes Fahrrad. Doch er wusste, dass es nicht ratsam war, diese Gedanken laut auszusprechen, und so sagte er um des lieben Friedens willen nur: »Ja, ich weiß. Bin halt nicht dazu gekommen.«

»Als wenn du je etwas zu tun hättest!«, fuhr sie ihn an. Anscheinend hatten die Schmerzen schon wieder nachgelassen, denn sie richtete sich auf und schlug mit der flachen Hand auf den Tisch. »Du liegst doch ohnehin den ganzen Tag nur auf der faulen Haut und lebst von meiner Pension. Aber damit ist jetzt Schluss, das sag ich dir. Schau hinein ins Internet, da gibt es jede Menge freie Stellen. Sogar für solche Versager wie dich.«

Er blähte seine Wangen auf, die noch röter als bei ihm üblich geworden waren. »Also bitte, ich bin alles andere als ein Versager, Mama. Ich bin Künstler, und das weißt du genau. Ich habe ganz sicher keine Zeit für einen anderen Job.«

»Künstler, dass ich nicht lache!« Ihre Stimme klang schrill, ihr Auflachen hämisch. »Was willst du denn für ein Künstler sein? Faul in den Tag hineinzuleben ist doch keine Kunst.«

»Ich mache computerakustische Popmusik mit Himmelstönen«, sagte der Sigi und legte die Füße zurück auf die Bank, im Gesicht einen Ausdruck wie ein in die Jahre gekommener, trotziger Dreijähriger. »Aber davon verstehst du nichts. Im nächsten Herbst werden sie mich sicher einladen, damit beim ›Ars Electronica Festival‹ aufzutreten, wirst schon sehen.«

Sie lachte abermals auf und sagte dann spöttisch: »Dort werden sie auf dich gewartet haben.«

Er verstand die Ironie in ihren Worten nicht. »Ganz genau! Und jetzt schleich dich, Mama, und lass mich weiterarbeiten.« Ohne ihre Antwort abzuwarten, setzte er sich den Kopfhörer wieder auf die schüttere Haarpracht.

»Ruf die Bruni an, dass ich sie morgen am Nachmittag sprechen will«, wies ihn seine Mutter noch an und stand vom Stuhl auf. »Sag ihr, sie soll mit dem Auto kommen, ich will ihr etwas mitgeben. Und jetzt fahr ich halt in Gottes Namen ohne Licht hinaus in den Wald. Wenn mein Herr Sohn keine Zeit für die Bedürfnisse seiner alten Mutter hat, dann kann ich es auch nicht ändern.«

»Ja, Mama«, sagte dieser folgsam, wobei die Himmelstöne aus seinem Kopfhörer die irdischen seiner Mutter übertönten.

»Die beiden Warzen am linken Fuß sind schon wieder größer geworden, die gehören besprochen. Und vielleicht verschwindet das andere, was da so grauslich in mir zu wachsen begonnen hat, ja auch dadurch, wer weiß. In jedem Fall muss ich den Vollmond ausnutzen.«

»Ist schon recht«, sagte der Sigi und dachte an den Joint unter dem Kissen. Bald hatte er seine Ruhe. Gott sei Dank!

Dass diese Ruhe für immer sein würde, ahnte er freilich noch nicht. Sonst hätte er sich zur Feier des Tages doch glatt ein Glas zu seiner Bierflasche aus dem Schrank geholt.

3

Es stellte sich heraus, dass es doch keine so gute Idee gewesen war, für die Heimfahrt die schmale, wenig befahrene Straße durch den Wald zu nehmen. Die Brünette hatte schon seit einiger Zeit Probleme mit dem Sehen bei Nacht, und hier war es stockdunkel. Dicht stehende hohe Nadelbäume säumten die Fahrbahn zu beiden Seiten. Straßenlaternen, die ihr den Weg durch die Wohngegenden geleuchtet hatten, gab es in freier Natur nicht mehr. Bis vor wenigen Metern hatte sie sich noch an den weißen Holzpflöcken mit Rückstrahlern orientieren können, aber jetzt fehlten auch die. Sie traute sich nicht, schneller als Schritttempo zu fahren. In der Hoffnung, so ein wenig besser sehen zu können, lehnte sie sich weit nach vorne und kniff ihre Augen zu schmalen Schlitzen zusammen. Wo war denn nur die verflixte Straße? Ah, da! Sie machte eine scharfe Linkskurve. So, jetzt über die Kuppe, sehr gut. Da, eine lange Gerade. Die Frau atmete auf und ließ sich im Sitz zurückfallen. Endlich konnte sie die Straße besser überblicken. Sie wurde mutig, erhöhte die Geschwindigkeit wieder, schaltete in den dritten Gang. Und in den vierten. Jetzt nur noch …

Der Aufprall war so heftig und kam so unerwartet, dass sie, ohne nachzudenken, reflexartig das Richtige tat. Sie sprang mit beiden Füßen und voller Kraft aufs Bremspedal. Der Wagen kam nach wenigen Metern abrupt zum Stillstand, und der Airbag öffnete sich mit einem so lauten Knall, dass sie vor Schreck alles rund um sich vergaß. Vor allem aber verhinderte er, dass sie mit voller Wucht gegen das Lenkrad geschleudert wurde. Einige Augenblicke lang saß sie regungslos da, den Kopf mit geschlossenen Augen gegen die Sitzlehne gedrückt. Im Wagen war es wieder vollkommen still. Allerdings waren ihre Ohren durch den Knall so in Mitleidenschaft gezogen worden, dass sie bestimmt noch einige Zeit lang Mühe haben würde, gut zu hören. Der Steg ihrer Brille drückte unangenehm gegen die Nase. Ihre Finger betasteten eine Stelle an der rechten Wange. Sie fühlte sich an, als wäre sie verbrannt. Aufstöhnend lehnte sie sich wieder nach vorne, nahm die Brille ab und überprüfte die Gläser. Sie hatten nicht einen einzigen Kratzer abbekommen, obwohl das Gestell leicht verbogen war.

Ein Reh, dachte die Brünette benommen. Das musste ein Reh gewesen sein. Ein *sweet little* Rehlein! Energisch wies sie sich selbst zurecht. So ein Unsinn! Die Lieder, die ihr immer noch in den Ohren dröhnten, machten sie noch ganz verrückt. Es konnte genauso gut ein Hirsch gewesen sein. Aber wie käme ein Hirsch ins Linzer Stadtgebiet? Der Wald war doch viel zu klein, um scheuen Wildtieren geeigneten Unterschlupf zu bieten. Und warum hatte sie das Tier nicht gesehen? Wieso hatte sie bloß den Weg durch den Wald nehmen müssen? Die Ingrid mit ihrem depperten Prosecco! Wäre sie doch nur die Freistädter Straße gefahren! War sie verletzt?

Sie betastete noch einmal das Gesicht und diesmal auch den

Nacken. Sie schien den Unfall unbeschadet überstanden zu haben. Gott sei Dank! Dann warf sie einen prüfenden Blick an sich hinunter. Au, jetzt tat der Nacken doch weh.

Hoffentlich habe ich kein Schleudertrauma, fuhr es ihr durch den Kopf. Sollte sie das zur Sicherheit im Spital abklären lassen? Besser nicht. Dort würde man nur feststellen, dass sie zu viele Promille Alkohol im Blut hatte, um Auto zu fahren.

Vorsichtig bewegte sie die Füße und ließ die Hände kreisen. Das Aufseufzen kam aus tiefstem Herzen. Keine Verletzung. Nur der Atem ging noch immer schnell, und das Herz raste. Die Arme schmerzten und fühlten sich schwer an. Aber das kannte sie. Das war ganz normal, wenn sie sich erschreckte und das Adrenalin ihre Blutbahn überschwemmte. Sie brauchte dringend frische Luft.

Sie drehte den Zündschlüssel einmal um und ließ das Fenster hinunter. Ah, schon besser! Was sollte sie jetzt tun? Weiterfahren, das war ihr erster und einziger Impuls. So schnell wie möglich nach Hause kommen, sich ins Bett legen, die Decke über den Kopf ziehen und so tun, als wäre nichts geschehen. Wenn man morgen das Tier fand, würde niemand wissen, dass sie etwas mit seinem Tod zu tun hatte. Sie kannte eine Werkstätte im Süden von Linz, da würde man keine unnötigen Fragen stellen und ihr Auto einfach reparieren.

Dann kam ihr ein anderer Gedanke in den Sinn: Was, wenn das Reh nicht tot war? Gab es eigentlich so etwas wie eine Tierrettung? Und wenn ja, war sie verpflichtet, die anzurufen? Aber dann könnte sie gleich die Polizei holen, und das war das Letzte, was sie wollte. Nie mehr trinke ich Prosecco!, schwor sie sich im Stillen. Und Vogelbeerschnaps schon gar nicht. Der hatte ihr ohnehin noch nie geschmeckt, darum hatte sie das Zeug ja auch in einem Zug hinuntergeschüttet. Was war denn das schon wieder? Hatte da etwa jemand gerufen?

Sie schaute aus dem Seitenfenster, konnte aber nichts erkennen. Ein prüfender Blick durch die Windschutzscheibe: Die schmale Straße durch den Wald lag weiterhin ruhig und leer vor ihr. Und doch war sie sich sicher, etwas gehört zu haben. Das war ja richtig unheimlich! Sie spürte, wie ihr die

Gänsehaut über den Rücken kroch und ihre Hände leicht zu zittern begannen. Nichts wie weg hier!

Aber konnte man mit einem offenen Airbag überhaupt fahren? Der weiße Sack lag schlaff auf ihren Oberschenkeln. Sie trat auf die Kupplung und drehte den Schlüssel im Zündschloss ein weiteres Mal um. Der Wagen sprang sofort an. Dankbar klopfte sie aufs Lenkrad. Gute japanische Wertarbeit. Erster Gang, ein Tritt aufs Gaspedal. Der Wagen rührte sich nicht vom Fleck. Sie verstärkte den Druck, doch das Auto fuhr keinen Millimeter weit.

»Herrschaftszeiten!«, fluchte sie und hatte Probleme, sich einzugestehen, dass anscheinend ein Hindernis vor ihrem rechten Vorderreifen lag. Etwas, das sie von ihrem Sitz aus nicht sehen konnte, das aber offensichtlich das Rad blockierte. Sie stellte den Motor wieder ab, löste den Gurt und griff zur Tür, um diese vorsichtig zu öffnen. Das mulmige Gefühl verstärkte sich. Was, wenn das Reh doch nicht tot war? Wenn das waidwunde Tier sie angriff? Tiere in Todesangst waren unberechenbar, das wusste sie noch aus ihrer Ausbildungszeit. Sie griff zur weißen Plastiktüte, die auf dem Beifahrersitz lag, und entnahm ihr ein längliches minttürkisfarbenes Kunstlederetui.

Auf dem Urfahraner Markt gab es Zelte, in denen es allerhand Waren zu kaufen gab, nach denen man in den Geschäften der Innenstadt vergeblich suchte. Sie hatte ein schmales Küchenmesser erstanden, dessen tschechischer Verkäufer Stein und Bein schwor, es würde sich bei ihm um ein echtes japanisches Aogami handeln, also ein Messer aus Blaupapierstahl, das mit Chrom und Wolfram legiert wurde und so einen besonders hohen Härtegrad und enorme Robustheit aufwies.

»Hilfe!«, hörte sie in diesem Augenblick eine krächzende Stimme. »So helfen Sie mir doch endlich!«

Die Brünette atmete auf. Nach einem gefährlichen waidwunden Tier klang dieses Geräusch nicht. Sofort erschrak sie über ihre eigene Reaktion. War sie wahnsinnig geworden? Sie hatte offensichtlich einen Mann angefahren. Das war noch viel schlimmer als ein Tier! Aufseufzend stellte sie fest, dass ihr nichts anderes übrig bleiben würde, als nachzusehen, wer der Rufer war. Vielleicht hätte sie es geschafft, ein verwundetes Tier liegen zu lassen, aber bei einem Menschen kam das natürlich nicht in Frage. Allerdings war es in diesem Fall wohl ratsamer, das Messer zu ihrem Schutz mit in die Dunkelheit hinauszunehmen.

Ein weiterer Blick durch die Windschutzscheibe: Es war noch immer nichts zu sehen. Also atmete sie tief durch, nahm allen Mut zusammen und das Messer in die rechte Hand, öffnete die Fahrertür und trat ins Freie. Die Scheinwerfer hatte sie wohlweislich eingeschaltet gelassen, sodass sie den Grund, der sie am Weiterfahren hinderte, sofort sah. Ein völlig verbeultes Fahrrad lag mitten auf der Straße. Wahrscheinlich hatte das Auto es beim Bremsen mitgeschleift.

Aber wo um Himmels willen war der Mensch, der zu diesem Fahrrad gehörte? Sie spürte, wie ihr Herz noch rasender zu klopfen begann und sich Panik in ihrer Brust ausbreitete. Wo war der Mann? War er verletzt? Lauerte er ihr in der Dunkelheit auf, bereit, sich an ihr zu rächen? Hilfesuchend blickte sie sich um. Warum nur kam kein anderes Auto vorbei? Warum half ihr niemand? Sie musste von hier verschwinden! Je eher, desto besser.

Die Brünette legte das Messer ins Gras, um beide Hände frei zu haben. Mit der Kraft der Verzweiflung riss sie am verbeulten Fahrrad und schaffte es tatsächlich, das Hinterrad unter dem Reifen ihres Wagens herauszuziehen.

»Jetzt lassen Sie doch das blöde Radl liegen! Mir müssen Sie helfen!«, hörte sie da wieder die krächzende Stimme.

Die Brünette schleuderte das Rad in hohem Bogen in den Wald, schnappte sich ihr Messer und drehte sich um. Sie entdeckte eine gekrümmte Gestalt auf einer kleinen Wiese neben der Fahrbahn, etwa dreißig Meter vom Auto entfernt. Sie lag auf der Seite, die Hälfte des Gesichts vom Gras und einem schwarzen Stück Stoff verdeckt.

Langsam und zögerlich ging sie näher. »Hallo? Kann ich etwas für Sie tun?«, fragte sie. »Sind Sie verletzt?«

Sie verharrte im Schritt, um die Antwort abzuwarten, und blinzelte. Ihr eigenes Gesicht wurde jetzt von den roten Rückscheinwerfern ihres Autos angestrahlt, während sich der Mensch auf der Wiese immer noch in völliger Dunkelheit befand.

»Glauben Sie vielleicht, ich liege hier freiwillig herum?«, antwortete die krächzende Stimme auch schon. »Sie haben mich über den Haufen gefahren, also fragen Sie nicht so blöd!«

Dann war es kurz still. Und während die Brünette beschloss, langsam näher zu gehen, und sich dabei den Kopf zerbrach, was sie tun sollte, sprach die Stimme auch schon weiter.

»Ach, du bist das?« Zur anfänglichen Entrüstung war nun noch Häme dazugekommen. »Das ist ja allerhand! Hätte ich mir ja denken können, dass sich das ausgschamte Luder so spät in der Nacht noch herumtreibt!«

Die Brünette verharrte abermals in der Bewegung und riss überrascht Augen und Mund auf. In der Wiese lag niemand anderes als Huberta Hauzenberger! Wäre sie nicht selbst vom Aufprall noch verwirrt und ihre Ohren vom Knall wie betäubt gewesen, hätte sie deren Stimme sicher viel früher erkannt.

»Ich hab damit gerechnet, dass ich deine Visage erst morgen wieder zu Gesicht bekomme«, setzte die Alte fort und versuchte vergeblich, sich aufzurichten. »Aber wenn du hier schon so blöd herumstehst, kann ich es dir auch gleich sagen: Meine Antwort heißt Nein und wird auch immer Nein bleiben. Jetzt erst recht, wo du mich umgefahren hast, du …«

In diesem Augenblick wurde es auch der Brünetten erst bewusst: Sie hatte Huberta Hauzenberger angefahren. Ausgerechnet! Die Frau, die sie schon ihr ganzes Leben lang kannte. Die, wenn man ihr so zuhörte, diesen Unfall nie und nimmer für sich behalten würde. Und das andere, worüber sie bisher glücklicherweise geschwiegen hatte, wohl auch nicht mehr. Morgen würde es ganz St. Magdalena wissen. Ach was, wahrscheinlich ganz Linz. Die Brünette spürte, wie ihr die Tränen in die Augen schossen. Es waren Tränen der Hilflosigkeit, aber auch Tränen der Wut. Sie wollte gar nicht an die Konsequenzen denken, mit denen sie in der nächsten Zeit konfrontiert werden würde. Sie erwiderte kein Wort, doch ihr Griff um den Schaft des japanischen Messers verstärkte sich.

»Du Flittchen!«, beschimpfte die alte Frau sie auch schon weiter. »Weißt du was? Eines sage ich dir: Ich denk überhaupt nicht mehr daran, mich von deinem Gesülze einlullen zu lassen.

Von wegen gute Beziehung zwischen uns beiden, dass ich nicht lache!« Wie zum Beweis gackerte die Stimme laut und bestätigte kurz darauf die schlimmsten Befürchtungen der Brünetten. »Ich habe lang genug geschwiegen. Damit ist jetzt Schluss. Und zwar ein für alle Mal.«

Die Hand der Jüngeren umfasste den Griff des Messers nun so fest, dass sich die kunstvollen Verzierungen in ihre Handfläche frästen und die Finger zu schmerzen begannen.

»Eine Hure bist du, eine elendigliche. Alle sollen das wissen. Und Auto fahren kannst du anscheinend auch nicht. Ich werde dafür sorgen, dass sie dir den Führerschein wegnehmen. Auf immer und ewig, das schwör ich dir!«

Die alte Frau lag noch immer auf der Seite, und auch ihre nächste Bemühung, sich aufzusetzen, scheiterte. Auf ein resigniertes Aufstöhnen folgte eine energische Handbewegung. »Komm endlich her zu mir, du dumme Nuss, und hilf mir auf!«

Die Brünette ging wunschgemäß einige Schritte näher. Fast wäre sie über die Wurzel eines Baumes gestolpert, die sie in der Wiese übersehen hatte. Nur mit Mühe konnte sie einen Sturz verhindern.

»Hauch mich einmal an!«, forderte die Alte. »Ich bin sicher, du hast gesoffen. Wie der Vater, so die Tochter. Na warte, das weiß morgen ganz Magdalena, und dann …«

Die Brünette dachte nicht daran, sich vorzubeugen, um diesem Befehl nachzukommen. Dicht vor der dunklen Gestalt blieb sie stehen und blickte starr auf sie hinunter.

»Was glotzt du denn so? Hilf mir lieber auf, oder bist du auch dazu noch zu blöd?«

Die Brünette stand so nahe neben der Verletzten, dass sie mit den Spitzen der Schuhe ihre Hüfte berührte.

»Was ist? Hilfst du mir jetzt endlich, du Kindsmörderin, du elendigliche? Du siehst doch, dass ich mich nicht rühren kann.«

Zwar konnte sie sich nicht bewegen, doch das Mundwerk von Huberta Hauzenberger hatte beim Unfall ohne Zweifel keinen Schaden erlitten. Das war es, was der Brünetten Angst machte. So große Angst, dass es ihr die Kehle zuschnürte. So große Angst, dass sie an nichts anderes mehr denken konnte als an die Finger, die ab morgen von allen Seiten auf sie zeigen würden. All ihre Bemühungen, all das Geld, das sie investiert hatte, alles wäre dann umsonst gewesen. Nein, dachte die Brünette und straffte die Schultern, nein, das lasse ich mir nicht nehmen. Von niemandem und schon gar nicht von ihr!

Als sie über den Körper der alten Frau hinwegstieg, blitzte der blanke Stahl in ihrer Hand im Licht der roten Rückscheinwerfer auf.

»Was willst du mit dem Messer?« Das Keifen in der betagten Stimme war dem Ausdruck von völligem Unverständnis gewichen.

Die Brünette antwortete nicht. Sie nahm das schwarze Stück Stoff, das halb auf und halb neben der Verletzten lag, und bedeckte damit deren Gesicht. In ihrer Ausbildung war das der Trick gewesen, mit dem man Anfängern die Skrupel nahm. Wer statt eines Gesichts nur ein lebloses Tuch vor sich sah, brachte es leichter über sich, das zu tun, was getan werden musste.

Energisch packte sie den Hals der Alten und drehte ihn so, dass sie den Nacken sehen konnte. Die faltige weiße Haut wurde in das warme Rot des Rückscheinwerfers getaucht.

Der Körper leistete im Gegensatz zum Mundwerk keine Gegenwehr. »Hör auf!«, kreischte die Alte. »Lass mich los! Was tust du denn da? Du wirst doch nicht …! Deiner eigenen …«

Die Brünette stach zu. Die Klinge drang direkt in die Halswirbelsäule ein und durchtrennte das Rückenmark wenige Millimeter über dem Atlas. Ein gerader Stich, von oben nach unten geführt. Als sie das Messer wieder aus dem Körper herauszog, bemerkte sie voller Stolz, dass kein Blut nach außen sickerte. Gelernt war eben gelernt.

4

Wie oft sollte sie sich in den nächsten Wochen und Monaten dafür verfluchen, in jener unseligen Nacht ihren Bruder zu Hilfe gerufen zu haben? Von all den Menschen, die sie kannte, ausgerechnet ihn. Und doch war die Wahl wohlüberlegt gewesen. So wie alles wohlüberlegt war, was sie tat, nachdem der erste Schreck darüber, dass sie tatsächlich einen Menschen auf dem Gewissen hatte, vorbei war. Einen Menschen, der nicht durch einen von ihr fahrlässig verursachten Unfall, sondern durch einen vorsätzlich ausgeführten Messerstich gestorben war. Das musste man als bisher unbescholtene und hoch angesehene Bürgerin dieses Landes erst einmal verkraften!

Kurz nach dem Mord agierte sie wie in Trance. Sie drehte die Tote auf den Rücken und zupfte das schwarze Kopftuch zurecht, damit es ordentlich und vollständig das Gesicht bedeckte. Anschließend kontrollierte sie den Puls, und als sie erwartungsgemäß keinen fühlte, dehnte sie die Ärmel des schwarzen Übergangsmantels so lang, dass die knochigen weißen Hände in ihnen verschwanden. So würde die Tote keine neugierigen Blicke eventuell Vorbeifahrender auf sich ziehen. Dann leerte sie mit raschen Griffen die Taschen des Mantels. Außer einem frisch gebügelten blau karierten Herrentaschentuch fand sie darin nur noch ein kleines braunes Medizinfläschchen. Sie ging zum Scheinwerfer ihres Wagens hinüber, hielt es gegen das Licht und erkannte, dass es mit einem Pulver gefüllt und originalversiegelt war. Laut Etikett handelte es sich um ein Mittel mit der Abkürzung NaP. Da der Beipackzettel fehlte, hatte sie keine Ahnung, wofür es verwendet wurde. Doch da sie die Gewohnheiten der Toten nur allzu gut kannte, vermutete sie, dass es sich um ein homöopathisches Mittel handelte. Die Bezeichnung Na könnte auf irgendetwas mit Salz hindeuten. Schulterzuckend und nicht wirklich interessiert steckte sie das Fläschchen in ihre Hosentasche.

Anschließend beeilte sie sich, in ihren Wagen zu steigen, ihn im Rückwärtsgang mit raschen Zügen zur kleinen Wiese zu lenken und am Straßenrand so abzustellen, dass der Körper der Toten für vorbeifahrende Autolenker nicht mehr sichtbar war. Sie stellte den Motor wieder ab und schaltete diesmal alle Lichter aus. Keinen Augenblick zu früh. Denn schon tauchten knapp hintereinander die Scheinwerfer zweier Fahrzeuge auf der Kuppe auf. Mit klopfendem Herzen beobachtete sie zuerst im Rückspiegel und dann durch die Fenster, wie die beiden Autos langsam näher kamen und an ihr vorüberfuhren, um hinter der nächsten Kurve zu verschwinden. Die Brünette blies scharf die Luft aus und merkte, dass sie sich ans Lenkrad geklammert hatte.

Es ist alles in Ordnung, sprach sie sich Mut zu, während sie langsam ihre Finger löste. Niemand war stehen geblieben. Niemandem war etwas aufgefallen.

Sie lehnte sich im Sitz zurück und atmete tief durch. Ihr Blick fiel auf den laschen Sack des Airbags. Wie lange der Unfall schon wieder her zu sein schien! Stunden. Hatte sie anfangs wirklich gedacht, der kleine harmlose Zwischenfall wäre ihr derzeit größtes Problem? Wie schnell sich die Dinge doch ändern konnten. Von einer Sekunde auf die andere war nichts mehr so, wie es einmal gewesen war. Die Brünette biss die Zähne zusammen. Es war nicht das erste Mal in ihrem Leben, dass sie so dachte. Energisch ermahnte sie sich, einen kühlen Kopf zu bewahren und mit wachem Verstand die Dinge zu regeln, die es in dieser neuen Situation zu regeln galt. In Selbstmitleid versinken konnte sie immer noch, wenn sie endlich zu Hause in ihrem Bett lag.

Es war ein verlockender Gedanke, die tote Frau einfach liegen zu lassen und das Weite zu suchen. Doch das wäre, wie sie sehr wohl wusste, der blanke Wahnsinn gewesen. Spätestens am nächsten Vormittag würde man die Leiche finden und alle Autos aus der Umgebung auf entsprechende Schäden überprüfen. Und bei einem toten Menschen hörte sicherlich auch für die Werkstatt im Linzer Süden der Spaß auf. Bestimmt würden die Mechaniker Verdacht schöpfen und die Polizei einschalten. Außerdem waren ihre Fingerabdrücke auf dem Tatwerkzeug. Das Messer! Durch die Brünette ging ein Ruck. Sie hatte das Aogami einfach fallen lassen, als sie den Puls überprüfen wollte. Um Himmels willen, es lag noch in der Wiese! Sie riss die Tür auf und sprang aus dem Wagen.

Mit schnellen Schritten umkreiste sie den schwarzen Kleiderberg, der die Tote verbarg, und fand das Messer genau dort, wo sie es vermutet hatte. Unschlüssig hielt sie es in beiden Händen. Was sollte sie damit tun? Konnte sie riskieren, es in ihrer Küche zu verwenden? Klingen wie diese sollten nicht in der Spülmaschine gereinigt werden, da sie sonst Gefahr liefen, stumpf zu werden, das wusste sie. Aber konnte sie das Messer nur mit der Hand abwaschen? Nein, dabei würde sie sich doch allzu sehr ekeln. Sollte sich je die Spurensicherung für das japanische Werkzeug interessieren, dann durfte man keinesfalls Spuren von Blut darauf finden. Allerdings ging sie nicht davon aus, dass das je der Fall sein würde, denn sie war soeben dabei, alles zu regeln, damit man sie nie mit der toten Frau Hauzenberger in Verbindung bringen würde. Sie beschloss, eine einmalige Ausnahme zu machen und das Ding in der Maschine zu spülen und dann wie geplant zu benutzen. Andererseits würde sie das Messer immer wieder an den … an das Ereignis erinnern, wann immer sie es in die Hand nahm. Wahrlich kein verlockender Gedanke. Huberta Hauzenberger hatte ihr Leben in der Vergangenheit viel zu stark bestimmt, und nichts wollte sie weniger, als ihr dies auch in der Zukunft zu gestatten. Aus dem Grab heraus quasi, wo immer das auch sein würde.

Das weiße Licht von Xenon-Scheinwerfern tauchte auf der Kuppe auf. Sofort hockte sich die Brünette neben die Tote nieder. Was, wenn das Auto anhielt und der Fahrer sie mit dem Tatwerkzeug in der Hand erwischte? Wie von selbst begann sie, das Messer in den Waldboden neben sich zu stecken. Der Humus war weich und noch leicht feucht vom Regen am Vortag. Die schmale, scharfe Klinge durchschnitt ihn wie zimmerwarme Butter. Dennoch atmete sie befreit auf, als das Auto weiterfuhr, ohne anzuhalten. Noch einmal zog sie das Messer heraus, weil ihr eingefallen war, dass man, sollte man es je finden, ihre Fingerabdrücke nicht entdecken durfte. Sie nahm das karierte Taschentuch der Toten, reinigte Klinge und Schaft damit so gründlich wie möglich und versenkte das Messer dann, penibel darauf bedacht, nicht noch einmal damit in Berührung zu kommen, wieder senkrecht im Waldboden.

Schade, das teure Ding hätte sie bei der Küchenarbeit gut

brauchen können. Sie durfte nicht vergessen, ein neues zu kaufen, solange der Jahrmarkt noch in der Stadt war. Man wusste nie, ob nicht eine der Freundinnen, die beim Kauf dabei gewesen war, irgendwann einmal danach fragte.

Das Taschentuch um die rechte Hand gewickelt, machte sie sich daran, das Messer mit Erde zuzudecken und einige Blätter, die sie sammelte, darüberzustreuen. So würde das Tatwerkzeug nie gefunden werden. Und sollte sie wider Erwarten mit ihrer Annahme unrecht haben, würde niemand auf den Gedanken kommen, ihr das Messer zuzuordnen. Außerdem würde sie auch nie jemand des Mordes bezichtigen können, denn die Leiche würde auf keinen Fall im Wald liegen bleiben, sondern musste weg. Irgendwohin, wo sie lange Zeit unentdeckt blieb. Am besten für immer.

Die Donau fiel ihr ein. Ja, sie würde die Tote im Fluss verschwinden lassen. Doch dazu brauchte sie Hilfe. Allein schaffte sie das nicht. Der Gedanke, eine ihrer Freundinnen anzurufen, schien ihr selbst absurd. Die hatten in den letzten Stunden noch viel mehr Alkohol getankt als sie. Und was noch viel wichtiger war: Das waren allesamt Tratschweiber. Keine würde es schaffen, mehr als einen Tag über das, was sie gesehen hatte, den Mund zu halten. Da könnte sie die Tote gleich auf dem Linzer Hauptplatz aufbahren und sich danebenstellen.

Die Brünette lachte bitter auf. Nein, ein Mann musste her, und am besten einer, der Huberta Hauzenberger zu Lebzeiten genauso wenig hatte leiden können wie sie selbst. Ja, der sogar froh darüber war, dass sie ihrem Leben ein Ende gesetzt hatte. Zudem musste dieser Jemand ein großes Fahrzeug besitzen, in dem sowohl der Leichnam als auch das verbeulte Fahrrad Platz hatte. Und er musste schweigen können.

Das waren also die wohldurchdachten Gründe, warum sie in dieser Nacht ausgerechnet ihren Bruder anrief. Zudem gab es etwas, was ihr gehörte und er unbedingt haben wollte. Damit konnte sie ihn ködern. Im letzten Jahr hatte es einen Tag gegeben, da hätte sie seine Handynummer beinahe aus ihren Smartphone-Kontakten gelöscht. Nun dankte sie Gott, es nicht getan zu haben.

Er meldete sich nach dem dritten Läuten.

»Ich gebe mich geschlagen. Du kannst ein Viertel haben«, sagte sie anstelle einer Begrüßung.

Er war hörbar überrumpelt, konnte sich aber seinen spöttischen Tonfall dennoch nicht verkneifen: »Sieh an, mein holdes Schwesterherz. Welch Ehre zu so später Stunde. Was hat dich denn zu diesem Sinneswandel –«

»Spar dir deine blöden Bemerkungen und stell vor allem jetzt keine Fragen. Ich brauche deine Hilfe, und zwar sofort!«

Wie so oft, nahm er ihre Worte nicht ernst: »Sofort passt mir leider gar nicht. Lass uns lieber morgen oder übermorgen in Ruhe –«

»Ich habe ... die alte Hauzenberger ... überfahren«, fiel sie ihm ins Wort. »Sie ist tot. Komm sofort, wir müssen sie wegschaffen.«

»Ist das dein Ernst?« Der Spott war ihm vergangen. »Aber wieso denn? Wie ist das –«

»Frag nicht so viel, das erkläre ich dir alles später. Jetzt schwing dich in deinen Kübel und fahr los. Wie lange brauchst du, um hier zu sein?«

»Das kommt darauf an, wo du bist.«

Sie beschrieb ihm die Stelle, und er erkannte das Waldstück.

»Du hast Glück, dass ich noch arbeite und nicht schon zu Hause im Bett liege. Es wird nicht allzu lange dauern. Rühr dich nicht vom Fleck.«

»Das habe ich nicht vor ... und ... und danke, dass du kommst«, antwortete sie, aber er hatte schon aufgelegt.

Vom tödlichen Stich hatte sie absichtlich nichts gesagt. Er musste nicht alles wissen.

Als er kam, riss er sofort das Kommando an sich. Seine Art ging ihr zwar auf die Nerven, aber sie hatte nichts anderes erwartet. »In die Donau?«, wiederholte er. »Bist du von allen guten Geistern verlassen? In weniger als zwei Tagen fischen sie sie beim Kraftwerk Abwinden-Asten aus dem Wasser. Da kannst du sie gleich hier liegen lassen.«

»Schrei nicht so«, fuhr sie ihn mit gedämpfter Stimme an.

»Sie hier liegen zu lassen wäre das Dümmste, was ich machen könnte. Sieh dir den Kotflügel von meinem Wagen an. Jeder Idiot könnte eins und eins zusammenzählen.«

»Was ist denn überhaupt passiert? Bist du beim Fahren eingeschlafen?«

Sie erzählte ihm alles, woran sie sich erinnern konnte, und schloss mit den Worten: »Ich habe sie wirklich nicht gesehen. Du weißt doch, dass ich nachtblind bin. Was kann ich denn dafür, wenn sie mit einem unbeleuchteten Fahrrad unterwegs ist? Ganz in Schwarz in der Nacht und noch dazu im Wald. Das ist doch unverantwortlich, oder etwa nicht?«

»Wie ich das sehe«, sagte er und klang dabei ruhig und überlegt, »handelt es sich um einen ganz normalen Unfall, an dem die alte Hauzenberger die Hauptschuld trägt. Du solltest ruhigen Gewissens die Polizei holen, dann könnten wir uns den ganzen Aufwand sparen.«

Die Polizei holen? Das waren ganz und gar nicht die Worte, die sie hören wollte. Kurz hegte sie die Befürchtung, ihm auch vom tödlichen Messerstich erzählen zu müssen, doch dann kam ihr zu ihrem Glück die rettende Idee. »Du vergisst, dass ich getrunken habe«, beeilte sie sich einzuwenden. »Ich habe sicher mehr als null Komma fünf Promille im Blut.«

Er fuhr sich mit der Hand über den Nacken. »Ach ja, richtig«, sagte er, schien aber dennoch nicht überzeugt. »Genau genommen ist das alles dein Problem. Wenn ich es mir recht überlege, habe ich eigentlich keine Lust, mir die Hände schmutzig zu machen. Weder in echt noch im übertragenen Sinn.«

Sie seufzte laut auf. »Na gut, dann gebe ich dir eben die Hälfte.«

Er versuchte gar nicht, sein zufriedenes Grinsen zu verbergen. »Wie gut du mich kennst, Schwesterherz. Einverstanden. Aber vergiss dein Versprechen nicht, ich habe jetzt etwas gegen dich in der Hand.«

Er reichte ihr seine Rechte, und sie schlug ein, um den Deal zu besiegeln. Dann geschah etwas, was die Brünette überraschte. Ehe sie sich's versah, zückte ihr Bruder sein Smartphone, riss das

Tuch vom Gesicht der Toten und fotografierte die Hauzenberger von allen Seiten. Das Blitzlicht zuckte hell durch das tiefe Dunkel der Nacht.

»Wirst du wohl aufhören, du Idiot! Du machst noch Leute auf uns aufmerksam!«, rief sie und hätte ihm das Handy entrissen, hätte er es nicht über den Kopf und damit außerhalb ihrer Reichweite gehalten.

»Sicher ist sicher«, sagte er und lächelte süffisant. »Du kennst meine Devise.«

Er steckte das Mobiltelefon in seine Brusttasche zurück und nestelte dann in der Hosentasche nach dem Autoschlüssel, den er Richtung Kofferraum hielt, um per Fernbedienung den Deckel aufspringen zu lassen. »Dann also hinein mit dem alten Sack«, sagte er, sich wieder an seine Schwester wendend. »Du hast Glück, dass sie außer den paar Schrammen im Gesicht nicht blutet, denn mein Auto hätte ich mir auf keinen Fall versauen lassen.«

Mit Glück hat das nichts zu tun, dachte sie und war in diesem Augenblick wieder ein ganz klein wenig stolz auf sich. Sie hatte den Stich absichtlich so gesetzt, dass kein Blut hervorquoll. Wäre ihr das damals bei der Abschlussprüfung ebenso gut gelungen, hätte sie sicher eine Auszeichnung bekommen.

»Ich war neulich mit meinem Nachtsichtgerät mit Infrarotstrahlern im Kürnberger Wald«, sagte ihr Bruder, der von ihren Gedanken naturgemäß nichts ahnte. »Wenn wir Glück haben, dann habe ich das Ding hier noch irgendwo.«

Er tastete mit der Handfläche den Boden des Kofferraums ab und wurde rasch fündig. »Ah, sieh an, da ist ja das gute Stück!« Er hob es triumphierend in die Höhe. »Das wird uns perfekte Dienste leisten.«

Seine Schwester hatte sich vorgebeugt und wollte eben der Toten unter die Achseln greifen, hielt nun aber doch in der Bewegung inne und richtete sich wieder auf. »Was um Gottes willen machst du mit so einem Gerät im Kürnberger Wald?«

»Keltische Bronzemünzen suchen«, antwortete er, als sei dies das Selbstverständlichste auf der Welt. Er machte einige Schritte auf sie zu. »Das ist nicht unspannend und ein großartiger Ausgleich zu meiner sitzenden Tätigkeit. Außerdem bringen die Münzen auf dem Schwarzmarkt gutes Geld.«

Die Brünette schüttelte den Kopf. Ihrem Bruder ging es bei allem immer nur ums Geld, warum hatte sie das nicht schon früher begriffen? Ihr wäre so manches erspart geblieben. Aber es hatte keinen Sinn, mit ihm darüber zu diskutieren. Weder jetzt noch irgendwann. »Also Sachen gibt's«, sagte sie daher nur und wandte sich wieder der Toten zu.

»Hast du wirklich noch nichts darüber gelesen?« Er konnte es nicht glauben. »Das ›Tagesblatt‹ hat den Wald vor einiger Zeit ›das oberösterreichische Troja‹ genannt. Ich bin mir sicher, dass ich noch allerhand Schätze entdecken werde. Aber egal, in jedem Fall kenne ich eine Stelle, die mit Sicherheit seit Jahren niemand mehr betreten hat und auch in den nächsten Jahrzehnten niemand betreten wird. Dahin werden wir die Alte bringen. Wie gut, dass ich wegen der Ausgrabungen immer eine große Schaufel im Auto dabeihabe.«

Darauffolgendes Frühjahr

1

»Das ist aber jetzt nicht dein Ernst, Oberst! So einen Schmarrn habe ich in meinem Leben noch nie gehört.« Abteilungsinspektor Karl-Heinz See vom oberösterreichischen Landeskriminalamt hatte sich, entgegen seiner sonst so lässigen Haltung, kerzengerade auf dem Besucherstuhl im Büro seines Chefs aufgerichtet. Dabei schüttelte er den Kopf derart energisch, dass seine schulterlangen Haare flogen, um sich anschließend noch unordentlicher als sonst über seinen beigen Hemdkragen zu legen. Er machte Anstalten aufzustehen, bevor der Herr Oberst seine Erklärung beendet hatte.

Selten, seitdem sie zusammenarbeiteten, und das waren immerhin schon fast drei Jahre, hatte seine direkte Vorgesetzte, Chefinspektorin Diana J. Pölz, ihrem Kollegen wie in dieser Situation aus vollem Herzen zustimmen können. Das, was der Herr Oberst über ihre Köpfe hinweg entschieden hatte, spottete jeder Beschreibung. Sie sah zu See auf, der nun neben ihr stand und ihren gemeinsamen Chef mit vorgeschobenem Kinn kampfbereit anstarrte. Diana überlegte, ob es gut wäre, ebenfalls aufzustehen, um mit See Einigkeit zu demonstrieren. Einigkeit war wichtig, wenn sie gegen ihren Vorgesetzten etwas ausrichten wollten.

»Pudel dich nicht auf, Carlos«, rügte der Herr Oberst in diesem Moment und klang streng.

Viele im LKA nannten Karl-Heinz See »Carlos«, wenn sie mit ihm, und manche »der schöne Carlos«, wenn sie über ihn sprachen. Diana würde nie verstehen, was an diesem Mann schön sein sollte. Sie verstand allerdings auch nicht, warum manche Kollegen bewundernd zu ihm aufblickten. Vor allem Bezirksinspektor Fritz Wöglinger, der ihr Dreierteam komplettierte. Obwohl ihn See spöttisch »der kleine Fritz« rief, war er dessen großes Vorbild. Für sie war See einfach nur ein anstrengender Zeitgenosse, dessen Loyalität sie sich nie sicher sein konnte und der Frauen mehr als Gespielinnen im Bett denn als Kolleginnen schätzte. Und als Vorgesetzte schon mal gar nicht. Allerdings war er ein guter Kriminalist, wie sie selbst in ihren kritischsten Momenten zugeben musste, mit wachem Verstand und manchmal auch von beeindruckendem Mut. So wie in diesem Augenblick.

Der ausgestreckte rechte Zeigefinger des Herrn Oberst deutete auf die Stuhlfläche, von der sich See eben erhoben hatte. »Setz dich wieder hin, Carlos! Du kennst ja noch nicht alle Details.« Er wartete, bis sein Mitarbeiter murrend dem Befehl Folge geleistet hatte, bevor er eine weitere Rüge hinterherschob: »Außerdem ist das kein Schmarrn.«

See schnaufte unwillig und kniff die Lippen zusammen.

Diana war froh, dass sie doch sitzen geblieben war. Wenn der Herr Oberst schon so sauer auf das Verhalten ihres Kollegen reagierte, den er normalerweise sehr schätzte, wie viel ungehaltener hätte er erst auf ihren Widerstand reagiert? Auch er hatte es nicht besonders mit Frauen in Führungspositionen. Und dies, obwohl sie in den letzten Jahren, seit sie von Wien nach Linz übergesiedelt war, um den Bereich »Leib und Leben« zu leiten, höchst erfolgreich gearbeitet hatte.

»Du kennst die Vorgabe des Ministeriums. Bürgernähe, so heißt die Devise. Das Vorhaben, von dem ich sprach, ist nichts anderes als eine gute Möglichkeit, mein lieber Carlos, unsere Bürgernähe zu demonstrieren«, hörte sie ihn nun in belehrendem Tonfall sagen. Er klang so staatstragend wie ein Politiker an.

»Sag ich ja, ein Schmarrn«, kommentierte See trocken.

Er sah zu Diana hinüber, die nicht anders konnte, als ihn zustimmend anzulächeln. Manchmal war es doch gut, See als Kollegen zu haben. Er hatte ihr zwar immer noch nicht verziehen, dass sie die Position innehatte, die seines Erachtens nur ihm selbst zugestanden hätte, aber ab und zu verhielt er sich ungewöhnlich kollegial, sodass sie die Hoffnung auf bessere Zeiten nicht aufgab.

»Soll doch die Pölz das alleine machen«, sagte der ach so kol-

MICHAELA KASTEL
SO DUNKEL DER WALD

MICHAELA KASTEL,
DER NEUE
SUPERSTAR
MICHAELA KASTEL
SO
DUNKEL
DER
WALD
emons: thriller
SO DUNKEL DER WALD KASTEL
emons:
ISBN 978-3-7408-0293-6 · € D 18,00/€ A 18,50 · ET: 15.3.2018
»Ein Psychothriller, so ungewöhnlich wie intensiv, düster und verstörend. Leise steigert sich das unterschwellige Grauen zu einem schier unaushaltbaren Sog.«
Daria Gaberdan, Lektorat
GEFANGEN IM TIEFSTEN ALLER WÄLDER
GEFANGEN IN DER EIGENEN SEELE
emons:
www.emons-verlag.de

legiale Mitarbeiter in diesem Moment. »Die hat doch ohnehin nichts Besseres zu tun. Schau nur, wie sie schaut. Die freut sich schon darauf.«

Das Lächeln auf Dianas Lippen verflog, die Hoffnung starb. So ein arroganter Idiot! Wie hatte sie je annehmen können, dass es möglich wäre, mit ihm Einigkeit zu demonstrieren?

»Das ist ja wunderbar.« Der Herr Oberst klatschte in die Hände, bevor er sich mit Schwung in seinem schweren schwarzen Ledersessel zurücklehnte. »Du solltest dir ein Beispiel an ihr nehmen, Carlos. Unsere Kollegin zeigt eben Engagement, ganz im Gegensatz zu dir. Darum ist sie ja auch deine Vorgesetzte und hat den Posten inne, um den du dich beworben hattest.«

Oh ja, der liebe Herr Oberst. Diana seufzte lautlos. Er hatte ein Talent, in Wunden zu wühlen und treffsicher die tiefste zu finden. Vor allem dann, wenn er jemandem eins auswischen wollte.

»Wir sind hier bei der Mordkommission, wenn ich dich daran erinnern darf, Oberst, und nicht bei der Volkshochschule.« See ging auf die Attacke seines Vorgesetzten nicht ein.

»Und?« Der Herr Oberst schnellte im Ledersessel wieder nach vorne und sah See direkt in die Augen. »Haben wir derzeit einen Mord? Nein. Also hast du Zeit. Wenn ich dich *ein Mal* um einen Gefallen bitte, Carlos, dann erspar mir doch bitte in Zukunft das Theater.«

Diana hielt es an der Zeit, einzugreifen und das Engagement zu beweisen, für das sie soeben gelobt worden war. »Worum geht es denn konkret, Herr Oberst?«

Ihr Vorgesetzter warf noch einen strengen Blick in Richtung See, bevor er sich ihr zuwandte. »Die Firma Meissl veranstaltet jedes Jahr eine Fortbildung für ihre Führungskräfte. Ich weiß nicht, ob Ihnen dieses Unternehmen ein Begriff ist, da Sie ja viele Jahre lang in Wien gelebt haben. Der Firmensitz ist, wie jeder Linzer weiß … irgendwo am Stadtrand. Meissl ist Weltmarktführer für … irgendwelche Wasserrohrdings … also, so Verbindungsstücke, glaube ich. Jedenfalls Weltmarktführer. Das ist doch schon mal etwas!«

»Toll«, kommentierte See trocken.

»Der Saxenpichler Rudi, also der Herr Dr. Rudolf Saxenpichler, ist Prokurist bei Meissl. Er ist an mich herangetreten, weil er in diesem Jahr eine Verhandlungsschulung abhalten will. Er nennt das Ganze, warten Sie, ich habe da irgendwo einen Zettel …« Er begann, ein paar lose Blätter auf seinem Schreibtisch hin und her zu schieben. »Ah, da haben wir ihn ja. Also, er nennt das Seminar ›Verhandeln mit schwierigen Gegnern – Was wir von polizeilichen Vernehmungen lernen können‹«, las er vor und blickte beifallheischend in die Runde.

»Toll«, sagte See abermals und presste seine Lippen aufeinander.

»Saxenpichlers Kollegen haben sich zwei Vortragende vorgestellt, wegen dem Genderdings am liebsten einen Mann und eine Frau. Und weil es ja bekanntlich Unterschiede geben soll, wie Männer und Frauen reden und so weiter. Jedenfalls habe ich beschlossen, dass diese Vortragenden ihr beide sein werdet. Das kann ja nicht so schwer sein.«

»Warum machst du es nicht selbst, wenn es eh nicht so schwer ist. Ich habe –«, fuhr See dazwischen, wurde aber umgehend unterbrochen.

»So weit kommt es noch!« Der Herr Oberst schnaubte empört. »Ich habe dem Rudi schon eure Namen genannt, und darum machen wir es so. Aus, basta!«

Jetzt wurde es auch Diana zu blöd. Das »Aus, basta!« hätte sich ihr Chef wirklich sparen können. Ein Seminar abzuhalten gehörte sicher nicht zu ihren Aufgaben. Also konnte er sie höchstens darum bitten, es ihr aber nicht befehlen. Dennoch bemühte sie sich um einen höflichen Tonfall. »Warum denn ausgerechnet wir, Herr Oberst? Wir haben so eine Schulung noch nie abgehalten und keine Ahnung, was wir einen ganzen Tag mit einer –«

»Es sind eineinhalb Tage, um genau zu sein. Und ursprünglich waren ja auch zwei Kollegen vom Raub vorgesehen gewesen, aber die können jetzt nicht wegen dieser Einbruchserie, Sie wissen eh. Bei uns ist es derzeit ruhig, also werden Sie hier nicht fehlen.«

»Und wenn doch ein Mord geschieht, was dann?«, ließ Diana nicht locker.

»Also, erstens sind ich und der Kollege Wöglinger auch noch da«, fuhr der Herr Oberst auf, »und zweitens ist St. Magdalena, wo die Veranstaltung stattfinden wird, ja nicht aus der Welt. Es liegt zwar im Norden und noch dazu auf einem Hügel, ist aber immer noch ein Stadtteil von Linz. Sie könnten also mir nichts, dir nichts eingreifen, sollte sich die Notwendigkeit dazu ergeben.«

Er rollte mit dem Sessel ein Stück zurück, beugte sich vor und zog ein Manuskript aus der obersten Schublade, das er lautstark auf den Tisch knallte. »Das ist für euch. Die Kollegen vom Raub haben bereits Vorarbeit geleistet und die Seminarunterlagen zusammengestellt. Eine PowerPoint-Präsentation liegt auch schon vor. Die müsst ihr euch nur organisieren und anschauen, und schon kann es losgehen. Ich verstehe wirklich nicht, warum ihr euch so dagegen wehrt.«

See seufzte. »Toll«, sagte er ein drittes Mal und hörte sich diesmal eher resigniert an.

»Ach ja, noch etwas.« Der Herr Oberst beugte sich abermals nach vorne. Diesmal ergriff er einen wuchtigen schwarzen Koffer, der unter seinem Schreibtisch stand, und stellte ihn mit Schwung auf die Tischplatte. »Der Rudi, also Herr Dr. Saxenpichler, will, dass ihr die Teilnehmer beim Verhandeln filmt und ihnen dann sagt und vor allem auch zeigt, was sie falsch machen. Darum habe ich euch meine Videokamera mitgebracht. Sie ist zwar nicht mehr die allerneueste, funktioniert aber noch tadellos.«

See sagte gar nichts mehr.

»Und wann und wo genau soll das Ganze stattfinden?«, wollte Diana wissen, die sich wie ihr Kollege ins Unvermeidliche gefügt hatte. Vielleicht würde so ein Seminar ja sogar amüsant sein. Eine willkommene Abwechslung zum LKA-Alltag. Ein paar Weisheiten von sich geben, Fragen beantworten, die Leute ein paar Kärtchen ausfüllen lassen, sich Übungen ausdenken, Videos drehen – fertig! Das konnte ja wirklich nicht so schwer sein.

»Nächste Woche. Am Mittwoch von neun bis siebzehn Uhr und am Donnerstag bis dreizehn Uhr dreißig«, las der Herr Oberst vor. »Ende vor dem Mittagessen.« Er blickte die beiden

Kollegen an. »Fahrt in der Früh rechtzeitig los. Der Urfahraner Markt hat wieder geöffnet, da kann der Stau auf den Brücken besonders lang sein.«

»Ende *vor* dem Mittagessen? Keine gemeinsame Mahlzeit als Abschluss?«, wunderte sich Diana.

Der Herr Oberst kontrollierte das Blatt in seiner Hand und schüttelte dann den Kopf. »Nein. Aber der Saxenpichler ist auch ein Geizhals. Darum wundert es mich ehrlich gesagt sowieso, dass er sich für das Seminar ausgerechnet die ›Sensenwirtin‹ in St. Magdalena ausgesucht hat. Das dürfte eines der teuersten Privathotels der Stadt sein. Allerdings spart er sich das Geld für die Unterkunft, weil alle Teilnehmer im Umkreis wohnen. Schade eigentlich.«

Während Diana sich noch fragte, was daran schade war und warum ihr Vorgesetzter auf einmal so dreckig grinste, fuhr dieser auch schon fort: »Ich hätte euch beiden Turteltäubchen eine der beiden berühmten Honeymoon-Suiten gegönnt.«

»Sehr witzig«, murrte See. »Und jetzt heraus mit der Sprache: Warum hast du zugesagt, dass wir bei diesem Schwachsinn mitmachen?«

»Das habe ich euch doch schon erklärt. Sektionschef Penzengruber vom Ministerium hat erst neulich ein Merkblatt herausgegeben, in dem steht, dass es unser oberstes Ziel sein muss, uns um Bürgernähe zu bemühen.«

»Fahr mir ab mit deiner Bürgernähe!«, unterbrach ihn See. »Worum geht es wirklich?«

»Saxenpichler ist ein alter Schulfreund von mir und sponsert den Schachclub der Polizei, dessen Präsident ich bekanntlich bin.«

»Geht doch.« See klopfte sich auf die Oberschenkel. »Jetzt wissen wir wenigstens, woher der Wind weht. Diana, besorg uns diese PowerPoint-Präsentation, und anschließend treffen wir uns in meinem Büro. Jetzt brauch ich erst einmal einen starken Kaffee.«

2

»Grüß Sie Gott, Frau Chefinspektorin, Herr Inspektor, ich heiße Sie in meinem Haus auf das Allerherzlichste willkommen!«

Kaum hatte Diana mit einem Berg Skripte unter dem linken Arm die rustikale Eingangshalle des Hotels betreten, kam auch schon eine fesche Mittvierzigerin mit ausgestreckter Hand auf sie zu. Sie trug ein violettes Dirndl mit einer lila-grün gestreiften Schürze und einer weißen Bluse, die ihr gebräuntes Dekolleté vorteilhaft betonte.

See, der Diana mit dem schweren schwarzen Kamerakoffer und einem Laptop folgte, überlegte schlagartig, ob er seinen Schwur »Schlaf mit keiner über vierzig« nicht ausnahmsweise überdenken sollte.

»Ich bin die Greta Grabert, die Sensenwirtin.« Die Frau im Dirndl strahlte ihre Gäste an, während sie ihnen mit festem Griff die Hand schüttelte. Dann zeigte sie auf den ungewöhnlich großen semmelblonden Golden Retriever, der tränenden Auges hinter ihr aufgetaucht war. »Und das ist Dougie, unser Haushund. Der will Sie auch begrüßen. Sie brauchen sich nicht zu fürchten, der tut nichts. Außerdem ist er schon ein alter Herr. Er hat bereits meinem Vater gehört.«

Diana beeilte sich, als Beweis dafür, dass sie sich nicht fürchtete, mit der freien Hand den Hals des Hundes zu tätscheln, obwohl sie viel lieber schnurstracks in den Seminarraum geeilt wäre, um endlich die schweren Skripte loszuwerden.

»Es ist schon alles vorbereitet«, sagte die Wirtin wie auf Kommando. »Herr Dr. Saxenpichler erwartet Sie. Wenn Sie mir bitte folgen wollen, ich darf vorausgehen.«

Sie machte kehrt, um ihr Vorhaben sogleich in die Tat umzusetzen. Der Hund trottete zu einer kleinen Sitzgruppe und ließ sich mit einem Plumps auf den Perserteppich davor fallen, wo er sogleich die Augen schloss.

Während Diana der Wirtin nacheilte, schaute sie sich interessiert um. Sie war noch nie hier gewesen, aber ihre Kollegin Claudia hatte in höchsten Tönen von der Eleganz des Hotels geschwärmt. Es war erst vor einem Jahr, nach dem Tod des alten Sensenwirts, komplett renoviert worden. Seither stand auch nicht mehr »Sensenwirt« auf dem handgemalten Schild über dem Eingangsportal, sondern »Sensenwirtin«. Die landadelige Eleganz der Einrichtung hätte für Dianas Geschmack eher in die Berge Tirols als hier nach Linz, einer modernen Industriestadt, gepasst. Viel Holz, schwere Stoffe, dicke weiche Teppiche, die den Klang der Schritte schluckten. Ein Mann im Trachtenanzug mit korrektem Seitenscheitel grüßte hinter der Rezeption.

»Das ist unser Herr Franz«, erklärte die Wirtin. »Wenn Sie Wünsche haben, wird er sein Möglichstes tun, um sie prompt zu erfüllen. Nicht wahr, Herr Franz?«

»Selbstverständlich, Frau Chefin!« Der Rezeptionist deutete eine Verbeugung an. Die Frisur hielt.

Greta Grabert nickte zufrieden, ging dann flotten Schrittes an den glänzenden Lifttüren und den Treppen vorbei, die in das obere Geschoss und den Keller führten, bog ab und stoppte in einem großen quadratischen Raum. An drei seiner Seiten stand jeweils eine Tür zu einem Seminarraum offen, die vierte nahm eine breite Fensterfront ein, von der man einen Blick in den üppigen Garten hatte.

»Das ist unsere neue Seminarlounge«, erklärte die Wirtin mit sichtlichem Stolz und abermals weit ausholender Geste. »Hier werden wir Ihnen in den Pausen kleine Snacks servieren. Saures und Süßes und natürlich jede Menge Obst. Vitamine sind wichtig, wenn man etwas lernen soll. Der Tisch für das Pausenbüfett, der zu Ihrem Seminarraum gehört, ist dort vorne links. Vor jedem Raum steht eine eigene Kaffeemaschine, die alle Stückerl spielt: Espresso, Cappuccino, heiße Schokolade, was immer Sie möchten. Und Tee gibt es natürlich auch in reicher Auswahl. Natürlich alles rein biologisch. Und das hier ist Ihr Seminarraum.«

»Pöstlingberg«, stand neben der Tür. Das Schild zeigte ein Bild des Linzer Wahrzeichens, der barocken Wallfahrtskirche mit den markanten zwei Türmen, darunter stand in grüner Schrift: »Bitte eintreten«.

Also traten sie ein.

Der Beamer warf ein »Herzlichst willkommen bei der ›Sensenwirtin‹« an die Wand. Die Tische bildeten wie bestellt eine U-Form. Auf der ersten Seite des Flipcharts prangte ein bunter Blumenstrauß, und auf jedem Platz lagen ein Block, ein Stift und eine kleine Tafel Schokolade. Wie die Wirtin angekündigt hatte: Alles war für das Seminar vorbereitet.

Diana wurde mulmig zumute.

Der Mann, der bisher als Einziger an den Tischen Platz genommen hatte, stand auf und kam ihnen entgegen. Er trug einen beigegrau melierten Anzug und dazu ein gestreiftes Hemd. Seine wenigen Haare waren zu einem kurzen Haarkranz geschoren, die Brille war rund, sein Lächeln legte kleine, etwas auseinanderstehende Zähne frei. Was Diana jedoch besonders ins Auge stach, war das Stoffetikett an der Außenseite des linken Jackettärmels, das den Schriftzug eines ihr nicht bekannten französischen Modelabels trug. Anscheinend wollte der Mann zeigen, dass er sich etwas leisten konnte.

»Da sind sie ja, unsere Freunde von der Polizei«, sagte er. »Gilt bei Ihnen noch der alte Leitspruch: Die Polizei – dein Freund und Helfer? Oder ist Ihnen in der Zwischenzeit schon etwas Besseres eingefallen?«

Diana konnte gerade noch den schweren Skripteberg auf den Referententisch gleiten lassen, bevor der Mann auch schon neben sie trat, um ihr die Hand zu schütteln.

»Dr. Rudolf Saxenpichler. Aber wahrscheinlich wollen Sie, dass wir alle per Du sind, so brüderlich und schwesterlich, wie ihr Trainer es mögt. Also, in Gottes Namen, ich bin der Rudi.«

Diana war so überrumpelt, dass sie nur schweigend nickte.

»Ich bin Abteilungsinspektor See«, antwortete der schöne Carlos ungerührt. Er zeigte auf Diana. »Und das ist Frau Chefinspektor Pölz, Rudi.«

Diana hätte ihn küssen können.

Der Mann im Anzug blickte irritiert von See zu Diana und wieder zurück. »Von mir aus«, sagte er schließlich. »Dann bleiben wir eben per Sie. Wir erwarten heute acht Teilnehmer. Eigentlich wollte ich ja mit mehr anrücken, aber die andern sind entweder verhindert oder überraschend krank geworden.

Am besten erzähle ich Ihnen ein bisschen etwas über die Kollegen, damit Sie sich darauf einstellen können, was Ihnen blühen kann.«

»Danke, aber das ist nicht nötig. Ich mache mir schon selbst ein Bild«, entgegnete See unfreundlich und wandte sich dann an die Wirtin. »Ich brauche nun wirklich einen Kaffee. Ist die Maschine schon eingeschaltet?«

Jetzt war es Diana doch ein Anliegen, Herrn Saxenpichler zu beweisen, dass es nicht allen Mitarbeitern des LKAs an Manieren mangelte, und so blieb sie, um sich anzuhören, was er zu sagen hatte. Da er ihr vom ersten Augenblick an unsympathisch gewesen war, beschloss sie, seine Wertungen über die Kollegen nicht zu den ihren zu machen. Trotzdem konnte es nicht schaden, sich schon vor dem Beginn des Seminars einen Überblick zu verschaffen. Außerdem war sie auf diese Weise in ihrem Wissen See vielleicht einen Schritt voraus.

»Die Firma Meissl International wurde 1976 von Hubert Meissl gegründet und ist noch immer in Familienbesitz«, begann Herr Saxenpichler.

Diana seufzte innerlich. So genau hatte sie es auch wieder nicht wissen wollen. Sie setzte sich auf die vorderste Kante des Referententisches und blickte Saxenpichler dennoch weiterhin erwartungsvoll an.

»Als Hubert Meissl vor drei Jahren starb, erbte seine Tochter Louise den Großteil der Anteile. Deren Mann, Helwig Emgrabner, und ich übernahmen die Geschäftsführung. Helwig ist eher der Mann fürs Äußere, wenn man es so nennen will. Kundenkontakt, Verkauf et cetera, während ich kontrolliere, dass die Zahlen stimmen. Sie sind das Wichtigste in einem Unternehmen. In Zeiten wie diesen ist Sparsamkeit das oberste Gebot, auch wenn mein Kollege das bisweilen anders sehen möchte. Helwigs Schwester Renate leitet unsere Rechtsabteilung. Eine blitzgescheite Frau. Nicht schön, aber blitzgescheit. Und sportlich. Wir spielen einmal die Woche Tennis miteinander. Sie werden beide in Kürze kennenlernen. Dazu kommt noch unsere sexy Lia, die das Marketing schupft, und –«

»Darf ich kurz stören?« Eine weitere Frau im Dirndl war ins

Zimmer getreten. Die brünetten Haare kurz, die Brille eckig, das Lächeln ebenso freundlich wie das ihrer Chefin, der Sensenwirtin. »Ich bin die Bruni und habe Ihnen den Menüplan für das Mittagessen mitgebracht. Die Teilnehmer sollen bitte eine der drei Hauptspeisen auswählen. Es gibt Fleisch, Fisch und eine vegetarische Variante. Ich lege Ihnen den Zettel hier auf den Tisch. Wenn Sie noch Fragen haben, rufen Sie mich einfach an. Meine Durchwahl steht drauf.«

Hatte das erste Gespräch mit Rudolf Saxenpichler für das Duo des LKAs schon eher schwierig begonnen, so empfand Diana den Anfang des Seminars als wahre Katastrophe. Die Kollegen vom Raub hatten ein Ballspiel vorbereitet, das laut Übungsanleitung, die ihnen auf einem schlecht kopierten DIN-A4-Blatt vorlag, ein heiteres Kennenlernen in zwangloser Atmosphäre ermöglichen sollte. Also bat Diana alle Teilnehmer, sich hinter den Tischen in einem Kreis aufzustellen, und warf einen weichen Ball in die Runde. Der Fänger sollte drei Sätze über sich zum Besten geben und ihn dann an jemand anderen weiterwerfen.

»Ich heiße Lia Wikovits«, sagte die perfekt geschminkte Blondine, Anfang dreißig, deren Dekolleté See den Blusenausschnitt der Sensenwirtin wieder vergessen ließ. Ihre roten High Heels leuchteten zwischen den Tischbeinen hervor. »Ich leite das Marketing. Es ist nicht immer einfach, sich in einer Männerwelt durchzusetzen, darum erhoffe ich mir von diesem Seminar ein paar Tipps und Tricks, wie man am besten verhandelt. So als Frau, meine ich.«

»Damit habe ich überhaupt kein Problem«, meinte die nächste Teilnehmerin und griff nach dem Ball, der eigentlich in Richtung ihres Nachbarn geworfen worden war. Sie war eine große, hagere Frau mit so überraschend üppigen Brüsten, dass See sich fragte, ob da etwa jemand nachgeholfen hatte. Ihre glatten Haare waren zu einem Knoten am Hinterkopf zusammengefasst. »Mein Name ist Renate Emgrabner. Dr. Renate Emgrabner. Ich war ursprünglich Veterinärmedizinerin und habe in Linz am Schlachthof gearbeitet. Keine wirklich befriedigende Tätigkeit, wie Sie sich vorstellen können. Also habe ich begonnen, berufsbegleitend Rechtswissenschaften zu studieren. Die Linzer Johannes-Kepler-Universität bietet ein erstklassiges Fernstudium an. Als meine alte Schulfreundin Louise den Wunsch äußerte, ich solle in die Firma einsteigen, weil sie dort eine Vertrauensperson bräuchte«, sie warf Saxenpichler einen Blick zu, den Diana nicht deuten konnte, »war das für mich wie eine Erlösung. Ich habe zu Meissl International gewechselt und leite dort nun seit zwei Jahren den Rechtsbereich.«

Als sie ihn weiterwarf, fing Saxenpichler den Ball in der Luft ab, bevor die Teilnehmerin neben ihm auch nur die Hand ausstrecken konnte.

»Das ist doch vollkommener Blödsinn«, ereiferte er sich. »Wir wissen alle, wer wir sind, wir arbeiten schließlich zusammen. Also Schluss mit dem Kinder–«

»Rudi, bitte! Kannst du nicht einmal …?«, unterbrach ihn der zweite Geschäftsführer Helwig Emgrabner, der um einiges jünger war als Saxenpichler. Seine Designersonnenbrille steckte im zurückgegelten dunklen Haar, den Kragen seines pinken, mit einem kleinen Krokodil versehenen Poloshirts hatte er aufgestellt. Er sah zuerst sichtlich genervt zu seinem Kollegen und dann verzeihungheischend zu See und Diana.

»Nein, kann ich nicht.« Saxenpichler war nicht zu beruhigen. »Wir haben unsere Zeit nicht gestohlen. Input, Helwig! Ich will Input und kein sinnloses Ballischupfen!«

»Jetzt warte doch erst einmal ab und entspann dich. Das wird schon noch kommen. Die Trainer wissen sicher, was sie tun.« Emgrabner schenkte Diana ein charmantes Lächeln und zwinkerte ihr zu.

Flirtet der etwa mit mir?, dachte sie etwas irritiert.

Doch Saxenpichler war noch immer weit davon entfernt, sich zu entspannen. »Das sind keine richtigen Trainer, sondern bloß zwei Typen von der Polizei. Die habe ich engagiert, weil es mir ums Geld für einen richtigen Verhandlungstrainer leidgetan hätte, aber anscheinend wäre das doch die gescheitere Wahl gewesen.«

See, der neben Diana stand und bisher geschwiegen hatte, schnappte nach Luft, offensichtlich bereit, den Mann in die Schranken zu weisen.

Doch diesmal war sie schneller. »Alle hinsetzen!«, befahl sie in bestem Kommandoton. Sie griff zur Fernbedienung und schaltete den Beamer ein, der an die Decke montiert worden war. »Sie wollen wissen, wie es bei der Polizei zugeht? Bitte sehr: Das werden wir Ihnen jetzt zeigen. Und anschließend können Sie ja selbst entscheiden, was Sie davon lernen wollen oder können.«

Aber auch diesen Vorstoß konnte Saxenpichler nicht unkommentiert hinnehmen. »Also, ich muss schon bitten.«

»Sie müssen jetzt nicht bitten, sondern nur eins: sich hinsetzen und schweigen«, herrschte See ihn an und hob abwehrend die Hand, als Frau Dr. Emgrabner ebenfalls ihren Unmut ausdrücken wollte. »Das gilt für alle. Diana, Licht aus! Wir starten mit der Präsentation.«

3

Endlich die erste Seminarpause. Die letzten eineinhalb Stunden waren Diana so lang wie nur selten in ihrem Leben vorgekommen. See und sie hatten abwechselnd das vorgetragen, was die Kollegen über richtige Fragetechniken zusammengestellt hatten. Zum Glück fielen ihnen auch passende Beispiele aus ihren eigenen Vernehmungen ein, die die graue Theorie veranschaulichten. Während die meisten Teilnehmer interessiert zuhörten und vereinzelt Zwischenfragen stellten, konnten sie es Saxenpichler noch immer nicht recht machen. Mehrmals war er ihnen ins Wort gefallen, hatte ihre Thesen in Zweifel gezogen, und wenn sie Anekdoten erzählt hatten, hatte er versucht, sie durch eigene Erlebnisse zu übertrumpfen.

»Wenn man diesen Ungustl morgen früh irgendwo ermordet auffindet, dann war ich das, das schwör ich dir«, raunte See Diana durch zusammengebissene Zähne zu, während er sich einen doppelten Espresso aus der Maschine in seine Tasse laufen ließ.

Sie wollte eben etwas Zustimmendes antworten, als sie aus den Augenwinkeln wahrnahm, dass sich ihnen der Ungustl näherte. Also nickte sie nur und seufzte.

»Haben Sie das gesehen? Drei Kaffeemaschinen in einem Raum, ist das nicht der absolute Wahnsinn?«, rief Saxenpichler. »Die reinste Geldverschwendung. Ich muss mit Greta mal ein ernstes Wort reden, vom Sparen hat sie anscheinend noch nie etwas gehört. Aber zuerst brauche ich einen heißen Tee.«

Er überflog die Teebeutel, die in bunter Vielfalt in einer gläsernen Box bereitlagen. »Gute-Laune-Tee, Schoko-Minze-Tee, Hildegard-Basen-Tee«, las er laut vor, und schon an seinem Tonfall war zu hören, wie wenig er von der Auswahl hielt. »Aber kein ordentlicher Kamillentee. Hier muss sich dringend etwas ändern. He, was machen Sie da?«

Die erzürnte Frage galt See, der soeben eine kleine Süßstoffverpackung durch die verchromte Klappe des hohen schwarzen Mülleimers geworfen hatte.

Der Inspektor drehte sich um. »Ich schmeiß das Sackerl weg, wieso?«

»Aber Sie haben doch nur eines der beiden Stücke vom Süßstoff verwendet!«

»Und?«, fragte See immer noch verständnislos, nippte an seinem Kaffee und sah Saxenpichler über den Rand der Tasse hinweg an.

»So ein Sackerl beinhaltet immer zwei Süßstofftabletten«, begann dieser zu dozieren und riss zur Untermauerung seiner Weisheit das nächste Tütchen auf. »Wenn ich nur eine brauche, dann nehme ich diese heraus«, er tat es und ließ sie in seinen leeren Teebecher fallen, »verschließe das Säckchen wieder«, er führte vor, wie er den Rand der kleinen Papiertüte nach hinten bog, »so, und verstecke es anschließend … zum Beispiel hier hinter der Kaffeemaschine.« Er warf einen prüfenden Blick hinter das verchromte Gerät, fand eine geeignete Stelle, wo er das Tütchen hinlegte, und wandte sich hochzufrieden an See. »Sehen Sie, so macht man das! Und in der nächsten Pause benutze ich dann das zweite Stück. Es besteht kein Grund, wertvolle Lebensmittel zu vergeuden. Auch Süßstoff kostet schließlich Geld.«

»Großartig. Rudi, der tapfere Retter des Abendlandes. Was für eine Heldentat!«, kam der spöttische Kommentar seines Kollegen, bevor See noch entscheiden konnte, ob ihm Saxenpichlers Vortrag überhaupt eine Erwiderung wert war. »Ich bin sicher, der Herr Inspektor ist tief beeindruckt.« Emgrabner schlenderte näher, die Hände in den Taschen seiner Leinenhose vergraben. Es war ganz offensichtlich, dass er nicht meinte, was er sagte, und Diana fragte sich nicht zum ersten Mal an diesem Vormittag, wie es den beiden so unterschiedlichen Männern gelang, erfolgreich eine Firma zu führen.

»Oh, danke, mein Bester. Es freut mich, dass auch du langsam umdenkst.« Saxenpichler schien für Emgrabners Ironie nicht empfänglich zu sein. »Hat ja auch lange genug gedauert.« Er klopfte seinem Kollegen gönnerhaft auf die Schulter.

Dieser wischte seine Hand weg, als wäre sie ein lästiges Insekt, stellte eine Tasse unter die Düse des Kaffeeautomaten und drückte den passenden Knopf. »Das war ein Witz, Rudi. In Wirklichkeit geht uns allen deine Sparsamkeit unglaublich auf den Geist.«

Saxenpichler fuhr herum. »Unsere Firma stünde bei Weitem nicht so gut da, wenn ich nicht ständig aufs Geld schauen würde«, entgegnete er patzig. »Wenn ich nicht wäre, würdet ihr die sauer verdiente Kohle mit beiden Händen zum offenen Fenster hinauswerfen.«

»Das ist so nicht richtig! Du bist es doch, der unser Unternehmen gefährdet. Du bist es, der uns mit seiner Knausrigkeit in ernsthafte Schwierigkeiten –«

Seine Schwester schien es für angebracht zu halten, die Streithähne auf andere Gedanken zu bringen. »Belegte Brötchen?« Sie hielt ihnen ein silberfarbenes Tablett entgegen. »Die sind wirklich köstlich. Da ist auch eins mit Rohschinken drauf, Helwig, das musst zu probieren.«

Und tatsächlich war Saxenpichler sofort abgelenkt. »Rohschinken auf Pausenbrötchen? Das ist ja die nächste Verschwendung sondergleichen. Normale Extrawurst täte es doch auch. Das Erbe so zu vergeuden! Ich glaube, ich rede jetzt wirklich mit Greta.« Sprach's, machte kehrt und eilte in Richtung Rezeption davon.

Renate Emgrabner sah ihm verwundert hinterher. »Was hat er denn? Ich habe gedacht, die Pausenverpflegung kostet uns nichts.«

»Die Pausenverpflegung ist umsonst?«, fragte Lia Wikovits, die Marketingleiterin. »Aber warum? Bei anderen Veranstaltungen zahlen wir doch auch so um die fünfzig Euro pro Tag und Person, die Raummiete eingerechnet.«

»Das hat der Rudi mit der Wirtin vereinbart. Keine Ahnung, wie er das geschafft hat.« Helwig Emgrabner zuckte mit den Achseln. »Aber das macht das Kraut auch nicht fett!«

»Was denn für ein Kraut, Heli?«, fragte die Marketingleiterin sichtlich ratlos.

»Ich meine ja nur. Hier sparen wir ein paar Euro, und auf der anderen Seite bringt er uns in Gefahr, dass wir Hunderttausende verlieren.« Emgrabner schnaufte unwillig und wandte sich verzeihungheischend an Diana. »Jetzt haben Sie einen kleinen Einblick gewonnen, was ich tagtäglich mitmachen muss, liebe Frau Chefinspektorin. Haben Sie nicht einen Tipp für mich, wie ich mit meinem Kollegen verhandeln könnte? Wie mache ich ihm klar, dass er über kurz oder lang unsere Firma ruiniert? Sparsamkeit hat doch auch dort ihre Grenzen, wo sie mehr schadet als nutzt.«

Die Marketingleiterin fasste ihn am Arm und sah ungläubig zu ihm auf. »Wegen einem Stück Süßstoff machst du so ein Theater, Helibutz … Helwig? Das ist aber jetzt nicht dein Ernst.«

Er schüttelte sie ab. »Kein Mensch regt sich wegen Süßstoff auf, Lia. Ich rede von der Schiffsladung, die der Depp unterversichert hat, um Geld zu sparen. Stellt euch vor, auf dem Transportweg nach Dubai wäre irgendetwas passiert. Nein, ich will es mir lieber nicht vorstellen. Der Kunde hätte uns dafür voll verantwortlich machen können.«

»Du hast recht, das ist nicht optimal gelaufen. Aber zum Glück ist ja nichts passiert, Helwig«, sagte seine Schwester, schob ihre Brille zurecht und entfernte dann eines ihrer brünetten Haare vom Ärmel ihres Blazers. »Es besteht also kein Grund, das hier zu erörtern. In einem öffentlichen Rahmen, vor … äh … betriebsfremden Personen.«

Emgrabner teilte ihren Sinn nach Diskretion offensichtlich nicht. »Manchmal wünschte ich mir, der Rudi würde einmal so richtig auf die Schnauze fallen«, sagte er stattdessen. »Vielleicht würde er dann endlich kapieren, in welche Gefahren er uns mit seiner depperten Sparsamkeit bringt.«

Diana hatte schweigend zugehört und fasste nun, ohne lange nachzudenken, einen Entschluss.

»Wir werden das Beispiel, das Sie soeben angesprochen haben, gleich in unseren praktischen Teil einbauen«, bestimmte sie. »In unseren Unterlagen finden Sie eine Checkliste für Ihre Verhandlungen. Sie sollten sie verwenden, um sich auf ein konstruktives Gespräch mit Herrn Saxenpichler vorzubereiten, das wir dann auf Video aufzeichnen werden. Die eine Hälfte der Anwesenden wird in Ihre Rolle schlüpfen, die andere Herrn Saxenpichlers Position einnehmen. Ich bin mir sicher, es wird äußerst hilfreich sein, diesen Fall aus den verschiedenen Perspektiven zu beleuchten.«

4

An diesem Abend ließ sich die Brünette auf ihren Lieblingsstuhl fallen, stützte die Ellenbogen auf dem Tisch auf und vergrub ihr Gesicht in den Händen. Was war das nur wieder für ein schlimmer Tag gewesen! Die Beziehung zu ihrem Bruder wurde mit jeder Stunde, die verging, immer unerträglicher. Allein sein wissender Blick war eine ständige Bedrohung. Bisher war sie auf all seine Forderungen eingegangen, und er hatte über die schreckliche Nacht im letzten Herbst geschwiegen. Doch wie lange würde sie seinen Wünschen noch nachkommen können? Wie lange würde sie sich sein Schweigen erkaufen können? Er schien den Hals nicht voll zu bekommen.

Sie seufzte noch einmal tief, fuhr sich mit der Rechten über die Augen und zog dann eine der Schubladen auf. Sie beugte sich über sie, um aus ihrem letzten Eck das herauszunehmen, was ihre Gedanken wieder ein wenig aufheiterte. Es war ein Smartphone in einer schwarzen Hülle. Sein Smartphone. Es war ihr gelungen, es in jener Nacht doch noch in ihren Besitz zu bringen. Sie war so geschickt vorgegangen, dass es ihm nicht aufgefallen war. Erst am nächsten Tag war er aufgetaucht, um sie entrüstet zur Rede zu stellen. Doch da hatte sie die verhängnisvollen Fotos längst gelöscht und das Innere des Handys mit einem Schraubenzieher derart zerstört, dass es auch der fähigste Computerexperte nicht mehr wiederherstellen konnte. Sie hatte abgestritten, es in ihrem Besitz zu haben, und war dabei so glaubhaft gewesen, dass er sie seither nicht mehr danach gefragt hatte. Nun hatte er kein Beweisstück mehr gegen sie in der Hand. Sollte er je zur Polizei gehen, um in einer Aussage den Ort zu nennen, an dem die Leiche verscharrt war, würde ihm niemand glauben, dass sie etwas damit zu tun hatte. Viel eher würde er sich damit selbst verdächtig machen.

Sie wünschte sich so sehr, es wäre so. Sie wünschte sich so sehr, dass sie endlich wieder sorglos einschlafen könnte. Doch sie wusste, dass Wünsche nichts als trügerische Träume waren. Denn in dem unwahrscheinlichen Fall, dass er aussagte, würde man die Leiche finden. Und den tödlichen Stich erkennen, den er nicht hätte ausführen können. Sie war eine Mörderin. Ihr Bruder hatte sie in der Hand. Ganz und gar, für immer und ewig. Er konnte sie behandeln, wie er wollte.

Gedankenverloren betrachtete sie das Handy in ihrer Rechten und war schon dabei, es wieder in den hintersten Winkel der Schublade zurückzulegen, als sie es sich anders überlegte. Morgen früh kam die Müllabfuhr. Sie wickelte das Telefon in ein Blatt Papier, das auf dem Tisch lag, steckte es in die Hosentasche, stand auf und ging zu den Mülleimern hinaus.

5

Am selben Abend war Diana Pölz so müde und ausgelaugt wie seit Monaten nicht mehr. Ihr Rücken war das lange Stehen nicht gewöhnt und schmerzte ebenso sehr wie die Füße, die es einen ganzen Tag lang in ungewohnten Stöckelschuhen hatten aushalten müssen. Ihr Hals tat weh, die Kehle war vom vielen Reden rau. In ihrem Kopf wirbelten die verschiedenen Stimmen der Teilnehmer durcheinander und vermischten sich mit ihren eigenen Gedanken darüber, was sie am kommenden Vormittag vortragen sollte.

Bei der Aufnahme der Verhandlungssequenzen war es drunter und drüber gegangen. See hatte sie mehrmals dafür verflucht, dass sie vom Seminarablauf, den die Kollegen ausgearbeitet hatten, abgewichen war. Andernfalls hätten sie nämlich das gekonnte Vernehmen eines Fahrraddiebes geübt, was die beiden unerfahrenen Trainer wohl vor weit weniger Herausforderungen gestellt hätte als eine interne Verhandlung zweier Geschäftsführer, die nicht zusammenpassten. Und als ein Sachverhalt aus der internationalen Wirtschaftswelt, den sie nur in groben Zügen verstanden.

Der Nachmittag war mit der gemeinsamen Analyse der Videos vergangen, die zum Glück viel mehr Zeit in Anspruch genommen hatte, als sie befürchtet hatte, und dann war es endlich siebzehn Uhr gewesen und der erste Seminartag vorüber.

»Ich gehe davon aus, dass absolute Diskretion gewahrt wird«, hatte Saxenpichler noch gefordert, während er seine Unterlagen und einige in Servietten eingeschlagene Kuchenstücke in der Aktentasche verstaute. »Auf den Videos befinden sich interne Informationen von höchster Brisanz, die keinesfalls in falsche Hände geraten dürfen.«

»Das brauchst du doch der Frau Inspektorin nicht zu sagen, Rudi.« Helwig Emgrabner schickte wieder einmal ein um Verzeihung heischendes Lächeln in ihre Richtung, während sie kurz von der Kamera in ihren Händen aufsah. »Ich bin sicher, sie ist schon dabei, alles zu löschen.«

Das hatte sie tatsächlich vorgehabt, allein sie fand an diesem schweren, altmodischen Ding den passenden Knopf dafür nicht.

»Aber vorher stellen wir noch alles ins Internet«, hatte sie See düster murmeln gehört. Zum Glück nur leise, denn Saxenpichler, der eben in seinen beigen Regenmantel schlüpfte, hätte die Ironie in diesen Worten sicher wieder nicht verstanden. Und sie hatte nicht die geringste Lust auf die nächste sinnlose Diskussion.

»Selbstverständlich wird alles gelöscht, keine Sorge«, sagte sie daher und winkte den Teilnehmern zu, die einer nach dem anderen den Seminarraum verließen. »Da ist kein Löschknopf«, informierte sie schließlich See, der ihr naturgemäß nicht glauben wollte.

»Frauen und Technik. Kein Wunder, dass du überfordert bist. Gib her.« Er untersuchte das Gerät von allen Seiten, doch so häufig er es auch drehte und wendete, auch er fand keine Löschfunktion.

Diana konnte sich ein »Männer und Technik!« nicht verkneifen.

See machte eine unwillige Handbewegung. »Wer soll sich mit dem Ding auch auskennen? Das wird seit den achtziger Jahren nicht mehr hergestellt.« Er schnappte sich seine Laptoptasche und wandte sich schon im Gehen noch einmal um. »Eines sag ich dir: Wenn der Oberst so einen Auftrag noch einmal annimmt, dann bestehe ich darauf, dass er ihn auch selbst ausführt. Noch so einen Tag halte ich sicher nicht durch. Und jetzt gehe ich. Ich brauch dringend ein Bier und meine Ruhe. Viel Spaß noch mit der Kamera!«

Mit schlechtem Gewissen saß Diana jetzt auf ihrer blauen Couch, die Beine eng an den Körper herangezogen, und fragte sich, ob die Idee, die sie hatte, wirklich so großartig war, wie sie ihr im menschenleeren Raum »Pöstlingberg« erschienen war. Sie hatte die Kassette mit den Videoaufnahmen zurückgespult, die Kamera auf die weiße Wand gerichtet und auf »Aufnahme« gedrückt. Jetzt würde das Gerät drei Stunden lang im leeren Seminarraum die weiße Wand filmen und damit die aufgenommenen Verhandlungen überspielen. Es sei denn, und das war der Haken an der Geschichte, jemand käme per Zufall in den Raum, würde die Aufnahme stoppen und sich die restlichen Verhandlungsgespräche ansehen.

Diana atmete tief durch. Die Konsequenzen wollte sie sich lieber nicht ausmalen! Vielleicht hätte sie doch besser im Raum bleiben sollen. Aber drei Stunden warten, bis alles überspielt war? Nein, dazu hatte sie nach so einem Tag nicht die geringste Lust verspürt.

In Gedanken griff sie zum Knabbergebäck, das in der Schale vor ihr auf dem Couchtisch stand. Ihr Freund Piet hatte es wohl am Vorabend vergessen. Aufräumen war noch nie seine Stärke gewesen.

Aber warum sollte jemand auf die Idee kommen, die Kamera im leeren Seminarraum zu stoppen, um sich die Aufnahme anzusehen?, fragte sie sich wieder und schüttelte den Kopf, wie um sich zu beruhigen. Niemand wusste, was sie am Nachmittag gefilmt hatten. Wenn jemand Interesse an den Videos haben konnte, dann nur der Kunde in Dubai oder ein Konkurrenzunternehmen der Firma Meissl. Aber wer hätte die verständigen sollen? Und außerdem: Gar so geheime Informationen hatten sie ohnehin nicht besprochen. Also bestand kein Grund, aus einer Mücke einen Elefanten zu machen. Sie schob sich ein paar kleine Brezeln in ihren Mund und merkte, wie sie sich langsam zu entspannen begann.

Laut und schrill riss das Handy sie aus ihren Gedanken.

Ein Blick auf das Display, ein Runzeln der Stirn, ein ungläubiges Staunen. Es war ihre Mutter. Ihre Mutter! An einem ganz normalen Mittwoch im Mai. Die meldete sich doch sonst nur zum Geburtstag. Und das nicht etwa, um ihr zu gratulieren, sondern um ihr jedes Jahr aufs Neue mitzuteilen, welche Qualen sie auf sich genommen hatte, sie mit erst sechzehn auf die Welt zu bringen. Und dass sie ihr die besten Jahre ihres Lebens geopfert hatte. Was nicht stimmte, wie Diana sehr wohl wusste. Denn ihre Mutter Marianne Holzer hatte sich damals den »Frightful Angels« angeschlossen, einer Heavy-Metal-Band, die durch Europa tourte, und die Betreuung der kleinen Tochter ihrer Tante Gusti und dem jungen Vater überlassen. Zu beiden hatte Diana als Erwachsene naturgemäß ein herzlicheres Verhältnis als zu der Frau, die sich seit dieser Zeit Hazel Wood nannte. Ein Name, der bei Weitem besser als der ursprüngliche zu dem Althippie passte, der Marianne Holzer immer noch war. Eine Frau, die auch heute noch bunte Tücher um ihre nunmehr graue Wallemähne schlang, in weiten, farbenprächtigen Kleidern herumlief und im Stadtteil Ebelsberg ein Institut für Aura-Soma und Frauenmut betrieb.

Das Telefon läutete immer noch.

Diana hatte so gar keine Lust abzuheben. Wann hatte Mutter je außerterminlich angerufen? Vielleicht ein, zwei Mal in den drei Jahren, die sie wieder in Linz lebte. Das eine Mal, erinnerte sich Diana, als in ihrem Institut eingebrochen worden war. Der Täter hatte aus Frust darüber, kein Bargeld gefunden zu haben, sämtliche bunte Aura-Soma-Fläschchen zertrümmert. Und dann, als Tante Gusti einen Schwächeanfall in der Straßenbahn erlitten hatte und sie ins Krankenhaus eingeliefert werden musste. Oh Gott, war etwa wieder etwas mit ihrer Großtante?

Diana drückte auf den grünen Knopf. »Was ist passiert?«, fragte sie anstelle einer Begrüßung.

Am anderen Ende der Leitung herrschte kurzes Schweigen.

»Ditschei, Ditschei«, hörte sie dann die Stimme ihrer Mutter mit der so typischen Mischung aus Vorwurf und der antrainierten Gelassenheit eines Zen-Buddhisten. »Du bist noch so jung. Dein Beruf scheint wirklich den Charakter zu verderben.« Es war ihre Marotte, Diana mit ihren Initialen D. J. anzusprechen. Auf Englisch natürlich, so wie es sich für ein ehemaliges Groupie der »Frightful Angels« gehörte.

»Wie bitte?«

Das Gespräch hatte noch nicht einmal wirklich begonnen, und schon fragte sich Diana, warum sie bloß abgehoben hatte. Sie wusste doch, dass ihre Mutter es immer wieder schaffte, sie aus dem Gleichgewicht zu bringen. Nach einem so anstrengenden Tag sehnte sie sich nach nichts mehr als nach Ruhe und nicht nach einem Gespräch mit der Person, die sie Ditschei nannte, obwohl sie wusste, dass sie das nicht leiden konnte.

Schlimm genug, dass man nach Diana Ross von den Supremes und Janice Joplin benannt worden war.

»Du hast ja schon einen richtigen Verfolgungswahn!«, fuhr ihre Mutter fort. »Da ruft man ganz harmlos bei seiner Tochter an, und schon wittert die Frau Chefinspektorin das nächste Verbrechen.«

»Ich wittere gar nichts«, widersprach Diana, bemüht, sich ihren Unmut nicht allzu sehr anmerken zu lassen. »Ich dachte nur, es sei etwas mit Tante Gusti.«

»Was soll denn mit Gusti sein? Also wirklich, es ist Zeit, dass du dich abnabelst. Das ist doch nicht gesund. Du wohnst sogar im selben Haus wie deine Großtante, dabei bist du schon neununddreißig.«

»Ich bin fünfundvierzig, Mutter, das weißt du genau.«

»Hör sofort auf, mich älter zu machen, Ditschei. Ich selbst bin keinen Tag älter als fünfundfünfzig. Also spar dir deine egoistische Ehrlichkeit.«

Diana seufzte und wechselte das Thema. »Warum rufst du an?«

»Ich brauche dringend eine Hebamme, Ditschei, und da du ja jetzt in St. Magdalena …«

Diana war mit einem Schlag hellwach. Ihre Mutter fragte sie nach einer Hebamme? Hatte sie etwa einen kleinen Bruder oder eine kleine Schwester zu erwarten? »Du bist doch nicht schwanger, oder?«

»Was schreist du denn so entsetzt? Hältst du mich vielleicht für –«

»Ja oder nein, Mutter?«, beharrte Diana. Sie hatte ihren offiziellen Vernehmungston angeschlagen, der anscheinend nicht einmal bei Hazel Wood seine Wirkung verfehlte.

»Natürlich nicht. Es geht um etwas ganz anderes.«

Diana atmete erleichtert auf.

»Seit Langem ist für nächste Woche ein Tanzabend mit meiner Schwangerengruppe geplant. Da geht es um das Finden der eigenen Mitte. Täte dir im Übrigen auch sehr gut, mein Kind, auch wenn du nicht schwanger bist. Deine Mitte hast du längst verloren. Jedenfalls ist die Hebamme, die mir für gewöhnlich zur Seite steht, überraschend verhindert, und daher brauche ich relativ dringend einen passenden Ersatz.«

Diana verstand noch immer nicht, was das mit ihr zu tun haben sollte, und wartete auf eine Erklärung. Doch ihre Mutter schwieg.

»Und? Wie kann ich dir bei deinem Problem helfen? Ich bin bekanntlich keine Hebamme«, sagte sie schließlich.

»Gusti hat mir erzählt, dass du gerade beruflich in St. Magdalena beim ›Sensenwirt‹ zu tun hast.«

»Bei der ›Sensenwirtin‹, um genau zu sein«, bestätigte Diana. Worauf wollte ihre Mutter hinaus?

»Ich kenne in Magdalena eine Hebamme. Sie heißt Huberta Hauzenberger und ist schon lange in Pension, aber für unseren Tanzabend wäre sie wie geschaffen.«

»Dann ruf sie halt an.«

»Das habe ich, Ditschei, ich bin ja nicht blöd. Aber sie geht nicht ans Telefon. Ihr etwas einfältiger Sohn Siegfried, der noch immer bei ihr wohnt, hat mir schon letzte Woche einen Rückruf versprochen, der aber bisher nicht erfolgt ist.«

»Das kann doch passieren, viele alte Leute sind vergesslich. Versuche es doch einfach noch einmal.«

»Hör auf, gescheiter sein zu wollen als deine Mutter«, fuhr Hazel sie an. »Das habe ich natürlich längst. Wieder ohne Erfolg. Hör mal, Ditschei, ihre Tochter Brunhilde arbeitet im Restaurant bei der ›Sensenwirtin‹. Zumindest tat sie das im vorigen Jahr, als ich Huberta das letzte Mal gesehen habe. Vielleicht ist sie dir ja schon begegnet? So eine eher Dünne, mit kurzen brünetten Haaren und einer schauderhaften Brille.«

Diana hatte zwar ein ausgesprochen schlechtes Namensgedächtnis, aber die Beschreibung schien ihr auf die Frau zu passen, die die Auswahlliste für das Mittagessen in die Seminarlounge gebracht hatte.

»Könntest du sie bitten, mit ihrer Mutter zu sprechen?«, setzte Hazel fort. »Erkläre ihr, worum es geht, sag, dass es dringend ist und ich auf Hubertas Rückruf warte. Kann ich mich darauf verlassen?«

»Aber sicher, kein Problem.« Diana stand auf und schnappte

sich ihren Notizblock vom Schreibtisch. »Also, noch einmal: Wie heißt die Frau?«

6

Am nächsten Vormittag hatte sich die Seminargruppe drastisch verkleinert.

»Unsere Mitarbeiter haben das, was für sie halbwegs wichtig war, bereits gestern gelernt«, erklärte Saxenpichler nicht eben begeistert. »Die sollen lieber etwas Richtiges tun, als hier sinnlos herumzusitzen und sich berieseln zu lassen. Darum sind heute nur die Top-Führungskräfte da. Also die beiden Emgrabners, die Lia Wikovits und ich. So können wir noch produktiver arbeiten. Falls Sie wissen, was ich meine. Produktivität steht ja bei euch im Amt sicher nicht ganz oben auf der Prioritätenliste.« Er grinste selbstzufrieden über das, was er für einen guten Scherz hielt.

Diana nahm die Worte mit stoischer Ruhe zur Kenntnis. Was hätte es auch für einen Sinn gehabt, sich über einen derart unsympathischen Kerl aufzuregen? Oder gar eine Diskussion zu beginnen?

See und sie mussten nur mehr diesen einen Vormittag überstehen, dann war der Mann für sie Geschichte. So dachte sie zumindest, denn, Hand drauf, sie hatte keine Ahnung, wie sich die Ereignisse in Kürze überschlagen würden.

Als erster Tagesordnungspunkt des Seminars stand der professionelle Umgang mit negativen Emotionen bei Verhandlungen auf dem Programm. Die zusammengeschrumpfte Gruppe diskutierte, ob es besser war, zurückzubrüllen, wenn man angeschrien wurde, oder ob man schweigen oder betont leise weitersprechen sollte. Da sich Diana und See über das ideale Vorgehen nicht einig waren, verliefen die Gräben der verschiedenen Meinungen nicht nur zwischen den Teilnehmern, sondern auch zwischen den Vortragenden, was zu hitzigen

Diskussionen führte. Saxenpichler hielt sich dabei zu Dianas Überraschung zurück. Anscheinend hatte er mit seinen vielen Wortmeldungen am Vortag sein Pulver bereits verschossen.

An diesem Vormittag saß er meist schweigend da, die Arme vor der Brust verschränkt, und hörte zu oder hing anderen Gedanken nach, so genau konnte Diana das nicht einschätzen. Was auch immer der Grund war, sie genoss es jedenfalls, dass er sich nicht einmischte. Sein ungewohntes Verhalten machte ihre Aufgabe um einiges leichter.

Erst in der Pause lief Saxenpichler wieder zur Hochform auf. Er trank eine Tasse Kamillentee, den man seit der Beschwerde am vorigen Tag diensteifrig für ihn besorgt hatte, versteckte das zweite Stück Süßstoff in seinem Tütchen hinter der Kaffeemaschine und regte sich lautstark darüber auf, dass offensichtlich jeden Tag frisches Obst angeboten wurde.

»Das sind ja schon wieder knallgelbe Bananen. Wo sind denn die von gestern hin? Die mit den kleinen braunen Punkten? Wurden die etwa bereits entsorgt?« Er schnaubte empört. »Ich werde sofort die Küche kontrollieren, und wenn ich die Bananen finde, dann nehme ich sie mit nach Hause. Ich hasse es, wenn Lebensmittel, die man noch essen könnte, sinnlos weggeschmissen werden. Bei mir zu Hause gibt es so etwas nicht. Ich werde mit den Zuständigen ein ernstes Wort reden!« Sprach's und marschierte davon.

Ein ernstes Wort reden? Siedend heiß fiel Diana das Versprechen ein, das sie ihrer Mutter am Vorabend gegeben hatte. Wie hieß die Frau noch mal, die Tochter der Hebamme? Zum Glück oder besser gesagt in weiser Voraussicht hatte sie den Namen aufgeschrieben. Sie holte den kleinen Notizblock aus der Tasche ihres Blazers, warf einen kurzen Blick darauf und wandte sich dann an den Lehrling, der dabei war, frisches Wasser in die Kaffeemaschine zu füllen. »Arbeitet hier im Haus eine Frau Brunhilde Hauzenberger?«, erkundigte sie sich.

Der Bursche drehte sich zu ihr um und stellte den Wasserkrug ab. »Die Bruni? Ja, freilich. Das ist unsere Restaurantleiterin. Wollen Sie mit ihr reden? Soll ich sie holen?«

Diana freute sich. Einerseits über seinen Eifer und andererseits darüber, dass der Wunsch ihrer Mutter leichter als befürchtet zu erfüllen war.

»Nicht notwendig, danke. Wo finde ich sie denn?«

»Sie müsste drüben im Restaurant sein und sich darum kümmern, dass alles fürs Mittagessen vorbereitet ist«, sagte der Junge und machte sich gleich darauf daran, die benutzten Tassen in den Geschirrspüler zu räumen.

Diana betrat das Restaurant und sah sich um. Außer ihr war niemand anwesend. Die Tische waren bereits für das Mittagessen eingedeckt. Weiße Stoffservietten standen zu spitzen Dreiecken gefaltet auf den blau-weiß-rot karierten Tischdecken. Frische Blumen in kugeligen Vasen schmückten die jeweilige Tischmitte. Durch die Glasschiebetüren zur Küche nebenan wehte der würzige Duft von Spinat und Knoblauch.

»Frau Hauzenberger?«, rief Diana in den Raum hinein und wunderte sich nicht wirklich, dass niemand antwortete. Also begab sie sich in Richtung Küche. Die gläsernen Türen glitten lautlos zur Seite und gaben den Blick auf das emsige Treiben an den Kochtöpfen frei.

Während der Küchenchef sie keines Blickes würdigte, erregte sie die Aufmerksamkeit einer jungen Köchin, die eben dabei war, in bewundernswertem Tempo Schnittlauch für die Suppe klein zu hacken. Sie wischte sich die Hände an einem Geschirrtuch ab und kam beflissenen Schrittes näher. »Kann ich Ihnen helfen?«, fragte sie.

»Mein Name ist Pölz. Ich leite ein Seminar für die Firma Meissl«, fühlte sich Diana zu einer Erklärung verpflichtet. Ihre Hand zeigte in die Richtung, in der sie den Raum »Pöstlingberg« vermutete. »Ich bin auf der Suche nach Ihrer Restaurantleiterin, der Frau Hauzeneder.«

»Hauzenberger. Die Bruni heißt Hauzenberger«, stellte die Köchin richtig. »Aber im Moment ist sie nicht da. Wenn es Ihnen recht ist, schicke ich sie zu Ihnen hinüber, sobald ich sie sehe.«

Diana schüttelte den Kopf. »Ich muss ihr etwas Wichtiges

ausrichten. Das würde ich gern erledigen, bevor das Seminar weitergeht. Wo könnte ich sie finden?«

»Warten Sie am besten nebenan im Gastraum. Die Bruni müsste gleich zurück sein. Sie ist nur schnell hinüber zu ihrer Mutter. Das dauert nie länger als ein paar Minuten. Sie bringt ihr jeden Tag das Mittagessen, wissen Sie?«

»Zu ihrer Mutter?«, wiederholte Diana überrascht. Was für ein erfreulicher Zufall! »Das trifft sich ja gut. In Wahrheit ist es nämlich ihre Mutter, mit der ich sprechen muss. Wo wohnt sie denn? Weit entfernt von hier?«

»Gar nicht«, sagte die Köchin. »Ihr Haus steht gleich vis-à-vis. Es ist das graue, direkt neben unserem neuen Parkplatz. Das mit den roten Geranien vor den Fenstern. Die können Sie nicht übersehen. Die Blumen wachsen so üppig wie sonst nirgends. Keine Ahnung, wie die alte Hauzenbergerin das jedes Jahr aufs Neue hinbekommt.« Sie hängte das Geschirrtuch an einen Haken und überlegte kurz. »Obwohl in diesem Jahr die Blumen irgendwie armselig sind.«

Auf der Durchgangsstraße herrschte dichter Verkehr. Ein Auto nach dem anderen schlängelte sich an der Kirche und dem Hotel »Zur Sensenwirtin« vorbei in Richtung Mühlviertel. Diana musste einige Minuten warten, bis sie die Fahrbahn gefahrlos überqueren konnte.

Das graue Haus war nicht zu übersehen. Die roten Geranien blühten tatsächlich nicht in der zuerst angekündigten Üppigkeit, sondern sahen auch für Dianas Geschmack eher unterdurchschnittlich aus. Da hatte ihre Großtante Gusti einen viel grüneren Daumen.

Die kleine Tür im Holzzaun, der Frau Hauzenbergers Garten umgab, stand offen, sodass Diana hindurchging, ohne zu zögern. Sie musste sich beeilen, in wenigen Minuten war die Pause zu Ende, und es würde keinen guten Eindruck machen, wenn sie als Leiterin sich verspätete. Sicher würde dem unguten Herrn Saxenpichler eine blöde Bemerkung dazu einfallen. Und See erst recht.

Als sie sich dem Haus näherte, öffnete sich gerade die Tür,

und die Restaurantleiterin kam heraus, einen leeren Weidenkorb in der Hand.

»Frau Hauzenberger?«

Bruni verharrte im Schritt und legte sich die Hand aufs Herz. »Haben Sie mich erschreckt«, sagte sie schließlich und atmete tief aus. Dann warf sie ihrem Gegenüber einen prüfenden Blick zu und lächelte. »Sie sind doch eine der beiden Referenten von drüben, vom Meissl-Seminar. Haben Sie sich verlaufen?«

»Chefinspektorin Pölz«, stellte sich Diana vor und wollte reflexartig zu ihrer Dienstmarke greifen, korrigierte sich aber sofort wieder. Sie musste selbst darüber lachen, wie automatisch ihr die Vorstellung über die Lippen gekommen war. »Ich meine, Sie haben natürlich recht. Ich leite das Seminar der Firma Meissl. Mein Name ist Diana Pölz, und ich würde gern ein paar Worte mit Ihrer Mutter wechseln.«

»Mit meiner *Mutter*?« Die Kellnerin war so erstaunt, dass sie fast den Korb fallen gelassen hätte. »Was wollen Sie denn von meiner Mutter?«

»Ihre Mutter war doch Hebamme, richtig?«

»Richtig«, bestätigte Bruni. »Und?«

»Meine Mutter Hazel Wood, also Marianne Holzer, um genau zu sein, betreibt so eine Art Frauenstudio in Ebelsberg. Sie ist mit Ihrer Mutter bekannt und bräuchte deren Hilfe. Aber das erzähle ich ihr lieber selbst. Lassen Sie sich nicht aufhalten. Finde ich sie im Haus?«

»Oh, das ist gerade leider ganz schlecht.« Bruni schüttelte bedauernd den Kopf. »Meiner Mutter geht es in letzter Zeit gar nicht gut. Sie liegt mit Fieber im Bett und fühlt sich heute ganz besonders schwach. Ich habe ihr einen Tafelspitz gebracht«, sie deutete auf den leeren Korb, »mit extra viel Spinat. Ich hoffe, dass sie beides wieder auf die Beine bringt.«

Diana ging instinktiv ein paar Schritte zurück. »Wenn das so ist, will ich natürlich nicht stören. Aber könnten Sie ihr bitte ausrichten, dass Marianne Holzer ihre Hilfe braucht? Vielleicht kann sie sie ja anrufen, wenn sie sich wieder besser fühlt. Das wäre sehr nett.«

»Freilich, das mache ich gern. Ich muss zwar eigentlich dringend zurück ins Restaurant, aber das erledige ich trotzdem am besten gleich. Was man hat, hat man.« Sprach's und machte kehrt, um zur Haustür zurückzugehen.

»Das ist sehr nett von Ihnen, vielen Dank!«, rief Diana ihr nach. »Und gute Besserung an Ihre Mutter!« Sie wollte sich schon umdrehen, um wieder zum Hotel zu eilen, als die Haustür aufgerissen wurde und ein Mann im Türrahmen erschien. Er trug einen verwaschenen, einst strahlend blauen Trainingsanzug mit weißen Streifen und dicke melierte Socken an den Füßen.

»Was ist denn los?«, wollte er wissen und fuhr sich mit der Rechten durch seine unfrisierten schütteren Haare.

Diana vermutete, dass er erst vor Kurzem aufgestanden war.

Bruni drehte sich blitzschnell zu ihm um. »Das ist Frau Chefinspektorin Pölz, Sigi, sie wollte die Mama sprechen. Frau Pölz, das ist mein Bruder Siegfried Hau–«

»Die Mama?«, fuhr er sie an. »Spinnst du? Warum hast du ihr denn nicht gesagt, dass das nicht geht?«

»Hab ich ja, Sigi, kein Grund zur Aufregung. Frau Pölz weiß, dass die Mama krank ist. Ich muss nur noch einmal zurück ins Haus, um ihr etwas auszurichten.«

Was man hat, hat man. Eigentlich eine sehr gute Devise, befand Diana und fischte ihr Handy aus der Blazertasche. Sie würde Hazel umgehend Bescheid geben. Dabei konnte sie auf etwaige heimliche Zuhörer allerdings gut verzichten.

Sie verließ also den Hauzenberger'schen Garten und ging am nagelneuen Holzzaun entlang zum angrenzenden Parkplatz der »Sensenwirtin«. Dort wäre sie beinahe mit Rudolf Saxenpichler zusammengestoßen, der soeben dabei war, mittels Fernbedienung die Türen seines Wagens aufzuschließen. In seiner Linken trug er eine kleine gelbe Tasche.

»Ah, Herr Saxenpichler, war die Bananenrettung erfolgreich?«

Er war durch ihre unvermittelte Ansprache offensichtlich so erschrocken, dass Diana den Eindruck hatte, er hätte die Tasche am liebsten hinter seinem Rücken versteckt.

»Frau Pölz?«, stammelte er. »Was machen Sie denn hier draußen? Warum sind Sie denn …? Ich dachte, das Seminar läuft längst wieder. In dem Vorraum war jedenfalls niemand mehr zu sehen, da habe ich angenommen …« Es war ihm offensichtlich nun doch peinlich, dass man ihn dabei erwischt hatte, wie er Lebensmittel zur Seite schaffte.

Diana beschloss, nicht länger darauf herumzureiten. »Kollege See hat sicher pünktlich weitergemacht«, sagte sie daher und wackelte mit ihrem Handy in der Luft. »Ich muss nur noch schnell ein wichtiges Telefonat erledigen, dann bin ich auch wieder zurück.«

»Damit beeilen Sie sich aber besser.« Saxenpichler war wieder Herr der Lage. »Ich habe schließlich durchgehend zwei Referenten gebucht.« Er wies auf die Tasche in seiner Hand. »Ich lege nur noch die … also, das hier … ins Auto, dann gehe ich auch wieder zurück. Bis gleich.«

Diana nickte, wandte sich ab und konnte sich ein Grinsen nicht verkneifen. So wie Saxenpichler reagiert hatte, hatte er bestimmt nicht nur die braunen Bananen eingesteckt, sondern das gesamte übrig gebliebene Pausenbüfett leer geräumt, als keiner mehr in der Lounge war. Und hatte alles in einer Kühltasche, die er anscheinend für derartige Gelegenheiten immer im Auto mit sich führte, verstaut. Man konnte Sparsamkeit wirklich auch übertreiben!

»Hazel Wood, was kann ich Ihnen Gutes tun?«, trällerte ihre Mutter in ihr Ohr.

»Ich bin's, wie du auf dem Display sehen solltest«, antwortete Diana. »Tut mir leid, aber die Hebamme aus St. Magdalena kannst du für dein Vorhaben vergessen. Sie hat Fieber und wird derzeit mit Tafelspitz aufgepäppelt.«

»Red keinen Blödsinn!« Die Stimme ihrer Mutter hatte ihren süß-flötenden Ton verloren und war nun gewohnt belehrend. »Die Huberta ist seit vierzig Jahren Vegetarierin. Die hat sich schon fleischlos ernährt, da hat noch kein Mensch gewusst, dass das überhaupt möglich ist. Die isst mit Sicherheit kein Rind.«

Ihre Mutter, wie immer die Besserwisserin in Person.

»Anscheinend aber doch. Zumindest hat ihr die Sensenwirtin eine Portion bringen lassen. Die versorgt deine Bekannte nämlich regelmäßig mit Essen. Die Köchin sagt, sie sei da sehr großzügig. Ich persönlich finde das auch sehr nett von ihr.«

Fast erwartungsgemäß folgte der nächste Widerspruch: »Was redest du heute nur für ein wirres Zeug? Bist du betrunken?«

»Wohl kaum. Ich halte ein Seminar ab, und darum muss ich mich auch schon wieder von dir verabschieden. Die Pause –«

Hazel Wood ließ sie nicht ausreden. »Die Huberta und die Sensenwirtin können sich nicht ausstehen. Du glaubst gar nicht, was das für ein Theater war, als die Bruni im Hotel vom Sensenwirt zu arbeiten angefangen hat. Monatelang hat die Huberta nicht mit ihr gesprochen. Das ist sicher schon vier oder fünf Jahre her, und noch immer erzählt sie mir bei jeder Gelegenheit, dass sie nicht im Mindesten glücklich darüber ist. Ich glaub sogar, sie ist seither mit ihrer Tochter über Kreuz.«

»Wann hast du deine Bekannte das letzte Mal gesehen?«, wollte Diana wissen.

»Vor etwa einem Jahr, wieso?«

»Weil sich in einem Jahr viel ändern kann. Vielleicht haben sich die Nachbarinnen ja mittlerweile versöhnt, und die alte Frau Hauzeneder hat wieder Geschmack an Fleisch gefunden, was weiß denn ich. Jedenfalls habe ich –«

»Hauzenberger. Und alles muss man selber machen«, sagte Hazel Wood, die keinen Dank für notwendig hielt.

»Dann mach das halt«, erwiderte Diana und legte grußlos auf.

7

Auf dem eilig zurückgelegten Weg zum Raum »Pöstlingberg« kam Diana in der Eingangshalle des Hotels die Sensenwirtin entgegen, einen riesengroßen bunten Blumenstrauß in beiden Händen. Heute trug sie ein rosa Dirndl und eine rosa-weiß gestreifte Schürze mit kleinen Blümchen darauf. Die brünetten Haare waren frisch geföhnt, die Wangen vor Aufregung zart gerötet. Ihr folgten zwei junge Mitarbeiter in Trachtenanzügen.

»Haben Sie Geburtstag?«, erkundigte sich Diana und setzte zu einer Gratulation an.

Die Wirtin war irritiert. »Nein, wieso?« Dann folgten ihre Augen Dianas Blick in Richtung Strauß. »Ach so, Sie meinen, wegen der Blumen? Die sind für das Ehepaar Warnau aus Deutschland. Die beiden kommen mit der Bahn. Wir haben eine Vereinbarung mit dem Taxi-Funk, der uns verständigt hat, dass die zwei bereits auf dem Weg zu uns sind. Die haben gestern geheiratet, wissen Sie, und verbringen ihre Flitterwochen in einer unserer Honeymoon-Suiten. Es hat sich nämlich schon bis in den hohen Norden Deutschlands herumgesprochen, dass man bei uns ganz romantisch flittern kann.« Mit diesen voll Stolz geäußerten Worten ging sie an Diana vorbei und steckte den Kopf durch die offen stehende Eingangstür. »Eigentlich müssten sie gleich da sein.«

Wie auf Kommando fuhr im nächsten Moment ein großer schwarzer Wagen um die Kurve.

»Kevin, du öffnest den Wagenschlag, Zlatko, du kümmerst dich um die Koffer«, bestimmte die Wirtin und setzte ihr professionellstes Begrüßungslächeln auf.

Diana eilte zum Seminarraum weiter.

Wäre es nach Schreinermeister Gerrit Warnau gegangen, so hätte er die Flitterwochen mit seiner Silke lieber im Süden verbracht. In Kroatien vielleicht oder in Griechenland. Irgendwo, wo er vormittags die Füße in den Sand stecken und mittags eine ausgiebige Siesta mit Silke hätte halten können. Mit allem, was zu einer ausgiebigen Siesta bei Frischvermählten dazugehörte. Und abends hätte er sich dann auf Rambazamba an der Poolbar gefreut. Doch leider war Silkes Mutter zwei Monate vor der Hochzeit auf die Idee gekommen, an einem Preisausschreiben ihrer Lieblingszeitschrift mitzumachen, und hatte den ersten Preis gewonnen. Vier Nächte in einer Honeymoon-Suite der »Sensenwirtin« in St. Magdalena. Während er noch googelte, wo St. Magdalena überhaupt lag, hatte sich Silke bereits in das Himmelbett mit der rosa-weiß karierten Bettwäsche verliebt und schwärmte ihm dann so begeistert vom Whirlpool im lichtdurchfluteten Badezimmer vor, dass er ihr den Wunsch, nach Linz zu fahren, einfach nicht hatte abschlagen können. Zum einen wollte er keinen Ehekrach riskieren, noch bevor sie überhaupt verheiratet waren, und zum anderen war es ja auch eigentlich egal, wo die Siesta stattfand. Hauptsache, sie fand statt.

»Herzlich willkommen bei der ›Sensenwirtin‹!«

Kaum hatte er das Taxi verlassen, da schüttelte ihm schon eine strahlend lächelnde Frau in den Farben der in der Suite zu erwartenden Bettwäsche überschwänglich die Hand und überreichte seiner frisch Angetrauten einen überdimensionalen Blumenstrauß. Also, das war mal ein Empfang nach seinem Geschmack! Gerrit Warnau begann, sich mit seinem Urlaubsort anzufreunden.

»Wir freuen uns so, dass Sie da sind.«

»Das ist aber süß, vielen, vielen Dank!«, hörte er Silkes begeisterten Ausruf. »Guck mal, Bärchen, so ein wunderschöner Blumenstrauß! Ihr Gesicht verschwand in der Blütenpracht, bevor sie beseelt lächelnd wieder auftauchte. Sie war offensichtlich ganz aus dem Häuschen, und Gerrit freute sich, weil sie sich freute. Von ihm aus konnten sie mit der ersten Siesta sofort beginnen.

»Wahrscheinlich möchten Sie gleich hinauf in Ihre Suite«, sagte die Wirtin, als hätte sie seine geheimen Wünsche erraten. »Zlatko begleitet Sie mit dem Gepäck. Das Gästeblatt können Sie gern auch erst am Abend beim Dinner ausfüllen. Wir haben in unserem Wintergarten einen besonders schönen Tisch für Sie reserviert.«

Die Sensenwirtin begleitete das junge Paar zum Lift, um höchstpersönlich den Aufzugknopf für die beiden zu drücken.

Im zweiten Stock hob Gerrit Warnau seine Braut mit Schwung in die Höhe und trug sie am Hausdiener, der die Tür für ihn aufhielt, vorbei und stilecht über die Schwelle.

Silke Warnau jauchzte entzückt, der Blumenstrauß segelte bis ans andere Ende des Zimmers und blieb neben der Stehlampe auf dem weichen, hochflorigen Teppich liegen. Dann belohnte die Braut den Bräutigam mit einem so innigen Kuss, dass Zlatko schweren Herzens beschloss, auf das Trinkgeld zu verzichten, die Koffer abstellte und diskret die Tür hinter den beiden Turteltäubchen zuzog.

»Mäuselchen, du bist dermaßen heiß!« Der Bräutigam warf seine Angetraute auf das rosa Bett, das genauso aussah wie auf der Homepage und dessen Matratze federnd nachgab.

Zwischen zwei Küssen zog Silke Warnau ein paarmal stoßartig die Luft durch die Nase ein. »Hier riecht es irgendwie seltsam, findest du nicht auch?«

Das waren nicht die Worte, die ihr erregter Ehemann hören wollte. Wenn ihn eines in diesem Augenblick nicht im Geringsten interessierte, dann war das irgendein Geruch im Zimmer. »Für mich gibt es nur dich, und du riechst traumhaft.« Er rieb seine Nase an ihrem Hals, sodass sie abermals in entzücktes Gekicher ausbrach. Seine Erregung wurde größer. Mit flinken Fingern begann er die Knöpfe zu öffnen und streifte dann ihre weiße Bluse zur Seite, während seine Lippen den Halsansatz mit kleinen Küssen bedeckten. Sein Mund wanderte Richtung Dekolleté, als seine Hände sich bereits am Reißverschluss ihres Rockes zu schaffen machten.

Silke Warnau war nur allzu bereit, sich seinen Liebkosungen hinzugeben, als ihr zu seinem Unglück etwas anderes einfiel. Nämlich ihre Mutter. Wie leider so oft. »Einen Augenblick, Bärchen! Ich habe Mutti doch hoch und heilig versprochen, die Personalausweise sofort nach unserer Ankunft in den Safe zu sperren. Ich bin gleich wieder da.«

Sie wollte aufstehen, doch er fixierte ihre Handgelenke auf der Matratze. »Das ist jetzt nicht dein Ernst, Mäuselchen. Das hat doch sicher Zeit bis später. Jetzt lass mich dich doch erst mal –«

Sie hatte sich seinem Griff entwunden und stand auf. »Gleich, Bärchen, ich bin sofort wieder zurück. Dauert nur eine Minute. Du weißt ja, was Mutti und Günther in ihrem Urlaub passiert ist. Wo habe ich sie denn nur hingetan?« Sie kramte hektisch in ihrer großen beigen Handtasche, während er sich frustriert auf den Rücken warf und mit lautem Seufzen die Arme hob und wieder fallen ließ.

»Ich … Ah, da sind sie ja. Was meinst du, wo der Zimmersafe ist? Wahrscheinlich im Schrank, oder?«

In Windeseile öffnete sie die breiten Schiebetüren aus hellem Birkenholz und fand den Gesuchten montiert zwischen zwei Ablagefächern. »Hier riecht es aber wirklich seltsam«, sagte sie dann und zog die Nase wieder kraus. »Außerdem hat der Safe eine Zahlenkombi. Weißt du, wie man so etwas einstellt, Bärchen?«

Vom Bett her kam keine Antwort.

»Bärchen, bitte, du musst mir helfen! Ich kenne mich mit so was nicht aus.«

Ein unwilliges Knurren erklang.

»Ich öffne mal die Tür …«, begann Silke Warnau, und dann entfuhr ihr ein derart markerschütternder Schrei, dass ihr Ehemann mit einem Satz aus dem Bett sprang und zum Schrank stürzte.

Seite an Seite starrten sie in den offenen Safe. Er war nicht wie erwartet leer. Im oberen Fach stand ein weißes Schild, auf das jemand mit exakter Handschrift das Wort »Handschlagqualität« geschrieben hatte. Doch für Silke Warnaus Aufregung sorgte das Fach darunter. In ihm lag in einer kleinen Wasserlache eine abgehackte menschliche Hand.

8

Als Diana sich so leise wie möglich in den Seminarraum zurückschlich, war dieser verdunkelt. Alle Teilnehmer starrten an die Stirnseite des Zimmers. Es war unangenehm warm und roch nach abgestandener Luft. Saxenpichler saß wieder an seinem angestammten Platz. See lümmelte, ein Bein über das andere geschlagen, zurückgelehnt auf seinem Stuhl und würdigte sie keines Blickes. Auf der weißen Leinwand waren Verhörszenen zu sehen, die die Kollegen vom Raub mit anderen Kollegen, die Verdächtige spielten, aufgenommen hatten. Diana ließ sich auf einen freien Platz gleiten und blickte verstohlen auf die Uhr. Halb zwölf. Gott sei Dank war der Alptraum bald vorüber.

Nie, nie wieder werde ich mich vom Oberst in etwas hineinmanövrieren lassen, das meinem Bauchgefühl widerstrebt, schwor sie sich und wusste, dass der Tag, an dem sie diesen Schwur brach, bald kommen würde. Der Herr Oberst hatte schon des Öfteren über ihr Bauchgefühl gelästert. Im Polizeidienst fand er solche »Gefüüühle«, wie er sich ausdrückte, völlig fehl am Platz.

In diesem Augenblick kamen im Seminarraum ebenfalls Gefühle auf, und auch hier waren es negative. Saxenpichler begann, die Sinnhaftigkeit der gezeigten Verhörszenen vehement in Frage zu stellen. Zwischen See und ihm entspann sich ein lautstarker Streit darüber, ob man den Satz »Sie können mir gar nichts beweisen!« nicht schon als Schuldeingeständnis werten könnte. Da auch die anderen Anwesenden für die eine oder andere Seite Partei ergriffen, wurde die Diskussion immer lebhafter und drohte schließlich zu entgleiten.

Dennoch vernahm Dianas geschultes Ohr ungewöhnliche Geräusche von der Pausenzone. Einige Personen schienen vor der Tür zum Seminarraum ebenfalls aufgeregt miteinander zu diskutieren.

Sie fragte sich gerade, was da draußen wohl los war, als auch schon zaghaft angeklopft wurde und einer der jungen Mitarbeiter im Trachtenanzug seinen Kopf zur Tür hereinsteckte.

»Könnte einer der beiden Kripobeamten mitkommen?«, fragte er, offensichtlich bemüht, seine Stimme ruhig klingen zu lassen. »Es wäre dringend.«

See dachte nicht daran, die Vorführung zu unterbrechen, die während der Diskussion im Hintergrund weitergelaufen war. »In einer halben Stunde ist das Ganze hier ohnehin zu Ende. Solange wird Ihre Dringlichkeit wohl noch warten können«, sagte er nicht eben freundlich. Auch die Handbewegung, mit der er diese Worte begleitete, konnte man nicht als einladend bezeichnen.

»Gar nichts kann warten.« Um die mühsam aufrechterhaltene Gelassenheit des Hotelmitarbeiters war es geschehen. »Wir haben eine Hand gefunden! Oben in der rosa Suite!« Er klang panisch. »Eine echte menschliche Hand! Abgehackt. Im Zimmersafe von den deutschen Gästen.« Er wies mit der Rechten zurück auf die beiden Personen, die ihm mit kalkweißen Gesichtern über die Schulter blickten.

Lia Wikovits ließ einen erschrockenen Schrei hören.

Diana erkannte in der Unterbrechung vor allem eine höchst willkommene Möglichkeit, den stickigen Seminarraum zu verlassen, und sprang auf. »Ich werde mir die Sache ansehen, Carlos. Du beendest inzwischen das Seminar.«

Doch See war zu sehr Kriminalist, als dass ihn eine abgehackte Hand in einem Hotelsafe nicht alarmiert hätte. Er stoppte das laufende Verhörbeispiel und stand ebenfalls auf. »Sie bleiben alle hier in diesem Raum, bis wir zurückkommen«, befahl er den Seminarteilnehmern, die den Auftritt des Hotelmitarbeiters mit offenem Mund verfolgt hatten. »Wenn an der Geschichte von dem Burschen etwas Wahres dran ist«, setzte er fort, »werden wir vermutlich Ihre Aussagen brauchen. Damit Ihnen nicht fad wird, sehen Sie sich in der Zwischenzeit die Verhöre zu Ende an.« Mit schnellem Griff schaltete er das Video wieder ein.

Natürlich konnte Saxenpichler die Anweisung nicht unwidersprochen hinnehmen. »Das ist absolut lächerlich! Ich bleibe doch nicht hier, um mir weiterhin diese sinnlosen Filme anzusehen. Wenn das das Ende des Seminars ist, werde ich mich jetzt zurück in mein Büro begeben.« Er stand auf und griff zu seinem Sakko, das über der Stuhllehne hing. »Und ihr anderen könnt auch eure Sachen zusammenpacken.«

»Sie warten hier!« Sees Zeigefinger zeigte unmissverständlich in die Runde. »Und zwar alle. Wir bestimmen, wann Sie gehen können. Zuerst muss ich mir über die Situation Klarheit verschaffen.«

Saxenpichler stellte sich ihm in den Weg, beide Arme in die Hüften gestützt. »Die Pölz wird es doch wohl allein schaffen, sich diese angebliche Hand anzusehen. Und Sie beenden gefälligst das Seminar so, wie es vereinbart war.«

»Rudi, bitte!«, flehte Emgrabner, der ihm gegenübersaß.

Auch See hatte keine Lust, sich sagen zu lassen, was er gefälligst zu tun hatte. »Hinsetzen! Und warten. Es kann sein, dass wir Sie hier noch brauchen.«

»Aber wozu sollten Sie uns denn noch brauchen, Herrgott noch mal?«, ließ Saxenpichler nicht locker. »Was sollen wir denn gesehen haben? Wie Sie selbst am besten wissen, waren wir die ganze Zeit in diesem Raum. Und die beiden Deutschen kennen wir nicht.«

»Egal«, bestimmte See. »Sie bleiben da.«

»Ihr Tonfall ist der Situation vollkommen unangemessen, Herr Inspektor!« Saxenpichler schrie die Worte geradezu. »Ich werde mich bei Ihrem Oberst über Sie beschweren, das schwöre ich Ihnen. Der ist ein guter Freund von mir, und ...«

See hörte ihn nicht mehr. Er war Diana gefolgt, die den Raum längst verlassen hatte.

Vor den blank polierten Lifttüren schloss See zu Diana auf. Das junge Ehepaar redete mit sich überschlagenden Stimmen auf sie ein, wobei sie vor Aufregung immer wieder in einen plattdeutschen Dialekt verfielen, den die Beamten nur schwer verstanden. Der Zeigefinger des Hotelangestellten hämmerte währenddessen unaufhörlich auf den Liftknopf ein, so als würde der Aufzug dadurch schneller kommen.

Endlich im zweiten Stock angelangt, kam ihnen auch schon die Sensenwirtin entgegen. Die Handfläche ihrer Rechten bewegte sich beschwichtigend auf und ab. »Ich bitte Sie, ich bitte Sie«, sagte sie mit gedämpfter Stimme. »Kein Aufsehen! Das Haus ist voller Gäste. Die Geschichte darf keinesfalls die Runde machen, sonst kann ich mein Hotel zusperren.«

»Das scheint mir auch besser so«, entgegnete ihr Gast aus Deutschland düster. Aber zumindest hatte er den Tonfall gemäßigt und drückte sich wieder verständlich aus. »Wir sind auf Flitterwochen, und jetzt das!«

Diana beachtete ihn nicht weiter, sondern fragte Frau Grabert: »Um welches Zimmer handelt es sich?«

»Um die rosafarbene Honeymoon-Suite da vorn auf der rechten Seite. Kommen Sie, ich zeig sie Ihnen!« Sie machte dienstbeflissen kehrt und ging flotten Schrittes über den weichen Teppich in die Richtung, aus der sie gekommen war.

Die kleine Gruppe beeilte sich, ihr zu folgen. Die Braut hatte sich nun an ihren Gemahl gelehnt und schluchzte herzzerreißend.

»Sie warten hier draußen!«, wies See das junge Paar an.

Die Wirtin hielt Diana die Tür zur Suite auf, deutete auf den Safe und sagte dann zu ihren Gästen: »Keine Sorge, Sie bekommen natürlich sofort unsere andere Suite. Die himmelblaue. Die liegt am entgegengesetzten Ende des Hauses. Sie werden sehen, mir nichts, dir nichts haben Sie das Erlebte vergessen.« Und dann, an den Hoteldiener gewandt: »Zlatko, gib gleich der Dragica Bescheid, dass sie alles vorbereiten soll. Und sag ihr, dass sie auch eine Flasche von unserem besten Champagner bereitstellt, von dem echten aus Frankreich. Sie weiß dann schon, welcher gemeint ist. Ach ja, und dazu soll sie noch eine Silberschale mit Erdbeeren herrichten! Wir wollen ja, dass sich unsere Gäste schnell von ihrem Schreck erholen.«

Gerrit Warnau, der eigentlich vorgehabt hatte, umgehend die Heimreise anzutreten, fand, dass es schade wäre, auf den Champagner zu verzichten. Auch seine Angetraute hörte bei den Aussichten zumindest kurzzeitig mit dem Schluchzen auf.

»Wenn Sie ihn nicht unmittelbar brauchen, dann begleitet Zlatko meine Gäste zuerst zur Hotelbar hinunter und informiert dann das Stubenmädchen«, sagte die Sensenwirtin an die beiden Kommissare gewandt.

»Geht in Ordnung«, antwortete See. »Aber alle drei sollen sich zu unserer Verfügung halten. Das gilt für das gesamte Personal.«

Diana, die Wirtin und See standen vor dem offenen Safe und starrten auf die Hand und das Schild darüber.

»Handschlagqualität«, las Diana laut vor, während See sein Handy aus der Hosentasche zog, um ein paar Aufnahmen zu machen und dann die Spurensicherung zu verständigen. Sie drehte sich zu ihrer Begleiterin um. »Haben Sie eine Erklärung dafür?«

Die Wirtin schüttelte den Kopf. Sie war blass im Gesicht,

was Diana nicht wunderte. Wann fand man auch schon eine abgehackte Hand in seinem eigenen Safe? Auf ihrer Stirn standen Schweißperlen. Am Hals hatten sich hektische rote Flecken gebildet.

»Könnte das eine Botschaft sein?«, fragte Diana weiter.

Frau Grabert zuckte mit den Schultern. »Die Gäste sind erst vor einer Stunde angereist. Wie soll ich wissen, ob die Feinde haben?«

»Sie denken also, dass diese Inszenierung den Gästen gilt?«

»Wem denn sonst? Glauben Sie vielleicht, mir? Dann hätte man doch diese Pratzn in mein Büro oder meinetwegen in die Küche gelegt, aber doch nicht in die Suite. Außerdem kenne ich keine Menschen, die so etwas machen würden.«

Diana war nicht überzeugt, erkundigte sich aber dennoch: »Wer wusste, dass das Ehepaar heute anreisen und die Hochzeitssuite beziehen würde?«

»Wahrscheinlich deren Angehörige. Der Gutschein, den das Brautpaar bekommen hat, galt ausdrücklich für die rosafarbene Suite. Und natürlich wussten die Angestellten an der Rezeption Bescheid.« Sie seufzte und beeilte sich dann hinzuzufügen: »Aber für die lege ich meine Hand ins Feuer.«

See steckte sein Mobiltelefon wieder ein. »Um ehrlich zu sein, würde ich mir gut überlegen, wo ich derzeit meine Hand hinlege«, sagte er trocken.

»Aber Herr Inspektor«, die Wirtin war entrüstet, blieb aber weiterhin freundlich, »Sie wissen doch genau, wie ich das gemeint habe. Es ist mir ein Rätsel, was das Ganze bedeuten soll und wem die grausliche Hand gehört. Das Einzige, was ich wirklich weiß, ist, dass es meinem Geschäft unglaublichen Schaden zufügen wird, sollte je ein Sterbenswörtchen über die Hand an die Öffentlichkeit dringen. Mein Gott, ich darf gar nicht an die mögliche Schlagzeile in der Zeitung ›Austria‹ denken! Schrecklich!« Sie zog die Stirn in Falten, dachte kurz nach und wandte sich dann wieder freudestrahlend an die Inspektoren. »Können wir den Leuten, die schon etwas mitbekommen haben, nicht einfach sagen, es habe sich bei der Hand um einen Scherzartikel oder so etwas Ähnliches gehandelt? Dann könnten

Sie hier in Ruhe Ihre Arbeit machen, und die Aufregung hielte sich in Grenzen.«

»Das ist jetzt aber nicht Ihr Ernst«, war alles, was Diana dazu einfiel, und sie begann, sich im Zimmer umzusehen. Zwei kleine Schalenkoffer standen noch unausgepackt neben dem Schreibtisch. Der traurig aussehende Blumenstrauß, der neben der Stehlampe auf dem Boden lag, kam ihr bekannt vor. Auf den Nachttischchen hatte jemand Pralinen und jeweils einen grünen Apfel drapiert. Obwohl auf dem Bett offensichtlich schon jemand gelegen hatte, wirkte das Zimmer insgesamt noch unbewohnt. All das und nicht zuletzt die Tatsache, dass Diana selbst das Begrüßungskomitee in der Halle gesehen hatte, bestätigten ihr, dass die Gäste erst vor kurzer Zeit die Suite bezogen hatten.

Handschlagqualität, dachte sie im Stillen. Das Wort auf dem Zettel war ohne Zweifel eine Botschaft. Doch an wen gerichtet? Und vor allem: Was sollte sie bedeuten?

Jetzt hatte auch die Wirtin den Strauß am Boden entdeckt. »Die schönen Blumen! Das sind doch vielleicht undankbare Gfraster. So viel Mühe habe ich mir bei der Auswahl gegeben, und jetzt pfeffern sie den Strauß einfach ins Eck!«

Sie war schon mit einem Fuß in Richtung Blumen unterwegs, als Diana sie mit festem Griff zurückhielt. »Hiergeblieben! Es wird nichts angefasst, bevor die Kollegen von der Spurensicherung nicht ihre Arbeit gemacht haben.«

Erschrocken wich Frau Grabert einen Schritt zurück. »Schon gut«, murmelte sie kleinlaut.

»Sie waren ja schon vor uns in der Suite. Haben Sie irgendetwas angefasst?«

Die Wirtin schüttelte den Kopf. »Nein, ich bin nur kurz herein, als mich die Warnaus verständigt haben, und dann habe ich sofort den Zlatko zu Ihnen geschickt. Und um Ihrer Frage zuvorzukommen: Ich habe niemanden gesehen, der aus dem Zimmer geschlichen kam. Ich habe überhaupt nichts Verdächtiges bemerkt. Sonst hätte ich mir den Kerl geschnappt, das können Sie mir glauben. So eine Frechheit! Wie kann man nur …«

»Das reicht fürs Erste. Warten Sie an der Rezeption auf uns.« Karl-Heinz See sah keine Veranlassung, sich einen weiteren

Wortschwall der Wirtin anzutun. An Diana gewandt sagte er: »Die Hand ist relativ klein. Ich bin mir daher sicher, dass sie zu einer Frau gehört. Einer reichlich alten, würde ich meinen.«

Die Sensenwirtin zog scharf die Luft ein, folgte aber der unfreundlichen Aufforderung ohne Protest. »Mach ich, Herr Inspektor. Mach ich. Und wissen Sie, was ich noch machen werde? Wenn Sie mit Ihrem Prozedere fertig sind, dann lade ich die beiden Deutschen und die Teilnehmer vom Meissl-Seminar auf den Urfahraner Markt ein. Und Sie beide natürlich auch. Dann machen wir uns einen lustigen Nachmittag und genießen den Jahrmarktrummel. Damit der Tag noch erfreulich ausklingt und alle die ›Sensenwirtin‹ in guter Erinnerung behalten.«

Es dauerte keine Viertelstunde, bis Alfred von der Spurensicherung und seine Kollegen den Gang entlanggeeilt kamen und sich die beiden Inspektoren wieder ins Erdgeschoss begaben, um alle diensthabenden Mitarbeiter des Hotels und die anwesenden Gäste zu befragen.

In der Lobby wartete auch schon Bezirksinspektor Fritz Wöglinger auf sie, mit dem das Team der Mordkommission komplett war. Nur der Herr Oberst fehlte, aber den vermisste niemand. Man machte den jungen Kollegen mit den Umständen vertraut und beschloss dann, dass er die Befragung der anwesenden Gäste übernehmen sollte, während See sich um die Seminarteilnehmer und Diana sich um die Angestellten kümmerte.

Die Chefinspektorin konnte nur hoffen, dass die Gespräche ihrer Kollegen aufschlussreicher verlaufen waren als ihre eigenen. Denn die waren alles andere als ergiebig gewesen.

»Ich war den ganzen Vormittag hier an der Rezeption. Eine tschechische Reisegruppe hat ausgecheckt, ich hatte alle Hände voll zu tun«, erklärte Herr Franz, der Rezeptionist mit dem besonders akkurat gezogenen Scheitel. Und nein, er habe nicht beobachtet, dass sich jemand heimlich in die oberen Stockwerke geschlichen hätte. Allerdings kenne er nicht das Gesicht jedes einzelnen Gastes. »Die Leute verbringen bei uns meist nur ein oder zwei Nächte. Bei so einem regen Wechsel merkt man sich höchstens ein paar markante Erscheinungen.« Ja, es seien ein paar Teilnehmer vom Seminar an ihm vorbeigekommen, aber die hätten vermutlich nur zu den Toiletten gewollt. Eine von ihnen sei eine sehr hübsche Blondine mit einer ansprechenden Figur gewesen.

Aha, dachte Diana, Frau Wikovits fällt also unter das, was er als markante Erscheinung bezeichnet. Nicht wirklich verwunderlich.

Auch die Hausdame Dragica hatte nichts Verdächtiges bemerkt. Was sich dadurch erklärte, dass sie an diesem Vormittag die Reinigung der Zimmer im ersten Stock übernommen hatte. Für den zweiten war Gorica zuständig gewesen. Diese gab unter Tränen zu, mehrere Türen von nicht belegten Zimmern offen stehen haben zu lassen, um ordentlich durchzulüften. Währenddessen habe sie aus der Küche frische Äpfel geholt, die stets als Willkommensgruß auf jedes Nachttischchen gelegt wurden.

»Ich konnte die Äpfel nicht gleich zu Beginn meiner Schicht mit nach oben nehmen, weil ich erst auf die neue Obstanlieferung warten musste, die jeden Tag so gegen halb elf kommt.«

Eine Aussage, die der Küchenchef anschließend bestätigt hatte.

Auf Dianas Frage, ob sie im zweiten Stock jemanden gesehen habe, überlegte Gorica. »Ich bin im Flur nur den Gästen von Zimmer 212 und 214 begegnet. Sie waren dabei abzureisen. Und Zlatko, der ihnen mit dem Gepäck geholfen hat. Sonst war da niemand. Ach, doch, als ich wegen der Äpfel die Treppe hinunterlief, ist mir die Bruni, also unsere Restaurantleiterin, entgegengekommen.«

»Ist Ihnen an Ihrer Kollegin etwas aufgefallen? War sie anders als sonst?«

Gorica erwog den Gedanken. »Sie war vielleicht ein bisschen hektisch, so als ob sie es eilig hätte. Aber so ist die Bruni eigentlich immer.«

»Ja, freilich war ich oben«, bestätigte Brunhilde Hauzenberger wenige Minuten später. »Einige Gäste hatten ihr Frühstück im Zimmer eingenommen, und ich habe die Tabletts mit dem schmutzigen Geschirr eingesammelt. Solange mein Kollege Ahmed auf Urlaub ist, mache ich das jeden Vormittag.«

»Eine Zeugin sagt aus, Sie seien ungewöhnlich hektisch gewesen.«

»Die Zeugin war bestimmt die Gorica, und die soll lieber vor der eigenen Tür kehren. Es kann nicht jeder so langsam arbeiten wie sie. Ich musste mich beeilen, schließlich sind wir heute im Service unterbesetzt. Ein Kollege ist krank und Ahmed wie gesagt auf Urlaub.«

»Haben Sie die Tabletts geholt, bevor oder nachdem Sie Ihrer Mutter das Essen gebracht haben?«, wollte Diana wissen.

»Meiner Mutter?«, wiederholte die Restaurantleiterin und verstand anscheinend zuerst den Sinn der Worte nicht. »Ah, natürlich, meiner Mutter! Also, das war kurz davor. Ich hatte die Köchin gebeten, alles herzurichten, und während sie damit beschäftigt war, bin ich schnell hinauf. Heute waren es ohnehin nur zwei Tabletts. Eins auf Zimmer 235 und eins auf 117.«

»235 befindet sich im zweiten Stock, richtig? Nahe der rosafarbenen Honeymoon-Suite?«

Bruni schüttelte den Kopf. »Schon auf demselben Stockwerk, aber das Zimmer liegt am anderen Ende des Flurs. Von dort habe ich die rosafarbene Suite gar nicht sehen können.«

»Haben Sie eine Vermutung, von wem die Hand stammen könnte? Sie scheint zu einer alten Frau zu gehören.«

Bruni schluckte. Dann seufzte sie und sagte: »Ich habe nicht die geringste Ahnung, Frau Inspektor, wirklich nicht. Und ich weiß auch nicht, wer sie warum bei uns in einen Safe gelegt hat. Das ist ja alles ein Wahnsinn. Ich bin völlig fertig, das können Sie mir glauben.«

9

Als Diana ins Erdgeschoss zurückkam, lief ihr die Sensenwirtin über den Weg. Sie hielt sie auf. »Haben Sie meine Kollegen gesehen?«

»Freilich, die warten schon in unserem Jägerstüberl auf Sie. Da vorne links, ich zeige Ihnen gern den Weg. Und dann verkünde ich den Teilnehmern Ihres Seminars, dass ich sie gleich auf den Urfahraner Markt einlade. Nicht dass sie sich nach den Vernehmungen in alle Winde zerstreuen und auf Facebook oder Twitter, oder wie diese Plattformen alle heißen, was weiß ich für schreckliche Dinge posten. Sie müssen auf positive Gedanken gebracht werden. Außerdem haben sie sicher Hunger, und auf dem Urfahraner Markt gibt es ein Standl mit den besten Rostbratwürsteln weit und breit. Dazu ein frisches Bier und die Welt ist wieder in Ordnung.«

»Ihnen hat die abgehackte Hand offensichtlich nicht den Appetit verdorben«, stellte Diana nüchtern fest.

Die Wirtin blieb kurz stehen. »Das täuscht, Frau Chefinspektorin, das täuscht«, sagte sie ungewohnt ernst. »Ich finde den Vorfall furchtbar und erschreckend. Ich darf gar nicht daran denken, was der armen Frau zugestoßen sein könnte, sonst fällt meine Fassade in sich zusammen und ich breche auf der Stelle in Tränen aus.« Sie seufzte und ging dann energischen Schrittes weiter. »Aber hier geht es nicht um mich, sondern um meine wertvollen Gäste. Die darf ich nicht verprellen.« Sie setzte ihren Weg fort und sagte im Gehen: »Ich zermartere mir schon die ganze Zeit das Hirn, wer die Hand in mein Haus gebracht haben könnte und was er oder sie damit bezwecken wollte. ›Handschlagqualität‹! Was soll das überhaupt heißen? Wer soll daraus schlau werden? Und das alles ausgerechnet in der rosafarbenen Honeymoon-Suite.« Sie schüttelte den Kopf. »Entweder wollte jemand das frisch getraute Paar in Angst und Schrecken versetzen oder mir und meinem Hotel schaden.« Sie schaute Diana mit großen Augen an. »Eine abgehackte Hand! Am Ende war es gar die Mafia! Die sind doch bekannt für solche Grausamkeiten. Halten Sie das für möglich?«

»Nein«, sagte Diana wahrheitsgemäß, um gleich darauf einzuschränken, »aber wir werden in alle Richtungen ermitteln.«

Die Wirtin schien sich etwas zu beruhigen. »Das weiß ich, Frau Chefinspektorin, und bin sehr froh darüber. Haben Sie die beiden Deutschen schon vernommen? Ich denke, die sollte man als Erstes befragen.«

»Das werden wir schon tun, keine Sorge. Wie lange stand die Suite denn leer?«

»Gestern gegen drei Uhr nachmittags sind zwei Gäste aus Polen abgereist. Ich weiß das deshalb so genau, weil mich der Herr Franz gefragt hat, ob er mehr berechnen soll, weil die sich mit dem Abreisen so viel Zeit gelassen haben. Aber natürlich habe ich nichts extra verlangt. Ich habe ja die Suite erst heute Vormittag gebraucht, und in dem schönen Raum kann man schon einmal die Zeit vergessen, wenn Sie verstehen, was ich meine.«

»Wo waren Sie heute Vormittag?«

»Ich? Hier und dort und überall. Ich muss ja schließlich dafür sorgen, dass der Hotelbetrieb reibungslos läuft.«

»Herr Saxenpichler wollte in der Vormittagspause mit Ihnen sprechen. Hat er das getan?«

»Der Rudi?« Frau Grabert blieb wieder stehen, um nachzudenken, und lachte dann auf. »Freilich, der hat sich wegen ein paar Bananen aufgeregt. Der ist ja so ein unglaublicher Sparmeister, man glaubt es nicht.«

»Ich habe ihn mit einer kleinen Kühltasche zu seinem Auto gehen sehen.«

»Ach, wirklich? Dann hat er seine Ankündigung, die Bananen mit den braunen Flecken mitzunehmen, tatsächlich wahr gemacht, der Spinner. Er hatte Angst, ich würde sie wegwerfen.«

»Und sein Verhalten macht Ihnen nichts aus?«

»Aber nein. Ich kenn den Rudi schon so lang. Wir waren ja sogar mal … Ich meine, er hat ja selbst viele Jahre bei uns in St. Magdalena gelebt. Da braucht es schon mehr als ein paar Marotten, um mich auf die Palme zu bringen. Außerdem sind es ja liebenswerte Marotten.« Sie stieß die Tür zu ihrer Linken auf. »Und da sind wir schon, bitte sehr.« Mit einer großzügigen Geste ließ sie Diana den Vortritt.

Das Jägerstüberl machte seinem Namen alle Ehre. Es war ein kleiner, gemütlicher Raum mit gepolsterten Eckbänken, karierten Tischdecken und Hirschgeweihen und Rehkrickerln an den holzvertäfelten Wänden.

See, Spurensicherer Alfred und Fritz Wöglinger warteten bereits auf sie.

»Hier haben Sie's ruhig und können ungestört reden. Ich werde die Bruni gleich mit Kaffee und Wasser hereinschicken«, sagte die Sensenwirtin und lächelte in die Runde. »Die Viecher da hat die Bruni übrigens selbst geschossen. Sie ist eine begeisterte Jägerin, ich habe die Geweihe quasi aus erster Hand bekommen.«

»Das ist ja einmal ein außergewöhnlicher Fall«, sagte Diana, als sich die Tür hinter der Wirtin geschlossen hatte. »Eine Hand in einem Safe. Mir würde das Herz stehen bleiben, wenn ich so etwas im Urlaub sehen würde. Also, was haben wir?«

»Die Hand ist auf dem Weg in die Gerichtsmedizin«, begann Alfred. »Sie weist jede Menge Altersflecken zwischen den Todesflecken auf. Die Person war also mindestens siebzig, wenn nicht älter, als sie starb. Dass es sich um die Hand einer Frau handelt, sieht man mit bloßem Auge.«

»Meine Rede«, kommentierte See und war mit sich zufrieden.

»Woran sie gestorben ist«, setzte Alfred fort, »kann der Doc nur klären, wenn Gift im Spiel gewesen ist. Höchstwahrscheinlich ist die Hand mit einer Axt abgehackt worden. Ob vor dem Tod oder post mortem, wird der Mediziner hoffentlich feststellen können. Sie war offensichtlich eingefroren und ist erst im Safe langsam aufgetaut. Daher war der typische Geruch auch noch nicht so intensiv.«

Diana schüttelte den Kopf. »Wer bitte hackt einer alten Frau die Hand ab? Das ist doch krank.«

»Die wichtigere Frage lautet«, fuhr See dazwischen, »wo die Frau zu dieser Hand ist. Lebt sie etwa noch und läuft nun mit nur einer Hand durch die Gegend? Oder ist sie, was Alfred anscheinend vermutet und auch ich für plausibler halte, tot? Aber warum haben wir dann keine entsprechende Leiche? Fritz, check einmal die Vermissten der letzten Jahre. Vielleicht ist unter ihnen ja etwas Passendes dabei.«

»In Ordnung, Carlos!« Bezirksinspektor Wöglinger klappte seinen Laptop auf, um sich sogleich an die Arbeit zu machen.

»Bleibt noch zu klären, wie die Hand in den Safe gelangt ist. Und warum«, setzte Diana die Überlegungen fort.

»Meine Leute durchsuchen grad die Kühltruhen und -schränke der Küche. Vielleicht wurde sie ja hier im Haus aufbewahrt.«

»Warum sollte jemand die Hand im Haus aufbewahren und dann in den Safe legen?« See war nicht überzeugt. »Das ergibt doch keinen Sinn.«

»Ergibt es mehr Sinn, wenn jemand von außerhalb die Hand in den Safe gelegt hätte, Carlos?«, konterte Alfred.

»Als ich auf dem Parkplatz gegenüber telefoniert habe, habe ich Saxenpichler mit einer gelben Tasche gesehen, die er in seinem Auto verschwinden ließ«, fiel Diana ein. »Ich bin mir nicht hundertprozentig sicher, aber es könnte eine Kühltasche gewesen sein.«

»So ein Blödsinn«, meinte See. »Der Saxenpichler ist zwar ein Ungustl, trägt aber doch keine abgehackten Hände spazieren.«

»Und woher willst du das wissen?« Diana hielt die Möglichkeit zwar auch für wenig wahrscheinlich, hasste es aber, wenn ihr Kollege eine ihrer Ideen niedermachte. »Ich werde es auf jeden Fall überprüfen.«

»Mach, was du willst«, sagte See großzügig. »Von mir aus kannst du auch sofort damit anfangen. Ich denke, wir sind hier fertig. Gehen wir in den Seminarraum hinüber, packen unsere sieben Zwetschken ein und sagen den Leuten, dass wir sie zumindest für heute nicht mehr brauchen.«

»Schon vergessen? Die Sensenwirtin will uns, die Teilnehmer und die Deutschen auf den Urfahraner Markt einladen. Als Wiedergutmachung für den Schock«, erinnerte ihn Diana. »Ich halte das zwar für eine reichlich absurde Idee, aber wenn sie meint. Ich gehe sicher nicht mit. Wie steht's mit dir?«

»Mich können sie auch vergessen.« See war aufgestanden, hatte sich sein Sakko über die Schulter geworfen und wollte gerade das Stüberl verlassen, als Wöglinger ihn zurückhielt.

»Einen Augenblick noch, Carlos. Ich bin auf drei alte Frauen gestoßen, die in den letzten zwei Jahren als abgängig gemeldet und bisher nicht wieder aufgefunden wurden. Zwei sind aus Altersheimen in Linz abgehauen, die dritte wird von ihren Angehörigen in Gunskirchen vermisst. Vielleicht haben wir von den Frauen Material, um einen DNA-Abgleich zu machen.«

»Passt«, sagte See. Es war das höchste Lob, das er verteilte.

Wöglinger errötete wie immer leicht, wenn er von seinem Idol positiv wahrgenommen wurde, klappte seinen Laptop zu und zog das Kabel aus der Steckdose unter der Eckbank. »Und was meine Vernehmungen betrifft«, sagte er dabei, »ist vielleicht ein Sachverhalt interessant. Den anderen Hotelgästen, die ich im Haus angetroffen habe, ist erwartungsgemäß nichts aufgefallen. Und dieser«, er blätterte in seinem Notizblock, »Gerrit Warnau will auch von nichts etwas wissen. Allerdings hat seine Frau, Silke Warnau, angegeben, ihr Mann habe Streit mit seinem Schwager, also dem Mann seiner Schwester, gehabt. Der ist Metzger und wohnt in … wartet, das habe ich aufgeschrieben«, er blätterte abermals, »da ist es, in Tastrup. Das gehört irgendwie zu Flensburg. Soll ich die Kollegen ersuchen, den Mann zu vernehmen?«

»Damit warten wir noch«, bestimmte See, bevor Diana antworten konnte. »Das kann alles oder nichts heißen. Für eine aufwendige Vernehmung im Rechtshilfeweg ist die Spur auf alle Fälle noch zu dünn.«

»Sodala, da wär dann Ihr Kaffee.« Bruni Hauzenberger hatte die Tür mit dem Ellenbogen aufgestoßen und stellte nun ein Tablett mit vier Tassen, aus denen es verlockend dampfte, auf den Tisch. Der knusprige Apfelstrudel, der danebenstand, duftete verführerisch und schien frisch aus dem Ofen zu kommen. Unter den Umständen mussten sich die Seminarteilnehmer noch einige Minuten gedulden.

»Meine Tasche?«, begehrte Rudolf Saxenpichler nicht ganz unerwartet auf. Er war durch das lange Warten nicht in allerbester Stimmung. »Natürlich war das eine Kühltasche. Ohne würden doch die Bananen im Auto verderben. Ich sehe gar nicht ein, dass ich die Ihnen jetzt zeigen soll.«

»Das ist eine reine Routinemaßnahme. Kollege Wöglinger,

begleiten Sie Herrn Saxenpichler zu seinem Wagen. Die Tasche wird sichergestellt. Wenn in ihr Bananen sind, kann er die natürlich behalten.« Diana hatte vom Modus der verständnisvollen Referentin wieder in den der Chefinspektorin gewechselt. Und als solche brauchte sie sich nicht auf endlose Diskussionen einzulassen, sondern konnte einfach bestimmen. Selten hatte sie ihren Job so geliebt wie in diesem Augenblick.

Wöglinger hielt Saxenpichler die Tür auf, der leise fluchend den Raum verließ.

»Brauchen Sie uns dann noch, Frau Chefinspektorin?«, wollte die Sensenwirtin wissen. »Wir würden uns gern auf den Weg machen. Geben Sie sich einen Ruck und lassen Sie sich die Bratwürstel nicht entgehen!«

Diana hob bedauernd die Hände. »Danke für die Einladung, aber die Arbeit ruft leider.«

»Apropos Arbeit«, sagte Gerrit Warnau daraufhin, »in vier Tagen müssen auch wir wieder arbeiten. Meinen Sie, bis dahin ist alles geklärt?« Insgeheim verfluchte er Schwiegermutters Lieblingszeitschrift und das doofe Preisausschreiben. Wenn er nur daran dachte, dass er jetzt mit einem Cocktail in der Hand in Kroatien liegen könnte, neben sich sein Mäuselchen im Bikini. Der Besuch eines Jahrmarkts war nur ein armseliger Ersatz dafür.

»Da, bitte schön!« Rudolf Saxenpichler hatte die Tür aufgerissen und die kleine Kühltasche vor Diana auf den Tisch geknallt. »Aber die krieg ich wieder!«

»Da waren drei Bananen drinnen, die Herr Saxenpichler schon herausgenommen hat«, erklärte Wöglinger.

»Nachdem also auch das geklärt ist«, sagte die Wirtin, sprang so schnell auf, dass der Rock ihres Dirndlkleids fröhlich wippte, und klatschte ebenso fröhlich in die Hände, »beginnt jetzt der angenehme Teil des Tages. Auf geht's, meine Herrschaften!«

»Auf dem Urfahraner Markt war ich schon Ewigkeiten nicht mehr.« Lia Wikovits, die Marketingleiterin, fasste Emgrabner beim Hinausgehen am Arm. »Fährst du mit mir Geisterbahn, Heli?«

Frau Dr. Emgrabner presste die Lippen zu einem Strich zusammen.

Hab ich's doch gewusst, dachte Diana, während sie hinter der Gruppe den Raum verließ, der Emgrabner und die Marketingtussi hatten etwas miteinander laufen. Und seine Schwester war nicht im Geringsten damit einverstanden. Diana lächelte. Gegen das Betriebsklima in der Führungsetage der Firma Meissl war die Stimmung in der Mordkommission geradezu harmonisch.

»Ich würde gerne mal wieder mit dem Riesenrad fahren«, meldete sich Saxenpichler zu Wort, »aber die Tickets dafür sind unverschämt teuer.«

Die Sensenwirtin hakte sich bei ihm unter. »Heute lade ich dich ein, Rudi. Zur Feier des Tages.« Sie strahlte zu ihm hinauf. »Das ist das Mindeste, was ich gegen den Schock tun kann. Nimmst du mich im Auto mit? Und das nette Ehepaar aus Deutschland auch? Das wäre ausgesprochen lieb von dir. Zurück leisten wir drei uns dann ein Taxi.«

»Na, von mir aus. Aber zuerst brauche ich dringend noch einen Kamillentee.« Saxenpichler ging zur Kaffeemaschine in den Vorraum, stellte die Tasse an die dafür vorgesehene Stelle und drückte auf den Knopf. Dann riss er eine kleine Süßstofftüte auf, nahm eine Tablette heraus und versteckte die andere ganz automatisch hinter dem chromblitzenden Gerät, obwohl er am späteren Nachmittag nicht mehr da sein würde, um sie zu verwenden.

Dianas Blicke kreuzten sich mit denen der Sensenwirtin, und beide mussten lachen.

»'tschuldigung, eine Frage.« Ein Mitarbeiter der Spurensicherung im weißen Schutzanzug hatte die Seminarlounge betreten. In seiner rechten Hand, über der er einen Einweghandschuh trug, hielt er einen pink-lila gestreiften Gefrierbeutel. »Gehört der jemandem von Ihnen?«

»Um Himmels willen!« Mit einem schnellen Satz stellte sich ihm die Sensenwirtin in den Weg. »Rennen Sie doch nicht in dieser Aufmachung durch mein Haus! In der Küche, hat es geheißen. In der Küche können Sie alles von unten nach oben kehren, aber doch nicht hier, wo Sie die anderen Gäste sehen können!«

Diana wollte schon eingreifen, aber der Spurensicherer war

durchaus Herr der Lage. »Erstens mache ich auch nur meinen Job«, begann er ruhig und gelassen, »und zweitens stelle ich nur eine kurze Frage und bin dann schon wieder weg. Also: Gehört jemandem von Ihnen dieser Gefrierbeutel, oder hat ihn jemand von Ihnen weggeworfen?«

Alle verneinten.

»Ich verwende sicher keine so geschmacklosen Säcke«, mokierte sich die Marketingleiterin. »Pink und lila gestreift, wer lässt sich denn so etwas einfallen? Ich habe nicht einmal gewusst, dass es so etwas Scheußliches gibt.«

»Ich weiß sogar, wo«, meldete sich Inspektor Wöglinger zu Wort. »Gleich hinter der Grenze bei einem tschechischen Diskonter. Die sind spottbillig!«

Diana stutzte und sagte dann, ohne lange nachzudenken: »Ach tatsächlich? Spottbillig? Herr Saxenpichler, sind Sie sich sicher, dass der Sack nicht Ihnen gehört?«

See verzog die Lippen zu einem amüsierten Grinsen.

»Tschechisch?«, wiederholte die Wirtin. »Dann hat den mit Sicherheit jemand aus der Reisegruppe weggeworfen, die heute Vormittag abgereist ist. Der Franz soll Ihnen die Namen von den Leuten aufschreiben.«

Saxenpichler warf einen schnellen Blick auf den Gefrierbeutel, bevor er seine Tasse wieder an die Lippen führte. »Ich verwende so etwas mit Sicherheit nicht. Egal, was es kostet, es ist in jedem Fall zu teuer. Und außerdem schadet Plastik der Umwelt.«

10

Sie trafen sich wie vereinbart beim pinkfarbenen Truck, aus dem Schaumrollen, Kokoskuppeln und anderes süßes Backwerk verkauft wurden. Da es erst gegen halb drei Uhr nachmittags war, hatten sie nicht allzu lange nach Parkplätzen suchen müssen, und so tauchte die kleine Gruppe mehr oder minder fröhlich in das bunte Treiben des Jahrmarkts ein. Aus den

Lautsprechern der Autodrome und Karussells mischten sich »Atemlos durch die Nacht« und »Live Is Life« mit dem Gejodel eines Zillertaler Schürzenjäger-Klons. Eine rauchige Frauenstimme forderte übers Mikrofon: »Fahrchips an der Kasse lösen, bittäää, Fahrchips an der Kasse lösen!« Es roch nach Zuckerwatte und Brathuhn, und vom Stand gegenüber, der fetttriefende ungarische Langos anbot, drang scharfer Knoblauchgeruch zu ihnen herüber.

Die Sensenwirtin war in ihrem Element. »Ist es nicht schön hier?« Sie musste gegen den Lärm der Lautsprecher anschreien. »So eine Vielfalt. So ein lebhaftes Miteinander. Ich liebe den Urfahraner Markt, ihr nicht auch?«

Die anderen nickten pflichtschuldig, Frau Dr. Emgrabner verzog abschätzig die schmalen Lippen.

»Kaufst du mir einen Luftballon, Bärchen? Einen, der wie ein Minion aussieht! Bitte, bitte, bitte«, quengelte die frisch vermählte Silke Warnau mit einer Stimme, als wäre sie nicht älter als fünf. Damit hatte sie Erfolg. Kurz darauf flatterte ein gelbes Männchen in Jeans an ihrem schmalen Handgelenk im Wind.

»Ich spendiere jetzt erst einmal eine Runde Kokosbusserl für alle«, verkündete die Sensenwirtin, kaufte eine Tüte und bot sie reihum an. »Ohne Kokosbusserl ist ein Urfahraner Marktbesuch kein Urfahraner Marktbesuch. Die gehören einfach dazu. Aber so weich wie die müssen sie sein, nicht hart und bröselig.«

»Kokosbusserl«, wiederholte Silke Warnau, die den Jahrmarkt sichtlich zu genießen begann, »das klingt ja ulkig!« Sie griff gern noch ein zweites Mal zu.

Frau Dr. Emgrabner hatte keine Vorliebe für Süßes. Ihr kritischer Blick hatte etwas ganz anderes entdeckt. »Also, das ist ja doch … Habt ihr das gesehen?« Ihr Tonfall war entrüstet. »Die beiden Burschen da drüben im Autodrom sind dem Mädchen frontal in den Wagen gefahren. Das war doch blanke Absicht!«

»Aber Renate, jetzt beruhig dich, das ist doch nur Spaß«, antwortete ihr Bruder lässig und schob sich die Sonnenbrille ins gegelte Haar. »Lass den Typen ihre Freude. So haben wir Burschen früher auch angebandelt!« Er legte, offensichtlich ohne nachzudenken, den Arm um Lia Wikovits, die wie auf Kommando anhimmelnd zu ihm aufsah.

Doch seine Schwester war weit davon entfernt, sich zu beruhigen. »Anbandeln?«, fuhr sie ihn an. »Anbandeln nennst du das? Frauen zu verletzen war schon nicht lustig, als du dreizehn warst. Jetzt mit neununddreißig ist es eine Schande. Wenn ich nur daran denke, was die arme Louise …«

Emgrabner nahm mit einer schnellen Bewegung, als hätte er sich verbrannt, die Hand von Lia Wikovits Schulter. Für einen kurzen Augenblick hatte er vergessen gehabt, dass seine Schwester anwesend war und er sich daher zurückhalten musste. Auch wenn sicher die halbe Firma bereits tuschelte, hatte ihn Renate noch nie in flagranti erwischt. Sonst hätte sie alles seiner Frau, ihrer Busenfreundin Louise, gesteckt, und dann wäre Schluss mit lustig gewesen. Zum Glück war seine liebe Schwester zwar selbstgerecht, aber auch durch und durch Juristin. Ohne Beweise keine Anklage, das war ihre Devise. Also durfte er ihr keinen Beweis für seine eheliche Untreue liefern. Und doch ging es ihm so auf die Nerven, immer Rücksicht nehmen zu müssen. Und dass Renate kein Problem damit hätte, ihn vor allen Leuten bloßzustellen. Dabei hatte sie eigentlich gar keinen Grund, den Moralapostel zu spielen. Nicht nach all dem, was er über sie wusste. Nicht nach dem, was letzten Herbst geschehen war. Dennoch musste er vorsichtig sein. Immerhin war seine Frau die Mehrheitseigentümerin der Firma.

»Noch ein Kokosbusserl?«, fragte die Sensenwirtin strahlend in die Runde, wohl um die Stimmung wieder zu heben.

Helwig Emgrabner war ihr dafür so dankbar, dass er noch einmal zugriff, obwohl auch er sich nichts aus Süßem machte. »Sie haben recht«, sagte er betont freundlich. »Die sind wirklich ausgezeichnet.«

»Fahren wir beide dann später Geisterbahn, Helibutzi?« Lia Wikovits hatte natürlich bemerkt, dass ihr Geliebter den Arm zurückgezogen hatte. Sie stellte die Frage ganz bewusst und blickte dabei mit herausforderndem Lächeln zu dessen Schwester Renate hinüber. »Ich wäre so gern mit dir allein im

Dunkeln.« Sie strich sich mit voller Absicht aufreizend mit der Zunge über die Lippen. Von ihr aus konnte Helis Frau ruhig Bescheid wissen. Je früher, desto besser. Sie war jetzt dreiunddreißig Jahre alt und konnte auch nicht ewig warten.

»Helwig, du wirst doch nicht –«, setzte Renate auch schon zum nächsten Protest an, wurde aber brüsk von Rudolf Saxenpichler unterbrochen, der sie an der Schulter packte.

»Hast du das gesehen, Renate? An dem nächsten Stand gibt es Tennissocken im Doppelpack um zwei neunzig. Du hast doch gesagt, dass du welche brauchst. So günstig bekommst du sie nicht einmal bei diesem englischen Sportdiskonter in der Innenstadt.«

Frau Doktor war sofort abgelenkt. »Nein danke, Rudi, aber sehr lieb von dir.« Sie klang eher pikiert als erfreut. »Ich kaufe meine Kleidung immer noch in einem Fachgeschäft und nicht hier auf diesem … diesem Tandlmarkt.«

Saxenpichler war kein Mann, der schnell aufgab. »Aber die sind aus Baumwolle. Da, schau sie dir doch an!« Er ging zu dem Stand und wedelte mit einem Paket Socken herum. »Die sind in deinem Fachgeschäft«, er betonte das letzte Wort absichtlich abschätzig, »sicher mehr als doppelt so teuer. Jetzt schlag schon zu!«

»Was für eine verlockende Aufforderung«, murmelte Helwig Emgrabner trocken.

Lia Wikovits kicherte.

Da lenkte die Sensenwirtin die Aufmerksamkeit wieder auf sich, indem sie in die Hände klatschte. »Jetzt werden wir erst einmal alle gemeinsam gemütlich ein spätes Mittagessen einnehmen, und dann kann sich unsere Gruppe ja aufteilen, und jeder macht, wonach ihm der Sinn steht. Und kauft Tennissocken oder auch nicht.«

Damit waren alle einverstanden. Sogar Saxenpichler legte widerspruchslos den günstigen Doppelpack auf den Stapel zurück. Eine kostenlose Mahlzeit hatte immer Vorrang. »Ich würde nach dem Essen gern mit dir unter vier Augen reden, Greta«, flüsterte er der Wirtin zu, während sie sich durch die entgegenkommende Menschentraube zu dem Teil des Marktes drängten, von dem der Duft nach Bratwürsten verlockend herüberwehte.

Sie kamen an den Schießbuden vorbei, an denen ein paar Burschen in Kunstlederjacken ihr Glück mit dem Zimmergewehr versuchten. Die Gruppe Mädchen, die in grellen T-Shirts und kurzen Röcken danebenstand, lachte sie aus, wann immer sie das Ziel verfehlten. Aber einer der jungen Männer überreichte seiner Angebeteten voller Stolz eine rote Papierrose.

»Und was soll ich jetzt damit?«, fragte diese uninteressiert, verzog ihr mehrfach gepierctes Gesicht und warf die Papierblume über die Schulter auf den Boden. »Hättest mir lieber einen kleinen Schraubenzieher geschossen. Den hätte ich besser brauchen können.«

Die Sensenwirtin hatte die Szene beobachtet, lachte und drehte sich zu ihren Begleitern um. »So jung müsste man noch einmal sein!«

Jung bin ich ja, dachte sich Gerrit Warnau, aber das ist nicht genug: Ganz woanders müsste man sein!

»Guck mal, Bärchen, sind die Herzen nicht süß?« Seine Frau hatte seine Hand ergriffen und zog ihn zu einem Zuckerstand gegenüber den Schießbuden.

»Unter vier Augen, Greta«, ließ Saxenpichler nicht locker.

Sie strahlte ihn an. »Aber gern, lieber Rudi.« Dann lächelte sie wieder in die Runde. »Schaut nur, da vorne in dem kleinen Gastgarten neben dem Bratwurststand ist noch ein Biertisch für uns frei. Als hätte er auf uns gewartet. Den schnappen wir uns.« Mit wehendem Dirndlrock lief sie los, um ihren Plan in die Tat umzusetzen.

Rudolf Saxenpichler beeilte sich, ihr zu folgen.

Da schau her, dachte Renate Emgrabner, es soll mich nicht wundern, wenn ich hier einem weiteren Gspusi auf die Spur gekommen bin. Wieder war sie in einer bestimmten Situation, die sie nur allzu gut kannte. Da waren die beiden Deutschen, die sich ständig verliebte Blicke zuwarfen. Da waren ihr Bruder Heli und die dumme Tussi, mit der ihn offensichtlich eine außereheliche Affäre verband. Und jetzt entpuppten sich auch noch der Rudi und die ewig gut gelaunte Sensenwirtin als

Paar. Dabei war er doch ihr Tennispartner! Da hätte sie doch die älteren Rechte auf ihn gehabt, oder etwa nicht? Es war so typisch! Jeder hatte jemanden fürs Bett, manche sogar fürs Herz, nur sie hatte wieder einmal niemanden. Da nutzte ihr auch der doppelte Doktortitel nichts. Renate beschloss, ihren Kummer in einem Stamperl Marillenschnaps zu ertränken. Oder auch in zwei.

Während Rudi Saxenpichler den Biertisch mit Papierservietten säuberte und die resche Wirtin ihn dafür in den höchsten Tönen lobte, machte Renate sich auf den Weg zurück zur Schnapsbude, an der sie eben erst vorbeigekommen waren. Dabei begegneten ihr die beiden Deutschen, die den Anschluss an die Gruppe verloren hatten und sie nach dem Weg fragten. Die junge Frau mit dem Luftballon hatte rote Wangen und strahlte von einem Ohr zum anderen. Ihr Gemahl hatte ihr auch noch ein überdimensionales Lebkuchenherz gekauft. »I hob di so liab!«, stand da in Schnörkelschrift aus weißem Zuckerguss, umrahmt von kleinen rot-grünen Blümchen. Renate Emgrabner seufzte. Wer würde ihr je so ein Herz schenken?

Am Würstelstand herrschte Selbstbedienung.

Die Sensenwirtin übernahm das Kommando, als die Warnaus eingetroffen waren. »Danke fürs Saubermachen, Rudi. Und jetzt setzt du dich am besten an den Tisch und vertreibst alle, die uns den Platz streitig machen wollen. Das kann niemand so gut wie du. Das liebe Ehepaar aus Deutschland wird dir dabei Gesellschaft leisten. Ich habe gerade entdeckt, dass der Stand hier nicht nur Würstel, sondern auch Grillhenderl anbietet, also: Wer will ein Henderl, wer lieber Bratwürstel?«

Alle entschieden sich für Letzteres mit Sauerkraut.

»Dann schließe ich mich euch natürlich an«, sagte die Wirtin und wandte sich an Helwig Emgrabner, während sie gleichzeitig auf die Menschenschlange vor der Würstelbude deutete. »Darf ich Sie und Ihre charmante Kollegin bitten, sich anzustellen?« Ohne die Antwort abzuwarten, kramte sie ihr Portemonnaie aus der Handtasche und reichte ihm einen Hunderter. »Der müsste für sieben Portionen Würstel locker reichen. Und ich kümmere mich in der Zwischenzeit ums Bier.«

Emgrabner und Lia Wikovits verzichteten auf Widerspruch und taten wie ihnen geheißen.

»Für uns lieber zwei Mal Apfelschorle«, meldete sich Gerrit Warnau zu Wort, der wunschgemäß mit seiner Gattin am Biertisch Platz genommen hatte.

Rudi Saxenpichler hockte am anderen Ende der Bank, bereit, jeden zu verscheuchen, der sich dazusetzen wollte.

»Wird gemacht«, sagte die Sensenwirtin.

»Soll mein Bärchen Ihnen nicht helfen?«, erkundigte sich seine junge Ehefrau eifrig. »Die Gläser sind doch viel zu schwer für Sie allein.«

Während sich Gerrit Warnau geschockt wunderte, ob es sich seine Gattin zur Gewohnheit machen würde, ohne ihn zu fragen, seine Hilfe anzubieten, lachte die Wirtin nur auf. »Zu schwer? Na, Sie sind gut! Ich hab als junge Frau auf dem Oktoberfest gekellnert. Damals hab ich locker zehn Maßkrüge gestemmt. Da werde ich heute sieben Halbe wohl auch noch schaffen.«

Kurze Zeit später brachte sie die ersten Gläser zum Tisch zurück. »Damit ihr drei mir nicht verdurstet«, sagte sie. »Zum Wohlsein!« Sie wartete, bis ihre Gäste den ersten tiefen Schluck genommen hatten, bevor sie sich erneut umwandte. »Ich muss wieder zurück zur Ausgabe und dem Burschen auf die Finger schauen, damit er ordentlich einschenkt. Ah, sehr gut, die Würstel sind auch schon im Anmarsch.«

Die letzten Worte bezogen sich auf Helwig Emgrabner, dem es gelungen war, ein Tablett auszuleihen, auf dem er nun das Essen heranbrachte. Auf den weißen Papptellern dampfte das Sauerkraut mit jeweils drei braun gegrillten Rostbratwürsteln. Dazu gab es blasse Semmeln und einen Klacks Senf.

Kurz darauf erschien auch die Sensenwirtin wieder und knallte mit einem »Sodala!« die noch fehlenden Biergläser auf den Tisch.

»Die schauen viel besser aus«, beschwerte sich Saxenpichler. »Bei meinem Bier war kaum Schaum drauf!« Was ihn allerdings nicht davon abhielt, einen weiteren großen Schluck zu nehmen und sich dann mit dem Handrücken über die Lippen zu wischen.

»Rudi, wie war das noch mal mit dem geschenkten Gaul?« Renate Emgrabner war nun auch am Tisch aufgetaucht.

»Lassen Sie ihn ruhig«, sagte die Wirtin, »so sind sie halt, die Männer. Kommen Sie, wir rücken zusammen, damit Sie auch noch Platz haben. Wir haben Würstel und Bier für Sie mitbestellt. Ich hoffe, das war Ihnen recht.«

11

»Herzlichen Dank, das hat jetzt gutgetan. Ich hatte wirklich einen Riesenhunger.« Helwig Emgrabner schob den leeren Pappteller von sich weg und warf einen Blick auf seine Pilotenuhr. »Schon fast vier? Wenn ich heute noch etwas schaffen will, muss ich jetzt wieder ins Büro.«

Natürlich kam sofort Protest aus Lia Wikovits entzückendem Schmollmund. »Jetzt sei kein Spielverderber, Heli! Einmal Geisterbahn wird schon noch drin sein. Wo ich mich die ganze Zeit schon so darauf gefreut habe.« Sprach's, winkte in die Runde und zog den Widerstrebenden hinter sich her.

»Was machen wir denn jetzt, Bärchen?«, wollte Silke Warnau wissen. »Ach, ich liebe Jahrmärkte. Und den hier finde ich besonders schön. Eine geile Atmosphäre.«

Schweren Herzens stellte sich Gerrit Warnau darauf ein, noch länger auf dem Urfahraner Markt zu bleiben. Dabei hätte er die geile Atmosphäre lieber in ihre Honeymoon-Suite transportiert.

»Ins Büro«, fuhr Saxenpichler auf und klang ebenso höhnisch wie theatralisch übertrieben, »ins Büro will er gehen! Was für ein Blender. Der glaubt doch selbst nicht, dass der heute noch arbeitet. Der will sich doch nur wichtigmachen. Willst du den beiden nicht nachgehen, Renate?«, setzte er mit verschlagenem Lächeln hinzu. »Unsere liebe Lia sah aus, als wollte sie den

Helwig auf der Stelle vernaschen. Die haben einen Anstandswauwau dringend nötig.«

»Und was hat das mit mir zu tun?«, fuhr ihn seine Kollegin an und war ernsthaft beleidigt. »Du bist so was von unsensibel, Rudi!« Sie bemerkte, dass ihr wieder der Sinn nach Marillenschnaps stand. Der war wirklich gut gewesen. »Ich denke, ich gehe doch noch einmal zu den Tennissocken zurück«, erklärte sie, weil sie die Wahrheit nicht zugeben wollte.

Doch Saxenpichler beachtete sie schon längst nicht mehr, sein Interesse galt allein der Sensenwirtin. »Können wir jetzt miteinander reden?« Er stand auf und musste sich am Tisch festhalten, weil ihm kurz schwindlig geworden war. »Halt aus! Die Halbe habe ich wohl zu schnell hinuntergestürzt. Aber nach dem süßen Zeug hatte ich so einen Bierdurst.«

»Setz dich lieber noch einmal hin, Rudi«, ermunterte ihn die Sensenwirtin und legte ihm fürsorglich die Hand auf die Schulter. »Atme ein paarmal tief durch. Wirst sehen, gleich ist dir wieder besser. Und dann gehen wir hinüber zum Riesenrad und drehen ein paar Runden. Darauf hast du dich doch so gefreut.«

»Oh ja, Riesenrad!« Silke Warnau klatschte in die Hände. »Fahren wir auch Riesenrad, Bärchen? Von dort oben kann man bestimmt die ganze Stadt sehen.«

»Können wir machen«, stimmte Bärchen zu, der sich in sein Schicksal gefügt hatte.

»Sie können gern mit uns fahren, nicht wahr, Rudi?« Die Sensenwirtin wartete dessen Antwort nicht ab. »Aus der Gondel sehen Sie die Donau, die zwar nicht blau ist, wie es im Text zum Walzer von Johann Strauß heißt, sondern eher ein träges grünes Band, aber dadurch nicht weniger beeindruckend. Und das Brucknerhaus am anderen Ufer, in dem jährlich im Herbst die Konzerte des Brucknerfestes stattfinden. Daneben steht das Lentos, unser modernes Kunstmuseum. Ein bemerkenswerter Bau, der zu Recht zahlreiche Preise gewonnen hat. Und auf unserer Seite können Sie das Ars Electronica Center nicht übersehen, unser Museum der Zukunft. Das ist einzigartig in Europa, sag ich Ihnen.« Die Wirtin war sichtlich stolz auf ihre Heimatstadt.

»Und vor allem sehen Sie den Urfahraner Friedhof«, konnte es sich Saxenpichler nicht verkneifen, ihr in die Parade zu fahren. »Jetzt komm schon, Greta, lassen wir die beiden allein zum Riesenrad gehen, dann können wir –«

Die geröteten Wangen der Sensenwirtin blähten sich entrüstet. »Ich lasse meine lieben Gäste doch nicht allein, Rudi. Nicht nach dem Schreck heute Mittag. Reden können wir nachher immer noch. Ganz in Ruhe und solange du willst. Aber jetzt lade ich euch erst einmal auf eine Riesenradfahrt ein.«

Frau Dr. Emgrabner machte mit einem Räuspern deutlich, dass sie auch noch da war. Allerdings beabsichtigte sie, daran bald etwas zu ändern. Sie hatte nicht die geringste Lust, noch länger das fünfte Rad am Wagen zu sein. Außerdem lockten die Flaschen der Schnapsbude. »Wie viele Paar Tennissocken soll ich dir mitbringen, Rudi? Und was hast du für eine Größe?«

»Dreiundvierzig«, sagte Saxenpichler und erhob sich nun ohne Probleme. »Nimm am besten zwei Doppelpacks. Wenn du dir auch noch welche kaufst und geschickt verhandelst, kannst du sicher noch einen Mengenrabatt herausschlagen.«

Renate Emgrabner hielt ihm die offene Hand entgegen.

Automatisch griff Saxenpichler zur Hosentasche, bevor er es sich anders überlegte. »Das Geld gebe ich dir morgen.«

»In Ordnung«, sagte Renate Emgrabner, die nur noch wegwollte. Das Geld werde ich nie und nimmer sehen, dachte sie, als sie in Richtung Schnapsbude ging. Und sollte damit recht behalten.

12

Viele Jahre lang, immer zur Walpurgisnacht, hatten im weitläufigen Garten von Huberta Hauzenberger in St. Magdalena Zusammenkünfte von Frauen stattgefunden, die sich »Hexenkreise« nannten. Daher kannte Hazel Wood sowohl ihr Haus als auch den dort herrschenden Hausbrauch. An diesem Freitagnachmittag hatte sie sich auf den Weg quer durch die Stadt gemacht, um endlich mit der alten Hebamme zu sprechen. Niemand würde sie aufhalten, Krankheit hin oder her. Zur Sicherheit hatte sie jede Menge Globuli und Tropfen in ihrer selbst gehäkelten orangefarbenen Umhängetasche dabei, denn aus dem Telefonat mit ihrer Tochter war sie nicht schlau geworden, was Huberta fehlte. Sie konnte es immer noch nicht glauben, dass sich Diana so einfach hatte abwimmeln lassen. Aber sie hatte von ihren Fähigkeiten als Kriminalbeamtin ohnehin noch nie viel gehalten.

Als sie nun in einem ihrer braun-gelb-orange gestreiften, langen Kleider aus dem Bus stieg, staunte sie nicht schlecht. Wo war denn Hubertas Garten geblieben? Seit wann war der zubetoniert? Und was stand da auf dem Schild? Hazel ging näher, schob die Sonnenbrille in ihre wallende grau gesträhnte Mähne und kniff die Augen zusammen. »Parkplatz ausschließlich für Gäste des Hotels ›Zur Sensenwirtin‹«. Hazel überkam ein ungutes Gefühl.

Sie öffnete die kleine Gartentür und suchte im Blumentopf neben der grauen Hausmauer nach dem Schlüssel. Das heißt, das hatte sie vorgehabt. Aber weit und breit war kein Blumentopf zu entdecken. Das mulmige Gefühl verstärkte sich.

Mutter Erde liebte die Regelmäßigkeit. Auf Winter folgte der Frühling, auf Tag die Nacht. Auch Huberta liebte die Regelmäßigkeit. Den Blumentopf neben dem Haus hatte es schon immer gegeben. Und immer hatte darin ein Strauch Tränendes Herz geblüht. Beides war nun verschwunden. Hazel fand auch das beängstigend.

Ihr Finger lag schon auf dem Klingelknopf, um Sturm zu läuten, als sie es sich anders überlegte und die Türklinke hinunterdrückte. Na, wer sagte es denn? Manche Dinge hatten sich doch nicht verändert. Die Tür war wie früher unversperrt.

Hazel war noch nie eine Frau gewesen, die von Skrupeln geplagt wurde, also trat sie ein und zog die Tür leise hinter sich ins Schloss. Dann schlich sie auf Zehenspitzen in den ersten Stock hinauf, wo sich, wie sie wusste, gleich linker Hand das Schlafzimmer der Hausherrin befand.

Energisch klopfte sie an die Zimmertür, lauschte kurz und betätigte, als sie keine Antwort hörte, die Klinke.

Da traf sie von hinten eine Bierflasche. Hazel Wood war in diesem Haus offensichtlich nicht die Einzige gewesen, die leise schleichen konnte. Bewusstlos sackte sie in sich zusammen.

13

Am Riesenrad stand bereits eine Schlange Menschen an.

»Ich besorge die Tickets«, erbot sich die Wirtin eifrig und eilte zum Schalter.

»Ich komme mit.« Saxenpichler ließ keinen Zweifel daran, dass er Greta Grabert nicht mehr von der Seite weichen wollte. »Sie stellen sich am besten schon einmal dort drüben an«, sagte er zum Ehepaar, »vor dem Einlass. Dann können wir alle gleich einsteigen, sobald wir die Karten haben.«

Das deutsche Ehepaar folgte seiner Anweisung.

»Der Döskopp nervt total«, flüsterte Gerrit Warnau seiner Angetrauten zu. »Wer ist er denn, dass er glaubt, sich hier wie ein Chef aufführen zu dürfen? Denkt der, wir sind seine Diener, oder was? Am liebsten würde ich dem mal ordentlich meine Meinung geigen.«

»Ärger dich nicht, Bärchen.« Seine Liebste hauchte ihm ein Küsschen auf die Wange. »Den sind wir doch ohnehin bald los. Wir beide nehmen einfach eine Gondel für uns allein.«

»Gute Idee«, brummte Bärchen schon wieder etwas besänftigt. »Ich habe wahrhaft keine Lust, die Visage von dem Kerl noch länger ertragen zu müssen.«

Zu seinem Leidwesen ahnte die Sensenwirtin nichts von Warnaus negativen Gefühlen. Sonst hätte sie sich vielleicht nicht an Saxenpichler gewandt, um diesen mit ähnlichen Worten wie Silke Warnau ihren Gerrit zu beruhigen. »Wenn du willst, können wir beide gern allein eine Gondel nehmen. Dann drehen wir gemütlich unsere Runden und können reden, worüber auch immer du Lust hast. Aber jetzt stell dich bitte zu meinen deutschen Gästen. Ich will nicht, dass sie sich allein gelassen fühlen und sich fadisieren. Red mit ihnen, mach ein paar Witze. Sicher mögen sie deinen österreichischen Schmäh. Nach der saublöden Geschichte mit der Hand will ich, dass sie sich amüsieren.« Sie deutete auf das bunte Schild im Kassenhäuschen. »Schau nur, Rudi, wenn man Tickets für fünf Runden kauft, bekommt man eine gratis dazu. Was haben wir doch für ein Glück! Das machen wir natürlich.«

»Von mir aus«, sagte Rudi, der, wenn es etwas gratis gab, nie widerstehen konnte. »Und wenn's dir so wichtig ist, dann geh ich jetzt auch zu den beiden hinüber. Aber dann will ich wirklich mit dir allein fahren. Ich habe etwas Wichtiges mit dir zu besprechen, wie du dir ja wohl denken kannst.« Mit diesen Worten machte er kehrt, um dem deutschen Ehepaar Gesellschaft zu leisten.

Die Sensenwirtin schaute ihm mit einem nachdenklichen Blick hinterher, lächelte aber weiterhin das für sie so typische Lächeln.

»Zwanzig Fahrten«, sagte sie, als sie kurze Zeit später vor dem Kassenhäuschen stand. »Das macht vier Fahrten umsonst dazu, richtig?«

»Ganz genau«, sagte der Mann am Schalter.

»Nur zu zweit? Nix da!«, sagte hingegen der Mann, der das Besteigen der Gondeln überwachte. »Sie fahren entweder zu viert, oder ich setze Ihnen andere Fahrgäste dazu. Die wollen schließlich auch nicht ewig warten. Sie sehen ja, was heute los ist.« Er zeigte auf die immer dichter werdende Menschenschlange, in der sich auch zwei Kindergruppen befanden.

»Jetzt tua scho weida!«, rief jemand Saxenpichler ins Ohr.

Der fuhr herum, bereit, den ungeduldigen Mann in die Schranken zu weisen. Als er jedoch feststellte, dass dieser ihn um gut zwei Köpfe überragte und die tätowierten Arme nicht unbedingt den Eindruck erweckten, dass der Mann eine Vorliebe für gepflegte Konversation haben könnte, ergab er sich seinem Schicksal.

Drei Minuten später saß er zähneknirschend und schweigend

in der Gondel, während Greta Grabert ihren Gästen begeistert jeden einzelnen Kirchturm von Linz erklärte.

»Die große Kirche da drüben ist der Neue Dom«, sagte sie. »Der ist neugotisch und gar nicht so alt, wie man glauben könnte. Eigentlich hätte der Kirchturm höher werden sollen als der vom Stephansdom in Wien, aber die Wiener haben sich quergelegt.«

Saxenpichler gefiel die Fahrt, und wenn er mit Greta allein gewesen wäre, hätte er sie vermutlich sogar genossen. Aber wehrlos dasitzen zu müssen, während die Deutsche schrille Laute des Entzückens von sich gab und die Wirtin Dinge erzählte, die er ohnehin schon wusste, war so gar nicht nach seinem Geschmack. Außerdem erstaunte es ihn, dass jedes Ticket gleich für drei Runden galt. Vielleicht war es doch keine so gute Idee gewesen, so viele Fahrchips zu kaufen. Sie fuhren, wenn er richtig mitgezählt hatte, soeben erst die fünfte Runde, und doch spürte er schon eine leichte Übelkeit in sich aufsteigen. Kein Wunder bei dem Gewackel. Und dann drehte der dumme Deutsche auch noch ständig die Gondel, damit seine Tussi die Stadt aus den verschiedensten Blickwinkeln sehen konnte. Lange würde er das nicht mehr gelassen hinnehmen. Da hörte er die Sensenwirtin stöhnen und sah, wie sie ihre Hand an die Stirn legte. Anscheinend erging es ihr ganz ähnlich wie ihm.

»Diese Wackelei!«, rief sie aus. »An die konnte ich mich gar nicht mehr erinnern. Mir ist so schlecht, ich glaube, ich muss …«

Sie sprach nicht aus, was sie zu müssen glaubte, denn in diesem Moment befand sich die Gondel wieder an ihrem tiefsten Punkt, und der Mann vom Riesenrad verlangte die nächsten Tickets.

»Ich steige aus«, erklärte die Wirtin und hielt Saxenpichler die Hand entgegen, damit er ihr half. »Tut mir leid, Rudi, aber mir ist so schlecht. Das kommt bestimmt vom Schaukeln und von der Höhe.« Sie drückte ihm die restlichen Fahrchips in die Hand.

»Geh, Greta, bleib da«, bat Saxenpichler. »Du weißt doch, dass ich mit dir reden möchte.«

Doch die Wirtin war schon ausgestiegen.

»Wir reden morgen, Rudi. Ich rufe dich an, versprochen!«

»Dann also Tickets für drei«, forderte der Angestellte des Riesenrads und hielt ungeduldig die Hand auf. »Geht's vielleicht ein bissl schneller?«

»Eigentlich habe ich auch keine Lust mehr«, meldete sich Silke Warnau zu Wort. »Ich glaube, wir haben alles gesehen. Komm, Bärchen, lass uns auch aussteigen. Dort drüben gibt es Zuckerwatte!«

Das ließ sich ihr Bärchen nicht zweimal sagen. Gerrit Warnau wollte zwar keine Zuckerwatte, aber endlich raus aus dem Riesenrad.

Ehe Saxenpichler sich's versah, saß er allein in der Gondel, und fremde Leute stiegen ein. In der Hand hielt er sechzehn Tickets für das Riesenrad. Ihm war schwindlig, aber er dachte nicht daran, eins von ihnen verfallen zu lassen. Rudolf Saxenpichler seufzte. Das würde ein langer Nachmittag werden.

14

An diesem Donnerstag sollte Dianas Dienst planmäßig um siebzehn Uhr enden. Ein paar Minuten vor Schluss begann sie, den Stapel Akten auf ihrem Schreibtisch zu ordnen und alle Stifte in einen zylindrischen Behälter zu stecken, um zumindest etwas von der Ordnung walten zu lassen, auf die der Herr Oberst so großen Wert legte. Im Nebenzimmer schilderte See dem Kollegen Wöglinger ein paar Highlights des vergangenen Seminars. Diana grinste im Stillen. Jetzt, da die Veranstaltung vorüber war, klang alles so skurril, dass sie sich schon wieder darüber amüsieren konnte.

Sie überlegte, ob sie auf dem Heimweg zu ihrer Wohnung in der Mozartstraße noch schnell einen Abstecher in den Supermarkt machen sollte. Viel musste sie eigentlich nicht einkaufen. Ihr Freund, der Unternehmensberater Piet Köflach, war am Vortag nach Düsseldorf geflogen. Er hatte einen Auftrag auf der Interpack-Messe angenommen, dem, wie er ihr erklärt hatte, weltweit bedeutendsten Event der Verpackungsbranche. Sie hatte keine Ahnung, was Piet so plötzlich mit diesem Geschäftszweig zu tun haben sollte, wunderte sich aber nicht besonders darüber. Ihr Liebster war sehr umtriebig und nahm jede Geschäftsmöglichkeit wahr, die ihm spannend und lukrativ erschien. Nur riskant durfte sie nicht mehr sein, das hatte er ihr fest versprochen. Seit er vor nicht allzu langer Zeit selbst Mittelpunkt polizeilicher Ermittlungen gewesen war, war ihm aber wohl ohnehin selbst die Lust darauf vergangen.

Auf einen Gemüsestrudel hätte ich wieder einmal Appetit, ging ihr durch den Kopf. Sie könnte ja einen Schlenker über den Südbahnhofmarkt machen. Da war zwar das Gemüse in der Regel teurer als im Supermarkt, aber dafür auch knackiger.

Sie setzte sich noch einmal an ihren PC, um im Internet die Zutaten für den Strudel zu recherchieren. Eigentlich könnte sie Tante Gusti auch wieder einmal zum Essen einladen. Die alte Dame wohnte einen Stock unter ihr und freute sich immer, wenn sie sich sahen. Was auf Gegenseitigkeit beruhte. Nach ihrer Tochter Lilli und, seit einem guten Jahr, Piet Köflach war Tante Gusti der wichtigste Mensch in Dianas Leben. Neben ihrem Vater natürlich, der, wie ihre Tochter neuerdings auch, in Wien lebte. Lilli als Studentin der Kunstgeschichte, Papa als renommierter Architekt. Beide bekam sie für ihren Geschmack viel zu selten zu Gesicht. Sie konzentrierte sich wieder auf die Rezept-Website. Also, was brauchte man für den Strudel? Mehlige Kartoffeln, Karotten, Brokkoli …

Sie hörte Sees Telefon läuten. Im Unterschied zu ihr, die sie in Kürze nach Hause gehen konnte, hatte ihr Kollege Spätdienst, weshalb alle Leitungen auf seinen Anschluss umgeleitet wurden.

… Erbsen, Frischkäse mit Kräutern …

»Wo genau?«, fragte See.

Die Strudelblätter werde ich fertig kaufen, dachte Diana, die Arbeit und die Patzerei würde sie sich nicht antun. Sie druckte das Rezept aus, fuhr ihren PC herunter und holte ihren Übergangsmantel aus dem Schrank. Obwohl es untertags für Anfang

Mai schon erfreulich warm war, waren die Abende doch noch so kühl, dass man über ein zusätzliches Kleidungsstück froh war. Sie schlüpfte hinein und steckte den Ausdruck in die Handtasche. Gerade als sie ins Nachbarbüro hinübergehen wollte, um sich zu verabschieden, tauchte ihr Kollege im Türrahmen auf.

»Du bist schon angezogen«, stellte er fest. »Perfekt! Wir müssen gleich los, wir haben eine Leiche.«

Diana seufzte. Mit dem Gemüsestrudel würde es an diesem Abend wohl nichts werden. »Wo?«, fragte sie und hoffte, dass sie nicht allzu weit fahren mussten. Und dann folgten auch schon die Routinefragen. »Männlich oder weiblich? Weiß man bereits, wer es ist?«

»Männlich«, sagte See und griff zum Telefon, das er in der Hand hielt, um die Spurensicherung und dann auch gleich den Mediziner zu verständigen.

»Wir haben eine männliche Leiche beim Riesenrad am Urfahraner Markt«, sprach See in den Hörer. »Ja, genau. Wir machen uns sofort auf den Weg. – Gut, wir treffen uns dort.«

»Ist die Identität des Toten schon festgestellt worden?«, fragte Diana noch einmal, als See aufgelegt hatte.

»Keine Ahnung. Der Mann wurde in einer der Gondeln gefunden. Das ist alles, was ich weiß. Der Schausteller hat zuerst gedacht, er würde nur seinen Rausch ausschlafen, aber dann hat er doch die diensthabenden Sanitäter alarmiert, und die haben den Tod festgestellt.«

»Irgendwelche Zeichen von Gewalteinwirkung?«

See schüttelte den Kopf. »Anscheinend keine.«

»Und wieso müssen wir dann hin, wenn es sich offensichtlich um einen natürlichen Tod handelt?«

»Das, meine liebe Frau Chefinspektorin, werden wir vor Ort herausfinden.« See ging zu seinem Schreibtisch zurück und griff zum Autoschlüssel.

Hintereinander gehend bahnten sie sich den Weg durch die Menschenmenge. Am frühen Abend war der Markt besonders beliebt. Gruppenweise stürzten sich die Leute nach der Arbeit ins Vergnügen. Die Lichter der Fahrgeschäfte blinkten in den buntesten Farben, und aus den Lautsprecherboxen dröhnte ein Potpourri aus Schlagern, ABBA und Austropop.

Als der Geruch von Pommes frites in Dianas Nase stieg, bekam sie sofort einen derart großen Hunger, der sie den verpassten Gemüsestrudel besonders schmerzlich vermissen ließ. Am liebsten hätte sie sich eine Tüte Pommes gekauft, wollte aber dann doch nicht kauend bei einem Toten auftauchen.

Ein paar nicht mehr ganz junge Damen in Dirndlkleidern stöckelten in Richtung der großen Holzhütte, in der sie eine Art Skihüttengaudi erwartete. Ihnen folgten nicht minder aufgebrezelte Männer in Trachtenanzügen oder zünftigen Lederhosen. Als sie an der Achterbahn vorbeikamen, wagte Diana nicht hochzusehen, wie sich johlende Menschen freiwillig in die Tiefe stürzten. Sie hätte nie mitfahren können. Sie hasste es, den Boden unter den Füßen zu verlieren. In jeder Hinsicht.

Am Riesenrad waren uniformierte Kollegen soeben dabei, das Areal mit breiten Flatterbändern abzusperren, was nicht nur beim enttäuschten Publikum, sondern auch bei einem Mitarbeiter der Betreiberfirma auf lautstarken Widerstand stieß.

»Das können Sie nicht machen! Das ist in höchstem Maß geschäftsschädigend! Wissen Sie, was uns Ihre Schließung kosten wird?«

»Ich mache nur meine Arbeit«, erwiderte der Polizist gelassen, ohne in seiner Tätigkeit innezuhalten. »Wenn Sie sich beschweren wollen, warten Sie auf die Leute vom LKA. Ah, da vorne kommen sie schon. Die Dame mit dem dunklen Mantel und der Langhaarige mit dem grimmigen Gesicht. Viel Spaß!«

»Die Spurensicherung muss sich erst einmal die besagte Gondel ansehen. Wenn sie dort nichts Außergewöhnliches findet, können Sie den Betrieb wieder aufnehmen«, beruhigte Diana den Riesenrad-Mitarbeiter, nachdem er mit einem aufgeregten Wortschwall über sie hergefallen war. »Etwas Geduld, das wird schon nicht allzu lange dauern. Und in der Zwischenzeit verraten Sie mir Ihren Namen und erzählen mir alles, was Sie gesehen haben. Sie haben den Toten also gefunden?«

Während sie ihr Notizbuch aus der Tasche fischte, beobachtete sie, wie See zum Gerichtsmediziner hinüberging, der eben dabei war, den Mund des Toten mit einer Taschenlampe auszuleuchten. Die Leiche saß mit dem Rücken zu ihr noch immer in der Gondel des nun stillstehenden Riesenrads. Anscheinend hatte man sie noch einmal eine Runde drehen lassen, um allen Passagieren die Möglichkeit zum Aussteigen zu geben. Die anderen Gondeln waren leer.

»Ich bin der Sowtschuk Fredl, also Manfred, und arbeite seit zehn Jahren bei dem Unternehmen.« Er zeigte auf das Firmenschild, das von bunten Glühbirnen eingerahmt wurde, die hektisch blinkten. »Meine Schicht hat um vier begonnen, also um sechzehn Uhr. Vorher war der Chef noch da, aber der ist dann weggefahren. Der Mann, also der Tote, der ist mir gleich aufgefallen, weil ein Packen Tickets auf seinem Schoß lag. Er muss wohl ein besonders großer Riesenrad-Fan gewesen sein, obwohl ich den bei uns noch nie gesehen hab. Was natürlich auch kein Wunder ist, bei den vielen Leuten, die jeden Tag mitfahren. Immer wenn er mir ein Ticket in die Hand gedrückt hat, hat er sich über irgendetwas beschwert. Einmal haben ihm die anderen Gäste in seiner Gondel nicht gepasst, dann hatte er das Gefühl, das Gestell des Rads würde zu stark wackeln, lauter so unnötiges Zeug eben. Ich habe gar nicht richtig zugehört. Was hätte ich denn auch daran ändern können? Gar nichts! Ungefähr vor einer Stunde hat er dann gemeint, langsam sei es wohl genug und ihm sei auch schon ziemlich schwindlig von der ganzen Dreherei. Ich hab noch gesagt: ›Dann steigen Sie halt aus! Die Tickets können Sie morgen oder übermorgen auch noch verwenden!‹ Wir sind ja noch bis Sonntag in der Stadt. Da muss er doch nicht weiterfahren, wenn ihm eh schon schlecht ist, oder was meinen Sie?«

Diana meinte gar nichts. »Und weiter?«

»He, Pölz!«, erklang plötzlich Sees Stimme. »Das musst du dir ansehen. Das glaubst du nicht.«

»Komme gleich!«, rief sie zurück. Sie wollte zuerst die Befragung in Ruhe zu Ende führen. »Und weiter?«

»Als er das nächste Mal bei mir vorbeikam, war er eingeschlafen. Ehrlich gesagt war ich nicht besonders unglücklich darüber. Auf einen Gast, der dauernd stänkert, kann ich gut verzichten. Bei den nächsten Runden habe ich mir einfach selbst ein Ticket aus seiner Hand genommen, allerdings auch niemanden mehr zu ihm einsteigen lassen. So jemanden kann man anderen Fahrgästen ja nicht zumuten. Ich meine, wie schaut das denn aus, wenn da einer schläft? Das ist ja keine Gaudi.«

»Und weiter?«, fragte Diana wieder.

»Irgendwann habe ich ihn dann gerüttelt und gesagt: ›Hörst, Alter, so geht das nicht! Schlaf deinen Rausch daheim aus!‹, oder so was in der Art. Davon ist er aber nicht aufgewacht, sondern nach vorne gekippt, sodass er fast von der Bank gefallen wäre. Ich habe mich so erschreckt, das können Sie mir glauben. Ich hab ja gedacht, der sei ohnmächtig, und was weiß denn ich, wie man mit so jemandem umgeht.«

»Was haben Sie gemacht?«

»Ich? Nix. Aber zum Glück ist zufällig ein Sanitäter vorbeigekommen, den ich mir geschnappt habe. Der hat den Puls gefühlt und all das, was er halt für notwendig gehalten hat, und dann gesagt: ›Der ist tot.‹ Anschließend hat er die Polizei angerufen. Mir wäre es lieber gewesen, wenn er eine Trage geholt und den Mann abtransportiert hätte. Aber nein, er wollte ihn unbedingt dalassen. Wegen der Spuren und so. Spuren! Was will man denn hier finden? Ich meine, in einer Gondel, in der jeden Tag mehrere hundert Leute sitzen.«

»Kommst du jetzt endlich, Pölz?«, rief See noch einmal. Er klang ungeduldig. So als könnte er es nicht erwarten, ihr eine Sensation zu zeigen.

Die Gondel schaukelte leicht. Eine leere Mineralwasserflasche kullerte über den Metallboden und wurde von dem Gerichtsmediziner, der neben dem Toten hockte und dessen linke Hand inspizierte, durch einen seiner braunen Halbschuhe gestoppt. Alfred von der Spurensicherung war damit beschäftigt, die Innenseite der Gondelwand nach verwertbaren Fingerabdrücken abzusuchen. Der Tote saß vornübergebeugt, der zweite Arm hing schlaff neben dem Körper. Auf dem Stoffetikett am

Ärmel seines Sakkos stand der Name eines Modeschöpfers mit französischem Klang.

»Das gibt es doch nicht!«, rief Diana aus, der es kurz die Sprache verschlagen hatte. »Das ist ja der Saxenpichler!«

Der Mediziner sah hoch und nuschelte eine Begrüßung, bevor er sich wieder seiner Arbeit widmete.

Karl-Heinz See beeilte sich, ihre Aussage zu bestätigen. »Genau der! Kommt nicht wirklich überraschend, oder? Hätte sich besser überlegen sollen, ob es so gescheit ist, allen Leuten tierisch auf den Geist zu gehen.« Sein Gesichtsausdruck war als höchst zufriedenes Grinsen zu interpretieren.

Diana wunderte sich, dass sie das ärgerte. Natürlich hatte See einerseits vollkommen recht. Saxenpichler war eine Nervensäge der übelsten Sorte gewesen. Andererseits war der Tod etwas so Erhabenes, etwas so Endgültiges, das für sie nicht mit seinen flapsigen Scherzen zusammenpasste. »Hast du nicht selbst angekündigt, ihn umzubringen?«, fragte sie daher und bemühte sich um eine besonders strenge Miene. »Also, wo warst du in den letzten Stunden?«

See wurde schlagartig ernst. »Spinnst du jetzt?«

Am liebsten hätte sie selbst nun zufrieden gegrinst, ließ es aber unter Aufwendung größter Selbstdisziplin bleiben und genoss die innere Genugtuung, Sees Selbstgefälligkeit einen Dämpfer versetzt zu haben. Anstelle eine Antwort zu geben, wandte sie sich zu den beiden anderen Kollegen um. »Grüß dich, Alfred. Guten Abend, Doc. Wissen wir schon etwas Näheres?«

Der Mediziner erhob sich aus der Hocke. »Der Tod dürfte vor nicht einmal einer Stunde eingetreten sein. Der Mann war noch warm, als ich eintraf. Todesursache …« Er wiegte den Kopf hin und her. »Schwierig. Es sieht so aus, als wäre er einfach sanft entschlafen.«

»Sanft entschlafen?« Diana fuhr wieder zu See herum. »Sanft entschlafen? Saxenpichler ist sanft entschlafen? Kannst du mir jetzt endlich sagen, warum wir so einen Aufstand veranstalten, wenn wir es mit keinem Mord zu tun haben?«

See hatte sich anscheinend noch nicht von ihrer vorherigen Anschuldigung erholt und starrte sie mit großen Augen an.

Diana schüttelte den Kopf. »Was war es denn?«, fragte sie den Arzt. »Herzversagen? Gehirnschlag?«

Der Mediziner verzog das Gesicht und dachte nach, bevor er antwortete: »Eher keins davon. Meiner Ansicht nach ist er wirklich sanft entschlafen, wie ich es schon gesagt habe. Sie haben den Toten ja gestern und heute selbst erlebt, wie mir Carlos berichtet hat, Frau Pölz. Ist Ihnen da etwas aufgefallen? War der Mann krank? Hat er über irgendwelche Beschwerden geklagt?«

Diana musste nicht lange überlegen. »Mir ist nichts Derartiges aufgefallen. Er hat übermäßig viel geredet, aber über etwaige körperliche Beschwerden hat er kein Wort verloren. Ich bin zwar keine Fachfrau auf dem Gebiet der Medizin, aber auf mich hat er einen recht gesunden Eindruck gemacht.«

»Seltsam«, murmelte der Gerichtsmediziner mehr zu sich selbst als zu ihr.

»Wenn es kein Mord war, wie Sie sagen, dann brauchen Sie uns nicht mehr, oder, Doc? Und die Gondel kann ich auch wieder freigeben?« Diana freute sich, dass der Strudel nun doch wieder in Reichweite rückte. Zwar war es jetzt zu spät für den Wochenmarkt, aber dann würde sie das Gemüse eben im Supermarkt kaufen.

»Nicht so schnell, Frau Pölz«, unterbrach der Mediziner Dianas Gedanken. »Für mich ist der Vorfall durchaus bemerkenswert. Der Mann war noch keine fünfzig. Da schläft man in der Regel nicht einfach mir nichts, dir nichts ein und wacht nicht wieder auf. Da stimmt etwas nicht.«

»Sie meinen also …?«, fragte Diana.

Er winkte ab. »Noch meine ich gar nichts. Meine Vermutung ist bisher nichts als eine unbewiesene Theorie. Mehr weiß ich hoffentlich, nachdem ich den Toten auf dem Tisch hatte, also morgen Mittag.«

Der Spurensicherer hatte in der Zwischenzeit die Gondel untersucht. »Sorry, aber ich habe so gut wie nichts Verwertbares gefunden. Nur unzählige Fingerabdrücke und genauso viele Haare. Die Mineralwasserflasche hier«, er hielt die Plastikflasche in die Höhe, »nehme ich mit. Ebenso wie die Tickets, die der

Tote in der Hand hielt. Allerdings kann ich mir nicht vorstellen, wie die uns weiterhelfen sollen.«

Na bravo, dachte Diana. Sie hatten einen Toten und keine verwertbaren Spuren. Und, sollte es sich tatsächlich um Mord handeln, auch noch jede Menge Verdächtige. Denn gab es überhaupt einen einzigen Menschen auf dieser Welt, der Saxenpichler gemocht hatte?

»Wir müssen die Angehörigen verständigen«, sagte sie zu See und hoffte, er würde irgendetwas antworten wie: »Keine Sorge, das habe ich bereits.« Oder: »Das kannst du beruhigt mir überlassen.« Sie hasste an ihrem Beruf kaum etwas mehr, als Hinterbliebenen die traurige Nachricht zu überbringen. Leider wartete sie vergeblich. See sagte nichts dergleichen, war aber immerhin bereit, sie nach Wels zu begleiten, wo Saxenpichler zu Hause gewesen war.

»Am besten rufst du jetzt gleich den Oberst an«, sagte er, während sie durch die grölende Jahrmarktmenge zum Wagen zurückgingen. »Erstens muss er Bescheid wissen, dass wir eine neue Leiche haben, und zweitens handelt es sich bei ihr um seinen alten Schulfreund, es wird ihn also besonders interessieren. Und drittens wird er dir gleich verraten können, ob es eine Frau Saxenpichler gibt. He, Pölz, wo willst du hin?«

»Magst du auch Pommes?«, fragte sie und bestellte, als er nickte, zwei Portionen. Es würde noch ein langer Abend werden.

Als sie wieder im Auto saßen und See mit Schwung aus der Parklücke kurvte, griff Diana zu ihrem Handy. Der Herr Oberst nahm ihren Anruf allerdings nicht entgegen, und eine Mailbox, auf die sie hätte sprechen und um Rückruf bitten können, hatte ihr Vorgesetzter nicht aktiviert.

15

Die Fahrt von Linz nach Wels dauerte eine gefühlte Ewigkeit. Aufgrund eines Auffahrunfalls blieben sie mitten im Bindermichl-Tunnel in einem Stau stecken.

»Stell das Blaulicht aufs Dach!«, forderte See und trommelte ungeduldig auf das Lenkrad. »Ich hab keine Lust, wertvolle Zeit zu vergeuden. Ich sage nur eins: Rettungsgasse! Da zischen wir durch.«

Diana befand sich in einer Zwickmühle. Im Stau zu warten gehörte auch nicht gerade zu ihren Lieblingsbeschäftigungen. Andererseits war keine Gefahr in Verzug, und das Einschalten von Blaulicht wäre daher alles andere als vorschriftsmäßig gewesen.

»Also, was ist?«, kam es ungeduldig von der Seite.

»Siehst du hier irgendwo eine Rettungsgasse?«, fragte sie zurück. »Das Durchzischen kannst du dir abschminken, solange Lkw den Weg verstopfen.« Diese Tatsache fand sie zwar auch unerfreulich, andererseits löste sie ihren Gewissenskonflikt.

»Die gehören alle eingesperrt!«, sagte See und schnaufte unwillig. Dann war es eine Zeit lang still im Wagen.

»Ich kann mir beim besten Willen nicht vorstellen, dass der Unsympathler verheiratet war«, brach See schließlich das Schweigen, während er weiter ungeduldig das Lenkrad bearbeitete. »Aber falls er wider Erwarten eine Frau hatte, wie stellst du dir die vor?«

Diana fand die Frage bemerkenswert. Das Gedankenspiel, sich Menschen auszumalen, die von einem aktuellen Fall betroffen waren, hatte sie aus ihrer Zeit in Wien mitgebracht und in Linz eingeführt. Damals hatte sie sich mit Hannes, ihrem Lieblingskollegen, auf solche Weise diverse Wartezeiten verkürzt und war stets stolz gewesen, wenn sich ihre Vermutungen bestätigt hatten. See hatte das bisher immer als kindische Raterei abgetan. Offensichtlich hatte es einen ausgewachsenen Stau wie diesen gebraucht, damit er sich zu ihrer Praktik herabließ.

»Ich denke, sie ist hager, trägt einen Kurzhaarschnitt und redet nicht viel, weil sie bei Saxenpichler ohnehin nie zu Wort gekommen ist. Unsere Fragen wird sie wohlüberlegt, aber auch mit einer gewissen Strenge beantworten«, sagte sie nach kurzer Überlegung und blickte lächelnd zu ihrem Kollegen hinüber. Sie war gespannt, was er erwidern würde.

»Mein Gott, denkst du in Klischees!« Theatralisch hob See die Hände in die Höhe und warf ihr nun seinerseits einen schnellen Seitenblick zu. Der Ausdruck von Genugtuung machte sich auf seinem Gesicht breit, als er feststellte, dass sie sich über seine Worte ärgerte, und er setzte grinsend fort: »Für mich ist die Gute vollbusig und drall.«

»Wie hätte es anders sein können«, kommentierte Diana trocken und war froh, dass sich die Lkw vor ihnen in der Schlange wieder in Bewegung setzten.

Bald darauf standen sie in Rudolf Saxenpichlers Wohnhaus im Zentrum von Wels. Das ehemals noble Stadtpalais aus der Gründerzeit hatte schon bessere Tage gesehen. Die Fassade war einst wohl schönbrunngelb gewesen, mit der Zeit aber nachgedunkelt und bestach nun durch einen unansehnlichen Ockerton. Graffiti im Eingangsbereich deuteten darauf hin, dass sich ein gewisser »Stox« hier verewigt hatte. Drei der sechs Briefkästen im Hausflur waren aufgebrochen, Zigarettenstummel auf den Stufen aus Granit, die in die oberen Stockwerke führten, verstreut. Einige davon waren selbst gedreht, ohne Filter. Daneben lagen ein paar knallgrüne Erbsen und ein kleines Brokkoliröschen.

»Während der Herfahrt habe ich mich gefragt, warum der Sparmeister mitten in der Innenstadt lebt, wo die Mieten sicher höher sind als am Stadtrand. Nun weiß ich es«, sagte Diana mehr zu sich, als um den Gedanken mit See zu teilen.

Dieser war bereits, immer zwei Stufen auf einmal nehmend, in den zweiten Stock unterwegs, zu Saxenpichlers Wohnung.

Diana beeilte sich, ihrem Kollegen zu folgen. Weitere Zigarettenstummel und vereinzelt verstreutes, klein geschnittenes Gemüse säumten ihren Weg. Mit Wehmut dachte sie an den Strudel, den sie in der Zwischenzeit längst in den Ofen geschoben hätte. Ihr Magen knurrte. Pommes frites waren kalorienreich, machten aber nicht lange satt.

»Da ist wohl jemandem eine Packung mit Tiefkühlgemüse geplatzt, als er vom Einkaufen nach Hause kam«, wollte sie gerade sagen, als See sich zu ihr umwandte.

»Holla, da ist uns anscheinend schon jemand zuvorgekommen. Jetzt wird es interessant!« Er zog seine Waffe.

Als sie erkannte, was ihn zu diesem Ausspruch veranlasst hatte, griff sie ebenfalls zum Schulterholster.

»R. Saxenpichler«, stand in schnörkeliger Schreibschrift auf einem messingfarbenen Klingelschild. Die glänzend rotbraun lackierte Wohnungstür stand einen Spaltbreit offen. See gab Diana ein Zeichen und stieß diese dann mit dem Fuß auf. Die Tür gab lautlos nach, und er betrat mit der Pistole im Anschlag das Heim des Toten.

Diana war hoch konzentriert, bereit, ihm Rückendeckung zu geben, sollte es sich als notwendig erweisen. Doch wie sich schnell herausstellte, war das nicht der Fall: Die Wohnung war menschenleer.

Im Vorzimmer erwartete sie lupenreine Spießbürgeridylle. An der Garderobe neben dem Eingang hing der beigefarbene Regenmantel, den Saxenpichler am Vortag getragen hatte. Auf der Ablage darüber lag ein brauner Herrenhut. Auf dem Kästchen stand ein altes orangefarbenes Tastentelefon neben einem abgegriffenen Büchlein, das der Hausherr wohl zum Notieren von Telefonnummern genutzt hatte. Eine kleine Messingschale wartete offensichtlich auf den Haustürschlüssel. Das Fehlen jeden weiblichen Accessoires ließ die Vermutung, dass es keine Frau Saxenpichler gab, der man kondolieren musste, immer mehr zur Gewissheit werden. Und wenn es doch eine gab, dann lebte sie zumindest nicht in dieser Wohnung. Diana atmete auf.

Der Vorraum war blitzblank, die Dinge übersichtlich geordnet. Über allem hing eine Mischung aus abgestandener Luft und Saxenpichlers Rasierwasser, was See zu dem trockenen Kommentar veranlasste: »Hier miachtelt's!«

Diana schmunzelte und bemerkte auf dem Fliesenfußboden zwei Erbsen und ein wellig geschnittenes Karottenstück, die das makellos saubere Siebziger-Jahre-Flair trübten.

Auch das Wohnzimmer und der daran angrenzende kleine Schlafraum präsentierten sich perfekt aufgeräumt. Alle Schubladen waren geschlossen, die Türen des wuchtigen Schranks aus glänzendem Kirschholz mit einem Schlüssel versperrt, an dem eine altrosafarbene Quaste baumelte. Daneben hing, als wäre es ein Ölgemälde, das gold gerahmte Foto einer älteren Frau mit verhärmten Gesichtszügen. Sie sah Saxenpichler nicht unähnlich. Die Bücher im Regal waren nach Größe geordnet. Neben den Gesamtausgaben von Schiller und Goethe stand ein achtunddreißigbändiges Lexikon. Hinter den Vitrinenscheiben mit Facettenschliff wurden das gute Geschirr mit blauem Zwiebelmuster und mehrere versilberte Schalen und Kerzenleuchter präsentiert.

»Nach einem Einbruch schaut das nicht aus«, stellte Diana nach einem kurzen Blick in den Raum fest. »Alles ist aufgeräumt, und die Täter hätten zumindest das Silberzeug mitgehen lassen. Wäre nicht das seltsame Gemüse auf dem Boden, könnte man fast annehmen, Saxenpichler habe am Morgen einfach versäumt, die Tür ordentlich hinter sich zuzuziehen.«

Sie warf einen weiteren kurzen Blick in das fensterlose, dunkelbraun gekachelte Badezimmer, während See in die Küche ging.

»Das würdest du nicht sagen, wenn du das hier gesehen hättest«, sagte er zu ihr. »Komm her, Pölz.«

Als Diana an seiner Seite war, hatte er schon das Handy am Ohr, um die Spurensicherung zu benachrichtigen.

Die Küche war klein, ebenfalls fensterlos und so eng, dass nur eine schmale weiße Küchenzeile Platz hatte. Offensichtlich hatte sich jemand an der Tiefkühltruhe zu schaffen gemacht. Der Deckel war zwar so gut wie geschlossen, klemmte aber einen großen grünen Plastiksack in seiner Mitte ein. Darunter lag ein Häufchen Tiefkühlgemüse, das in diesem Augenblick durch zwei herunterfallende einzelne Erbsen ergänzt wurde. Mehrere volle Pizzaverpackungen waren offensichtlich mit großem Schwung quer durch die Küche geschleudert worden.

»Jetzt wissen wir wenigstens, woher die Erbsen und Karotten im Stiegenhaus stammen.« Diana ging in die Hocke, um den Gemüseberg auf dem Fußboden zu begutachten. »Lange kann es nicht her sein, dass jemand die Truhe durchwühlt hat. Die gelben Rüben sehen noch gefroren aus.«

See hatte sein Telefonat beendet. »Alfred schickt zwei Kollegen vorbei. Wir haben Glück, dass die beiden in Wels zu tun hatten, es wird also nicht lange dauern.«

Diana stand wieder auf. »Ich finde das alles sehr merkwürdig. Hätte ich Saxenpichler gestern und heute nicht als übertrieben pingelig und sparsam erlebt, wäre ich glatt davon ausgegangen, dass er selbst für die Unordnung verantwortlich ist.«

»Der und Lebensmittel vergeuden, die er für teures Geld gekauft hat? Das glaubst du doch wohl selbst nicht«, meinte See.

»Ich sagte doch eben schon –«

»Fakt ist«, unterbrach er sie, »dass jemand hier gewesen ist und es offensichtlich ausschließlich auf die Tiefkühltruhe abgesehen hatte. Wobei ich mir nicht vorstellen kann, welche Schätze Saxenpichler darin gehortet haben soll.«

Diana hatte sich wieder erhoben und ging vorsichtig, um keine Spuren zu verwischen, ins Vorzimmer. »Und ebenso offensichtlich ist, dass es der Einbrecher eilig gehabt haben muss. Sonst hätte er doch darauf geachtet, keine Spuren zu hinterlassen, und mit Sicherheit das Mischgemüse entfernt.«

»Er oder sie«, korrigierte See. Er war kein Freund der, wie er es nannte, »völlig hirnrissigen« Political Correctness. Da sie aber die Anweisung von ganz oben bekommen hatten, alle in Frage kommenden Bezugswörter zu gendern, legte er höchsten Wert darauf, bei potenziellen Straftätern immer auch die weibliche Form zu erwähnen.

Das war zwar für sein Umfeld schwer erträglich, aber Diana hatte längst beschlossen, sich davon nicht aus der Ruhe bringen zu lassen. Und in diesem Fall hatte er ja tatsächlich recht. Ebenso gut konnte eine Frau etwas in der Tiefkühltruhe gesucht haben. Das war sogar wahrscheinlicher als bei dem Vorfall letzte Woche, als sich ein Mann einen Genickbruch zugezogen und See darauf bestanden hatte, konsequent von einer möglichen »Wirtshausschlägerin« zu sprechen.

»Apropos Einbruch«, sagte sie nun mit einem Blick auf die noch immer offen stehende Haustür. »Der … also, die Person muss einen Schlüssel gehabt haben. Hier sind keinerlei Einbruchsspuren zu erkennen.«

See war neben sie getreten, um sich selbst zu überzeugen.

»Sie könnte auch durchs Fenster gekommen sein. Noch dürfen wir nichts ausschließen.«

»Alle Zimmer zeigen auf die Straße hinaus. Außer Bad und Küche, aber die haben kein Fenster. Denkst du wirklich, irgendjemand hätte bei Tageslicht an der Fassade hinaufklettern können, ohne eine Horde Schaulustiger auf sich aufmerksam zu machen?«

See murmelte Unverständliches.

Die ebenfalls braun lackierte Tür im Treppenhaus gegenüber wurde geöffnet, und kurz war laute Musik zu hören. Ein junger Mann in Jeans und Sneakers trat in den Flur, ließ die Tür zufallen, sah die beiden Kriminalbeamten in Saxenpichlers Türrahmen stehen, stutzte, machte kehrt und steckte seinen Schlüssel ins Schloss zurück, um wieder aufzusperren. Schon hielt ihm Diana ihren Dienstausweis unter die Nase.

»Chefinspektorin Pölz. Das ist mein Kolle–«

»Ich war's nicht«, unterbrach sie der junge Mann. Die Hand, mit der er bisher vergeblich versucht hatte, den Schlüssel ins Schloss zu stecken, zitterte. »Ich war den ganzen Tag bei mir in der Wohnung. Ich habe auch nichts gesehen. Und jetzt lassen Sie mich in Ruh. Bitte!« Endlich hatte er es geschafft, die Tür aufzusperren, und wollte eben wieder in seiner Wohnung verschwinden, als Dianas Hand vorschnellte und mit festem Griff seinen Arm umfasste.

»Ein paar Minuten werden Sie schon Zeit für uns haben«, sagte sie in strengem Tonfall, ohne den Griff um seinen Arm zu lockern. »Was genau waren Sie nicht?«

Der Mann zuckte mit den Schultern und versuchte, sich aus der Umklammerung zu befreien. »Keine Ahnung. Irgendwas wird schon passiert sein, wenn der alte Depp die Bullen holt.«

»Sie meinen, es ist schon öfter vorgekommen, dass Herr Saxenpichler die Polizei gerufen hat?«

»Öfter? Andauernd! Entweder ist ihm die Musik zu laut, oder er verdächtigt mich, die Wände im Stiegenhaus zu beschmieren. Für die Tschick am Boden bin ich auch verantwortlich, und neulich … Aber Moment mal, normalerweise läuten die Bullen doch direkt bei mir.« Er sah zu Saxenpichlers offener Eingangstür hinüber. »Was machen Sie in Rudls Wohnung?«

»Auf das Wort ›Bullen‹ verzichten Sie von jetzt an.« See kam ins Treppenhaus geschlendert. »Das hören wir von der Polizei nicht so gern.« Er öffnete auffordernd seine Hand. »Und jetzt hätte ich gern Ihren Ausweis gesehen.«

Diana ließ den Mann los, der in der Hosentasche nach seinem Portemonnaie kramte und seinen scheckkartengroßen Führerschein herauszog.

See notierte sich die Daten. »Also, Herr Pilkovic, wann haben Sie Herrn Saxenpichler das letzte Mal gesehen?«, wollte er dann wissen.

Roman Pilkovic musste nicht lange überlegen. »Das war heute in der Früh, als ich von meiner Schicht nach Hause gekommen bin. Er ist mit einer kleinen gelben Tasche die Treppen hinuntergehastet. Keine Ahnung, was er damit vorhatte, aber er schien es eilig zu haben.«

Ein Quietschen war zu hören, dann ein Krachen: Im Erdgeschoss war die Haustür geöffnet und dann wieder zugeschlagen worden. Diana beugte sich über die Brüstung. Zwei Personen hatten das Haus betreten. Jede trug einen Koffer in der Hand. Die Spurensicherung war eingetroffen.

»Wir sind hier, zweiter Stock!«, rief Diana zu ihnen hinunter, und die beiden winkten ihr zu.

»Kann ich jetzt gehen?«, fragte der junge Mann.

See gab ihm den Führerschein zurück.

»Waren Sie jemals in Saxenpichlers Wohnung?«, erkundigte sich Diana. Das wäre interessant zu wissen, sollte man dort seine Fingerabdrücke finden.

»In der Wohnung?« Roman Pilkovic war offensichtlich entgeistert. »Vom Rudl? Nein, natürlich nicht! Was sollte ich denn dort? Und glauben Sie ernsthaft, der würde mich je einladen?« Er wartete, ob eine Antwort kommen würde. Als weder Diana noch See den Mund aufmachten, fragte er: »Was ist eigentlich passiert? Was suchen Sie in dem Rudl seiner Wohnung?«

»Herr Saxenpichler ist tot aufgefunden worden«, erklärte ihm Diana, weil es stimmte und am nächsten Tag sowieso in allen Zeitungen stehen würde.

»In der Wohnung?« Der junge Mann riss die Augen auf. »Das ist ja *spooky*!«

Diana schüttelte den Kopf. »Nein, auf dem Urfahraner Markt. Aber in seine Wohnung ist offensichtlich eingebrochen worden.«

»Krass!«

»Wissen Sie, ob Herr Saxenpichler alleine hier lebte? Oder gab es irgendjemanden …«

»Er hatte eine Freundin, aber die wohnt nicht hier. So eine ältere. Also, älter als ich, nicht älter als der Rudl. Das wäre nämlich kaum möglich gewesen. Für ihr Alter war sie ganz fesch, würde ich sagen. Aber wenn ich länger darüber nachdenke, habe ich die schon eine Zeit lang nicht mehr gesehen. Vielleicht war sie gar nicht mehr aktuell.« Es hatte nicht den Anschein, als könnte er noch etwas Hilfreiches zur Aufklärung beitragen.

»Sie können gehen«, bestimmte Diana. »Es kann allerdings sein, dass wir Sie in den nächsten Tagen noch einmal brauchen.«

Das ließ sich der Bursche nicht zweimal sagen. Anstatt in seine Wohnung zurückzukehren, schloss er die Tür wieder ab, steckte den Schlüssel ein und hopste die Treppe hinunter.

Inzwischen hatten die beiden Männer der Spurensicherung das zweite Stockwerk erreicht.

»Das ging ja flott«, sagte See anstelle einer Begrüßung. »Schaut euch als Allererstes die Küche an.«

»Wird gemacht«, sagte der eine.

In diesem Augenblick vibrierte Dianas Handy. Sie nickte den beiden Neuankömmlingen zu, bevor diese in Saxenpichlers Wohnung verschwanden, und drückte auf den grünen Knopf. »Pölz?«

»Wo stecken Sie denn, verdammt noch mal? Das depperte Seminar kann doch nicht ewig dauern.«

Ah, der Herr Oberst. Gut gelaunt wie meist.

»Das Seminar ist längst vorbei, und wir waren den Nachmittag auch schon wieder im Büro, haben Sie aber nicht angetroffen«, antwortete Diana bemüht, höflich zu bleiben, und brachte ihn dann rasch auf den letzten Stand der Dinge. Wie nicht anders zu erwarten gewesen war, war der Herr Oberst vor den Kopf gestoßen, vom Tod seines Schulfreunds zu erfahren, und hatte keine Ahnung, wer die Tat, wenn es denn eine war, begangen haben konnte.

»Ich habe den Rudi in den letzten Jahren nur selten gesehen, wenn ich ehrlich bin. Früher, als wir beide noch in Magdalena wohnten, war das natürlich anders. Da –«

»Sie sind beide in St. Magdalena in die Schule gegangen?«, vergewisserte sich Diana.

»Korrekt. Der Rudi war der Sohn von der Greißlerin. Sie hatte ihr Lebensmittelgeschäft gegenüber der Kirche, in einem kleinen blauen Haus. Den Laden gibt es schon lange nicht mehr, und das Haus haben sie zwischenzeitlich auch abgerissen. Man munkelte damals, der Rudi wäre das Ergebnis von einem schlamperten Verhältnis der Greißlerin mit einem Kaplan gewesen, also so einem jungen katholischen Geistlichen. Bewiesen wurde das allerdings nie, drum weiß ich auch nicht, ob das Gerücht gestimmt hat.«

»Von einem schlamperten Verhältnis?«

Der Herr Oberst lachte auf. »Na ja, Sie wissen doch, wie die Leute reden. Er ist eben unehelich zur Welt gekommen. Das war in den sechziger Jahren ein Skandal, wie Sie sich vorstellen können. Noch dazu bei dem Vater.«

»Das kann ich mir gut vorstellen. Allerdings passt das Wort ›schlampig‹ so gar nicht zu Saxenpichler. Der war doch ordnungsliebend, ja richtiggehend penibel. Und sparsam.«

»Ja, er war ein verschrobener Kerl, ich weiß. Aber nicht zwider.«

»Kennen Sie seine nächsten Angehörigen? Eine Ehefrau hat er keine gehabt, oder? Zumindest deutet in der Wohnung, in der wir gerade waren, nichts darauf hin.«

»Nein, der Rudi hat nie geheiratet. Wer hätte es auch mit ihm … Nein, warten Sie! Vor ein oder zwei Jahren gab es tatsächlich eine Freundin. Anscheinend etwas Ernstes. Er hat mir beim Schachspielen einmal von ihr vorgeschwärmt. Um den Namen hat er ein Riesengeheimnis gemacht, aber sie soll einen bemerkenswert großen … Vorbau gehabt haben.«

»Aha.« Diana wunderte sich nicht, dass er sich das gemerkt hatte. Aber sie wollte See den Triumph nicht gönnen, mit seiner Vermutung recht gehabt zu haben, und beschloss, dieses Charakteristikum für sich zu behalten.

»Wenn ich mich nicht völlig irre, dann war damals auch ein Kind unterwegs. Über das hat der Rudi danach nie mehr ein Wort verloren. Auch nicht, wohin die Frau mit dem Baby gezogen ist.«

»Aha«, sagte Diana noch einmal, weil sie nicht wusste, ob seine Informationen von Bedeutung waren. »Dann sind seine Eltern also die nächsten Angehörigen?«

»Beide tot, keine Geschwister«, lautete die simple Antwort. »Ich muss jetzt weiterarbeiten. Morgen früh erwarte ich Ihren Bericht auf meinem Schreibtisch.«

»Der Saxenpichler war anscheinend nicht nur in seiner Firma unbeliebt«, stellte See fest, der im Vorraum der Wohnung auf Diana gewartet hatte. »Der Fritz soll sich morgen alle Hausparteien vorknöpfen. Dass ihn der Typ von nebenan nicht mochte, war offensichtlich. Aber solange wir die Todesursache nicht kennen, ist es schwer, ihm etwas nachzuweisen. Außerdem hätte der Saxenpichler einem Nachbarn, den er ständig bei der Polizei verpfiffen hat, sicher keinen Wohnungsschlüssel gegeben.«

Diana konnte dem Gedankengang etwas abgewinnen. »Saxenpichler war nicht verheiratet, sagt der Oberst«, informierte sie See und fasste dann das Telefonat zusammen.

»Gut zu wissen.« Er ging an Diana vorbei. »Na, Kollegen, wie schaut's aus? Haben wir schon etwas?« Mit Diana dicht auf den Fersen betrat er die Küche, und dann sahen beide, dass die Spurensicherung tatsächlich etwas gefunden hatte. Etwas, das den beiden Kollegen bisher nicht verdächtig erschienen war, ja gar nicht verdächtig hatte erscheinen können.

Auf dem Küchenboden lag eine Reihe prall gefüllter pink-lila gestreifter Gefrierbeutel, die die Spurensicherer aus der Truhe geräumt hatten. Von der Art, wie man sie in einem Diskonter direkt hinter der tschechischen Grenze billig kaufen konnte, wie Wöglinger sie aufgeklärt hatte. Saxenpichler hatte sie also angelogen, als er sagte, solche Beutel nie zuvor gesehen zu haben, so viel stand fest. Jetzt mussten sie nur noch den Grund dafür herausfinden.

16

Der Hund war außer sich vor Freude. Er roch Fleisch, er roch Blut. Er wusste genau, was das bedeutete: Er würde einen Knochen bekommen. Mit rohem Fleisch dran. Nicht das gekochte, vermengt mit Gemüse und Flocken, das man ihm sonst meistens vorsetzte. Das mochte er zwar auch, doch roh, roh war besser. Viel besser.

Er sprang an seiner Herrin hoch, bellte voller Aufregung und Vorfreude. Als sie sich schier endlos lang Zeit ließ, die begehrte Beute endlich in seinen Napf fallen zu lassen, schlug das Bellen in flehendes Wimmern um. Und dann – endlich, endlich – lag der ersehnte Knochen vor ihm.

»Lass es dir schmecken, mein Lieber.« Sie tätschelte seinen Nacken.

Das ließ er sich nicht zweimal sagen. Gierig zog der Hund den Knochen aus dem Napf und schleuderte ihn auf den Fußboden. Er war größer, als er es sich jemals erträumt hatte. So hastig fiel er darüber her, dass die kleinen Fleischstückchen in alle Richtungen davonflogen.

17

»Auweh!« Hazel Wood griff sich an die Schädeldecke, auf der eine Beule von Sekunde zu Sekunde weiter anzuschwellen schien. Mühsam setzte sie sich auf und lehnte ihren Rücken gegen die kalte Wand des Flurs. Sie musste sich erst ihre wallende Mähne aus dem Gesicht streichen, um zu erkennen, dass die Zimmertür vor ihr geschlossen worden war.

»Die Holzer Marianne?«, rief ein fassungsloser Sigi Hauzenberger. »Ich hab dich nicht erkannt, sonst hätte ich doch mit Sicherheit nie …« Seine beiden Beine in verwaschenen, ehemals strahlend blauen Jogginghosen schoben sich in ihr Blickfeld.

»Was ist das nur für eine grausliche Farbe?« Hazel stöhnte auf und bedeckte ihre Augen mit der Hand. »Bei dem Anblick wird mir ja noch um einiges schlechter.«

Sigi hatte sich auf die wüstesten Vorwürfe eingestellt und wollte sich eben eine Rede zu seiner Rechtfertigung zurechtlegen, als ihr Ausspruch ihn aus der Bahn warf. Ratlos blickte er an sich hinunter. »Was ist denn an dem Blau auszusetzen? Ich mag die Hose.« Dann erinnerte er sich, wen er vor sich hatte, und wandte sich wieder der Frau am Boden zu. »Außerdem kann dir meine Hose vollkommen wurscht sein. Was machst du hier? Warum schleichst du in meinem Haus herum?« Er wies auf die Bierflasche in seiner Rechten. »Du hast Glück gehabt, dass ich abgerutscht bin, sonst hätte ich dich noch viel ärger erwischt. Dann wäre die *bottle* vielleicht sogar zerbrochen.«

»Also, erstens …«, begann Hazel und hielt ihm die Hand hin, damit er ihr aufhelfen konnte, was er reflexartig auch tat. Sie klopfte sich den Staub von ihrem bunten Rock. »Erstens sind wir zwei noch lange nicht per Du. Zumindest du nicht mit mir. Zweitens ist das keine *bottle*, sondern eine ganz ordinäre Bierflasche, und drittens sind wir nicht in deinem Haus, sondern in dem deiner Mutter. Und zu der gehe ich jetzt.«

Ehe Sigi sich's versah, drückte sie schon die Klinke hinunter und betrat Hubertas Schlafzimmer. Sie fand es nicht so vor, wie sie es von den letzten Besuchen her kannte. Zwar war die Daunendecke wie immer ordentlich aufgebettet, allerdings ließ eine dicke Staubschicht auf dem Nachttisch daneben darauf schließen, dass die Hausherrin das Zimmer schon des Längeren nicht mehr betreten hatte. Die Fensterscheiben schienen seit Monaten nicht mehr geputzt worden zu sein, die Blumen auf der alten Schubladenkommode waren eigenartig braun. Huberta Hauzenberger war als sehr ordentlich bekannt, und Hazel wurde immer klarer, dass hier nicht nur der verfaulte Blumenstrauß gewaltig zum Himmel stank.

Sie wandte sich um. »Wo ist sie? Man hat mir gesagt, deine Mutter sei krank, aber ich habe kein Wort geglaubt. Zu Recht, wie ich sehe.«

»Im Spital«, sagte Sigi Hauzenberger schnell. »Es geht ihr nicht gut. Und sie hat ausdrücklich gesagt, dass sie keinen Besuch will.«

»Im Spital«, echote Hazel Wood spöttisch. »Na geh, und in welchem?«

»Das sag ich nicht.«

Hazel Wood war nicht mehr aus der Ruhe zu bringen. »Macht nichts«, meinte sie gelassen. »So etwas findet man heutzutage schnell heraus.« Sie zog ihr Handy aus der eingenähten Tasche ihres Rocks, überprüfte kurz, dass das Display bei ihrem Sturz nicht in Mitleidenschaft gezogen worden war, und tippte etwas ein. »So viele Krankenhäuser gibt es in Linz nun auch wieder nicht. Ah, da haben wir schon die Nummer von den Barmherzigen Schwestern.« Sie klickte auf den Link und hielt sich das Telefon ans Ohr.

»Das können Sie sich sparen«, sagte Sigi Hauzenberger, »die Mama ist nicht im Spital, die ist auf Mallorca, aber sie will nicht, dass das jemand weiß.«

»Mallorca!« Hazel Woods Tonfall wurde noch höhnischer. »Das wird ja immer besser. Was sollte denn deine alte Mutter am Ballermann? Du rückst jetzt sofort mit der Wahrheit heraus, junger Mann, oder ich rufe die Polizei. Und zwar auf der Stelle.« Sie gab vor, dieses Vorhaben umgehend in die Tat umsetzen zu wollen.

»Geh bitte!«, rief Sigi Hauzenberger unwillig. »Warum können Sie mich denn nicht einfach in Ruhe lassen?«

»Eine Hazel Wood mag für vieles bekannt sein«, sagte die Frau, die eigentlich Marianne Holzer hieß, stolz, »aber nicht dafür, dass sie einen in Ruhe lässt. Wir setzen uns jetzt erst einmal in die Küche, kochen uns einen Kräutertee, und dann erzählst du mir alles haargenau.«

18

»Also, wie schauen wir aus?«

Es war so gegen halb elf am nächsten Vormittag, als der Herr Oberst Diana zu sich ins Büro bestellte. Eigentlich wollte er auch See sehen, aber der hatte sich vor einer Stunde die Autoschlüssel geschnappt und war ohne ein Wort der Erklärung aus dem Büro gestürmt. Dabei hatte er Fritz Wöglinger ein kurzes Zeichen gegeben, ihm zu folgen, was dieser, ohne Fragen zu stellen, auch getan hatte. Beide waren bisher nicht wieder aufgetaucht. Kein Wunder, dass die erste Frage des Herrn Oberst ihrem Kollegen galt, allerdings lautete sie anders, als Diana erwartet hatte.

»Ist der Carlos noch nicht zurück? So lang kann das doch nicht dauern.«

»Was kann nicht so lang dauern?«, wollte sie wissen. Was wusste der Herr Oberst, was sie nicht wusste? Wie sie Sees Alleingänge hasste!

Ihr Vorgesetzter lehnte sich in seinem schweren schwarzen Schreibtischsessel zurück. »Er wollte noch einmal hinauf zum ›Sensenwirt‹. Anscheinend hat er dort etwas vergessen, oder er wollte irgendetwas überprüfen. So genau habe ich ihn nicht verstanden.«

Etwas vergessen? Was konnte er denn dort vergessen haben? Und was gab es zu überprüfen, was die Spurensicherung nicht schon längst überprüft hatte? Und überhaupt: Nichts davon war ein Grund, kommentarlos wegzurennen! Diana schnaufte unwillig.

»Sie haben Carlos noch immer nicht im Griff, Frau Pölz«, stellte der Herr Oberst fest, und seinem Tonfall war anzumerken, dass er nichts anderes erwartet hatte. »Er tanzt Ihnen auf der Nase herum, wie es ihm passt. Mit Ihrer mangelnden Führungskompetenz werden Sie –«

»Hier geht es nicht darum, wer wen im Griff hat, Herr Oberst«, unterbrach Diana ihren Chef. »Hier geht es darum, dass wir ein Verbrechen aufzuklären haben, oder besser gesagt zwei!« Sie hätte See dafür durch den Fleischwolf drehen können, dass er sie vor ihrem gemeinsamen Vorgesetzten immer wieder in schlechtem Licht erscheinen ließ.

»Wo ist eigentlich meine Videokamera?«

Die Videokamera? Diana horchte auf. Himmel, wo war die Kamera? Sie hatte sie jedenfalls nicht wieder im Auto verstaut. Und See auch nicht, soweit sie sich erinnern konnte. Sie waren so mit den Vernehmungen beschäftigt gewesen, dass sie … Ja, natürlich, das war die Lösung! »Die Videokamera!«, rief sie. »Das wird es sein, was See von der ›Sensenwirtin‹ holt! Entschuldigen Sie, Herr Oberst, dass wir sie im Hotel vergessen haben, aber es war so ein Wirbel wegen der Hand.«

Der Herr Oberst war zufrieden. »Wenn der Carlos sie holt, brauchen wir nicht mehr darüber zu sprechen. Wissen wir schon Näheres wegen der abgehackten Hand? Das ist ja höchst mysteriös.«

»Bisher nur, dass sie zu einer älteren Frau gehört«, fasste Diana zusammen. »Laut Mediziner war sie Ende siebzig bis Mitte achtzig. Wöglinger versucht, persönliche Gegenstände von abgängig gemeldeten Frauen aufzutreiben, vielleicht –«

»Was soll das heißen?« Der Herr Oberst schnellte nach vorn, seine Unterarme knallten auf die Schreibtischplatte, seine Augen starrten Diana an. »Sie glauben doch nicht, dass die Alte noch lebt und mit nur einer Hand durch die Gegend läuft, oder? Das wäre doch jemandem aufgefallen. Insbesondere ihr selbst.«

Diana winkte ab. »Wir glauben vielmehr, dass die Frau tot ist und der Rest der Leiche ebenfalls auftauchen wird. Wenn wir Glück haben, schon recht bald.«

»Dann warten wir ab. Solange es keine lästigen Angehörigen gibt, die mit den Medien drohen, stehen wir nicht unter Druck. Aber warum ich Sie eigentlich zu mir gerufen habe: Was gibt es Neues im Fall Saxenpichler?«

Diana griff zum Bericht der Gerichtsmedizin, der auf ihrem Schoß lag. »Die Obduktion hat ergeben, dass er wirklich so sanft entschlafen ist, wie der Doc schon auf dem Urfahraner Markt angenommen hat. Allerdings wurde wohl vorher etwas nachgeholfen. Im Blut fand sich ein Mittel mit der chemischen Bezeichnung«, sie beugte sich vor, um abzulesen, »NaP, was so viel heißt wie Natrium-Pentobarbital. Äußerst ungewöhnlich, sagt der Doc, weil das Medikament nicht im Handel erhältlich nicht. Man verwendet es normalerweise für –«

»Die aktive Sterbehilfe«, ergänzte der Herr Oberst. »Das weiß doch jedes Kind.« Er bemerkte ihre ungläubig aufgerissenen Augen und schränkte ein: »Na ja, ein Großonkel meiner Frau ist voriges Jahr in die Schweiz gefahren, darum weiß ich Bescheid. Er hatte Blasenkrebs im Endstadium. Ganz schlimme Geschichte. Ich bin trotzdem dagegen. Jemand anderen umzubringen ist und bleibt für mich ein Verbrechen, da können noch so viele Ärzte etwas Gegenteiliges sagen und Kranke das Mittel noch so oft selbst geschluckt haben. Aber gut, ist eben die Schweiz. Die Leute sind einfach anders. In Österreich ist die Verabreichung von NaP jedenfalls verboten. Haben wir einen Verdacht, wer Saxenpichler das Mittel gegeben haben könnte?«

Diana wollte eben antworten, als er sie bereits mit der nächsten Frage überrollte: »Und was ist an dem bunten Plastiksackerl ungewöhnlich, das in der Hotelküche gefunden wurde? Warum wird das im Bericht der Spurensicherung ausdrücklich erwähnt?«

Diana hatte längst die Hoffnung aufgegeben, der Herr Oberst würde irgendwann einmal damit aufhören, zickzack durch ein Gespräch zu rennen, und sich stattdessen auf ein Thema konzentrieren.

»Was das gestreifte Sackerl betrifft«, beantwortete sie zuerst die zweite Frage, »so ist dieses insofern auffällig, als dass es sich bei ihm um eine Marke handelt, die in Österreich nicht auf dem Markt ist. Wöglinger meint, sie stamme aus Tschechien. Wir haben sowohl ein Exemplar der Marke im Müll der ›Sensenwirtin‹ sowie mehrere in Saxenpichlers Tiefkühltruhe gefunden. Der Verdacht, dass zwischen ihnen ein Zusammenhang besteht, liegt also nahe. Ich persönlich gehe davon aus, dass Ihr alter

Schulfreund die eingefrorene Hand bei sich zu Hause aufbewahrt und gestern in den Safe der Hochzeitssuite gelegt hat.«

Und wieder schnellte der Herr Oberst nach vorn. »So eine hirnrissige Aussage habe ich in meinem Leben noch nicht gehört! Der Rudi? Eine abgehackte Hand? Beim ›Sensenwirt‹? Und warum bitte gar schön soll er das getan haben?«

Diana zuckte mit den Schultern. »Verschmähte Liebe?«, schlug sie vor. »Rache wegen irgendetwas? Das werden wir schon noch herausfinden.«

»Hören Sie mir auf mit verschmähter Liebe! Von wem soll denn der Rudi verschmäht worden sein?«

Das wusste Diana allerdings auch nicht. Von der frisch vermählten Silke Warnau sicher nicht. »Vielleicht von der Sensenwirtin?«, schlug sie daher vor.

»Geh, von der Sensenwirtin, so ein Schwachsinn! Die hat ihn doch gar nicht verschmäht. Die zwei sollen sogar einmal ein Pantscherl gehabt haben.«

»Wie bitte?« Diana glaubte ihren Ohren nicht zu trauen. »Warum um Himmels willen haben Sie uns diese nicht unwesentliche Tatsache bisher verschwiegen?«

»Weil ich es selber erst gestern erfahren habe«, verteidigte sich der Herr Oberst. »Die Kollegen im Schachclub haben über nichts anderes geredet als über den Toten am Urfahraner Markt. Und da hat einer Stein und Bein geschworen, dass der Rudi und die Grabert ein Paar gewesen sein sollen, und ein anderer hat das bestätigt. Das Techtelmechtel ist allerdings schon eine Zeit her, da hat der alte Sensenwirt noch gelebt.«

Diese Neuigkeit musste Diana erst einmal verdauen. Ob die Wirtin die fesche Ältere war, von der Saxenpichlers Nachbar gesprochen hatte? »Die deutschen Zeugen haben ausgesagt, dass Saxenpichler am Urfahraner Markt die Nähe der Sensenwirtin gesucht hat und mit ihr allein sein wollte«, sagte sie dann, mehr, um ihre Gedanken zu ordnen, als um sie mit dem Herrn Oberst zu teilen. »Das würde bedeuten, dass sich keine neue Liebe angebahnt hätte, sondern eine alte wiederbelebt werden sollte.«

»So schaut es aus«, bestätigte ihr Vorgesetzter. »Also können wir den Rudi vergessen. Man legt der Frau, die man zurückgewinnen will, keine abgehackte Hand in den Safe.«

Da konnte ihm Diana nur recht geben. »Andererseits sind da immer noch die markengleichen Gefrierbeutel«, wandte sie ein, »also führt die Spur doch wieder zu ihm.«

»Hören Sie auf, sich in etwas zu verbeißen, was nicht sein kann!«, forderte der Herr Oberst streng. »Der Rudi war es nicht. Und für die Gefriersäcke wird es eine andere, völlig plausible Erklärung geben. Oder hat der Alfred in der Tiefkühltruhe etwa weitere Leichenteile entdeckt?«

Diana schüttelte zwar den Kopf und sagte: »Soweit ich weiß, nicht«, erinnerte ihn aber auch daran, dass bei Saxenpichler eingebrochen worden war.

»Genau!«, rief der Herr Oberst höhnisch lachend. »Und dann hat der Einbrecher Leichenteile in gestreiften Sackerln gestohlen. So ein Nonsens!«

Diana erkannte, dass es keinen Sinn hatte, das Thema zu vertiefen, solange sie keine Beweise für oder gegen ihre Theorie hatte, und wandte sich daher den Geschehnissen auf dem Urfahraner Markt zu. »Was das NaP betrifft, so steht noch nicht fest, ob Saxenpichler dieses selbst willentlich geschluckt, man es ihm mit seinem Wissen verabreicht hat oder die Gabe in heimlicher Tötungsabsicht geschah.«

Der Herr Oberst verdrehte die Augen. »Wer soll es ihm denn mit seinem Wissen verabreicht haben? War der Rudi etwa sterbenskrank?«

Diana verneinte. »Im Bericht der Gerichtsmedizin wird davon nichts erwähnt.«

»Also, meine liebe Frau Kollegin, dann kommt aktive Sterbehilfe wohl nicht in Frage. Außerdem geschieht das in der Schweiz in extra dafür geschaffenen Einrichtungen. Die Patienten werden nach der Einnahme bis zu ihrem Tod unter Beobachtung gestellt und dürfen sicher nicht auf dem Urfahraner Markt Ringelspiel fahren.«

»Riesenrad«, korrigierte sie automatisch und ärgerte sich, weil er recht hatte. Außerdem hatte sie Saxenpichler gestern Vormittag noch frisch, munter und launenhaft in St. Magdalena erlebt. Er hatte nicht den Eindruck gemacht, als würde er daran denken, sich in Kürze umzubringen. Wer rettete schon Bananen vor dem Mülleimer, wenn er noch am selben Tag einen Selbstmord plante?

»Was genau sagt der Mediziner denn jetzt?«, bellte der Herr Oberst ungeduldig.

»Saxenpichler muss das Mittel ein bis zwei Stunden vor dem Todeszeitpunkt geschluckt haben, das entspricht der üblichen Wirkungszeit. Er könnte dabei also noch im Hotel in St. Magdalena oder schon auf dem Urfahraner Markt gewesen sein. Oder auf der Fahrt dorthin. Ich habe alle, die den Toten auf den Jahrmarkt begleitet haben, für den Nachmittag zur Vernehmung einbestellt. Wenn Sie mich also nicht länger brauchen, dann gehe ich jetzt in mein Büro und …«

Das Anklopfen war nur kurz, eher alibihalber, dafür umso lauter. See stürmte in den Raum, gefolgt von seinem jungen Kollegen Wöglinger, dessen Wangen vor Aufregung oder vom schnellen Gehen gerötet waren.

»Ah, Carlos, sehr gut«, begrüßte ihn der Oberst, ohne aufzusehen. »Stell sie mir am besten auf den Stuhl.«

See war kurz völlig aus dem Konzept gebracht. »Was soll ich hinstellen? Wovon redest du, um Himmels willen?«

»Von meiner Videokamera, die ihr vergessen habt. Ich dachte … Also, die Pölz sagte …«

»Die Pölz! Die Pölz soll sich gefälligst selbst um das kümmern, was sie sich ausgeliehen hat. Ich bin wegen etwas anderem nach St. Magdalena gefahren.« Mit theatralischer Geste warf er einen Plastikbeutel voller Süßstofftütchen auf den Schreibtisch seines Vorgesetzten. »Das ist des Rätsels Lösung, erster Teil«, verkündete er stolz. »Wir haben alle eingesammelt. Alle. Die vollen und vor allem auch die leeren, die wir im Papierkorb vor dem Seminarraum und im Restaurant gefunden haben. Und das halb volle Tütchen, das noch hinter der Kaffeemaschine steckte, die der Tote zuletzt benutzt hat. Ich bin sicher, dass wir in einem von ihnen das verwendete Gift finden werden. Jeder Seminarteilnehmer wusste von Saxenpichlers Sparsamkeitswahn und seiner Vorliebe für Süßstoff.«

»Großartig.« Die Stimme des Herrn Oberst war nichts als reiner Spott. »Und zu dieser verantwortungsvollen Aufgabe musstest du dir den Wöglinger also unbedingt als Begleitschutz mitnehmen. Hättest du das nicht auch allein geschafft?«

See schnaufte unwillig und stemmte die Hände in die Hüften. »Nicht, seit sie«, er deutete eine Kopfbewegung in Richtung Diana an, »mich verdächtigt, den Saxenpichler eigenhändig ums Eck gebracht zu haben. Ich brauchte einen Zeugen, damit sie mir am Ende nicht auch noch unterstellen kann, ich hätte ein Beweisstück verschwinden lassen.«

»Was?« Der Herr Oberst traute seinen Ohren nicht.

»Vergessen Sie's.« Diana hielt den Zeitpunkt für gekommen, das Gespräch zu beenden. Es gab ohnehin nichts Wesentliches mehr zu besprechen. »Kollege Wöglinger, bringen Sie den Süßstoff in die KTU. Die Kollegen sollen ihn und die leeren Sackerl umgehend auf Spuren von NaP untersuchen. Vielleicht haben wir ja wirklich Glück und können so den Täterkreis einengen. Und, Carlos, wir beide gehen jetzt in mein Büro hinüber.« Sie machte eine energische Handbewegung in Richtung Tür. »Und zwar flott!«, fügte sie hinzu, weil er das letzte Wort selbst gern verwendete. Sosehr sie diesen Zusatz sonst auch verabscheute, in dieser Situation erschien er ihr höchst passend.

19

Auf dem Flur stießen sie mit Alfred von der Spurensicherung zusammen.

»Ich wollte ohnehin zu euch.« Er hielt Diana ihre Bürotür auf. »Die Kollegen haben in der Wohnung des Toten gestern, als ihr schon weg wart, noch eine interessante Entdeckung gemacht.« Er legte eine Mappe auf Dianas Schreibtisch und schlug sie auf. »Schaut euch mal diese Fotos an. Sie stammen aus dem Safe, der sich hinter dem Bild von der alten Frau verbarg.«

See und Diana beugten einmütig ihre Köpfe nach vorne. Gleich das erste Foto war eine Überraschung. Es zeigte einen

Mann von hinten. Er trug ein rosarotes Poloshirt, die dunklen Haare hatte er zurückgekämmt. Um ihn herum waren Aktenordner zu sehen. Im Hintergrund hing ein großes abstraktes Gemälde. Das Bild war offensichtlich in einem Büro aufgenommen worden, das ein Architekt eingerichtet hatte.

»Da schau her!«, entfuhr es Diana.

Die Hose des Mannes hing ihm um seine Knöchel. Das Hinterteil, das er in Richtung Kamera streckte, war braun gebrannt und knackig. Die schlanken Frauenbeine, die auf seinen Schultern lagen, trugen jene roten High Heels, die sie am ersten Seminartag an Lia Wikovits Füßen bewundert hatte.

»Gib das weg!«, forderte See angeödet. »Dass Emgrabner und die schöne Wikovits ein Pantscherl haben, ist nichts Neues.«

»Die Frage ist nur: Warum lag dieses Foto bei dem guten Saxenpichler im Safe?«, meinte Diana. »Es könnte doch sein, dass er die beiden oder besser gesagt Emgrabner damit erpresst hat.«

»Wen kann man denn heutzutage noch mit einem solchen Bild unter Druck setzen?«, wollte Alfred wissen. »Die Zeitungen sind voller Nacktfotos, und so ein Schnappschuss wäre wahrscheinlich nicht einmal der ›Austria‹ einen Abdruck wert.«

»Die Ehefrau von dem Mann auf dem Foto ist die Mehrheitseigentümerin der Firma Meissl International, er nur ihr Angestellter. Und die roten Schuhe gehören mit Sicherheit nicht seiner Frau«, setzte ihn Diana in Kenntnis.

»Oh!« Alfred pfiff durch die Zähne. »Du meinst, wenn Saxenpichler ihn erpresst hat, hätte dieser nackte Hintern da ein Mordmotiv?«

»So ist es«, bestätigte Diana und musste über die Bezeichnung für den schnöseligen Helwig Emgrabner grinsen.

»Wie dem auch sei, das werden wir herausfinden«, murrte See und schob das Foto beiseite. »Was haben wir noch?«

Das nächste Bild zeigte ein Stück weißen Pappkarton, auf das jemand »Meine Lebensversicherung« geschrieben hatte. Der Karton war längs gefaltet und erinnerte an ein Namenskärtchen.

»Dieselbe Schrift, mit der auch das Wort ›Handschlagqualität‹

auf das Schild im Safe geschrieben wurde.« Diana war ganz bei der Sache. »Genauso akkurat und gleichmäßig.«

Während Wöglinger das Büro betrat, präsentierte Alfred das nächste Foto: Auf ihm war der Pappkarton neben einem pink-lila gestreiften Gefrierbeutel mit undefinierbarem grauweißem Inhalt platziert worden.

Diana sah ratlos hoch. »Was ist das?«

»Haare«, erwiderte Alfred. »Ich schicke euch in Kürze die genauen Untersuchungsergebnisse. Sie gehören zu einem alten Menschen, so um die achtzig.«

»Dann ist ja alles klar.« See richtete sich zu voller Größe auf. »Saxenpichler hat eine alte Frau umgebracht, in Teile zerlegt und diese anscheinend an den unterschiedlichsten Orten abgelegt. Eine Hand im Safe der ›Sensenwirtin‹, die Haare in seinem eigenen. Ich bin gespannt, in welchem Safe die nächsten Teile auftauchen. Das ist zwar pervers, aber so scheint es gewesen zu sein.«

»Genau, Carlos«, pflichtete ihm Wöglinger bei und nickte wichtig. »Und ein Angehöriger der Alten ist Saxenpichler auf die Schliche gekommen und hat sich gerächt. Jetzt müssen wir nur noch herausfinden, wer die Alte war, und wir haben –«

»Klingt wirklich großartig«, kommentierte Alfred trocken, »kann aber nicht stimmen. Eure Theorie hat nämlich einen gewaltigen Haken: Die Haare gehörten zu einem Mann.«

Auch Diana war erstaunt. Sie hatte wie ihr Kollege ganz selbstverständlich angenommen, Haare und Hand würden von ein und derselben Person stammen. »Kann man feststellen, ob der Mann tot war, als man die Haare abgeschnitten hat? Haben wir es mit einer zweiten, also genauer gesagt dritten Leiche zu tun?«

»Der Mann kann genauso gut noch leben«, meinte See. »So ein abgeschnittenes Haarbüschel findest du bei jedem Friseur. Das Haar gibt keinen Aufschluss darüber, ob sein Besitzer tot oder lebendig ist.«

»Damit hast du recht, Carlos«, gab Alfred zu.

»Was ich aber nicht verstehe, ist, warum man ein Büschel Haare als Lebensversicherung bezeichnet«, überlegte Diana.

Alfred nickte. »Das wundert mich auch. Aber zum Glück ist es nicht meine Aufgabe, das herauszufinden, sondern eure, Diana. Ach ja, und noch etwas: In dem Gefrierbeutel aus dem Müllcontainer des Hotels wurde tatsächlich die abgetrennte Hand transportiert, die im Safe gefunden wurde.«

Diana hörte die Neuigkeit nur zu gerne, bestätigte sie doch ihren Verdacht, den der Herr Oberst strikt zurückgewiesen hatte. Darum war sie auch über die nächsten Worte von Alfred nicht mehr überrascht.

»Außerdem haben wir darauf Saxenpichlers Fingerabdrücke gefunden«, sagte er.

»Das wundert mich nicht«, sagte auch See. »Nicht, nachdem wir seine Tiefkühltruhe gesehen haben.«

»Apropos Tiefkühltruhe«, warf Alfred ein, »darin fand sich sonst nichts Verdächtiges.«

»Dann hat der Einbrecher offensichtlich gefunden, was er gesucht hatte, und es mitgenommen«, sagte Diana.

»Oder die Einbrecherin«, korrigierte See.

Sein Einwurf war keinem der anderen Anwesenden einen Kommentar wert. Und auch keiner der anderen.

»Eines war allerdings doch bemerkenswert«, sagte Alfred stattdessen und legte das nächste Foto auf den Tisch. »Saxenpichlers Wohnungsschlüssel. Werner fand ihn in einer offenen Packung Röstgemüse. Entweder hat der Tote seinen Schlüssel selbst dort aufbewahrt, was ich mir nicht vorstellen kann, oder der Einbrecher hat ihn absichtlich dort versteckt.«

»Fingerabdrücke?«

»Negativ.« Alfred schüttelte bedauernd den Kopf und hob die Hand zum Zeichen, dass er sich nun verabschieden wollte. »Das war's auch schon, was ich euch zu sagen hatte.«

»Offensichtlich wollte die einbrechende Person«, Diana warf See einen raschen Blick zu, »nicht, dass man den Schlüssel bei ihr findet. Da sie ihn auch nicht mehr brauchte, hat sie ihn in Saxenpichlers Gefriertruhe versenkt, und zwar so, dass man die Spur nicht mehr zurückverfolgen kann.«

Er nickte. »Das mag sein. Aber die ist sicher nicht nur eingebrochen, um den Schlüssel zu verstecken. Den hätte sie auch einfach woanders wegwerfen können. Nein, die hat nach etwas gesucht.«

»Da wir jetzt wissen, dass Saxenpichler nachweislich eine Hand eingefroren hatte, können wir doch davon ausgehen, dass die Person nach weiteren Leichenteilen gesucht hat«, mutmaßte Diana. »Und dass sie diese entweder gefunden und mitgenommen hat oder feststellen musste, dass es keine anderen Teile gab.«

»Das heißt also, unser Rudi Saxenpichler war nicht nur äußerst unsympathisch, sondern auch ein Mörder«, fasste See zusammen. »Er hatte eine alte Frau auf dem Gewissen, die er irgendwo entsorgt hat. Außerdem hatte er zumindest eine Hand der Leiche eingefroren.«

»Das ist wirklich eine eigenartige Geschichte.« Alfred war immer noch da und blätterte hektisch in den Unterlagen, bevor er fand, wonach er suchte. Das Foto einer älteren weiblichen Person, eindeutig derselben, die ihnen von Saxenpichlers Wohnzimmerwand entgegengestarrt hatte.

»Glaubt ihr, das ist dieselbe Alte, die er ermordet hat? Das wäre doch allzu makaber, oder?«

»Friiitz!«, brüllte See anstelle einer Antwort und zog das Foto aus der Mappe.

Sein junger Kollege, der sich bereits wieder an seinem Schreibtisch niedergelassen hatte, kam gemächlichen Schrittes aus dem Nebenzimmer.

See hielt ihm das Foto entgegen. »Zeig dem Oberst das Bild. Er soll uns sagen, ob die Frau Saxenpichlers Mutter ist. Und falls nicht, ob er sonst eine Idee hat, um wen es sich bei ihr handeln könnte. Wenn ihm nichts einfällt, schau, ob du das Gesicht im System findest. Vielleicht gehört es ja zu einer der Vermissten.«

»Wird sofort erledigt«, versprach Wöglinger beflissen und verschwand.

»Seine Mutter?«, fragte Diana ungläubig. »Du denkst doch nicht wirklich, dass der so kalt war, seine Mutter umzubringen und sich dann ein großes Foto von ihr in einen goldenen Holzrahmen mitten ins Wohnzimmer zu hängen?«

»Ich glaube gar nichts«, sagte See leidenschaftslos. »Aber möglich ist bekanntlich alles.«

»Und warum hat er dann die Hand seiner Mutter zu den Deutschen in den Zimmersafe gelegt? Was für ein Zusammenhang soll zwischen Saxenpichlers Mutter und einem frisch vermählten Ehepaar aus Flensburg bestehen?«

»Das weiß ich doch nicht.« See zuckte mit den Schultern. »Aber das werden wir das Ehepaar gleich selbst fragen. Du hast die beiden ja ohnehin einbestellt.«

Wie auf Kommando steckte ein Uniformierter den Kopf zur Tür herein. »Ein Ehepaar Warnau wartet draußen.«

20

»Die Mutter von diesem Knütterkopp?«, fragte Gerrit Warnau. »Warum sollte ich die gekannt haben?« Er verstand die Welt nicht mehr. »Bis vor zwei Tagen hatte ich nie Kontakt zu Ösis, also zu Österreichern. Und diesen Herrn habe ich auch erst gestern kennengelernt. Er war ein unsympathischer Mensch, wenn Sie mich fragen. So 'n Kötelkacker, der för 'n Penn freten will un för 'n Daler schieten, wenn Sie verstehen, was ich meine.«

»Äh, nicht so ganz«, gab Diana zu.

»Geht das Ganze auch in verständlichem Deutsch?«, forderte See streng.

»Was ich damit sagen wollte: Der Herr schien mir ein unangenehmer Zeitgenosse zu sein, der alles umsonst haben wollte. Aber bevor Sie da auf irgendwelche schrägen Ideen kommen, deshalb hätte ich ihn doch nie umgebracht. Bis vor drei Minuten, als Sie uns das erzählt haben, habe ich ja nicht einmal gewusst, dass offensichtlich er es war, der uns die Hand in den Safe gelegt hat. Aber ich hätte ihn auch nicht umgebracht, wenn ich es gewusst hätte. Das können Sie mir glauben. Und was Sie mir noch glauben können, ist, dass ich nichts mehr bereue als diese Hochzeitsreise. Zwei Tote in den ersten zwei Tagen, wie soll da Romantik aufkommen? Meine Schwiegermutter und ihre dämlichen Preisausschreiben!«

»Was soll das heißen, er hat dich niedergeschlagen?«

Diana war eben erst von der wenig ergiebigen Befragung des Ehepaars Warnau in ihr Büro zurückgekehrt, als Wöglinger ihr mitteilte, eine gewisse Frau Wood würde um einen dringenden Rückruf ersuchen. Sie hatte diese Bitte mit wenig Enthusiasmus erfüllt. So oft wie derzeit telefonierte sie mit ihrer Mutter sonst während eines ganzen Jahres nicht.

In wenigen Sätzen erzählte ihr Hazel, dass sie am Vortag quer durch die ganze Stadt zum Haus ihrer alten Bekannten gefahren sei, weil es ihre Tochter ja nicht geschafft habe, ein Mal – ein einziges Mal! – einen Auftrag für ihre Mutter zu erfüllen. Und dass Hubertas grenzdebiler Sohn sogar zu blöd gewesen sei, sie ordentlich niederzuschlagen.

»Wie kommt dieser Kerl dazu, dich niederzuschlagen? Bist du verletzt?«, fragte Diana. »Fahr sofort zur nächsten Polizeidienststelle und erstatte Anzeige.«

»Darum geht es doch gar nicht, Ditschei«, widersprach Hazel Wood ungeduldig. »Hör mir einfach nur zu. Als ich gestern in das Haus von der Huberta geschlichen bin –«

»Du bist ins Haus geschlichen?« Diana konnte es nicht glauben. »Heimlich? Und warum, wenn ich fragen darf? Zivilisierte Menschen läuten an der Tür und warten und schleichen sich nicht einfach –«

»Wirst du mir jetzt endlich einmal zuhören?« Ihre Mutter wurde laut. »Und zwar ohne Unterbrechung, wenn ich bitten darf.«

Da die Tochter gehorsam schwieg, erzählte sie ihr nun, was sie im Hause Hauzenberger mit Sigi, dem Sohn der Hausherrin, erlebt hatte. Jedes noch so kleine Detail.

Dianas Ungeduld wuchs von Minute zu Minute. »Und warum genau erzählst du mir das alles?«, fragte sie schließlich genervt, als ihre Mutter fertig war. »Wenn du unverletzt bist und ohnehin nicht Anzeige erstatten willst.«

»Weil da etwas gewaltig zum Himmel stinkt«, fuhr Hazel Wood auf. »Was soll denn die alte Huberta auf Mallorca? Die ist ihr ganzes Leben nirgends hingeflogen, warum sollte sie mit Ende siebzig damit beginnen?«

»Aber er hat dir doch einen Prospekt gezeigt«, wandte Diana ein.

»Keinen Prospekt, nur eine Homepage«, stellte ihre Mutter richtig. »Von einem Deutschen, der im Süden der Insel sogenannte Gongkurse anbietet. Damit soll der Körper angeblich zu seinem natürlichen Grundrhythmus zurückkehren und der Mensch Zugang zu tiefen persönlichen Schichten finden oder so ähnlich. An und für sich ist das ja etwas Gescheites, aber –«

»Siehst du, daher wird es schon stimmen, was dir dieser Sigi erzählt hat. Und jetzt pfiati, ich muss ein paar Mordfälle aufklären.«

»Du musst jetzt nur eins, Ditschei, und zwar mir zuhören!«, forderte Hazel Wood. »Ich habe mir die Telefonnummer aufgeschrieben und am Abend im Hotel angerufen und nach Huberta gefragt. Die Rezeptionistin sagte, Sie kenne keine Frau Hauzenberger. Genau, wie ich vermutet habe.«

Diana seufzte. »Dann wohnt sie halt nicht dort. Oder sie ist woanders hingefahren. Solange es keine Vermisstenanzeige gibt –«

»Sag, hast du mir nicht zugehört?«, fuhr Hazel Wood sie an. »Der Sigi wird doch nie im Leben eine Vermisstenanzeige aufgeben. Warum sollte er auch? Der hat seine Mutter umgebracht und lebt nun wie die Made im Speck in ihrem Haus, kassiert ihre Pension und frisst ihr Mittagessen. Mein Gott, Ditschei, ein bissl ein kriminalistisches Gespür wirst du mit deinem Beamtenhirn doch noch haben.«

Die Chefinspektorin entgegnete nichts. Was hätte sie auch sagen sollen? Dass es ohne dichtere Verdachtsmomente keine Erhebungen geben konnte? Ihre Hippie-Mutter hätte das ohnehin nicht verstanden.

»Ich will, dass du dich jetzt sofort dieser Sache annimmst«, forderte Hazel.

Diana hatte keine Lust auf weitere sinnlose Diskussionen. Aber ein Punkt, den ihre Mutter erwähnt hatte, interessierte sie doch. »Du hast gesagt, die Sensenwirtin habe von sich aus angeboten, die alte Frau täglich mit einem warmen Mittagessen zu versorgen? Und sie macht das tatsächlich kostenlos?«

»Ja, weil ihr der Sigi vorgelogen hat, sie sei krank. Bettlägerig, um genau zu sein. Sie hatte wohl Mitleid.«

»Warum hat ihr Sohn eigentlich gesagt, sie sei krank? Eine Reise nach Mallorca ist ja nichts, was man verschweigen müsste.«

»Was weiß denn ich, was sich der mit seinem bekifften Hirn denkt? In dem Haus hat es gestunken, sag ich dir, wie zu der besten Zeit in unserer Kommune in Chelsea. Außerdem ist die Huberta weder krank noch auf Malle, sondern um die Ecke gebracht worden. Aber das willst du ja nicht wahrhaben. Weil das ja Arbeit für dich bedeuten würde.«

»Und warum sollte sie sich so verhalten?«, ließ Diana nicht locker.

»Wer denn?« Hazel Wood war irritiert.

»Die Sensenwirtin. Warum sollte die von sich aus anbieten, gratis Essen vorbeizuschicken?«

»Mein Gott, Ditschei!«

Diana konnte förmlich vor sich sehen, wie ihre Mutter die Hände gegen den Himmel hob, und hören, wie ihre bunten Armreifen dabei klimperten.

»Aus Mitleid vielleicht? Aus Menschenliebe? Aufgrund der guten Nachbarschaft? Was weiß denn ich? Alles Gefühle, die einer Polizeibeamtin natürlich fremd sind, schon klar.«

Diana verdrehte die Augen. »Du hast mir doch selbst gesagt, dass sich deine Frau Hauzenberger und die Sensenwirtin nicht ausstehen können, schon vergessen? Dass deine Freundin ein Theater gemacht hat, als ihre Tochter Brunhilde im Hotel der Nachbarin zu arbeiten begonnen hat. Wie passt das mit dem Gratis-Mittagessen zusammen?«

»Wie soll ich das wissen? Du bist doch die Polizistin! Es ist deine Arbeit, das herauszufinden. Alles kann ich nicht für dich erledigen.« Hazel schwieg kurz. »Vielleicht hängt es mit dem neuen Parkplatz zusammen«, sagte sie dann.

»Dem neuen Parkplatz? Der neben ihrem Haus, gegenüber dem Hotel?«

»Genau. Die Huberta hat sich anscheinend breitschlagen lassen, der Greta Grabert einen Teil des Gartens zu verpachten, damit die einen ordentlichen Parkplatz daraus machen kann. Jetzt, wo du es ansprichst, kommt mir das allerdings auch verdächtig vor. Die Huberta hat mir nämlich schon vor zwei Jahren erzählt, dass die Wirtin ihr deshalb keine Ruhe lässt. Ich höre noch ihr bellendes Lachen, als sie sagte: ›Nur über meine Leich!‹« Sie hielt kurz inne. »Du glaubst doch nicht etwa, dass die Sensenwirtin und der Sigi unter einer Decke stecken, oder? Dass sie gemeinsam die arme Huberta auf dem Gewissen haben?«

Diana seufzte. »Ich glaube gar nichts. Du hast dir nicht zufällig etwas von Frau Hauzenberger mitgeben lassen, damit wir einen DNA-Abgleich machen können, oder?«

»Bin ich Columbo?«, tönte es vom anderen Ende der Leitung.

21

»Musstest du das Vieh unbedingt mitbringen? Du weißt doch, dass die Lia eine Hundehaarallergie hat.« Helwig Emgrabner schnauzte diese harschen Worte quer durch den Besprechungsraum der Firma Meissl International, kaum dass seine Schwester einen Fuß über die Schwelle gesetzt hatte.

Renate beachtete ihn nicht weiter, sondern trat ein und hängte ihre braune Tasche über eine der vielen Stuhllehnen. Hinter ihr war Hadrian, ein betagter Airedale Terrier, hereingetrottet und blickte nun mit müden Augen in die Runde. Was er sah, interessierte ihn offensichtlich wenig. Jedenfalls gähnte er herzhaft, ließ ebenso herzhaft einen fahren und plumpste dann in die hintere rechte Ecke des Raumes, um dort umgehend in Tiefschlaf zu fallen.

Dass Lia Wikovits im selben Augenblick ein »Herrgott im Himmel!« von sich gab, sich den Ärmel ihres pinkfarbenen Kaschmirpullovers vor Nase und Mund hielt und an Renate Emgrabner und Hadrian vorbei aus dem Zimmer stürmte, verwunderte keinen der Anwesenden.

Das Gesicht der Hundebesitzerin blieb gelassen und spiegelte nicht im Geringsten die Schadenfreude wider, die sie in ihrem Inneren empfand. Außerdem konnte sie ihrem Bruder jede Schuld in die Schuhe schieben. »Reg dich nicht auf, Helwig. Ich war gerade mit dem Hadrian Gassi, als deine Nachricht kam. Du hast verlangt, dass ich mich unverzüglich hier einfinde, und da bin ich.«

»Ja, aber das heißt doch nicht –«

Sie hob abwehrend die Hand. »Ich bin gekommen, als du gerufen hast, also spar dir deinen wütenden Blick. Du hast hoffentlich nicht erwartet, dass ich meinen Liebling an den nächsten Baum binde, nur damit deine … deine … Aber lassen wir das.« Sie nahm auf ihrem angestammten Stuhl Platz. »Was gibt es denn so Wichtiges?«

Ihr Bruder schüttelte den Kopf und schaute über sie hinweg zur offenen Tür. »Wir warten, bis Lia zurück ist. Ich hoffe, sie hat noch so eine Anti-Allergie-Tablette in ihrer Schreibtischschublade. Du bist so etwas von unkollegial, Renate!«

»Unkollegial?« Aus ihrer Stimme triefte Sarkasmus. »Seid ihr auf einmal meine Kollegen, die Wikovits und du? Das ist ja interessant.«

Die Marketingleiterin kam so schnell um die Ecke, wie es ihre High Heels erlaubten, und zog die Tür hinter sich zu. Offensichtlich war sie nun in der Lage, sich gefahrlos in der Nähe eines Hundes aufzuhalten.

»Das Lachen wird dir gleich vergehen, meine liebe Renate«, sagte sie im süßesten Tonfall. »Dass der Rudi gestern ermordet wurde, ist natürlich ganz, ganz schrecklich, obwohl ich nicht glaube, dass ihn einer von euch vermissen wird. Heute früh hat jemand von der Polizei angerufen. Und jetzt wird es spannend: Sie wollen dich nämlich sehen. Man geht offensichtlich davon aus, dass du den armen Mann auf dem Gewissen hast. Na, was sagst du jetzt?«

Helwig Emgrabner seufzte. Die beiden Frauen waren sich noch nie grün gewesen, und warum hätte es an diesem Tag anders sein sollen? Und wie immer hatte er keine Lust auf das, was er den »täglichen Zickenkrieg« nannte. Also beeilte er sich einzugreifen, noch bevor seine Schwester den Satz »Was redest du schon wieder für einen verdammten Mist?« fertig sprechen konnte. »Seit wann bezeichnest du Rudi als einen armen Mann, Lia?«, erkundigte er sich. »Und sag jetzt bloß nicht, dass du ihn vermissen wirst. Du hast ihn doch genauso wenig leiden können wie wir.«

»Alle Toten sind arm«, erklärte die Marketingleiterin rigoros. »Sogar der Rudi. Und ich rede keinen Mist, Renate, das weißt du genau. Du hast ihm das Gift gegeben.«

»Was denn für ein Gift?«, fuhr Renate Emgrabner auf.

»Und jetzt kommen wir zu den Punkt, weshalb ich dich sprechen wollte«, erklärte ihr Bruder. »Der Rudi ist anscheinend vergiftet worden. Wir sollen heute Mittag zur Vernehmung ins LKA kommen. Ich habe euch beide daher umgehend zu mir gebeten, damit wir besprechen können, was genau wir dort aussagen werden.«

»Besprechen, was wir dort aussagen werden?« Lia Wikovits warf ihm einen verständnislosen Blick zu. »Aber Heli, was soll ich denn schon groß aussagen? Ich weiß doch von nichts, habe nichts gesehen und schon gar nichts getan.«

»Wie üblich«, kommentierte Frau Doktor trocken. »Niemand kann deiner Lia vorwerfen, je etwas getan zu haben. Zumindest nichts, was zu irgendetwas geführt hätte.«

»Bei dir bin ich mir diesbezüglich, wie gesagt, nicht so sicher, Renate«, sagte Wikovits. »Du hast dich auf dem Urfahraner Markt mit Rudi wegen der Tennissocken gestritten.«

Renate ging auf die Stichelei nicht ein. »Noch einmal von vorne«, sagte sie stattdessen an ihren Bruder gewandt, »was genau hat die Polizei gesagt?«

Viel wusste Helwig auch nicht. »Der Anruf vom Landeskriminalamt dauerte nur kurz, aber alles deutet wohl auf eine Vergiftung hin. Anscheinend sind ausgerechnet die Pölz und der See die ermittelnden Beamten. Zuerst halten sie ein Seminar für unsere Firma ab, und dann ist der Rudi tot, und sie ermitteln. Eigentlich ein komischer Zufall, oder?«

»Sehr komisch«, bestätigte Wikovits. »Stellt euch mal vor, was wäre, wenn die beiden den Rudi abgemurkst hätten und jetzt nur so tun, als würden sie ermitteln, um jemandem von uns den Mord anzuhängen.«

Renate Emgrabner schnaubte unwillig. »Verschon uns mit deinen Phantasien.« Dann wandte sie sich wieder an ihren Bruder. »Wie soll denn der Rudi auf dem Urfahraner Markt vergiftet worden sein?«

»Deine Trauer hält sich offensichtlich in Grenzen«, kommentierte Wikovits ihre Worte.

Ein weiteres unwilliges Schnauben folgte. »Mach dich nicht lächerlich! Ich habe ihn als Einzige hier im Haus halbwegs leiden können. Sonst hätte ich nicht einmal die Woche mit ihm Tennis gespielt. Ihr dagegen habt ihn gehasst! Glaubt ihr wirklich, ich bin taub und blöd? Ich weiß längst, dass er gedroht hat, euch bei Louise auffliegen zu lassen. Vielleicht habt ihr ihn ja deshalb zur Seite geschafft.«

»Also bitte!«, fuhr ihr Bruder auf. »Der Rudi war doch nicht ernst zu nehmen! Es heißt nicht umsonst: Hunde, die bellen, beißen nicht. Der hatte doch niemals vor, uns …« Er hielt überrascht inne.

Lia Wikovits hatte die Hand auf seinen Unterarm gelegt und blickte Renate Emgrabner herausfordernd an. »Wir lieben uns, dieser Süße hier und ich. Gell, Helibutzi, darum willst du dich eh scheiden lassen? Rudis Erpressungen hätten uns in Kürze also ohnehin nichts mehr anhaben können.«

»Geh, Lia, jetzt halt einfach einmal die Fresse«, sagte Helibutzi, dem im Augenblick so gar nicht der Sinn danach stand, süß zu sein. »Dein Gequatsche wird mir noch eines Tages das Genick brechen.«

Lia Wikovits verschränkte die Arme vor der Brust und schwieg beleidigt.

Renate Emgrabner war höchst zufrieden. »Was hast du dem Rudi für sein Schweigen bezahlt, Helwig?«

»Wir weichen vom Thema ab«, umging dieser eine Antwort. »Die Frage muss vielmehr lauten: Wie und durch wen wurde Rudi vergiftet? Warum vernimmt man uns drei dazu? Ihr habt doch nichts damit zu tun, oder?«

»Da wäre ich mir nicht so sicher. Du, Renate, hast ihm doch

eine Wasserflasche gegeben, bevor er ins Riesenrad gestiegen ist«, meldete sich Lia Wikovits zu Wort, die ungern länger als eine Minute schwieg. »Wir haben dich nämlich gesehen, jedes Leugnen ist zwecklos. Als wir mit dem Wagerl von der Geisterbahn ins Freie gefahren sind, bist du mit einer Flasche schnurstracks auf das Riesenrad zugesteuert. Damit hast du nicht gerechnet, oder?«

»Ich verbitte mir diese Unterstellung!« Renate Emgrabners Tonfall war um einiges lauter geworden. »Eine Renate Emgrabner begeht kein Verbrechen. Ich habe ihm nur Mineralwasser gebracht, weil es heiß war und ich nicht wollte, dass er kollabiert. Was soll daran denn verboten sein?«

»Er ist aber kollabiert. Und vergiftet worden. Selbst der Dümmste kann doch eins und eins zusammenzählen. Ich würde sagen, das wirft ein schlechtes Licht auf dich.« Lia grinste zufrieden. »Ein ganz, ganz schlechtes Licht!«

»Also bitte, das wirft gar kein Licht! Als ich von … dem Tennissockenstand« – fast hätte sie gesagt, »der Schnapsbude« – »weggegangen bin, habe ich die beiden Deutschen getroffen, die mir erzählt haben, dass der Rudi noch einige Runden im Riesenrad drehen will. Und er hatte doch schon nach dem Essen über Schwindel geklagt, erinnert ihr euch? Also habe ich ihm Wasser gekauft. Außerdem wollte ich ihm die Socken vorbeibringen, die ich am Standl besorgt hatte. Das war alles.«

»Wie nett«, flötete Lia Wikovits. »Wir sollten dich von nun an Mutter Teresa nennen.«

Helwig fuhr auf. »Jetzt spart euch doch endlich eure blöden Bemerkungen, und zwar alle beide. Das ist ja nicht zum Aushalten. Wirst du bei der Polizei zugeben, dass du ihm die Flasche gebracht hast, Renate? Ich will dir ja nichts unterstellen, aber vielleicht war da wirklich das Gift drin.«

»Blödsinn! Die war noch originalverschlossen, da hätte ich gar nichts reintun können. Und auch sonst niemand. Es gibt also keinen Grund, warum ich etwas verschweigen sollte. Außerdem, warum hätte ich Rudi vergiften sollen? Von uns dreien hatte ich sicher die wenigsten Probleme mit ihm.«

»Das kannst du noch so oft wiederholen, es wird damit nicht

richtiger«, widersprach ihr Bruder und blickte sie starr an. »Wir wissen beide, was im letzten Herbst geschehen ist.«

Sofort hatte er Lias volle Aufmerksamkeit. »Aber ich weiß es nicht, Helibutzi! Was ist denn letzten Herbst passiert?«

Helwig sagte kein Wort, schaute aber auffordernd zu seiner Schwester hinüber.

»Es ging nur um ein paar Belege und Zahlen in meiner Abrechnung«, sagte Renate mit wegwerfender Handbewegung. »Der Rudi war wieder einmal päpstlicher als der Papst.«

Für den Papst interessierte sich Lia Wikovits genauso wenig wie für Zahlen, also verfolgte sie das Thema nicht weiter. »Schon komisch, dass man die Socken, die du ihm extra vorbeigebracht hast, in der Gondel nicht gefunden hat, meinst du nicht?«

Renate atmete auf, froh, dass das Thema gewechselt worden war, und antwortete daher mit einer um einiges freundlicheren Stimme: »Nein, finde ich nicht. Er wollte nämlich, dass ich sie ihm später gebe. Er hatte Angst, sie könnten aus der Gondel fallen. Also habe ich versprochen, ihm die Socken nach Hause zu bringen.«

»Nach Wels? Du willst uns doch nicht ernsthaft erzählen, dass du extra wegen der Socken mehr als dreißig Kilometer nach Wels gefahren bist?« Es war offensichtlich, dass ihr Bruder ihr kein Wort glaubte.

»Und dort hast du ihm dann die Socken an die versperrte Wohnungstür gehängt, oder was?«, meldete auch Lia Wikovits erhebliche Zweifel an.

»Was regt ihr euch so auf? Ich hatte am späten Nachmittag meine wöchentliche Kartenrunde bei Sylvia. Du kennst meine Studienfreundin, Helwig. Die wohnt in Wels in der Stelzhamerstraße, neben dem gläsernen Bau der Fachhochschule. Es wäre also kein großer Aufwand gewesen, bei Rudi vorbeizufahren. Was ich dann aber irgendwie vergessen habe.« Es war schwer genug gewesen, sich mit ihrem Alkoholpegel auf das Fahren zu konzentrieren. »Darum liegen die Socken noch immer in meinem Auto. Wenn du mir nicht glaubst, kannst du ja nachsehen, Heli.«

Außerdem hätte ich die Socken nicht an die Tür gehängt, dachte sie im Stillen, weil die beiden nicht alles wissen mussten. Sie besaß seit Jahren einen Wohnungsschlüssel, um Rudis Grünpflanzen zu gießen, wenn er auf Urlaub war.

22

»Der Fritz hat mir gesagt, dass ihr dabei seid, die Leute der Firma Meissl zu vernehmen«, sagte Alfred, als Diana und See in ihre Abteilung zurückkehrten. »Da habe ich ja Glück, dass ihr so schnell damit fertig seid. Irgendwelche neuen Erkenntnisse?« Er erhob sich von Wöglingers Besucherstuhl und folgte den beiden Inspektoren in Dianas Büro.

»Fehlanzeige«, antwortete See. »Keiner weiß was, keiner hat etwas gesehen, keiner ist es gewesen.«

»Na bravo«, sagte Alfred.

»Die verknöcherte Leiterin der Rechtsabteilung hat zugegeben, dass die Wasserflasche, die du in der Gondel gefunden hast, von ihr stammt. Allerdings bringt uns das auch nicht weiter, da sich darin laut Laboranalyse keine Spuren von Gift befinden«, informierte ihn See.

»Aber etwas anderes haben wir, Alfred«, fiel Diana ein. »Der Herr Oberst hat bestätigt, dass es sich bei der Frau im gerahmten Bild vor dem Safe tatsächlich um Saxenpichlers Mutter handelt.«

»Leider ist das nicht mehr relevant«, meinte Alfred. »Ich habe vor einer halben Stunde den Doc getroffen, und der hat durch einen DNA-Abgleich eindeutig festgestellt, dass die Mutter definitiv nicht die Leiche ist, zu der die Hand passt. Ach ja, und noch etwas: Die Süßstofftüten sind clean. Keinerlei Spuren von NaP oder sonst einem Gift. Nur vom Süßstoff selbst. Der ist zwar auch nicht gerade gesund, aber legal.«

Diana seufzte und ließ sich auf ihren Schreibtischstuhl fallen. »Wir sind also noch nicht im Geringsten weitergekommen.« Sie überlegte, ob sie ihrem Kollegen vom Telefonat mit Hazel berichten sollte, als ein leises »Ping!« ihre Aufmerksamkeit erregte.

»Ah …«, sagte sie und bezog sich damit auf die Information auf ihrem Bildschirm. »Der Bericht der Gerichtsmedizin ist da. Dank Alfred wissen wir zwar schon, was drinsteht«, sagte sie, »aber es kann ja nicht schaden, alles selbst noch einmal«, sie klickte auf das Dokument, »im Detail zu lesen. Oha!«

See stand sofort hinter ihrem Stuhl und las über ihre Schulter gebeugt mit.

»Und?«, wollte Alfred wissen. »Gibt es doch noch etwas Neues?«

»Die DNA der Hand passt zwar nicht zu der von Saxenpichlers Familie, dafür aber zu einer Frau, die in einem engen Verwandtschaftsverhältnis zu jemandem in unserer Kartei steht«, sagte See. »Zu einem gewissen Siegfried Hauzenberger, dreiundvierzig Jahre alt, wegen mehrerer Vergehen gegen das Suchtmittelgesetz verurteilt. Aber eher im kleinen Stil, gesessen ist er nie.«

»Hauzenberger?«, wiederholte Alfred. »Nie gehört. Sagt euch der Name etwas?«

»Und ob!«, rief Diana aus, während See gerade dazu ansetzte, den Kopf zu schütteln.

Die Verwunderung ihrer beiden Kollegen hätte nicht größer sein können. Dianas schlechtes Namensgedächtnis war nur allzu bekannt. »Das ist der Bruder von der Restaurantleiterin der ›Sensenwirtin‹. Erinnerst du dich, Carlos, von der, die serviert hat? Die Dünne mit den kurzen brünetten Haaren und der Brille?«

»Nicht wirklich«, sagte See uninteressiert. Dünn, kurze Haare und Brille waren nicht sein Beuteschema.

»Ihr Bruder Siegfried wohnt gleich gegenüber dem Hotel, im Haus seiner Mutter. Die war Hebamme, und meine –« Sie stutzte, als ihr die Bedeutung des gerichtsmedizinischen Gutachtens in vollem Umfang klar wurde. So ungern sie es auch zugab, Hazel schien tatsächlich recht gehabt zu haben. »Von wegen Mallorca.« Sie schwieg, um sich die Details des Telefonats in Erinnerung zu rufen.

See starrte sie mit großen Augen an. »Wovon redest du, um Himmels willen? Was hat denn auf einmal Mallorca damit zu tun?«

»Meine Mutter hat mir heute am Telefon erzählt, sie sei gestern im Haus von Frau Hauzenberger gewesen. Meine Mutter wollte sie um einen Gefallen bitten, weil sie früher Hebamme war.«

»Deine Mutter war bei einer Hebamme?« See runzelte die Stirn, um dann feixend hinzuzufügen: »Du bekommst ein kleines Geschwisterchen? Na, wenn das nicht reizend ist! Wie alt ist denn die hoffnungsfrohe Frau Mama?«

»Sei nicht absurd! Meine Mutter brauchte Hilfe für eine Veranstaltung ihres Frauenstudios, aber das ist nicht weiter wichtig. Du kennst das Haus, Carlos, das graue mit den verkümmerten roten Geranien direkt gegenüber der ›Sensenwirtin‹. Auf der anderen Straßenseite, neben dem großen Hotelparkplatz. Dort, wo wir den Wagen abgestellt haben, erinnerst du dich?«

»Nein, aber egal. Hat die Geschichte auch einen Punkt, zu dem du kommen könntest?«

Diana erzählte Alfred und See alles, was sie selbst erlebt und gehört hatte. Von ihrem eigenen vergeblichen Versuch, Huberta Hauzenberger in der Seminarpause zu sprechen, bis hin zu dem Verdacht ihrer Mutter.

»Dann ist ja alles klar. Siegfried Hauzenberger hat seine Mutter umgebracht und irgendwo verscharrt«, zog See denselben Schluss wie Hazel Wood. Er griff zu seiner Lederjacke, die er wie immer achtlos auf einen Stuhl geworfen hatte. »Dann mal los! Schnappen wir uns den Kerl! Am besten nehmen wir zwei Uniformierte mit.« Er griff zum Handy, um alles Nötige zu veranlassen.

Diana war ihm schon zur Tür gefolgt, als sie kurz stehen blieb und einen Blick in den Nebenraum warf. »Kollege Wöglinger, besorgen Sie bitte einen Durchsuchungsbeschluss für das Haus von Huberta Hauzenberger.« Sie nannte ihm die Straße und den Ort mit dem Auftrag, zuerst die Hausnummer herauszufinden. »Ihr Sohn Siegfried, der dort wohnt, steht im dringenden Verdacht, seine Mutter ermordet zu haben.«

23

»So glauben S' ma's doch, ich hab meine Mutter nicht umgebracht! Die ist von selbst verschwunden, wie ich gesagt habe. Von einem Tag auf den anderen. Einfach so. Und ist bis heute nicht wieder aufgetaucht. Am Anfang ist sie mir ehrlich gesagt nicht abgegangen, aber mittlerweile mach ich mir schon Sorgen, wie Sie sich wahrscheinlich denken können.«

Siegfried Hauzenberger war gerade von einem Termin beim Arbeitsamt zurückgekommen, als die beiden Kommissare vor seiner Tür auftauchten. Zur Feier des Tages trug er eine braune Stoffhose, die ihm seine Mutter im Internet bestellt hatte. Da er stark schwitzte, hatte der Kragen seines ungebügelten Hemds bereits jede Form verloren. Er fuhr sich mit der Hand über seinen feuchten Nacken und bemühte sich dann um eine besonders lässige Haltung.

»Jetzt erzählen Sie uns doch keinen Schmarrn«, schnauzte See ihn an, und sofort saß der Sigi wieder aufrecht. »Sie haben gerade selbst gesagt, dass Sie arbeitslos gemeldet sind. Außerdem konsumieren Sie ganz offensichtlich Drogen. Wahrscheinlich ist es deshalb zum Streit mit Ihrer Mutter gekommen. Der ist eskaliert, und dann – bumm! – war es auch schon geschehen!«

»Bumm? So einen Blödsinn muss ich mir nicht länger anhören.« Sigi machte Anstalten aufzustehen, doch ein fester Griff drückte ihn zurück auf die Küchenbank.

»Sie hören sich alles so lange an, wie ich es bestimme«, sagte See streng. »Und ob mein Verdacht ein Blödsinn ist, werden wir schon noch herausfinden.«

»Was sagt Ihnen der Name Rudolf Saxenpichler?«, wechselte Diana das Thema. Sie konnte es nicht leiden, wenn See die Macht seiner Funktion so offensichtlich zur Schau stellte.

»Saxenpichler Rudolf? Nicht viel. Das ist so ein alter Sack, der früher einmal hier in St. Magdalena gewohnt hat. Aber das ist schon lange her.«

»Richtig«, bestätigte Diana. »In den letzten Jahren wohnte er in Wels. Aber geboren ist er hier als Sohn der damaligen Greißlerin.«

Sigi überlegte kurz. »Das war in den sechziger Jahren, oder? Die Greißlerei gibt es schon lange nicht mehr. War da nicht etwas mit seinem Vater? Hat es nicht geheißen, der Rudi sei eigentlich der Sohn von einem Bischof, oder nein, einem Pfarrer gewesen? Genau, das hat mir die Mutter einmal erzählt. Die hat sich über so etwas furchtbar aufregen können. Aber mir waren solche Dinge immer schon wurscht.«

»Wissen Sie noch Genaueres über ihn?«

Sigi schüttelte den Kopf. »Nein, das ist alles. Saxenpichler ist ja viel älter als ich. Persönlich bin ich ihm nicht oft begegnet, und der Pfarrer war schon längst nicht mehr bei uns, als ich auf die Welt gekommen bin. Aber wieso wollen Sie das wissen?«

»Sie sind ihm also selten über den Weg gelaufen?«, fragte See nach.

Hauzenberger nickte. »Genau. Ob ihn meine Mutter besser gekannt hat, weiß ich nicht.« Er überlegte kurz. »Na, warten Sie! Mir fällt grad ein, dass sie ihn vor einiger Zeit getroffen hat. Eines Tages ist sie nach Haus gekommen und hat gesagt: ›Stell dir vor, der Saxenpichler Rudi ist gar nicht das Bankert von dem jungen Pfarrer.‹ Für sie war das anscheinend eine Sensation. Aber wie gesagt, mir ist so etwas wurscht.«

»Geht das mit ›vor einiger Zeit‹ etwas genauer?«

Sigi überlegte. »Das war vor etwa zwei Jahren, im Sommer. Es kann aber auch schon Herbst gewesen sein, so genau weiß ich das nicht mehr.«

»Hat Ihre Mutter auch gesagt, wessen Sohn Saxenpichler tatsächlich war, wenn nicht der vom Pfarrer? Und woher ihre plötzliche Erkenntnis stammte?«

Sigi war anzusehen, dass er sich ernsthaft zu erinnern versuchte. Doch offensichtlich vergebens. »Mit keinem Wort«, erwiderte er schließlich. »Es kann aber auch sein, dass ich nicht zugehört habe. Die meisten Leute aus ihren alten Geschichten sind schon gestorben, und was geht mich der Saxenpichler an?«

Diana begab sich ins angrenzende Wohnzimmer, während die beiden Männer in der Küche unter dem Herrgottswinkel blieben, da See Hauzenberger noch einmal in die Mangel nehmen wollte. Dorthin hatte sich Brunhilde zurückgezogen. Als Diana und See im Hause Hauzenberger eingetroffen waren, hatte sie eben ihren Bruder mit dem Auto vom Arbeitsamt nach Hause gebracht. Nun saß sie auf einem Sofa aus dunkelgrünem Cordsamt, auf dem Teppich neben ihr lag ein schlanker brauner Jagdhund, der sich aufgerichtet und bedrohlich zu knurren begonnen hatte, als Diana eintrat.

»Hasso, aus! Platz!«, lauteten Brunhilde Hauzenbergers strenge Befehle, denen der Hund sofort nachkam. »Sie brauchen sich nicht zu fürchten, Frau Inspektorin«, sagte sie. »Mein Hasso schaut zwar furchterregend aus, ist aber ganz ein Lieber.« Sie tätschelte ihm den Hals, wie um die Worte zu bestätigen. »Außerdem ist er für die Jagd abgerichtet. Er gehorcht mir aufs Wort.«

Diana konnte nur hoffen, dass dem wirklich so war. Vor zähnefletschenden Jagdhunden hatte sie gehörigen Respekt.

Sie beschloss, sich im Wohnzimmer umzusehen und sich dann zu Brunhilde auf das weiche Sofa zu setzen, auf dem fünf bestickte Zierkissen in Reih und Glied gegen die Lehne gestellt waren. Der Knick, den sie aufwiesen, war akkurat in der Mitte. Auf dem Regal gegenüber standen Zinnteller und dazwischen in regelmäßigen Abständen ein paar Kerzen. Die klobige Eichenholzvitrine war voll mit altmodischen Kristallgläsern und Devotionalien von unzähligen Wallfahrten. Alles hatte anscheinend seine Ordnung.

»Meine Mutter ist … war … eine sehr ordentliche Frau«, sagte Brunhilde, als hätte sie Dianas Gedanken gehört. »Und sehr gläubig. Was die für Busreisen unternommen hat. Maria Zell, Lourdes, Fatima, alles dabei.«

Diana ging näher, um sich die Marienstatuen in der Vitrine genauer anzusehen. Dabei streifte ihr Blick etwas, was so gar nicht in das tiefgläubige Idyll passen wollte. Neben einer hellblauen Plastikmadonna lag ein gewöhnliches Fahrradpedal. Gab es vielleicht auch Wallfahrten per Rad?

»Der Sigi ist zu faul zum Putzen.« Brunhilde deutete auf die dicke Staubschicht, die die Möbel bedeckte. »Und ich hab im Augenblick im Hotel so viel zu tun, dass ich kaum zu meinem eigenen Haushalt komme.«

»Halb so schlimm«, beeilte sich Diana zu versichern. »Was ich Sie fragen wollte –«

»Das Wohnzimmer war früher nur für Gäste bestimmt«, setzte Brunhilde Hauzenberger fort. »Als Kinder durften wir uns hier nie aufhalten. Wir sind immer in der Küche gesessen. Noch heute habe ich ein schlechtes Gewissen, wenn ich hier bin, komisch, nicht?« Sie knetete ein Papiertaschentuch in den Händen und sah Diana dabei so erwartungsvoll an, als könnte ihr diese die Absolution für ein derart sündhaftes Verhalten erteilen.

»Wie war Ihr Verhältnis zu Ihrer Mutter?«, fragte die Chefinspektorin stattdessen.

Bruni seufzte. »Mei, wie soll es schon groß gewesen sein? Unsere Mutter war eine strenge, rechtschaffene Frau. Aber auch unglaublich dominant. Sie dachte, sie könnte sich ungefragt in alles einmischen. Um mit ihr zusammenleben zu können, hat es schon das Phlegma vom Sigi gebraucht. Für mich wär das nichts gewesen. Ich bin ausgezogen, sobald ich mir die Miete für ein kleines Kammerl mit Klo hab leisten können.«

»Aha«, sagte Diana nicht uninteressiert.

»Nicht dass ich sie nicht geliebt hätte«, war es Brunhilde Hauzenberger ein Anliegen, ihr kritisches Urteil etwas abzuschwächen. »Sie war ja schließlich meine Mutter.«

»Aber auf die Nerven ist Sie Ihnen schon ordentlich gegangen«, sagte Diana, und es war mehr eine Feststellung als eine Frage. »Viele Jahre lang.«

Brunhilde nickte.

War das das Mordmotiv? Diana überlegte. Andererseits ging ihr Hazel Wood auch seit Jahren auf die Nerven. Vermutlich sogar stärker, als Huberta Hauzenberger ihrer Tochter je auf die Nerven gegangen war. Und dennoch plante Diana nicht, sie umzubringen.

Brunhilde Hauzenberger schien zu ahnen, wohin der Hase zu laufen begann. »Aber mit dem Tod von der Mama habe ich nichts zu tun. Nicht dass Sie jetzt auf seltsame Ideen kommen.«

Diana antwortete nicht, machte aber eine zweifelnde Miene.

»Das können Sie doch nicht wirklich glauben, Frau Chefinspektorin«, protestierte Brunhilde umgehend. »Ich bitte Sie! Jeden Tag habe ich gewartet, dass ich die Tür aufmache und sie wieder zu Hause ist. Aber von Woche zu Woche wurde meine Hoffnung immer kleiner, und durch Ihre Nachricht, dass es die Hand meiner Mutter war, die man im Zimmersafe fand, ist diese nun zerstört worden.«

»Gut«, sagte Diana und war geneigt, ihr zu glauben. »Dann erzählen Sie mir jetzt alles, was Sie vom angeblich plötzlichen Verschwinden Ihrer Mutter wissen.«

Und so erfuhr sie von Brunhilde Hauzenberger zum Großteil dieselben Einzelheiten wie vor wenigen Minuten von deren Bruder. Was nicht verwunderlich war, denn Brunhilde Hauzenberger hatte ihr Wissen im Wesentlichen selbst aus dessen Erzählungen bezogen.

»Die Mutter ist in einer Nacht im September in den Wald hinaus, um im Vollmond ihre Warzen zu besprechen.«

»Vollmond«, notierte Diana. Damit müsste sich das Datum bestimmen lassen.

Brunhilde Hauzenberger sagte, dass das an und für sich nichts Außergewöhnliches gewesen sei. Außergewöhnlich sei allerdings gewesen, dass die Mutter am nächsten Tag, als Sigi gegen Mittag sein Bett verließ, immer noch nicht zu Hause und seitdem nicht wieder aufgetaucht war.

»Aber in einem solchen Fall verständigt man doch normalerweise die Polizei«, wandte Diana ein.

»Glauben Sie, das hätte ich nicht gewollt?«, fuhr die Restaurantleiterin auf. »Wenn es nach mir gegangen wäre, wäre ich auf der Stelle zum nächsten Polizeiposten. Aber der Sigi war sich so sicher, dass die Mama wieder nach Hause kommen würde. ›Was glaubst, was die für einen Zorn kriegt, wenn sie feststellt, dass wir so ein Theater gemacht und die Polizei verständigt haben?‹, hat er gesagt. Also habe ich es sein lassen.«

»Aber Ihre Mutter ist nicht nach Hause gekommen.«

Die Kellnerin schüttelte den Kopf, und die Tränen rannen über ihre Wangen.

»Warum haben Sie dann nach einer oder zwei Wochen nicht Vermisstenanzeige erstattet?«

Brunhilde Hauzenberger seufzte. »Weil mich mein Bruder angefleht hat, niemandem davon zu erzählen. Er ist Künstler, wissen Sie, und mit seinem Arbeitslosengeld allein wäre er nie ausgekommen.« Erschrocken legte sie sich die Hand auf den Mund.

»Deshalb wollte er die Pension Ihrer Mutter einfach weiterbeziehen«, beendete Diana ihrer Satz. Sie musste sich wohl wirklich bei Hazel entschuldigen. Die hatte gleich mehrfach den richtigen Riecher gehabt.

Brunhilde Hauzenberger nickte und wagte offensichtlich nicht, Diana anzusehen.

»Und lässt sich zudem noch das Gratis-Essen der Sensenwirtin schmecken«, vermutete diese weiter.

Brunhilde nickte abermals.

»Warum war Ihre Chefin eigentlich derart freigiebig? War sie mit Ihrer Mutter so eng befreundet?« Diana war gespannt, was jetzt kommen würde.

Brunhilde Hauzenberger antwortet sofort. »Nein, Freundinnen waren sie bestimmt nicht. Meine Mutter hatte keine Freundinnen. Aber sie waren Nachbarinnen.«

»Und der Sensenwirtin ist als gute Nachbarin nicht aufgefallen, dass sie Ihre Mutter ein halbes Jahr lang nicht gesehen hat?«

»Ach, das hat der Sigi so geschickt eingefädelt, dass das im Umkreis keiner gemerkt hat. Da die Mutter nicht wirklich beliebt war, haben sich die wenigsten nach ihr erkundigt. Und am Krankenbett besuchen wollte sie auch niemand. Sie waren die Erste, Frau Chefinspektorin. Wir haben einen ganz schönen Schreck bekommen, als Sie plötzlich vor der Haustür standen.« Brunhilde Hauzenberger errötete und senkte wieder den Blick.

»Wann hat denn das mit den Gratis-Essen angefangen?«, wollte Diana wissen.

»Die Chefin, also Frau Grabert, lag unserer Mutter seit Monaten in den Ohren, ihr einen Teil des großen Gartens für einen Parkplatz zur Verfügung zu stellen. Direkt neben dem Hotel ist ja nur Platz für sechs Autos.« Sie wies mit der Hand zum Fenster. »Unsere Gäste haben die Durchfahrtsstraße oft mit abgestellten Fahrzeugen verstopft. Immer wieder hat es Strafzettel und Anzeigen gehagelt. Der Preis, den die Chefin für die Pacht angeboten hat, war wirklich fair, aber die Mama hat immer wieder gesagt, sie müsse es sich noch überlegen, und hat die Entscheidung hinausgeschoben.«

»Was hat sie letztendlich dazu bewegt, doch noch zuzustimmen?«, fragte Diana.

»Gar nichts, das war der Sigi. Ungefähr einen Monat nach Mamas Verschwinden. Da ist er rüber ins Hotel und hat gesagt, die Mama sei mit der Verpachtung einverstanden. Er hat dann den Vertrag, den die Anwältin der Chefin aufgesetzt hatte, mit nach Hause genommen, weil die Mama ja angeblich bettlägerig war.«

»Und dann hat er in ihrem Namen unterschrieben«, mutmaßte Diana, als Brunhilde Hauzenberger erneut schwieg.

»Genau«, bestätigte diese. »Und von dem Tag an hat mich die Chefin mit einem Essen für meine kranke Mutter herübergeschickt. Quasi als Dank.«

See steckte den Kopf zur Tür herein. »Ich bin so weit fertig. Herr Hauzenberger hat nichts dagegen, dass wir uns im Haus umsehen, also brauchen wir nicht auf den Durchsuchungsbeschluss zu warten. Die Spurensicherung ist unterwegs. Den hier«, er zeigte auf den großen Laptop, der offensichtlich kein neueres Modell war und den er unter seinem Arm trug, »nehme ich in jedem Fall mit.«

»Der hat der Mutter gehört«, sagte Brunhilde. »Was glauben Sie, was Sie darauf finden werden?«

»Ihrer Mutter?«, wiederholte Diana. »Sagten Sie nicht, die sei achtundsiebzig gewesen?«

»Na und?«, lautete die Gegenfrage. »Darf man in dem Alter etwa nicht mehr das Internet benutzen? Die Mama hat all ihre Kleider online bestellt, weil sie es hasste, hinunter in die Stadt zu fahren. Auf der Landstraße sind nur die Großkopferten unterwegs, hat sie immer gesagt. Und gelesen hat sie auch am Laptop. Stundenlang.«

Diana sah, dass es wieder einmal an der Zeit war, ein Vorurteil über Bord zu werfen. Allerdings hatte sogar ihre Großtante Gusti seit Neuestem auf ihrem Handy WhatsApp installiert, um mit Lilli, ihrer Großnichte, in Wien zu chatten. Und Gusti war dreiundachtzig. Warum also sollte eine Endsiebzigerin nicht das World Wide Web für sich nutzen?

»Haben Sie auf dem Laptop ebenfalls gearbeitet? Oder Ihr Bruder?«

»Selten. Ich habe einen eigenen PC in meiner Wohnung, und der Laptop ist so langsam, dass einem beim Warten fast die Haare ausfallen. Sigi interessiert sich nicht besonders fürs Internet, der hat den Computer nur manchmal für seine Komponiererei benutzt.«

24

»Warum habt ihr den Kerl nicht gleich mitgebracht? Das klingt doch alles äußerst verdächtig. Worauf wollt ihr noch warten?« Der Herr Oberst war ungehalten. Er bevorzugte es, Dinge erledigt zu wissen und in einer Pressekonferenz überführte Täter zu präsentieren.

»Uns fehlen die Beweise«, sagte See und hob bedauernd beide Arme. »Außerdem glauben wir, dass es eher Saxenpichler war, der die alte Frau Hauzenberger umgebracht hat. Leider fehlt uns diesbezüglich noch jegliches Motiv. Aber wie sonst wäre eine ihrer Hände in seiner Kühltruhe gelandet? Allerdings wurden in seiner Wohnung in Wels keine Fingerabdrücke der Toten entdeckt. Die Spurensicherung nimmt sich gerade sein Auto vor. Es wurde in der Nähe des Urfahraner Marktgeländes sichergestellt.«

»Ist das nicht irgendwie unlogisch?«, fiel Diana auf, obwohl sie am Vortag noch dieselbe Ansicht wie See vertreten hatte. »Warum hätte Saxenpichler die Hand bei sich zu Hause aufbewahren sollen, wenn er selbst der Mörder war? Und warum um Gottes willen hätte er sie den Deutschen in den Safe legen sollen?«

See ließ sich diesen Einwand durch den Kopf gehen, nickte schließlich widerwillig und antwortete mit einem unfreiwilligen Wortspiel: »Die Fragen sind nicht von der Hand zu weisen.«

»Wir haben bis gestern nichts von der toten Frau Hauzenberger gewusst. Warum hätte Saxenpichler uns freiwillig auf diese Spur setzen sollen?«, legte Diana noch eins nach.

»Also?«, fuhr See sie an. »Wenn du eh so gescheit bist – wer war es dann?« Er hasste es, im Unrecht zu sein.

Diana ignorierte die Provokation. Sie waren jetzt seit beinahe drei Jahren ein Team, da kannte man die Macken des anderen.

»Wieso seid ihr euch eigentlich so sicher, dass es tatsächlich der Rudi war, der die Hand in dem Hotelzimmersafe platziert hat?«, schaltete sich nun der Herr Oberst wieder ein. »Die Spuren am Plastiksackerl beweisen doch nur, dass die Hand darin aufbewahrt wurde. Es gibt keine Fingerabdrücke.«

»Oh doch, und zwar die vom Saxenpichler.« See war offensichtlich froh, dass nun er es war, der widersprechen konnte. »Außerdem weisen die Funde in den beiden Safes dasselbe Muster auf. Bei beiden fand sich eine Notiz. Beide Botschaften waren in derselben Schrift verfasst. Ob das gleiche Papier verwendet wurde, wird noch überprüft.«

»Also gut, das klingt plausibel«, gab der Herr Oberst zu und dachte nach. »Stand nicht irgendetwas von wegen ›Lebensversicherung‹ auf dem einen Pappschild? Auch wenn ich das meinem alten Schulfreund eigentlich nicht zutraue, könnte das darauf hinweisen, dass er jemanden erpresst hat«, sagte er schließlich. »Um sich damit ein Einkommen auf Lebenszeit zu sichern. Wir hatten schon einmal so einen Fall, erinnerst du dich, Carlos?«

See reagierte nicht.

»So weit waren wir auch schon. Wir gehen davon aus, dass der schöne Heli Emgrabner sein Opfer war«, sagte Diana. »Schließlich haben wir ein verfängliches Foto von ihm und der Marketingtussi in Saxenpichlers Safe gefunden.«

»Na also.« Der Herr Oberst setzte sich kerzengerade auf. »Da haben wir den Mörder. Wenn der Rudi Emgrabner erpresst hat, musste er weg. Beide waren zur selben Zeit auf dem Urfahraner Markt.«

»Außerdem gingen Emgrabner einige von Saxenpichlers eigenmächtig getroffenen Entscheidungen gehörig gegen den Strich«, spann nun auch See den Faden weiter. »Ich habe mich schon die ganze Zeit gefragt, warum sich Emgrabner zwar geärgert, aber nichts dagegen unternommen hat. Im Seminar wollte er von uns wissen, wie er mit Saxenpichler am besten verhandeln soll. Wir haben dann einen ihrer Streitfälle im Detail durchgesprochen und die Rollenspiele auf Video aufgenommen.«

»Apropos Video«, fiel dem Herrn Oberst wieder ein. »Wo ist denn jetzt eigentlich meine Kamera?«

Der Einwand brachte See kurz aus dem Konzept. »Weiß ich doch nicht. Ich dachte, die Pölz hätte sie dir längst zurückgebracht.«

Vier vorwurfsvolle Augen richteten sich auf Diana.

»Wir *beide* haben die Kamera vergessen, Carlos«, sagte diese, um einen ruhigen Tonfall bemüht. »Aber natürlich werde ich nach St. Magdalena hinauffahren und sie holen.«

»Bitte bald«, forderte der Herr Oberst. »Der Neffe meiner Frau heiratet nämlich in zwei Wochen, und ich wurde gebeten, das freudige Ereignis für die Ewigkeit festzuhalten.«

»Aber doch nicht mit der Kamera!«, lautete Sees trockener Kommentar. »Die ist so schwer, dass du sie kaum halten kannst, und die Aufnahmen haben alle einen Grünstich. Kauf dir besser eine neue.«

»Ich denke nicht daran. Weißt du, wie teuer das Ding war?«

Bevor sich die beiden Herren in eine Debatte über das Für und Wider einer neuen Kamera verstricken konnten, nahm Diana den ursprünglichen Faden wieder auf. »Wir werden Emgrabner also noch einmal zu Saxenpichlers Tod vernehmen. Aber wie sollte er an das Gift gekommen sein?«

»So etwas bekommt man sicher im Internetz.« Der Herr Oberst verzog angewidert das Gesicht. »Heutzutage bekommt man da doch alles. Ein wahres Teufelszeug! Bestellen Sie Emgrabner schnellstmöglich herein.«

Diana griff zum Hörer, um Wöglinger die entsprechende Anweisung zu geben. Das Telefon war auf Lautsprecher geschaltet.

»Das verstehe ich jetzt nicht«, hörten sie die Stimme des jungen Kollegen. »Das Schild mit der Aufschrift ›Meine Lebensversicherung‹ stand doch neben einem Sackerl mit einem Haarbüschel, oder? Wie sollte denn Saxenpichler Emgrabner mit weißen Haaren erpressen können? Der hat doch schwarze, und die Lia Wikovits ist blond.«

See, der dem kleinen Fritz schon aus reiner Gewohnheit ins Wort hatte fallen wollen, schloss den Mund wieder.

»Das ist jetzt wurscht, lassen Sie den Emgrabner antanzen«, bellte der Herr Oberst, der Denkfehler nur ungern zugab.

Diana hatte damit weniger Probleme. »Sie haben recht, Kollege Wöglinger. Wissen wir schon, von wem die weißen Haare sind?«

»Nein, der alte Mann ist bei uns nicht aktenkundig. Es wird grad überprüft, ob wir ihn oder einen seiner Verwandten in der Kartei haben. Soll ich den Emgrabner jetzt vorladen oder nicht?«

»Warten wir damit noch«, bestimmte Diana. »Zurück zur Hand im Safe«, sagte sie, als sie aufgelegt hatte. »Angenommen, Saxenpichler hat Emgrabner oder sonst wen tatsächlich erpresst, wieso hat er dann die Hand ausgerechnet in den Safe der Hochzeitssuite gelegt? Wo besteht der Zusammenhang?«

Ratlose Stille herrschte im Raum.

»Vielleicht gibt es eine Verbindung zwischen Emgrabner und dem deutschen Ehepaar, von der wir noch nichts wissen«, mutmaßte der Herr Oberst.

See schüttelte den Kopf. »Das halte ich für unwahrscheinlich. Es weist nichts darauf hin, dass sie sich kannten.«

»Dann hat Emgrabner vielleicht etwas mit dem Tod der Alten zu tun«, sagte der Herr Oberst und blickte stolz von See zu Diana und wieder zurück. »Vielleicht hat er sie umgebracht und Rudi hat das gewusst und ihn nicht nur wegen seiner Affäre erpresst. Die Hand hat er in den Safe gelegt, um seinen Forderungen mehr Nachdruck zu verleihen. Dann wäre Emgrabner sogar ein Doppelmörder!«

»Also bitte, Oberst, jetzt gehen aber die Pferde mit dir durch! Wo wäre denn zwischen Emgrabner und der toten Hauzenberger der Zusammenhang? Und was wäre das Motiv? Und wo der

Sinn, die Hand ausgerechnet in einen Safe in ein Hotelzimmer zu legen?«

»Und warum stand dann das Schild mit ›Meine Lebensversicherung‹ neben einem Büschel Männerhaare?«, ergänzte Diana.

»Das herauszufinden ist eure Aufgabe«, entgegnete der Herr Oberst patzig. Er hasste es, wenn man seine kriminalistischen Höhenflüge so brüsk beendete.

»Oder sollte mit der Hand im Safe niemand erpresst, sondern nur in Angst und Schrecken versetzt werden«, vermutete nun Diana.

»Und zwar wer?«, fragte Carlos unwirsch.

»Das Ehepaar Warnau vielleicht, auch wenn ich dafür ebenfalls noch keinen Grund sehe. Oder eines der Zimmermädchen oder ein anderer Gast. Oder, nicht zu vergessen, die Sensenwirtin selbst.«

»Geh, die Sensenwirtin!«, rief See spöttisch. »Wieso hätte der Saxenpichler jetzt auf einmal etwas gegen die Sensenwirtin unternehmen sollen? Die beiden haben sich doch offensichtlich gut verstanden.«

»Sehr gut sogar, möchte ich meinen«, warf der Herr Oberst ein. »Wie ich euch schon gesagt habe, waren sie einmal ein Paar. Und anschließend immer noch gute Freunde. Das weiß ich vom Rudi persönlich. Er hat es mehrfach erwähnt.«

»Sie hat ihm den Seminarraum fast zum Nulltarif zur Verfügung gestellt«, schlug See in dieselbe Kerbe. »Das tut man nicht ohne Grund.«

»Eben! Vielleicht, weil sie von ihm erpresst wurde«, beharrte Diana, die in Wirklichkeit auch nicht an die Berechtigung ihres Verdachts glaubte. »Ich werde dem jedenfalls nachgehen.«

Der Herr Oberst schlug mit der flachen Hand so fest auf den Schreibtisch, dass das Bild seiner Frau, das eingerahmt neben dem PC stand, umfiel. »Jetzt einigt euch endlich, das ist ja nicht zum Aushalten! Und bringt mir den Mörder. Am besten gestern!«

Damit war die Audienz beendet.

25

Herr Franz, der Rezeptionist, grüßte schon, als Diana die Eingangshalle des Hotels betrat. Der betagte Golden Retriever trottete hinter der Portierloge hervor und ihr gemächlichen Schrittes entgegen.

»Dougie, hier!«, gab der Herr im Trachtenanzug den strengen Befehl, und der Hund ging folgsam und ebenso langsam wieder zurück. »Er ist nur neugierig und will unsere Gäste begrüßen«, erklärte Herr Franz. »Was kann ich für Sie tun, Frau Chefinspektor?«

Diana war beeindruckt. Er hatte sich gemerkt, wer sie war. Das Personal der »Sensenwirtin« war bewundernswert gut geschult.

Der freundliche Herr hatte natürlich nichts dagegen einzuwenden, dass sie die vergessene Kamera aus dem Seminarraum holte. »Der Raum ›Pöstlingberg‹ ist derzeit nicht belegt und wurde seither auch von keiner anderen Gruppe genutzt. Ich würde Ihnen die Kamera ja gerne selbst holen, aber ich kann die Portierloge leider nicht verlassen, weil ich alleine Dienst habe. Sie finden den Weg?«

Natürlich fand sie den Weg zum Seminarraum. Aber was sie darin nicht fand, war das Eigentum des Herrn Oberst.

»Tut mir leid, dann hat die Chefin die Kamera wohl in der Zwischenzeit in Sicherheit gebracht«, sagte Herr Franz, als sie wieder vor seiner Theke stand. »Ich habe leider nicht die geringste Ahnung, wo sie sie aufbewahrt.« Er blickte sich in der Loge um und zuckte dann bedauernd mit den Schultern. »Hier hat sie sie jedenfalls nicht deponiert.«

»Wo finde ich denn Frau … Ihre Chefin?«, wollte Diana wissen.

Herr Franz blickte auf die Uhr. »Um diese Zeit vermutlich in der Küche. Sie wissen Bescheid, wo die ist? Einfach den Gang hinunter, am Büro links und dann durch die große Glastür.«

Keine zwei Minuten später stand Diana vor besagter Tür. Sie funktionierte mit einer Lichtschranke, glitt lautlos vor Diana zur Seite und gab einen Anblick frei, der sie beinahe laut hätte aufschreien lassen.

Mitten in der makellos geputzten Küche stand Brunhilde Hauzenberger und starrte Diana mit weit aufgerissenen Augen an. Ihre ursprünglich weiße Gummischürze war voller Blut. Auch die Arme und sogar ihr Gesicht waren rot gesprenkelt. In den blutroten Händen hielt sie eine Axt.

Eine Axt. Eine Axt!, schoss es Diana durch den Kopf. Die gefundene Hand war mit einer Axt abgetrennt worden. Mit genau so einer Axt! Brunhilde Hauzenberger hatte offensichtlich ihre Mutter getötet und ihr dann, warum auch immer, zumindest eine Hand abgehackt. Diana stand also einer Mörderin gegenüber! Einer Mörderin, die voller Blut war und wieder eine Axt in Händen hielt! Wo um Himmels willen war die Sensenwirtin?

Diana zog ihre Pistole. »Lassen Sie die Waffe fallen und heben Sie die Hände über den Kopf!«, forderte sie, den Lauf auf die Kellnerin gerichtet. »Sofort!«

Brunhilde Hauzenberger war so weiß wie ursprünglich ihre Schürze geworden. »Aber, Frau ... Warum ...? Und welche ... Waffe?«, stotterte sie.

Diana ließ sich nicht für dumm verkaufen. »Die Hacke! Auf den Boden legen! Sofort!«

Brunhilde ließ die Axt so plötzlich fallen, dass diese klirrend aufschlug und eine Bodenfliese an einer Ecke einen Sprung bekam, und riss beide Hände über ihren Kopf. Sie zitterte am ganzen Leib.

In diesem Augenblick trat ein junger Bursche aus dem Nebenraum in die Küche. Er blickte nicht auf, sondern war dabei, sich die feuchten Hände an einem Küchentuch abzuwischen. Seine schwarz-weiß karierte Hose wies ihn als Koch aus, das junge Gesicht eher als Kochlehrling. »Tut mir leid, Bruni, ich habe keine Wacholderbeeren gefunden«, sagte er. »Soll ich noch schnell hinüber ...?« Dann sagte er nichts mehr, sondern starrte nur noch fassungslos auf die Szene, die sich ihm darbot.

Diana war kurz abgelenkt. Die Pistole noch immer auf Brunhilde Hauzenberger gerichtet, warf sie dem Lehrling einen raschen Blick zu. Er war groß gewachsen und dünn. Seine Haare standen ihm wirr zu Berge. Das konnte von der Aufregung kommen oder von einer halben Tube Haargel, die er am Morgen vernichtet hatte. Seine Hände waren sauber, aber seine Kochkleidung befand sich in einem ähnlichen Zustand wie Brunhilde Hauzenbergers Schürze. Obwohl sie es ihm nicht befohlen hatte, hatte auch er jetzt beide Hände über den Kopf gehoben.

Diana schaute von ihm zu Brunhilde und wieder zurück, und blitzartig kam ihr der Gedanke, dass sie vielleicht überreagiert haben könnte. »Was ist hier los?«, fragte sie und steckte die Pistole zurück in das Holster.

Der Junge sank in die Hocke, schlug die Hände vor die Augen und brach in lautloses Weinen aus.

Sofort ging auch Brunhilde Hauzenberger in die Knie und legte ihm tröstend den Arm um die Schulter. Der Blick, den sie Diana zuwarf, war alles andere als freundlich. »Ich habe dem Tobi gezeigt, wie man Wild zerlegt. Die Knochen müssen zerhackt werden, wenn man einen guten Wildfond machen will«, sagte sie.

Jetzt sah auch der Bursche zu Diana auf. »Was hat die Bruni denn Schlimmes verbrochen, dass Sie Ihre Puffn auf sie richten?« Er wischte sich die Tränen aus den Augen, schüttelte den tröstenden Arm ab, stand auf und stemmte seine Arme in die Seite. »Wer sind Sie überhaupt? Ich hole jetzt die Bullen, und dann können Sie denen erklären, warum Sie auf wehrlose Leute zielen, die Ihnen nichts getan haben.« Mit schnellem Griff zog er seine Kollegin hoch. »Komm, Bruni, steh auf, du musst das Weib festhalten!«

Diana hielt ihm ihren Dienstausweis unter die Nase, und der Junge erschrak.

»Das ist eine Kommissarin, Tobi, kein Weib«, korrigierte ihn Brunhilde Hauzenberger. »Die halte ich lieber nicht fest. Auch wenn ich wie du zu gern wissen würde, was das alles zu bedeuten hat.«

»Chefinspektorin Pölz«, beeilte sich Diana nun auch dem Lehrling gegenüber, ihrer Pflicht, sich vorzustellen, nachzukommen. »Wir ermitteln in einem Mordfall, in der eine Axt eine entscheidende Rolle spielt. Diese hier ist übrigens konfisziert. Ich nehme an, sie gehört dem Hotel?« Sie zog einen Plastikbeutel aus der Tasche, streifte Einweghandschuhe über und bückte sich, um das Werkzeug aufzuheben.

»He, die brauchen wir noch! Die gehört der Bruni«, setzte sich der junge Mann zur Wehr. »Wir müssen heute unbedingt einen Fond kochen. Ich habe kommende Woche Prüfung.«

»Die werden Sie auch ohne die Axt schaffen«, sagte Diana trocken und steckte ebendiese in den Sack. »Wie kommt es eigentlich, dass Sie sich mit der Restaurantleiterin vorbereiten und nicht mit dem Küchenchef?«

»Aber geh, der Herr Sieber hat doch eh schon so viel um die Ohren. Außerdem mag er kein Wild. Es ist wirklich nett von der Bruni, mir zu helfen, denn sie ist Jägerin und kennt sich mit Jagdmessern und Äxten und der Zubereitung von Wild aus.«

»Das Blut auf Ihrer Kleidung stammt also von einem Tier?«, vergewisserte sich Diana.

»Freilich«, sagte der Junge. »Von einem Maibock. Wollen Sie ihn sehen? Ich habe das Fleisch eben erst in die Kühlkammer gebracht.«

Diana folgte ihm und warf einen Blick in die Kammer. Alles schien unverdächtig zu sein.

»Und die Knochen«, der Bursche lief zum großen Backrohr hinüber und riss die Klappe auf, »sind hier drin. Die müssen goldbraun geröstet werden.«

Brunhilde Hauzenberger seufzte, band die Schürze ab und begann, sie mit der blutigen Seite nach innen zusammenzulegen. »Es nützt ja alles nichts. Am liebsten würde ich nach dem Schreck nach Hause gehen, aber die Knochen müssen verarbeitet werden. Also, Tobi, während ich mir die Hände wasche, nimmst du das Backblech mit den Knochen wieder aus dem Rohr. Du musst unbedingt zuerst auf zweihundertzwanzig Grad vorheizen. Wenn du die Knochen bei der Prüfung in ein kaltes Backrohr schiebst, kannst du dich gleich verabschieden.«

Verabschieden war ein gutes Stichwort.

»Ich geh dann wieder«, verkündete Diana, »und melde mich, wenn die Axt untersucht ist. Ich darf Sie, wie schon gestern, noch einmal bitten, sich zu unserer Verfügung zu halten, Frau Hauzenberger.«

Brunhilde nickte.

Diana war schon halb durch die Glastür, als ihr etwas Wesentliches einfiel. »Eigentlich bin ich ja gekommen, um mit der Wirtin zu sprechen. Wissen Sie, wo ich sie finde?«

»Wollen Sie die Chefin auch mit Ihrer Puffn bedrohen?«, fragte der Bursche interessiert.

»Tobi!«, rügte ihn seine ältere Kollegin scharf, bevor sie sich an Diana wandte. »Die habe ich schon seit heute Morgen nicht mehr gesehen. Wahrscheinlich sitzt sie in ihrem Büro und erledigt Schriftkram. Gleich die übernächste Tür auf der rechten Seite.«

»Steht eh ›Büro‹ drauf, das wird sie schon finden«, sagte Tobi und öffnete das Backrohr. »Auf welche Schiene soll ich denn das Blech schieben, wenn vorgeheizt ist?«

26

Wenige Augenblicke später klopfte Diana an die zweite Tür rechts, auf deren gesticktem Schild eine Frau im Dirndl sowie in verschnörkelter Schrift die Buchstaben »B Ü R O« prangten. Es fühlte sich eigenartig an, mit einer Axt in einer Tüte mit der Hotelchefin sprechen zu wollen. Allerdings hätte sie die Axt auch nicht bei der Rezeption abgeben können, und extra, um sie zu verstauen, über die Straße zum Parkplatz zu laufen wäre ihr doch zu viel Aufwand gewesen. Auf ihr Klopfen erhielt sie keine Antwort. Sie versuchte es noch einmal.

»Frau … äh.« Sie hatte den Namen rufen wollen, der ihr aber wenig überraschend nicht einfiel. Also gab sie sich mit »Frau Sensenwirtin, sind Sie da?« zufrieden.

Da niemand öffnete, war das offensichtlich nicht der Fall. Diana wollte schon gehen, als sie sich dazu entschied, die Klinke der Bürotür hinunterzudrücken. Schließlich brauchte sie nicht die Wirtin persönlich, sondern nur die Kamera. Sie hätte es nämlich bei Weitem vorgezogen, nicht unverrichteter Dinge abziehen zu müssen und sich die erneute Fahrt nach St. Magdalena am nächsten Tag zu ersparen.

Die Tür war unversperrt.

»Frau Sensenwirtin?«, fragte sie noch einmal und öffnete die Tür vorsichtig einen Spaltbreit. Der Anblick, der sich ihr bot, war so unerwartet, dass sie erschrocken die Tür komplett aufriss.

So sauber, elegant und ordentlich sich die anderen Räume des Hotels darboten, so schmutzig und chaotisch war dieses Zimmer. Auf den dunklen Holzregalen lag eine Vielzahl von Aktenordnern in wirrem Durcheinander. Auf dem Schreibtisch türmten sich Berge von Papier, Servietten und ungeöffneten oder schlampig aufgerissenen Briefumschlägen. Dazwischen andere Gegenstände aus dem Hotel. Unter einem unordentlichen Stapel Papier lugte ein Flaschenöffner hervor. Daneben standen Tassen, in denen Reste von Milchkaffee in verschiedenen Grüntönen vor sich hin schimmelten. Sie mussten schon längere Zeit hier herumstehen.

Die linke hintere Ecke des Raumes füllte ein zernagter Hundekorb aus, in dem verdreckte Polster und ein löchrig gewordener Flickenteppich lagen. Daneben stand ein Napf, der, nach den eingetrockneten Futterresten zu schließen, seit Tagen nicht mehr gereinigt worden war. Auf dem Boden war Kleinzeug aller Art verstreut: Bierdeckel, Kronkorken, Wollmäuse, Büroklammern und Papierschnipsel. Und war das dort drüben etwa ein kleiner Knochen? Der dunkelrote Teppich war jedenfalls kaum mehr zu erkennen.

Diana schüttelte den Kopf. So ein Chaos bei der adretten Sensenwirtin! Wenn sie das See erzählte, würde er ihr niemals glauben. Die Verlockung, das Handy zu zücken, um das Chaos bildlich festzuhalten, war groß. Schon zog Dianas Hand ganz automatisch das Telefon aus der Tasche und machte ein paar Fotos. Die Macht der Gewohnheit. Als Chefinspektorin wusste sie eben, dass man Beweise liefern musste, wollte man etwas behaupten. Allerdings war sie in diesem Büro keinem Verbrechen auf der Spur, das das Fotografieren gerechtfertigt hätte. Schnell vergewisserte sie sich, dass niemand sie vom Flur aus beobachtet hatte, bevor sie das Handy zurück in die Jackentasche gleiten ließ.

In diesem Augenblick schlängelte sich Dougie an ihr vorbei. Diana zuckte zusammen. Vor einigen Jahren, als sie noch in Wien tätig gewesen war, hatte sie im Dienst ein Schäferhund gebissen. Seither hatte sie Angst vor großen Hunden, die ihr ohne Besitzer begegneten. Doch dieser zeigte ohnehin nicht das geringste Interesse an ihr, sondern steuerte schnurstracks seinen Korb an, ließ sich hineinfallen und begann ausgiebig zu gähnen. Zumindest freute er sich, dass sie die Bürotür geöffnet hatte.

Ohne einen Schritt in den Raum zu machen, sah sich Diana weiter um: Wo könnte sich in diesem Chaos die Kamera verstecken?

»Kann ich Ihnen helfen?«, hörte sie plötzlich und unerwartet die Sensenwirtin hinter sich.

Diana hatte sie nicht kommen hören. Kein Wunder, denn die dicken Teppiche des Flurs schluckten jeden Schritt. Ihre Stimme klang ungewöhnlich streng. Zu Recht, wie Diana insgeheim unumwunden zugeben musste. Schuldbewusst drehte sie sich um. »Es tut mir leid, dass ich die Tür geöffnet habe. Ich suche unsere Kamera. Wir haben sie im Seminarraum vergessen, und der Portier sagte –«

»Aber das macht doch nichts.« Die Wirtin hatte zu ihrer gewohnten Freundlichkeit zurückgefunden. »Ich muss mich nur für die Unordnung entschuldigen. Mei, ist mir das peinlich! Wir haben derzeit so viel um die Ohren. Mir ist wichtig, dass im Hotel alles funkelt und glänzt, damit sich die Gäste wohlfühlen, da bleibt manches auf der Strecke. Zudem sind wir derzeit ein bissl knapp an Personal, darum muss ich als Chefin mithelfen.«

Dianas schlechtes Gewissen wegen der Fotos wurde immer größer.

»Sie sind also gekommen, um die Kamera zu holen?«, wiederholte die Wirtin. »Die Mühe hätten Sie sich doch nicht machen müssen. Hätten Sie einfach angerufen, hätte ich jemanden bei Ihnen vorbeigeschickt.«

»Wir wollten Ihnen keine Umstände machen.« Wenn die

Wirtin schon so besonders höflich und zuvorkommend war, dann beeilte sich Diana, ihr in nichts nachzustehen.

»Das wären doch keine Umstände gewesen, ich bitte Sie! Na ja, wie auch immer.« Indem sie geschickt über den Unrat auf dem Boden hinwegstieg, ging sie zum großen Schrank, sperrte auf und öffnete die linke Tür so, dass Diana keinen Blick in das Innere werfen konnte. Wahrscheinlich war es ebenso unaufgeräumt wie der Rest des Zimmers. »Da ist ja das gute Stück«, sagte die Wirtin auch schon. »Mein Gott, ist die schwer!« Sie hob die Kamera aus dem Schrank und reichte sie Diana.

»Besten Dank«, sagte diese und wünschte sich, es hätte irgendwo in ihrer Nähe eine Abstellfläche für das Monstrum gegeben. Denn sie hatte beschlossen, die Gelegenheit gleich beim Schopf zu packen. »Hätten Sie kurz Zeit für mich? Ich würde Ihnen gern noch ein paar Fragen zu Ihrer Bekanntschaft mit Herrn Saxenpichler stellen. Wie lange haben Sie sich gekannt?«

Erst eine halbe Stunde später machte sich Diana auf den Weg zu ihrem Auto. Als sie an der viel befahrenen Straße warten musste, um zum Parkplatz zu gelangen, schaute sie mit der schweren Kamera in beiden Händen zum Haus der alten Hauzenberger hinüber. Die Tür stand offen, und ein Mann im blauen Trainingsanzug mit seitlichen weißen Streifen ließ eine schlanke Frau mit brünetten Haaren eintreten, bevor er sie wieder schloss. Der Mann war ohne Zweifel Siegfried Hauzenberger, doch wer war die Frau? Ihr beiger Mantel und die braune Umhängetasche erinnerten Diana an Frau Dr. Emgrabner, doch sie war sich sicher, dass sie sich irren musste. Was sollte die strenge Leiterin von Meissls Rechtsabteilung beim arbeitslosen Sigi verloren haben?

Endlich war die Straße frei, und Diana konnte sie gefahrlos überqueren. Ihr wollte nicht aus dem Kopf gehen, dass die braune Umhängetasche tatsächlich genau so wie die von Frau Emgrabner ausgesehen hatte. Das konnte doch kein Zufall sein! Also hievte sie die Kamera in den Kofferraum und beschloss, dem Rätsel umgehend auf den Grund zu gehen. Wie hatte Brunhilde so treffend gesagt? Was man hat, hat man. Sie ging zum Hauzenberger-Haus hinüber und läutete. Einmal. Zweimal. Sturm. Niemand machte auf.

27

»Ihr könnt euch gar nicht vorstellen, was ich alles erlebt habe!« Diana betrat das Büro, das sich See und Wöglinger teilten, und stellte die Kamera auf einen freien Stuhl. Sie überlegte kurz. »Am besten überprüfe ich, ob alles gelöscht ist, bevor ich das Gerät dem Herr Oberst mit Dank zurückgebe.«

»Faszinierend«, murmelte See, ohne von seinem PC aufzublicken.

An manchen Tagen war er besonders unausstehlich. So wie heute. Diana beschloss, ihm die Fotos von Frau Graberts Büro nicht zu zeigen. Die Sensenwirtin war so nett und kooperativ gewesen, dass sie keine Lust hatte, sie nun vor einem Mann bloßzustellen, der alles andere als nett und kooperativ war.

»Um es kurz zu machen, die Idee, dass Saxenpichler ausgerechnet der Sensenwirtin mit der Hand im Safe schaden wollte, können wir vergessen«, sagte sie daher nur. »Die beiden waren nicht nur früher ein Paar, ihrer Aussage nach waren sie auf dem besten Weg, wieder eines zu werden. So etwas soll es ja geben.« Das Gesicht ihres Exmannes Norbert schob sich vor ihr geistiges Auge. Sie hatte keine Lust darauf, mit ihm befreundet zu sein, und schon gar nicht, wieder eine Beziehung mit ihm anzufangen. Aber er hatte sie auch betrogen, das war etwas anderes. Sie zwang ihre Gedanken zur Sensenwirtin zurück, die von Saxenpichler anscheinend nicht betrogen worden war. »Die Wirtin hat freimütig zugegeben, dass er ihr mit seiner Pingeligkeit und seinem Geiz mitunter auf die Nerven gegangen sei, aber eingeschränkt, dass eben jeder seine Fehler habe. Und damit hat sie natürlich recht.«

»Aha«, sagte See. »Du musst es ja wissen.«

Von der patzigen Antwort ermutigt, fand auch Fritz Wöglinger den Mut, seine Bedenken zu äußern. »Wer sagt uns denn, dass die Frau nicht gelogen hat? Jetzt, wo der Saxenpichler tot ist, kann sie uns auftischen, was sie will.«

»Das ist natürlich richtig«, gab Diana zu. »Allerdings habe ich vor dem Hotel das Ehepaar Warnau getroffen und die beiden gefragt, ob ihnen auf dem Urfahraner Markt etwas zu dem Verhältnis zwischen dem Saxenpichler und der Wirtin aufgefallen ist. Und wisst ihr, was der Ehemann gesagt hat? Der gute Rudi habe stets darauf gedrängt, mit der Wirtin allein zu sein. Sogar in eine Riesenradgondel wollte er anfangs nur zu zweit. ›Wenn Sie mich schon so direkt fragen‹, hat er gemeint, ›dann sage ich Ihnen, dass der scharf wie Schmidts Katze auf die Wirtin war.‹«

Wöglinger kicherte.

»Aber wartet, jetzt kommt etwas noch viel Interessanteres!«

»Endlich«, meinte See ungerührt und tippte weiter.

»Der Rezeptionist wurde am Abend unseres ersten Seminartages Zeuge, wie Saxenpichler sich in einem Eck der Hotelhalle mit einem Mann unterhielt. Er ist sich zwar nicht sicher, glaubt aber, dass das der Gast der tschechischen Reisegruppe war, der in der Hochzeitssuite übernachtet hat. Die beiden sollen sich heftig gestritten haben. Vielleicht hat Saxenpichler ja deshalb die Hand dort in den Safe gelegt. Vielleicht wusste er nicht, dass der Mann am nächsten Tag abreisen würde.«

Das Telefon klingelte.

»Ein bissl zu viele Vielleichts«, sagte See unbeeindruckt, bevor er abhob.

»Ich werde alles überprüfen«, sagte Diana noch schnell.

»See? – Wo? – Aha, na toll. – Sicher. Der Alfred. – Gut. Schick mir geschwind eine E-Mail mit den genauen Daten. Wir sind dann gleich unterwegs.« Er legte den Hörer auf die Gabel, stand auf und schnappte sich gleichzeitig seine Lederjacke von der Stuhllehne. »Du kannst überprüfen, was du willst«, sagte er gnädig zu Diana. »Aber nicht jetzt. Jetzt müssen wir nämlich in den Kürnberger Wald. Wanderer haben dort eine verscharrte Leiche gefunden.«

28

Der Kürnberger Wald liegt am Ufer der Donau im Westen von Linz und gilt als eines der beliebtesten Naherholungsgebiete der Stadt. Rund um den Kürnberg, der mit kaum mehr als fünfhundert Meter Höhe eher ein Hügel als ein Berg ist, kann man wandern, die Natur genießen und mit etwas Glück auch Pilze sammeln. Außerdem wurden in der Gegend Reste früherer Siedlungen und Wehranlagen sowie zahlreiche Kultplätze aus verschiedenen kulturgeschichtlichen Epochen gefunden.

Und dennoch war Diana noch nie dort gewesen. Zum Glück kannte See sich aus, denn auch mit Hilfe des Navigationssystems hätte sie allein wohl nie den Fundort der Leiche erreicht. Vor allem deshalb nicht, weil bei Google fast jeder Weg als Prinzensteig eingezeichnet war und sie daher mit der Beschreibung, die die Kollegen in der E-Mail geschickt hatten, nichts hätte anfangen können. Außerdem wäre sie die Bundesstraße nahe dem Fluss entlanggefahren, während See sich für die Mühlbachstraße bis Katzing entschied und dann scharf rechts in eine Forststraße einbog. Nach wenigen Kurven führte ein gerader Weg mitten in den Wald. Hohe Nadelbäume standen dicht an dicht zu beiden Seiten. See fuhr so schnell, dass immer wieder Büsche und Ranken den rechten Rückspiegel oder die Beifahrertür streiften.

Diana klammerte sich zuerst schweigend am Haltegriff fest, bis es ihr endgültig reichte. »Die Leiche ist schon tot!«, rief sie Richtung Fahrersitz. »Du rettest sie auch nicht mehr, wenn du noch so durch den Wald bretterst!«

»Gewöhn dich dran!«, kommentierte er wenig hilfreich.

Diana knirschte mit den Zähnen. Ich bring ihn um, war ihr erster Gedanke. Ich lasse ihn zum Raub versetzen, ihr zweiter. Um Himmels willen, ein Hase!, ihr dritter. Sie schrie auf.

See zuckte zusammen und wollte schon eine Schimpftirade loslassen, da sah auch er das Tier und legte eine Vollbremsung hin.

Diana stemmte sich mit beiden Armen gegen das Armaturenbrett. »Hast du sie noch alle?«, fuhr sie ihn an.

»Damit war doch nicht zu rechnen«, verteidigte er sich, fuhr aber in angemessenerem Tempo weiter.

Sie erreichten eine Waldlichtung, auf der schon einige Polizeifahrzeuge parkten. Eine uniformierte Kollegin stand neben den Wagen und vertrieb sich die Zeit damit, an einem Grashalm zu kauen. See stoppte neben ihr und drückte auf den Knopf, der die Fensterscheibe nach unten fahren ließ.

»Sind Sie die Kollegen vom LKA?«, fragte die Uniformierte und ließ den Grashalm fallen. »Na endlich! Wissen Sie, wie langweilig es ist, mitten im Nirgendwo zu warten, wo das Handy kaum Empfang hat?« Als See nicht antwortete, fuhr sie fort: »Ich bin die Gintenreither Gabriele, aber ihr könnt Gaby sagen. Der Alfred hat mich hergeschickt, damit ich euch den Weg zeige. Und wer seid ihr?«

»Abteilungsinspektor See, und das ist Frau Chefinspektor Pölz«, antwortete See ungerührt. Er konnte mit lässigen Ich-bin-die-Gaby-Typen nichts anfangen. Zumal dieses Exemplar über keinen nennenswerten Busen verfügte.

»Wie Sie wünschen, Herr Abteilungsinspektor.« Kurz hatte es den Anschein, als würde Gaby Gintenreither salutieren. Dann merkte sie anscheinend selbst, dass das der Situation nicht angemessen gewesen wäre, und beließ es bei einem spöttischen Grinsen. »Das Auto können Sie gleich stehen lassen, es geht nur mehr zu Fuß weiter. Haben S' eh gute Schuhe an, oder? Der Boden ist ziemlich matschig.«

»Wer hat die Leiche entdeckt?«, wollte Diana wissen, während sie versuchte, nicht den Anschluss an die um einiges jüngere Kollegin zu verlieren, die flotten Schrittes den steilen, schmalen Weg hinaufmarschierte.

»Angeblich zwei Geocacher«, antworte diese über die Schulter. »Ich habe die Personalien bereits aufgenommen.«

»Zwei was?«, fragten Diana und See wie aus einem Mund.

»Geocacher«, wiederholte Frau Gintenreither und erhöhte ihr Tempo weiter. »Aber das glaub ich eh nicht. Das sind eher illegale Schatzsucher.«

»Was?«, rief ihr See irritiert hinterher.

»Jetzt bleiben Sie halt endlich stehen und erklären uns in aller Ruhe, was Sie wissen!« Diana wurde ungehalten. »Wir befinden uns nicht auf der Flucht.« Sie war stehen geblieben, stützte die Arme auf die Knie und versuchte wieder zu Atem zu kommen. Ich muss dringend wieder regelmäßiger den Pilateskurs in St. Florian besuchen, schwor sie sich insgeheim. Ihre Kondition war auch schon einmal besser gewesen.

Die junge Uniformierte blieb tatsächlich stehen und wandte sich mit hochgezogenen Augenbrauen um.

»Sie wissen wirklich nicht, was Geocachen ist? Aber das gibt es doch schon seit Jahren! Ist ein großer Trend«, sagte sie und rollte mit den Augen, was nicht zur Verbesserung der Stimmung beitrug. Genauso wenig wie die Kniebeugen, die sie anschließend machte.

»Reißen Sie sich zusammen, Kollegin«, forderte See. »Wir sind hier nicht im Turnverein. Und jetzt die wichtigsten Informationen in kompakter Form, und zwar flott!«

Diana fand, dass sie das nicht besser hätte formulieren können.

»Geocacher sind Typen, die durch den Wald rennen und Caches suchen. Caches wiederum sind wasserdichte Behältnisse, die jemand anderes versteckt hat. In ihnen sind Logbücher, in denen sich der stolze Finder verewigen kann. Weil sie den Cache ja nicht mitnehmen dürfen, sondern ihn an genau derselben Stelle wieder verstecken müssen.«

»Aha, und wie findet man diese wasserdichten … äh … Dinger?«, fragte Diana und ging weiter. Von nun an würde sie das Tempo bestimmen.

»Mit einer speziellen Landkarte oder mit einem GPS-Gerät.«

»Und was ist der Sinn der Sache?«, wollte See wissen, der offensichtlich keinen erkennen konnte.

Gaby Gintenreither zuckte mit den Schultern. »Mit den Funden kann man im Internet angeben. Sie auf Facebook posten. Und die Leute bewegen sich an der frischen Luft. Es gibt mit Sicherheit schlechtere Freizeitbeschäftigungen.«

Dagegen ließ sich nichts einwenden.

»Sie glauben also nicht, dass die Personen, die die Leiche

gefunden haben, solche äh … modernen Schnitzeljäger waren«, stellte Diana fest.

»Genau so ist es. Ich vermute, die halten uns nur am Schmäh und sind in Wirklichkeit Schatzsucher. Illegale.«

»Aber nach was für einem Schatz sollten die denn mitten im Wald suchen? Nach dem Schatz im Silbersee?« Auch See hoffte mittlerweile inständig, endlich am Fundort der Leiche anzukommen.

Doch zuerst hatte Frau Gintenreither noch die Möglichkeit, mit weiterem Wissen zu punkten. »Lesen Sie denn keine Zeitung? Im ›Tagesblatt‹ stand in einem Artikel im letzten Jahr, der Kürnberger Wald sei so etwas wie ein ›oberösterreichisches Troja‹. Hier soll es angeblich Schätze aus der Bronzezeit, der Römerzeit und dem Mittelalter geben! Ich bin ganz in der Nähe in der Höferstraße aufgewachsen. Als Kinder haben wir im Wald tagelang nach altem Zeug gesucht, aber eh nichts gefunden. Wäre auch illegal gewesen, denn nur die Stadtarchäologen dürfen hier rumgraben. Aber natürlich gibt es jede Menge Plünderer, die schnelles Geld machen wollen –«

»Das ist für uns von keinerlei Interesse«, fuhr See dazwischen. »Was wissen wir über die Leiche?«

Gaby Gintenreither war eingeschnappt. »Sie«, sie wies auf Diana, die vor ihr ging, »hat mich danach gefragt, aber bitte, reden wir eben über die Leiche. Sie ist weiblich, uralt, stark verwest und stinkt grauslich.« Nach dieser kurzen und bündigen Antwort schwieg sie, bis sie den Fundort erreichten.

»Die zwei Typen im Kapuzenpulli da drüben haben die Tote gefunden«, sagte sie endlich und wies auf zwei junge Männer, die auf einem Baumstamm saßen. »Hier sind die Personalien.« Sie reichte Diana ein Blatt Papier. »Ich habe ihnen gesagt, sie sollen dableiben, weil ich mir dachte, dass Sie vielleicht auch noch ein paar Fragen an die beiden haben. Ich gehe jetzt zurück zum Wagen und warte auf die Männer von der Bestattung. Die sollten eigentlich auch schon längst da sein.«

Sprach's, machte kehrt und war schneller verschwunden, als Diana ihr ein »Danke, Frau … äh!« hätte nachrufen können.

Die Befragung der beiden jungen Männer führte zu keinen wesentlichen Erkenntnissen. Sie waren mit einer Landkarte unterwegs gewesen, weil GPS-Geräte nur etwas für Weicheier seien, wie sie sich ausdrückten. Hätten sie ein solches Gerät benutzt, wären sie an der Fundstelle wohl gar nicht vorbeigekommen.

»Sie meinen also, der Täter, der die Leiche verscharrt hat, hat darauf geachtet, dass kein GPS-Gerät die Sucher an dieser Stelle vorbeiführt? Aber dafür muss er selbst so ein Gerät benutzt haben, oder?«, fragte Diana.

Hatte Saxenpichler ein GPS-Gerät besessen? Sie konnte sich den pingeligen Mann im beigegrau melierten Anzug beim besten Willen nicht als Geocacher vorstellen. Andererseits hatte die Kollegin gesagt, man könne als Schatzsucher mit den Funden schnelles Geld machen. Das wiederum hätte zu dem Sparmeister gepasst. Diana erlaubte den Männern, ihren Weg fortzusetzen, und begab sich zur Fundstelle.

Würde sie sich je an den Anblick von Leichen gewöhnen? Diana hielt sich ein Taschentuch vor die Nase. Zumindest an den von einer, die monatelang unter der Erde gelegen hatte, gewöhnte sie sich mit Sicherheit nie.

Bisher waren nur der Kopf, der Schultergürtel und die Beine der Toten freigelegt worden. Längst hatten sich Maden und Würmer des leblosen Körpers bemächtigt und krochen aus all seinen Öffnungen. Es stank so erbärmlich, wie es Gaby Gintenreither vorausgesagt hatte. Der Mediziner, der neben der Leiche hockte, trug nicht nur Handschuhe, sondern auch einen Mundschutz.

»Todesursache?«, fragte See soeben.

Der Arzt stand auf und schüttelte den Kopf. »Kann ich dir noch nicht mit hundertprozentiger Sicherheit sagen, Carlos«, kam es gedämpft hinter der Maske hervor. »Das hier sieht nach einer Rissquetschwunde aus.« Seine Taschenlampe kreiste über der linken Schulter. »Wie der Arm daliegt, gehe ich davon aus, dass zumindest die Elle gebrochen ist. Auch der Ellenbogen gefällt mir nicht. Ich würde sagen, wir haben es hier mit dem Opfer eines Verkehrsunfalls zu tun. Wahrscheinlich mit einer Fußgängerin, die von einem Kraftfahrzeug erfasst und getötet wurde.«

»Ja, freilich«, kommentierte See diese Worte ungläubig. »Wir sind hier ja auch mitten auf der Autobahn. Da drängt sich der Verdacht, dass es sich um einen Verkehrsunfall handelt, richtiggehend auf.«

»Aufgrund der Lage der Leiche gehe ich eher davon aus, dass das hier nicht der Unfallort ist«, sagte der Arzt, ohne auch nur mit einer Gesichtsregung auf Sees sarkastischen Tonfall einzugehen. »Es wäre nicht das erste Mal, dass ein Fahrerflüchtiger sein Opfer irgendwo verscharrt.«

Ein Verkehrsunfall, dachte Diana und hatte plötzlich Zweifel, ob sie die richtige Tote gefunden hatten. Wer hackte einem Verkehrsunfallopfer eine Hand ab?

»Die Leiche wurde vor Monaten hier vergraben«, setzte der Mediziner fort. »Wir werden sie jetzt komplett freilegen, und dann brauche ich sie auf meinem Tisch. Anschließend kann ich euch Genaueres sagen.«

»Irgendwie sehe ich unsere Hoffnungen schwinden, dass wir es hier mit der gesuchten Huberta Hauzenberger zu tun haben.« Diana war alles andere als zuversichtlich.

»Warten Sie doch einfach die Ergebnisse ab«, sagte der Mediziner. »Die Leiche ist immerhin weiblich. Und alt war die Frau auch. Um die achtzig, würde ich jetzt mal sagen.« Er machte sich daran, auch die Unterarme der Toten von Erde zu befreien.

»Bingo!«, rief See, als er erkannte, dass der Leiche die linke Hand fehlte. »Habe ich es doch gewusst. Warum bist du nur immer so negativ, Diana? Und ob das die alte Hauzenbergerin ist.«

»Im Hotelsafe lag aber eine rechte Hand, der Toten hier fehlt die linke«, dämpfte Diana seine voreilige Freude. Dabei war auch sie sich sicher, die gesuchte Frau gefunden zu haben. Aber wer ließ sich schon gern vorwerfen, immer negativ zu sein? Sie mit Sicherheit nicht. Noch dazu von so einem Grantscherm! »Warum sollte jemand dem Opfer eines Verkehrsunfalls eine Hand abhacken? Das ergibt doch keinen Sinn.«

»Irgendeinen muss es ergeben, sonst hätte es die Täterin ja nicht getan«, sagte See und brachte Diana damit noch mehr auf die Palme.

Zum Glück trat in diesem Augenblick eine Gestalt im weißen Overall aus dem hohen Nadelwald. Wie eine Trophäe reckte sie ein Fahrrad in die Luft. »Schaut, was wir gefunden haben!«, rief Alfred schon von Weitem.

Alle Augen richteten sich schlagartig auf ihn, der Disput war vergessen. Nur der Mediziner arbeitete konzentriert weiter. Ihn interessierte der Leichnam und sonst nichts.

Der Leiter der Spurensicherung hatte sich inzwischen seinen Weg durch das Dickicht von Bäumen und Sträuchern zur kleinen Gruppe gebahnt. Diana und die beiden Männer in Uniform, die die Fundstelle abgesteckt hatten, betrachteten das Fahrrad, das er an eine hohe Fichte lehnte. Es war vollkommen verbeult, der schwarze Lack war an vielen Stellen abgeblättert und hatte einer dicken Schicht Rost Platz gemacht. Das passte zu der Vermutung, dass sich ein Verkehrsunfall ereignet hatte. Nur dass die Frau nicht zu Fuß unterwegs gewesen war.

»Super Patschn«, konstatierte See anerkennend und meinte damit die beiden platten Reifen. »Fahren kannst du damit nicht mehr.«

»Das ginge auch ohne Patschn nicht, Carlos«, erwiderte Alfred. »Ein entscheidender Bestandteil fehlt. Wir haben alles abgesucht, aber nur ein verrostetes Pedal gefunden, das andere ist wie vom Erdboden verschwunden.«

Ein Pedal fehlt, schoss es Diana durch den Kopf, bevor sie von Alfreds nächsten Worten wieder abgelenkt wurde.

»Wenn ihr mich fragt, liegt das Radl nicht zufällig im Wald. Mit großer Wahrscheinlichkeit hatte es einen Zusammenstoß mit einem Auto. Sonst wäre es nicht so verbeult.« Er zeigte auf das Gestänge. »Und der Lenker wäre nicht verbogen. Nach dem Unfall hat der Autofahrer es vermutlich im Wald versteckt, um das Ganze zu vertuschen.«

»Quod erat demonstrandum«, murmelte der Arzt hinter seiner Maske.

»Wie bitte?«, fragte Alfred irritiert nach.

»Der Doc ist stolz darauf, dass er zur selben Erkenntnis gekommen ist wie du. Tod durch Verkehrsunfall. Nur dass die

Täterin eben nicht nur die Leiche, sondern auch das Fahrrad im Wald entsorgt hat«, informierte ihn Carlos.

Oder der Täter, wollte Diana korrigieren, ließ es dann aber bleiben. Es reichte, wenn See mit seinem Spleen allen auf die Nerven ging.

»Eine Frau allein kann die Leiche wohl kaum hier abgeladen haben«, meldete sich der Arzt zu Wort. »Die getötete Person wog mindestens fünfundsechzig Kilo, eher etwas mehr.«

»Also gehen wir doch von einem männlichen Täter aus«, stellte Diana zufrieden fest.

»Oder von mehreren Personen«, brachte See ihre Zufriedenheit gleich wieder ins Wanken.

Alfred lachte auf. »Es ist doch immer wieder herzerwärmend, mitzuerleben, dass ihr ein Herz und eine Seele seid. Aber bevor ihr euch endgültig in die Haare kriegt: Noch wissen wir ja nicht einmal, ob das Fahrrad zur Leiche gehört. Erst müssen wir die Fingerabdrücke vergleichen.«

»Schwer möglich«, meldete sich der Arzt vom Fundort her. »Der Leiche fehlen die Hände, und zwar alle beide!«

»Das ist jetzt aber blöd«, brachte Alfred es auf den Punkt.

»Wenn die rechte fehlt, ist das mit Sicherheit die Hauzenberger.« Sees Stimme war Ausdruck reinen Triumphs.

Diana beschloss, ihn nicht zu beachten. »Jetzt können wir nur hoffen, dass wir sonstige DNA-Spuren am Fahrrad finden. Haare zum Beispiel«, sagte sie zu Alfred.

Der Mann von der Spurensicherung lief feuerrot an.

»Du hättest das Ding besser nicht quer durch den Wald tragen sollen«, sprach See aus, was dieser sich in diesem Augenblick selbst dachte. »Nun sind die Haare vermutlich von den Ästen abgestreift worden.«

»Dumm gelaufen«, gab Alfred zu. »Aber wahrscheinlich waren eh keine dran. Wer hätte denn annehmen können, dass wir es mit einer Leiche zu tun haben, der beide Hände fehlen?« Er verzog unwillig das Gesicht. »Ich nehme das Fahrrad jedenfalls jetzt mit, vielleicht finde ich ja doch noch Spuren an ihm, die uns weiterhelfen.«

Diana hatte inzwischen ihre Begutachtung des Fahrrads beendet und zeigte mit der Taschenlampe auf die Fahrradkette. »Könnte das Blut sein?«

Der Spurensicherer war mit einem Satz an ihrer Seite. Mit kundigem Blick erkannte er, dass sie recht hatte. »Perfekt! Damit können wir leicht feststellen, ob das Blut zur Toten gehört und das Fahrrad etwas mit der abgehackten Hand zu tun hat oder nicht.«

»Habt ihr sonst noch etwas gefunden, Alfred?«, fragte Diana.

»Ein paar Zigarettenstummel, auch schon älteren Datums. Und einen Hirschhornknopf. Allerdings lag beides nicht beieinander und in einiger Entfernung zum Fahrrad, muss also nicht von Bedeutung sein. Die Kollegen suchen noch weiter, aber ich fürchte, bald ist es dafür zu dunkel.«

Diana ging wieder zur Leiche hinüber. »Wie wurden die Hände abgetrennt, Doc? Doch nicht beim Autounfall, oder?« Sie war gespannt. Würde sich jetzt der ursprüngliche Verdacht bestätigen, dass es sich um eine Axt gehandelt hatte? Das Bild von der blutbespritzten Brunhilde Hauzenberger mit der Waffe in der Hand schob sich vor ihr geistiges Auge.

»Schaut so aus, als hätte man sie ihr mit einer Axt abgetrennt. Nicht sehr fachmännisch gemacht, wenn Sie mich fragen. Eher stümperhaft.«

Das wiederum klang nicht nach Brunhilde Hauzenberger, der erfahrenen Jägerin. Diana atmete auf. Andererseits, arbeitete man nicht vielleicht trotz allem Können doch stümperhaft, wenn man allzu aufgeregt war?

»Der Täter muss mehrfach zugeschlagen haben«, sprach der Arzt weiter, »bis beide Hände abgetrennt waren. Aber ich kann Sie beruhigen, es dürfte kein Blut dabei geflossen sein. Das heißt, das Ganze geschah post mortem.«

Das zu wissen beruhigte Diana tatsächlich. Der Gedanke daran, dass eine Frau wie Brunhilde Hauzenberger ihrer eigenen Mutter die Hände abhackte und sie dann verbluten ließ, war doch allzu abscheulich.

»So, da wären wir!«, erklang eine laute weibliche Stimme hinter ihr.

Diana fuhr herum.

Gaby Gintenreither war wieder aufgetaucht. Begleitet wurde sie von zwei durchtrainierten Männern in Schwarz, die einen Stahlsarg trugen.

»Wann können wir mit den Ergebnissen rechnen, Doc?«, wollte See wissen.

»Ich beeile mich«, versprach der Arzt. Und fügte nach einer kleinen Pause resigniert seufzend hinzu: »Wie immer.«

29

Der Hauzenberger Sigi hatte eine Wut. Jemand hatte ihn zur unchristlichen Zeit von elf Uhr vormittags geweckt und läutete nun schon seit mindestens fünf Minuten an der Haustür, ohne Anstalten zu machen zu verschwinden. Dabei hatte er sich aus dem Bett gequält, das Fenster im Obergeschoss aufgerissen und ein eindeutiges »Schleich di!« hinuntergebrüllt. Mehrfach. Leider hatte er aufgrund des Vordachs über der Tür nicht erkennen können, wer unter diesem stand.

Es läutete schon wieder. Schweren Herzens stieg er die steile Holztreppe hinunter in den Flur. Ankleiden musste er sich zum Glück nicht. Er trug den blauen Jogginganzug auch nachts.

»Ich komm ja schon!«, brüllte er gegen das Läuten an. Endlich drehte er den Schlüssel im Schloss und riss die Tür auf. Insgeheim hatte er gehofft, den Paketboten vorzufinden. Er hatte einen neuen Laptop bestellt. Den alten von seiner Mutter hatte die Kripo mitgenommen, und wer wusste schon, wann er ihn zurückbekam. Er brauchte einen Computer zum Chatten und theoretisch auch zum Komponieren, obwohl ihm derzeit nichts Verwertbares einfiel. Aber man wusste ja nie, wann der kreative Schub kommen würde. Also musste er darauf vorbereitet sein. Doch es war nicht der Paketdienst.

»Du? Warum läutest denn du wie eine Narrische?«

Vor ihm stand seine Nachbarin, die Sensenwirtin. Fesch sah sie wieder aus, in ihrem blau-weiß karierten Dirndl und der blauen Schürze. Nicht dass dem Sigi das tiefe Dekolleté nicht aufgefallen wäre. Aber die Greta war viel zu energisch und erfolgreich, als dass ihr Dekolleté ihm mehr als einen Blick wert gewesen wäre.

»Also, was willst?«

Der Wirtin schien sein abweisender Tonfall nicht aufzufallen. Ihr Lächeln blieb freundlich, als sie auf den Weidenkorb in ihrer Linken wies. »Ich bringe das Essen für deine Mutter. Die Bruni hat drüben so viel zu tun, da wollte ich sie entlasten. Und es ist doch eine schöne Gelegenheit, mal wieder bei Huberta vorbeizuschauen und ihr –«

Seine Hand schnellte nach vorne und hätte ihr den Korb entrissen, wenn sie nicht damit gerechnet und ihn umklammert hätte.

»Meinen Korb trage ich schon noch selbst. Mach dir keine Mühe, Sigi! Ich habe deine Mutter so lange nicht mehr gesehen, da will ich mich heute vergewissern, ob ich nicht noch etwas für sie tun kann.«

»Das geht nicht«, meinte der Sigi energisch. »Und jetzt gib den Korb her. Ich sag ihr, dass du da warst.«

»Aber freilich geht das.« Die Wirtin ließ sich nicht abwimmeln. »Warum auch nicht?« Sie stieg die beiden kleinen Treppenstufen zur Tür hinauf.

»Das geht nicht, weil die Mutter ist auf Ma…« Mallorca wollte er sagen, weil die Aussage bei der anderen Besucherin auch gezogen hatte. Doch plötzlich fiel ihm siedend heiß ein, dass er sich mit dieser Äußerung wahrscheinlich um seine delikaten und völlig kostenlosen Mittagessen bringen würde. »Die ist auf Ma…«, sagte er noch einmal, um Zeit für einen dringend notwendigen Geistesblitz zu gewinnen.

»Ma, was?«, wollte die Wirtin wissen, der das freundliche Lächeln zunehmend schwerfiel.

»Was weiß denn ich, auf der Matratze eben, im Bett. Weil es ihr nicht gut geht und sie niemanden sehen will. So schaut es nämlich aus!«, schnauzte er sie an. »Und das ist auch kein Wunder, wenn du wie eine Verrückte läutest. Meine Mutter ist alt, verdammt noch einmal, die braucht ihre Ruhe.« Gerade noch rechtzeitig fiel ihm ein, hinterherzuschieben: »Sie bedankt sich aber vielmals fürs Essen. Es schmeckt ihr super. Nur ein bissl wenig ist es, soll ich dir ausrichten. Vor allem etwas wenig Fleisch. Aber sonst Spitzenklasse.«

Ein heller Wagen kam die Straße aus der Stadt herauf und bog mit Schwung auf den Parkplatz ein. Was immer die Sensenwirtin auf den Wortschwall hatte antworten wollen, blieb ungesagt. Gemeinsam mit Sigi sah sie zu, wie Diana und See aus dem Wagen stiegen und dann energischen Schrittes näher kamen.

»Was wollen die denn schon wieder?«, murrte Sigi unwillig.

Die Wirtin hingegen war zu ihrer gewohnten Freundlichkeit zurückgekehrt. »Dann richtest deiner Mutter bitte einen schönen Gruß von mir aus, Sigi.« Sie überreichte ihm den Korb. »Und sag ihr, sie soll sich schonen und dass ich wieder vorbeikomme, wenn es ihr besser geht. Pfiati!«

Mit demselben herzlichen Lächeln wandte sie sich an die beiden Neuankömmlinge, um ihnen die Hände zu schütteln. »Ich hoffe, die Tatsache, dass Sie zu meinem Nachbarn kommen, heißt nicht, dass der Sigi etwas mit der mysteriösen Hand zu tun hat?«

Während See in den Charmemodus geschaltet hatte und die fesche Wirtin ebenso freudig begrüßte wie sie ihn – nicht ohne seinen Blick in ihrem mit weißen Rüschen besetzten Ausschnitt zu versenken –, murmelte Diana: »Noch heißt gar nichts etwas.«

»Da bin ich aber froh«, meinte Frau Grabert und schenkte See einen Blick, der zu ihrem aufreizenden Dekolleté passte. Dann sagte sie an Diana gewandt: »Den Sigi können Sie nämlich nicht mitnehmen. Der wird hier gebraucht. Der kümmert sich rührend um seine alte Mutter. Ich habe ihr gerade persönlich das Mittagessen vorbeigebracht.«

Sie wandte sich zum Gehen, drehte sich aber noch einmal um. »Bitte grüßen Sie sie schön von mir, sollten Sie mit ihr sprechen dürfen.« Fröhlich winkend marschierte sie über die Straße in Richtung Hotel davon.

»Lassen Sie sich immer noch verköstigen?«, fragte Diana, als die Wirtin außer Hörweite war. »Sie wissen aber schon, dass das Betrug ist? Sie erschleichen sich, wie es so schön heißt, eine Leistung, die Ihnen nicht zusteht, indem Sie der Sensenwirtin falsche Tatsachen vorspiegeln.«

»Das Essen wird er in Zukunft nicht mehr brauchen«, sagte ihr Kollege trocken. »In der JA gibt es auch ein gutes Papperl.«

»Was?« Sigi Hauzenberger war völlig überfordert von dem, was die Beamten gesagt hatten. »Und warum sind Sie überhaupt schon wieder da? Ich habe Ihnen doch eh alles erzählt, was ich weiß.«

»Mein Kollege meinte, dass das Essen in der Untersuchungshaft auch nicht schlecht ist«, erklärte ihm Diana. »Aber so weit sind wir noch nicht. Wir sind nur gekommen, um das Pedal abzuholen, das ist alles.«

Das Wort Untersuchungshaft verleitete Sigi Hauzenberger dazu, sich nicht dümmer zu stellen, als er war. Er riss die Tür auf: »Also gut, kommen S' herein!«

Der Geruch, der sie empfing, war noch ekelhafter als bei ihrem letzten Besuch. Es stank nach abgestandenem Bier, Essensresten und nicht zuletzt nach Sigi Hauzenberger selbst, der nach dem Tod seiner Mutter offensichtlich die Existenz einer Dusche vergessen hatte. Über allem waberte der süßliche Geruch von Hanf.

Ein weiterer Schuss vor den Bug kann nicht schaden, dachte See. »Eigentlich hätten wir die Drogenfahndung längst zu Ihnen schicken müssen«, sagte er und riss das Fenster im Flur auf. In Wahrheit gab es Wichtigeres zu klären als Sigi Hauzenbergers Kifferei, und dazu wäre dessen Kooperationsbereitschaft hilfreich. Außerdem sah er nicht wie ein Dealer aus. Wenn beide Morde geklärt waren, würden sich andere Kollegen um ihn kümmern. Das unrechtmäßige Kassieren der Pension der toten Mutter über Monate hinweg war kein Kavaliersdelikt.

Sigi Hauzenberger stand inzwischen mit Diana im Wohnzimmer. Das Zimmer sah so aus, wie sie es nach ihrem Gespräch mit dessen Schwester verlassen hatte. Die Staubschicht war vielleicht noch etwas dicker geworden, aber das war mit freiem Auge nicht genau zu erkennen. Das Kissen, das sie sich ins Kreuz geschoben hatte, lag noch immer auf dem Diwan.

Die anderen standen wie bei ihrem letzten Besuch aufrecht. Anscheinend war es noch Huberta Hauzenberger selbst gewesen, die ihnen den akkuraten Knick verpasst hatte.

Deren Sohn öffnete die Tür der Vitrine und hätte schon das Pedal herausgenommen, hätte ihr »Finger weg!« ihn nicht zurückgehalten.

Diana hatte sich dünne Handschuhe übergestreift und beförderte das Pedal nun in eine Plastiktüte.

»Wäre doch wurscht gewesen, wenn ich es angegriffen hätte«, sagte Sigi. »Ich habe es ohnehin schon in der Hand gehabt, als ich es in das Kastl hier gelegt habe.«

»Warum haben Sie das eigentlich gemacht?«, wollte Diana wissen. »Wie passt das Pedal in die Idylle der Heiligen und Madonnen?«

In ihrer Stimme schwang ein Hauch von Spott mit, den sie gleich darauf bereute, als Sigi mit ernster Stimme antwortete: »Es ist das Letzte, was mir von meiner Mutter geblieben ist. Da habe ich mir gedacht, das muss ich aufheben.«

»Und wo ist das restliche Fahrrad?«, wollte See wissen.

Der Mann seufzte tief. »Keine Ahnung. Ich wünschte, ich wüsste es.«

»Also bitte«, fuhr See ihn an, »Sie wollen uns doch nicht weismachen, dass Ihre Mutter am Abend ihres Verschwindens mit nur einem Pedal losgefahren ist.«

»Freilich nicht. Das Fahrrad war ganz in Ordnung. Außer dem Rücklicht, das hat nicht funktioniert. Das weiß ich noch, weil die Mutter ziemlich sauer deswegen war.« Er seufzte und setzte fort: »Ich habe ihr noch versprochen, dass ich es am nächsten Tag richten werde, aber da war die Mutter verschwunden und das Rad mit ihr.«

»Und wie sind Sie dann an das Pedal gekommen?«

Sigi Hauzenberger seufzte, schnaufte, verzog das Gesicht und beschloss dann, mit der ganzen Wahrheit herauszurücken. »Das Pedal habe ich ein paar Tage später gefunden. Draußen im kleinen Waldstück, wo die Nebenstraße über eine Kuppe verläuft. Ich bin dorthin gegangen, um nachzusehen –«

»Warum gerade dorthin?«, wollte See wissen.

»Weil daneben eine Lichtung ist, auf die nachts der Vollmond scheint. Die Mutter hat ja an so Sachen wie den Vollmond und all das esoterische Zeug geglaubt. Das ist eh komisch, weil auf der einen Seite war sie total katholisch, ließ auf ihre Heiligen und die Mutter Maria nichts kommen und ist jeden Sonntag in die Kirche gerannt. Und auf der anderen Seite hat sie auf das geschworen, was sie immer die ›Kraft unserer Mutter Natur‹ nannte. Zum Beispiel, dass man Warzen bei Vollmond wegbeten kann – und anderes Unheil auch.«

»Sie haben also gewusst, wo sich Ihre Mutter am Abend ihres Verschwindens aufgehalten hat?«, wiederholte Diana und konnte es nicht glauben. »Und das erzählen Sie uns erst jetzt?«

Sigi zuckte mit den Schultern. »Sie haben mich ja nicht danach gefragt«, sagte er schließlich. Ja, der Sigi Hauzenberger hatte in seinem Leben wenigstens eins gelernt: die Schuld immer bei den anderen zu suchen. »Außerdem ist es doch vollkommen wurscht, wo die Mutter damals war. Sie ist tot. Wichtiger wäre doch zu wissen, wo sie jetzt ist. Haben Sie das herausbekommen? Sekkieren mich wegen einem depperten Pedal und sind nicht in der Lage, die Leiche und den Mörder einer alten Frau zu finden.«

Diana bemerkte, dass See mit den Zähnen knirschte, und beschloss, seinem Wutanfall zuvorzukommen. »Am besten setzen wir uns alle erst einmal, Herr Hauzenberger. Wir müssen Sie von etwas in Kenntnis setzen.«

Sigi fühlte sich im Wohnzimmer nicht wohl. Auch ein halbes Jahr nach dem Verschwinden seiner Mutter hatte er noch das Gefühl, unerlaubt in fremdes Hoheitsgebiet eingedrungen zu sein. Für eine bedeutende Nachricht, wie sie die Kripobeamtin angekündigt hatte, hätte er lieber vertrauten Boden unter den Füßen gehabt. Fast hätte er die beiden Besucher in die Küche gebeten, aber dann dachte er an den Joint, der offen unter dem Herrgottswinkel lag, und ließ es bleiben. Stattdessen setzte er sich so schwungvoll auf den weichen Lehnstuhl, dass die Sprungfedern quietschten. Es staubte.

Diana nahm ihm gegenüber Platz. See blieb stehen und musterte eindringlich den Inhalt der Vitrine.

»Herr Hauzenberger«, begann Diana, »wir müssen Ihnen die traurige Mitteilung machen, dass wir die Leiche Ihrer Mutter im Kürnberger Wald gefunden haben.«

Er starrte sie ungläubig an. »Das kann nicht sein! Was soll meine Mutter im Kürnberger Wald gemacht haben? Wie soll sie dort überhaupt hingekommen sein? Mit dem Fahrrad in der Nacht sicher nicht.«

»Wir gehen davon aus, dass Ihre Mutter einen Unfall hatte. Mit einem Kraftfahrzeug.« Diana erzählte ihm alles, was sie wussten.

Sigi Hauzenberger schwieg einige Minuten lang, und die beiden Inspektoren gaben ihm die Zeit, das Gehörte zu verarbeiten. »Sie ist also wirklich tot?«, fragte er schließlich. »Endgültig?«

Diana nickte. »Ja, wie wir beim letzten Besuch schon vermutet haben.« Rasch fügte sie hinzu: »Noch einmal unser Beileid, Herr Hauzenberger.«

»Und wer bekommt jetzt die Hütte hier?«, fragte der trauernde Hinterbliebene. »Die Bruni oder ich?«

30

»Und dann sind wir noch mit dem Hauzenberger in den Wald und haben uns von ihm die Fundstelle des Pedals zeigen lassen«, beendete Diana ihren Bericht an den Herrn Oberst am nächsten Tag. »Jetzt warten wir auf das Gutachten des Gerichtsmediziners. Wenn das da ist, fahre ich mit Alfred zum vermutlichen Tatort.«

»Viel wird das nicht bringen«, sagte See. »Wir haben uns den Unfallort doch schon angesehen. Nach so langer Zeit sind keine Spuren mehr zu finden.«

»Und die wenigen, die noch da waren, habt ihr wahrscheinlich niedergetrampelt«, mutmaßte der Herr Oberst.

»Wir haben selbstverständlich die nötige Sorgfalt walten lassen und alles entsprechend abgesichert«, antwortete Diana.

Doch das interessierte ihren Vorgesetzten längst nicht mehr. Er war schon bei der nächsten Frage, einer, die sie sich selbst schon die ganze Zeit stellte. »Warum hackt man einer Toten die Hände ab? Doch wohl nur, wenn man befürchtet, dass wir durch die Fingerabdrücke des Toten auf die richtige Spur kommen könnten. Nehmen wir mal an, es war wirklich ein stinknormaler Verkehrsunfall. Wie sollten einen da derartige Fingerabdrücke belasten? Und wer fährt mit einer Axt im Kofferraum spazieren?«

»Du denkst also, dass sie die Frau absichtlich angefahren hat? Um ihr dann mit der Axt, die sie extra dafür im Kofferraum hatte, die Hände abzuhacken?«

Der Herr Oberst war irritiert. »Welche Sie meinst du? Hast du schon einen bestimmten Verdacht, Carlos?«

See musste zugeben, dass das nicht der Fall war.

»Der Herr Kollege ist bloß politisch korrekt«, konnte sich Diana die Bemerkung nicht verkneifen, »er gendert auch, wenn es nicht notwendig ist.«

»Lass das bleiben«, fuhr ihn der Herr Oberst an, »das macht einen ja meschugge. Aber im Prinzip hast du recht, die Tote könnte tatsächlich absichtlich angefahren worden sein.«

»Was aber immer noch nicht erklären würde, warum der Täter ihr die Hände abgehackt hat«, stellte Diana fest. »Bekanntlich ist eine Leiche auch zu identifizieren, wenn man ihre Fingerabdrücke nicht abnehmen kann.«

Der Herr Oberst nickte. »Das stimmt allerdings.«

»Es sei denn«, See war aufgesprungen und ging nun im Büro seines Vorgesetzten auf und ab, »es sei denn, sie … oder meinetwegen auch er hat die Alte nur deshalb umgefahren, um ihre Hände in seinen Besitz zu bringen und eine davon später dem Ehepaar Warnau unterzujubeln.«

»Das glaubst du doch wohl selbst nicht!«, fuhr der Herr Oberst auf. »So eine Raubersgschicht!«

Es klopfte kurz, dann steckte Inspektor Wöglinger den Kopf zur Tür herein. »Wenn ich kurz stören darf: Ich habe mich noch einmal mit dem Portier der Sensenwirtin unterhalten. Er hat den Namen von dem Tschechen herausgefunden, der vor den

Deutschen in der Hochzeitssuite genächtigt hat. Vielleicht ist das auch der, der mit dem Saxendings in der Hotelhalle gestritten hat. Soll ich einen Antrag auf Vernehmung im Rechtshilfeweg vorbereiten?«

»Ping!«, meldete sich der PC des Herrn Oberst. »Ah, die Gerichtsmedizin. Da bin ich ja mal gespannt«, sagte er, ohne mit einem Wort auf Wöglingers Frage einzugehen, und begann den Bericht zu lesen.

See war mit einem Sprung hinter ihm.

»Machen Sie das, Kollege. Vielen Dank«, sagte Diana noch schnell, bevor sie es See gleichtat.

Schweigend lasen sie den Bericht des Mediziners, der einige Überraschungen zu bieten hatte.

»Aber das Wichtigste ist«, fasste See zusammen, »dass es sich bei der Leiche mit Sicherheit um Huberta Hauzenberger handelt.«

»Sie hatte Bauchspeicheldrüsenkrebs«, las der Herr Oberst vor. »Ist das für uns relevant?«

Diana zuckte mit den Schultern. »Ich wüsste im Augenblick nicht, inwiefern.«

»Bei der Art von Krebs nimmt die Lebenserwartung mit dem Fortschreiten der Krankheit rapide ab, die Heilungschancen gehen in Richtung null«, sagte See. »Das heißt, sie wäre über kurz oder lang sowieso gestorben.«

»Ja, und?«, fragte Diana. »Das muss der Lenker nicht gewusst haben, und außerdem macht das nicht den geringsten Unterschied.«

»Deine Belehrung kannst du dir sparen, Frau Obergescheit«, fuhr See sie an. »Ich will auf etwas ganz anderes hinaus. Nämlich dass bei einer so schweren Krankheit der Gedanke an Selbstmord nicht außer Acht gelassen werden darf.«

»Also bitte! Du glaubst doch nicht ernsthaft, dass sich die Frau absichtlich zu Tode hat fahren lassen. So etwas Absurdes habe ich ja noch nie gehört.«

»Schluss jetzt!« Der Herr Oberst knallte seine Handfläche auf den Schreibtisch. »Konzentriert euch gefälligst wieder auf den Bericht, bevor ihr voreilige Schlüsse zieht und euch sinnlos ankeift. Die Frau ist nicht an dem Unfall gestorben.« Der Herr Oberst hatte in der Zwischenzeit die zweite Seite des Schreibens angeklickt und wies nun auf die entsprechende Passage im Text. »Die genannten Verletzungen waren trotz ihres Schweregrades nicht die Todesursache«, las er vor. »Letal war vielmehr ein gezielt gesetzter Stich mit einem scharfen, spitzen Gegenstand in der Hinterseite der Halswirbelsäule über dem Atlas und direkt unter der Medulla oblongata.« Er drehte sich zu seinen Kollegen um, um sein medizinisches Fachwissen zu demonstrieren. »Das ist direkt unter dem verlängerten Mark des Gehirns und dem ersten Halswirbel.«

»Kein Wunder, dass das tödlich war«, sagte Diana unbeeindruckt. »Dieser Stich wird im Allgemeinen von Jägern bei waidwundem Wild mit der Absicht durchgeführt, einen sicheren Tod in kürzestmöglicher Zeit herbeizuführen«, las sie weiter. »Außerdem wird dadurch der Austritt von Blut vermieden.« Die einzige Jägerin, die Diana kannte, war Brunhilde Hauzenberger, die Tochter der Toten. Die Frau, der sie erst am Tag zuvor blutüberströmt und mit einer Axt in der Hand gegenübergestanden hatte. Das passte fast schon zu perfekt zusammen.

»Es ist unbedingt davon auszugehen, dass es sich beim Täter um einen Fachmann handelt«, gab der Herr Oberst den weiteren Bericht wieder. »Neben einem Jäger kämen auch ein Chirurg, ein geübter Fleischhauer oder ein Tierarzt in Frage.« Er drehte sich wieder zu den anderen um. »Ist euch in der ganzen Geschichte ein Jäger, ein Chirurg, ein Metzger oder ein Tierarzt untergekommen?«

»Das nicht«, sagte See, »aber eine Jägerin.«

»Carlos!«, schnauzte ihn der Herr Oberst an. »Hör endlich auf, mir mit deiner Genderei auf die Nerven zu gehen.«

»In diesem Fall hat Kollege See ganz recht«, erhielt See von überraschender Seite, nämlich von Diana, Schützenhilfe. »Die Tochter der Toten, Brunhilde Hauzenberger, ist Jägerin«, sagte sie. »Sie arbeitet bei der ›Sensenwirtin‹ als Restaurantleiterin. Ich habe sie gestern mit einer Axt in der Küche angetroffen. Die Waffe ist bereits bei der KTU.«

»Na also!«, rief der Herr Oberst. »Und warum läuft die Frau noch frei herum? Schnappt sie euch!«

»Hier steht weiter«, meldete sich See zu Wort, »dass es sich beim Tatwerkzeug um einen Knicker, auch als Nicker bekannt, handeln könnte. Das ist ein Jagdmesser.« Er sah auf und sprach das aus, was Diana bereits gedacht hatte: »Das passt alles fast schon zu gut.«

»Ach was«, wischte der Herr Oberst eventuelle Bedenken vom Tisch.

»Jetzt brauchen wir nur noch das Motiv«, meinte Diana.

»Das Motiv?«, fuhr der Herr Oberst auf. »Die liebe Kollegin braucht also noch ein Motiv, als wenn das Motiv nicht schon sonnenklar wäre! Die beiden Weiber haben sich gestritten. Der Alten hat der Lebenswandel der Jungen nicht gefallen oder irgendwas Derartiges. Weiber finden doch immer einen Grund zum Streiten. Das sollten Sie als Frau am besten wissen. Wie sage ich immer so schön? Dose auf Dose scheppert!«

Während Diana außer »Also, das ist doch …« nur einen fassungslosen Gesichtsausdruck zustande brachte, grinste See von einem Ohr zum anderen. Hätte der Herr Oberst »*Give me five!*« gesagt, er hätte eingeschlagen, ohne zu zögern.

Großartig!, dachte Diana. Da können sie nach außen die Gleichberechtigung der Frau noch so groß auf ihre Fahnen schreiben, da können sie noch so viele Binnen-I in ihre Texte einbauen, da ist vor lauter »der Täter oder die Täterin«, »er respektive sie« und »seine beziehungsweise ihre« kein Bericht beim ersten Lesen verständlich, und dennoch ist das alles bloße Augenwischerei, solange die Gleichberechtigung nicht in den Köpfen verankert ist. Solange Entscheidungsträger in maßgeblichen Positionen noch so denken wie der Herr Oberst.

»Wir holen sie uns, und dann werden wir das Motiv schon aus ihr herausbekommen, keine Sorge, Oberst«, erklärte See großspurig.

»Mach das, Carlos, mach das! Wenn es einer kann, dann du.«

31

»Wie oft soll ich es Ihnen denn noch sagen?« Ihre Stimme klang flehentlich. »Ich habe sie nicht umgebracht. Sie war doch meine Mutter. Welchen Grund hätte ich haben sollen, sie … sie …«

Brunhilde Hauzenberger saß Diana und See im Vernehmungsraum gegenüber. Ihre Augen waren vom Weinen gerötet. Ihre Hände zitterten, als sie zum nächsten Taschentuch griff. Neben ihr saß mit zusammengekniffenen Lippen ihre Rechtsanwältin und schüttelte energisch den Kopf.

Sie hatten Bruni vor drei Stunden an ihrem Arbeitsplatz verhaftet. Die Sensenwirtin war wie ein aufgescheuchtes Huhn in der Küche hin und her gelaufen und hatte abwechselnd »Machen S' bitte kein Aufsehen vor den Gästen!«, »Nein, die Bruni, das hätte ich nie und nimmer gedacht! Nicht in meinen kühnsten Träumen!« und »Aber die Huberta lebt noch! Sie müssen sich irren! Ich lasse ihr doch jeden Tag das Mittagessen bringen!« gerufen.

»Glaub mir, ich habe die Mutter nicht umgebracht, Greta. Das ist alles ein furchtbares Missverständnis!«, hatte ihr die Restaurantleiterin versichert. Und dann pflichtbewusst hinzugefügt: »Ich hoffe, ihr kommt heute Abend auch ohne mich aus. Morgen bin ich wieder zurück, spätestens übermorgen.«

»Das wünsch ich dir, Bruni, glaub mir's, das wünsche ich uns allen«, hatte die Sensenwirtin gemeint und den Versuch unternommen, ihre langjährige Angestellte zum Abschied tröstend zu umarmen. Doch See hatte sie mit einer strikten Handbewegung davon abgehalten.

»Aber warum holen sie dich denn ab, wenn an diesem schrecklichen Verdacht nichts dran ist, Bruni?«, hatte die Sensenwirtin da gerufen und sich auf einen Küchenstuhl fallen lassen. »Ich verstehe das nicht«, sagte sie seufzend. »Irgendetwas musst du doch getan haben. Und was ist mit dem Essen? Wem hast du jeden Tag das Mittagessen gebracht?«

See schob die Restaurantleiterin durch einen Seiteneingang ins Freie, bevor ihre Chefin weitere Mutmaßungen anstellen konnte.

Noch im Auto rief Brunhilde Hauzenberger mit dem Einverständnis der Kommissare ihre Rechtsanwältin an, und so waren die nächsten Stunden zuerst mit Warten auf deren Erscheinen vergangen, bevor Bruni weitere Zeit benötigte, um ihre Rechtsvertreterin in all das einzuweihen, was sie wusste.

»Wirst sehen, das wird ein Geständnis«, war See voller Zuversicht gewesen, bevor die offizielle Vernehmung losging.

Eine Zuversicht, die sich bereits in den ersten Augenblicken der Befragung wieder in Luft auflöste. Denn vor allem hatte, wie die Anwältin ausführte, ihre Mandantin kein Motiv für die Tat. Sie hatte ihre Mutter zwar nicht innig geliebt, aber Huberta Hauzenberger war, den Worten der Tochter nach, auch keine Frau von Innigkeit gewesen. Dennoch hatte sie sie geachtet und respektiert und seit ihrem sechzehnten Geburtstag, als sie in ihre Ein-Zimmer-Wohnung gezogen war, auch keinen Grund mehr gehabt, sich mit ihrer Mutter zu streiten. Ihre Mandantin habe zugegeben, ein langes Jagdmesser zu besitzen, wie es der Gerichtsmediziner als wahrscheinliches Tatwerkzeug beschrieb, und habe nichts dagegen, dass dieses von der Spurensicherung überprüft werde.

»Außer dem Blut von Hasen, Fasanen und Rehen werden Sie darauf nichts finden«, warf die bekennende Jägerin ein. »Vielleicht noch Reste meines eigenen Bluts. Ich habe mich voriges Jahr geschnitten, als ich einen Rehbock aufgebrochen habe.«

»Wir brauchen Ihre Erlaubnis nicht«, sagte See mürrisch. »Wir haben einen richterlichen Durchsuchungsbefehl. Ihre Wohnung wird bereits nach allem durchforstet, was uns in dem Fall weiterhelfen könnte. Der Knicker steht natürlich ganz oben auf der Liste.« Er war sichtlich stolz, weil er sich die Bezeichnung des Messers gemerkt hatte. Schwer war das allerdings nicht gewesen, denn er hatte sich eine Eselsbrücke gebaut: Wenn es um die mögliche Waffe ging, dachte er einfach an Saxenpichler. Das war der größte Knicker gewesen, dem er je begegnet war. So geizig wie nur selten jemand. Apropos Saxenpichler. Sie hatten noch einen zweiten Mord aufzuklären. Also fragte er die Restaurantleiterin, ob sie Rudolf Saxenpichler kannte.

»Natürlich. Den kennt in St. Magdalena doch jeder, schließlich hat er lange genug hier gewohnt. Und er war auch des Öfteren bei uns im Hotel, wenn er mit der Greta, also der Chefin, irgendetwas zu bereden hatte. Und dann war er ja vor ein paar Tagen wegen eines Seminars bei uns, aber das wissen Sie selbst am besten.«

»Haben Sie eine Ahnung, was er mit Ihrer Chefin zu besprechen hatte?«, wollte Diana wissen.

Bruni zuckte mit den Schultern. »In letzter Zeit eher geschäftliche Sachen, nehme ich an. Genau weiß ich das nicht. Bis vor circa zwei Jahren waren sie ja mal ein Paar. Auch wenn ich mir das nie so recht habe vorstellen können. Wenn sie sich jetzt gesehen haben, haben sie eigentlich nur mehr gestritten.«

»Gestritten?«, wiederholte Diana. Das passte so gar nicht zur Aussage der Wirtin.

»Na ja«, schränkte die Restaurantleiterin auch schon ein. »Gestritten ist vielleicht übertrieben, sie haben sich angezickt. Was aber auch kein Wunder war. Der Saxenpichler mit seiner Pingeligkeit und der ewigen Sparsamkeit, der ging ja wirklich jedem auf die Nerven.«

Dagegen konnte weder See noch Diana Einwand erheben. Eines interessierte sie aber doch: »Hatten Sie nicht den Eindruck, dass die beiden – wie soll ich mich ausdrücken? – miteinander geflirtet haben?«

Jetzt musste Bruni Hauzenberger trotz der unangenehmen Situation, in der sie sich befand, lachen. »Geflirtet? Der Saxenpichler? Sie haben ihn doch kennengelernt, der und Flirten sind zwei verschiedene Welten!«

Diana musste mitgrinsen. »Sie hatten also nicht den Eindruck, dass die beiden auf dem besten Weg waren, wieder ein Paar zu werden?«

»Was, bitte, bringt uns diese Frage? Es ist doch ...«, meldete sich See neben ihr zu Wort. Diana gab ihm mit dem Fuß ein deutliches Zeichen, den Mund zu halten.

Die Restaurantleiterin dachte kurz nach und schüttelte dann energisch den Kopf. »Nein, das kann ich mir beim besten Willen nicht vorstellen. Nicht nach dem, was da vor ungefähr zwei

Jahren vorgefallen sein muss. Das war zu schwerwiegend, als dass die beiden wieder ein Paar hätten werden können.«

»Was ist denn so Schwerwiegendes vorgefallen?«, fragte Diana, die gerne gewusst hätte, welche von den beiden Frauen log. War es die Sensenwirtin oder doch Brunhilde Hauzenberger?

»Genau weiß ich das nicht. Nur dass die Chefin zwei Wochen im Krankenstand war, als der Saxenpichler sie sitzen gelassen hat. Und glauben Sie mir, die Greta hat eine Rossnatur und ist so gut wie nie krank. Und dann ist sie noch monatelang verstört und käseweiß herumgelaufen, bevor sie sich wieder halbwegs gefangen hatte.« Sie überlegte kurz. »Aber warum fragen Sie mich das alles? Ist das wichtig? Hat das etwas mit dem Tod meiner Mutter zu tun?«

»Nein, das ist überhaupt nicht wichtig«, antwortete See.

Diana ließ abermals ihren Fuß sprechen, indem sie ihrem Kollegen auf die Zehen stieg. Seine Unart, ihr während einer Vernehmung in den Rücken zu fallen, musste endlich Konsequenzen haben. Sie hatte ihn schon so oft unter vier Augen darauf angesprochen, und trotzdem hielt er sich immer noch nicht an die Vorgehensweise, die für andere Teams selbstverständlich war. Obwohl er ihr das mehrfach, wenn auch widerwillig, versprochen hatte.

»Es ist für den Mordfall Saxenpichler wichtig«, sagte sie mit fester Stimme. »Ich belehre Sie daher noch einmal, dass Sie als Zeugin in diesem Mordfall die Wahrheit sagen müssen, da Sie sich sonst strafbar machen. Also, wie war das? Hat Ihnen Ihre Chefin gesagt, was vor zwei Jahren vorgefallen ist?«

Brunhilde kniff die Lippen fest zusammen und sagte kein Wort.

See war aufgestanden, um etwas aus seinem Büro zu holen. Jetzt kam er wieder herein und legte einen pink-lila gestreiften Tiefkühlbeutel auf den Tisch. »Kennen Sie diese Sackerl?«

Bruni Hauzenberger war überrascht. »Sind das Tiefkühlsäcke? Im Hotel verwenden wir diese Art sicher nicht. Solche habe ich noch nie gesehen. Das ist aber auch kein Wunder, denn zum einen habe ich keine Tiefkühltruhe, sondern nur ein kleines Eisfach im Kühlschrank, und zum anderen versuche ich, so viel Plastik wie möglich zu vermeiden.«

Mit einem lauten »Piep« zog Dianas Handy die Aufmerksamkeit aller auf sich.

Mist, fluchte sie innerlich, ich habe vergessen, es auf stumm zu schalten. Sie beeilte sich, das sofort nachzuholen, und warf dabei einen Blick auf die WhatsApp-Nachricht, die aufgeploppt war.

»Topfenkknötel? Heute sieben?«

Diana musste lächeln. Die liebe Tante Gusti! Mit Mitte achtzig im digitalen Zeitalter angekommen. Nur mit der Rechtschreibung haperte es noch. Auf einmal hatte Diana unbändige Lust, ja geradezu Sehnsucht nach einem ruhigen, gemütlichen Abend in vertrauter Gesellschaft. Ohne Mord und abgehackte Hände. Dafür mit einer typisch österreichischen Mehlspeise, die keine so gut zubereiten konnte wie ihre Großtante.

»Gern!«, tippte sie so zurück, dass See ihr nicht über die Schultern blicken konnte. Sollte er nur neugierig grübeln, was sie schrieb, er musste nicht alles wissen.

Die Vernehmung dauerte noch eine Stunde, brachte aber keine neuen Erkenntnisse. Bevor die Wohnung von Brunhilde Hauzenberger auf den Kopf gestellt war und Axt und Jagdmesser untersucht waren, bestand Verdunklungs-, Flucht- und vielleicht sogar Tatwiederholungsgefahr. Also wurde die Restaurantleiterin in Polizeigewahrsam genommen und würde binnen achtundvierzig Stunden dem Haftrichter vorgeführt werden.

32

Hatte Diana Pölz von einem gemütlichen Abend in vertrauter Gesellschaft geträumt, so platzte dieser Traum bereits im Treppenhaus. Als sie sich von ihrer Wohnung in das darunterliegende Stockwerk zu ihrer Großtante begab, kam eben von unten mit wehendem Mantel und drei verschiedenfarbigen Tüchern um den Kopf geschlungen eine Frau die Treppe hinauf. Es war Marianne Holzer, deren graue Locken, die ihren halben Rücken bedeckten, die Vorstellung, sie habe tatsächlich wilde Jahre erlebt, glaubhaft erscheinen ließen. Unter dem offenen Mantel trug sie eines ihrer langen Kleider, deren Pinktöne sich mit dem Kupferrot eines Kopftuches extrem bissen. Die Hand, die sie ihrer Tochter mit den liebevollen Worten »Ditschei, warum siehst du bloß immer aus wie eine graue Maus?« reichte, war mit einem Henna-Tattoo verziert, das aus kleinen blumenförmig angeordneten Pünktchen bestand. Als sie die Luft neben Dianas Wangen küsste, umwehte diese eine Wolke von Lavendel- und Zitronengrasduft.

»Mutter!«, war das einzige Wort, das Diana Janice Pölz bei der überraschenden Begegnung herausbrachte. Alles andere wäre ihr unehrlich oder allzu unfreundlich erschienen. Warum war Tante Gusti bloß auf die Idee gekommen, Hazel einzuladen? Sie mochte sie doch selbst nicht.

»Sag nicht ›Mutter‹ zu mir«, regte sich Marianne Holzer auf. Ein eindrücklicher Beweis dafür, dass man sogar mit einem einzigen Wort alles falsch machen konnte. »Das lässt mich alt wirken. Einer Frau, die so aussieht wie ich, traut niemand eine Tochter Mitte vierzig zu. Auch wenn ich erst sechzehn war, als du beschlossen hast, geboren zu werden und mir mein Leben zu ruinieren.«

Darauf war Diana jede Erwiderung zu dumm. Sie drückte auf den alten Klingelknopf unter dem Messingschild mit dem Namen »A. Kropatschek«. A. stand für Auguste. Die schrille Glocke, die daraufhin ertönte, war im gesamten Treppenhaus zu hören.

Die Großtante war so schnell zur Stelle, dass Diana den Verdacht hegte, sie habe bereits hinter der Tür gewartet.

»Gusti, du musst dir wirklich einen anderen Klingelton zulegen«, begrüßte Hazel Wood ihre Tante, während sie ihr Luftküsse neben beide Wangen schmatzte. »Dieses entsetzliche Geräusch ist nicht gut für dein Karma. Besser wäre der Ton eines Windspiels oder von kleinen Glöckchen.«

»Schön, dass ihr da seid, kommt rein«, antwortete die alte

Dame ungerührt, um dann, als sich Hazel bereits auf dem Weg ins Wohnzimmer befand, die Augen zu verdrehen und ihrer Großnichte zuzuflüstern: »Sie hat sich quasi selbst eingeladen. Es tut mir leid. Als sie erfuhr, dass du kommst, hat sie sich nicht abbringen lassen, sich zu uns zu gesellen.«

Diana drückte ihr die Hand und flüsterte zurück: »Macht ja nichts.« Laut sagte sie: »Ich freue mich schon auf die Knödel. Die macht niemand so gut wie du, Tante Gusti!«

Hazel fuhr herum. »Das glaube ich sofort, dass du dich auf solche Kohlenhydratbomben freust. Mein liebes Kind, du musst mehr auf deine Figur achten. Jetzt ist ja noch alles in Ordnung, aber auch du wirst älter. Wenn du erst einmal in den Wechseljahren bist –«

»Bitte, Platz zu nehmen!«, rief Tante Gusti dazwischen. »Ich hole nur noch schnell die Zimtbrösel.«

Das Essen verlief harmonischer, als nach dem missglückten Anfang zu befürchten gewesen war. Hazel Wood erzählte mit Begeisterung von der Energierunde für werdende Mütter, die sie in ihrem Institut für Aura-Soma und Frauenmut neu ins Programm genommen hatte, und kam schließlich auch auf die Hebamme zu sprechen. »Wir haben uns für eine aus St. Oswald bei Freistadt entschieden. Die hat sich als wahrer Glücksgriff entpuppt. War viel sensibler und empathischer und nicht so streng und verbittert wie die Huberta. Glaubt ihr eigentlich immer noch diesem Holzkopf von Sohn, dass die alte Frau einen Urlaub auf Mallorca verbringt? Die passt dort nie und nimmer hin, und ich weiß, wovon ich rede.«

»Und damit hast du völlig recht. Sie ist nicht dort«, bestätigte Diana und legte Messer und Gabel auf den leeren Teller. »Tante Gusti, das war wieder einmal großartig, herzlichen Dank.«

»Was soll das heißen, sie ist nicht dort?«, fuhr ihre Mutter auf. »Du hast mir doch selbst gesagt –«

»Jetzt sage ich, dass du recht hattest. Ihr Sohn hat dich angelogen, Mu… Hazel. Huberta Hauzenberger ist nicht auf Mallorca, sondern tot.«

Tante Gusti, die eben noch dabei gewesen war, das Geschirr

zusammenzustellen, schnappte erschrocken nach Luft. »Um Himmels willen! So eine Nachricht überbringt man doch nicht *en passant.*«

Auch Hazel Wood zog scharf den Atem ein. »Das kommt jetzt wirklich ein bisschen plötzlich. Woran ist sie denn gestorben?«

»Die Ermittlungen laufen noch«, antwortete Diana, die das Gefühl hatte, schon zu viel verraten zu haben.

Energisch griff Tante Gusti zum Tellerstapel und stand auf. »Über so etwas Schreckliches sollten wir uns jetzt nicht unterhalten. Wir sitzen doch gerade so gemütlich und nett beisammen, und so sollte das auch bleiben. Hat eine von euch beiden Hübschen Lust, kommenden Mittwoch mit mir ins Musiktheater zu gehen? Sie spielen –«

»Was soll das heißen, die Ermittlungen laufen noch? Wurde sie etwa ermordet? Von wem? Von diesem Sigismund, ihrem Nichtsnutz von einem vertrottelten Sohn?«, wollte Hazel Wood wissen, der es in ihrem Leben noch nie in den Sinn gekommen war, sich nach den Wünschen anderer zu richten.

»Der Mann heißt Siegfried, und ich werde mit dir sicher nicht den Stand der Ermittlungen diskutieren.« Dianas Stimme war jetzt die einer autoritären Chefinspektorin, die keinen Widerspruch zuließ. Dann wandte sie sich mit besonders freundlichem Lächeln ihrer Großtante zu. »Warte, ich helfe dir.« Sie ergriff die Teller, um sie in die Küche zu tragen. »Was wird denn im Musiktheater gespielt?«, fragte sie über die Schulter zurück.

Wie zu erwarten war, ließ sich Hazel Wood von den strengen Worten ihrer Tochter nicht beeindrucken.

»Das heißt also, ihr tappt noch völlig im Dunklen«, stellte sie fest und schien darüber höchst zufrieden zu sein. »Ich habe nie verstanden, warum man diese Position mit dir besetzt hat, Ditschei. Was weißt du denn schon –«

»Jetzt hört sofort auf streiten!«, forderte Gusti, und ihr strenger Tonfall ließ keinen Zweifel daran, dass sie mehr als fünfunddreißig Jahre lang Volksschullehrerin gewesen war. »Was ich dich fragen wollte, Diana«, sagte sie zu ihrer Großnichte, die eben wieder ins kleine Esszimmer zurückkam, »du warst doch jetzt einige Tage im Hotel ›Sensenwirt‹ in St. Magdalena. Wie geht's eigentlich der Greta? Was macht das Butzerl?«

»So nett ist die gar nicht, deine Sensenwirtin«, warf Hazel ein, bevor Diana antworten konnte. »Die Huberta hat einmal sogar durchklingen lassen, sie sei eine ziemliche Schlampe.«

»Marianne!« Gusti Kropatschek war jetzt ernsthaft empört. »Warum versuchst du eigentlich dauernd, unseren netten Abend zu zerstören? Das sind doch nichts als unbewiesene, bösartige Verleumdungen, die du von dir gibst.«

»Du kennst die Sensenwirtin, Tante Gusti?«, erkundigte sich Diana.

»Freilich.« Die alte Dame wandte sich Diana zu. »Bis vor ungefähr zwei Jahren war ich regelmäßig beim ›Sensenwirt‹. Das war das Clublokal von unserem Pensionistenverein. Unser langjähriger Obmann, der Franz-Josef Derflinger, wohnte selbst in St. Magdalena, darum wollte er, dass wir uns dort treffen. Da hatte er es nicht so weit. Er war nämlich nicht mehr so gut zu Fuß, und das war auch der Grund –«

Hazel Wood schnaufte unwillig und klopfte mit der Handfläche auf den Tisch, sodass ihre schmalen goldenen Armreifen klimperten. »Gusti, komm auf den Punkt!«

»Lass mich ausreden, Marianne. Dein Dazwischenkeifen ist sicher nicht gut für dein Karma.« Gusti blinzelte Diana so verschwörerisch zu, dass diese beinahe laut aufgelacht hätte, wäre ihr nicht bewusst gewesen, wie unwirsch ihre Mutter darauf reagiert hätte. Ihre liebe, kleine Großtante hatte es faustdick hinter den Ohren.

»Also, wo war ich? Ach ja, wegen dem Franz-Josef, unserem Obmann, waren wir damals jede Woche beim ›Sensenwirt‹. Jetzt heißt das Hotel ja ›Sensenwirtin‹. Greta hat es unbenannt, als sie es geerbt hat.«

»Das wissen wir doch«, warf Hazel Wood ein, doch Gusti war noch nicht fertig. Ihre Hippie-Nichte begann daraufhin, demonstrativ gelangweilt die Zimmerdecke nach etwaigen Spinnen oder Fliegen abzusuchen.

»Kurz nachdem der alte Grabert gestorben war, haben wir unser wöchentliches Treffen nach Linz verlegt. Weil wir ja mit der Anni eine neue Obfrau hatten. Und dann hat die Greta großzügig umgebaut. Ihr Vater war ein sehr sparsamer Mensch, der jahrzehntelang nichts investiert hat. Aber die Greta, ich sage euch. Die hat das Unterste nach oben gekehrt. Alles Alte musste raus und wurde durch Neues ersetzt. Wir sind nach den Bauarbeiten noch einmal hinauf, und sie hat uns alles gezeigt. Auch die Zimmer. Nur vom Feinsten, sage ich euch. Und das Geschäftslokal musste auch weg, jetzt hält sie dort Seminare ab.«

»Genau. Wegen eines Seminars war ich vor Kurzem dort«, bestätigte Diana. »Die Räume sind wirklich toll geworden. Perfekt ausgestattet, hell und freundlich.«

»Und das Essen soll noch besser geworden sein, habe ich gehört. Ich hätte gute Lust, wieder einmal dort zu speisen. Die Greta ist eine ganz eine Tüchtige.« Tante Gusti strahlte, als hätte sie selbst zu dieser Tüchtigkeit beigetragen. »Und dabei hat sie mir, nicht lange bevor die Umbauarbeiten begannen, anvertraut, dass sie ein Kind erwartet. Darum ja die Frage: Wie geht es dem Butzerl jetzt?«

Diana musste nicht lange überlegen. »Das mit dem Kind ist mir komplett neu. Aber übers Privatleben haben wir auch nicht miteinander gesprochen.«

»Es ist eh gescheiter, sie nimmt das Kleine nicht mit ins Hotel«, sagte Tante Gusti. »Wahrscheinlich beschäftigt sie eine Kinderfrau. Oder sie gibt das Gschrapperl in eine Krabbelstube, wie das heutzutage üblich ist.«

»Und von wem soll das Kind sein?«, fuhr Hazel Wood dazwischen. »Die Grabert ist doch ledig.«

»Aber geh«, antwortete Gusti, »als Ledige kann man keine Kinder kriegen, oder was? Und das sagt gerade die, die als Ledige eines auf die Welt gebracht hat.«

Ihre Nichte war ganz offensichtlich sauer und murmelte Unverständliches.

Um das Thema zu wechseln, wandte sich Diana ihrer Mutter zu. »Wie gut kanntest du Huberta Hauzenberger eigentlich? Weißt du, ob sie ein gutes Verhältnis zu ihren Kindern hatte?«

»Ich werde Hubertas Privatleben sicher nicht mit dir diskutieren. Nicht während laufender Ermittlungen«, wiederholte

Hazel genüsslich die Worte ihrer Tochter und freute sich sichtlich über diese Retourkutsche.

Diana wurde es zu dumm. Hazel war unerträglich. Nur ihrer Großtante zuliebe vermied sie es, einen weiteren Streit am Esstisch vom Zaun zu brechen. »Wie du willst«, sagte sie daher nur. »Wenn wir deine Aussage brauchen, werden dich meine Mitarbeiter ins LKA vorladen. Dann kannst du denen erzählen, was du weißt. Nein, du kannst nicht nur, du musst es sogar erzählen. Sonst stecken sie dich nämlich in Beugehaft.« Das zu sagen war wiederum ihr ein Genuss.

33

»Was soll das sein?« Unschlüssig drehte Diana das zusammengefaltete Blatt Papier in ihren Händen. »Woher haben wir das?«

»Lesen Sie am besten selbst«, sagte Fritz Wöglinger und steckte die Hände in die Hosentaschen, um dann mit beiden Füßen erwartungsvoll auf und ab zu wippen. »Den Brief haben wir heute in der Früh erhalten. Zuerst habe ich ihn nichts ahnend geöffnet, bin dann aber sofort damit zur Spurensicherung. Das, was Sie jetzt in der Hand halten, ist eine Kopie.«

»Machen Sie es nicht so spannend, Kollege Wöglinger. Warum können Sie mir nicht einfach sagen, was drinsteht?« Diana seufzte unwillig, faltete dann aber doch den weißen Briefbogen auf und las laut vor, was in simplen schwarzen Buchstaben mit einem Computer geschrieben worden war. »Hiermit sehe ich mich gezwungen, Ihnen die Mitteilung zu machen, dass Herr Dr. Rudolf Saxenpichler Herrn Mag. Helwig Emgrabner erpresst hat. Grund: dessen außereheliche Beziehung zu Frau Lia Wikovits. Seine Frau und Tochter des Firmengründers Louise Emgrabner-Meissl durfte davon keine Kenntnis gewinnen, da sie in diesem Fall eine sofortige Scheidung in die Wege geleitet hätte. Dies hätte überdies das Ende der beruflichen Karriere von Emgrabner bei Meissl International bedeutet. Herr Emgrabner hat mehrfach größere Geldbeträge in bar an

Saxenpichler bezahlt, um sein Schweigen zu erkaufen. Da er sich diesem Risiko nicht mehr länger aussetzen wollte, musste er geeignete Maßnahmen ergreifen.«

Diana sah Wöglinger mit großen Augen an. »Will uns der Verfasser dieses Schreibens mitteilen, dass Emgrabner Saxenpichler ermordet hat?«

Ihr junger Kollege nickte. »Schaut ganz so aus.«

»Keine Unterschrift«, stellte sie fest. »Sie haben das Originalkuvert gesehen. Gibt der Poststempel Aufschluss über den Aufgabeort?«

Jetzt schüttelte Wöglinger den Kopf. »Das wäre zu schön gewesen. Der Brief wurde irgendwann in der Nacht ins Postfach einer Polizeidienststelle im Linzer Süden geworfen, trägt also keinen Stempel. Daneben ist eine Bankfiliale. Ich habe die Bänder der Überwachungskamera bereits angefordert.«

»Sehr gut, danke.«

»Ach ja, eh ich es vergesse, der Carlos ist schon in der KTU. Es gibt da anscheinend irgendetwas Neues zur toten Hand. Sie sollten sich also auch schleunigst auf den Weg machen.«

Natürlich konnte es See nicht lassen. »Da schau her, die Frau Chefinspektorin, auch schon da in unserer illustren Runde. Wie wäre es, wenn –«

»Guten Morgen, Alfred«, unterbrach ihn Diana. »Wöglinger sagt, du hättest den Erpresserbrief bereits bekommen. Irgendwelche Hinweise auf den Verfasser?«

»Leider nein. Ein paar unverwertbare Spuren, sonst nichts. Es scheint, dass der Absender Handschuhe getragen hat. Die Leute werden aber auch immer unkooperativer.«

»Was denn für ein Erpresserbrief?«, fuhr See dazwischen. »Ich dachte, wir reden hier über den Fall Hauzenberger. Was hat denn ein Brief damit zu tun?«

»Wir sind eben dabei, das herauszufinden, Carlos«, sagte Diana und freute sich, dass sie ihm diesmal einen Schritt voraus war. »Wir haben ein Schreiben von einem, wie könnte es anders sein, anonymen Verfasser, der recht deutlich Helwig Emgrabner den Mord an Saxenpichler in die Schuhe schiebt. Saxenpichlers Erpressungen, die wir bisher nur vermutet haben, haben anscheinend tatsächlich stattgefunden.«

Alfred reichte See eine weitere Kopie des Schreibens. »Lies am besten selbst.«

Während See sich in den Text vertiefte, brachte Alfred Diana bezüglich der weiteren Punkte auf den letzten Stand.

»Weder auf der Axt aus der Küche noch auf dem Jagdmesser, diesem Knicker, das wir bei der Verdächtigen gefunden haben, finden sich Hinweise auf die Tote.«

Diana seufzte. Brunhilde Hauzenberger hatte einen glaubwürdigen Eindruck auf sie gemacht, und doch war es eine Enttäuschung, dass sie offensichtlich die Wahrheit gesagt hatte. Es fühlte sich immer wie ein Schlag in die Magengrube an, wenn man erkennen musste, dass der wirkliche Täter noch unbehelligt herumlief. Damit wurden ihre Ermittlungen im Fall Huberta Hauzenberger wieder zurück auf Start katapultiert.

Alfreds nächste Worte ließen jedoch neuerliche Hoffnung aufkeimen. »Dafür haben wir auf dem Teil hier etwas Interessantes gefunden.« Er legte den veralteten großen Laptop auf den Tisch neben sie. »Das ist das Gerät, das ihr im Haus der Toten sichergestellt habt.«

»Ist irgendetwas darauf zu finden, was die Behauptung von Siegfried Hauzenberger bestätigt, der Laptop habe seiner Mutter gehört?«, wollte Diana wissen.

»Durchaus«, sagte Alfred. »Die meisten Seiten, die aufgerufen wurden, betreffen diverse Naturheilmethoden. Außerdem wurde fast wöchentlich bei verschiedenen Versandhäusern eingekauft. Meistens Frauenkleidung, Dinge für den Haushalt und Haarnetze.«

»Ehrlich? Ich hatte ja keine Ahnung, dass heute noch jemand Haarnetze verwendet. Das war aber hoffentlich nicht das, was du mir erzählen wolltest, oder?«

»Der Fritz hat den Emgrabner gestern nicht angetroffen, weil er angeblich in Wien war. Ich würde sagen, heute werde ich ihm persönlich einen Besuch abstatten«, meldete sich See zu Wort, der den Brief in der Zwischenzeit gelesen und ihnen nicht zugehört hatte. »Dann werden wir schon sehen, ob an dem Geschreibsel etwas Wahres dran ist oder sich bloß jemand an ihm rächen will. Oder ob der wahre Mörder denkt, er könne uns mit so einer plumpen Tour auf die falsche Fährte locken.«

»Jaja, können wir machen«, sagte Diana nebenbei und wandte sich gleich wieder Alfred zu. »Aber zuerst will ich wissen, was du noch herausgefunden hast.«

»Die Alte oder ihr Sohn haben mehrfach die Seiten der Firma Meissl International angeklickt«, antwortete dieser.

»Ehrlich?« Diana war wirklich erstaunt. Wo war da der Zusammenhang? Dann fiel ihr wieder ein, dass sie eine Frau in Sigis Haus verschwinden gesehen hatte, die Frau Dr. Emgrabner gewesen sein könnte. Hatte sie davon eigentlich ihren Kollegen erzählt? »Es kann sein, dass ich gesehen habe, wie Renate Emgrabner ins Haus von Hauzenberger gegangen ist«, sagte sie daher. »Gestern, als ich in St. Magdalena war, um die Kamera abzuholen. Aber sicher bin ich mir nicht.«

»Da schau her!«, rief See aus. Und weil er jeden noch so kleinen Grund genoss, seiner Chefin etwas vorwerfen zu können, setzte er fort: »Und wann hatte die Gnädigste vor, uns das zu erzählen?«

»Jetzt«, sagte die Gnädigste gelassen. »Erstens bin ich mir nicht sicher, ob es überhaupt die Emgrabner war, und zweitens fand ich den Umstand zwar bemerkenswert, wusste aber nicht, was das mit unseren Morden zu tun haben könnte.«

»Und du bist ihr nicht nach und hast sie gefragt, was sie bei Sigi Hauzenberger zu suchen hatte?«, wollte See wissen. »Schließlich gehört er zum Kreis unserer Verdächtigen.«

»Ich habe geläutet, aber keiner machte auf«, verteidigte sich Diana.

»Und das findest du nur, ich zitiere, ›bemerkenswert‹?«, fragte See mit sarkastischem Unterton. »Also, ich finde das höchst verdächtig.«

»Die Nutzer dieses Laptops haben sich auch alle Gesellschaftsseiten angeschaut, auf denen Saxenpichlers Foto zu sehen ist«, wechselte Alfred das Thema, um einen weiteren Streit zu vermeiden.

Diana war sofort abgelenkt. »Der Sigi hat doch gesagt, ihm

sei der Saxenpichler – Originalzitat – ›wurscht‹. Und warum sollte die alte Frau Hauzenberger sich für ihn interessiert haben? Versteht das einer von euch?«

»Es wurden auch Seiten angeklickt, die das Hotel der Sensenwirtin betreffen«, fuhr Alfred fort. »Die Homepage, darunter die Seiten mit der Firmengeschichte und Events, die im Hotel stattgefunden haben, und die Website der Baufirma, die über den Umbau berichtet hat.«

»Aber geh«, war alles, was Diana zuerst dazu einfiel. Um dann fortzusetzen: »Aber eigentlich ist das auch wieder nicht so ungewöhnlich. Schließlich sind die beiden Nachbarn. Da ist man schon einmal neugierig. Sonst noch etwas?«

»Im letzten Sommer hat sich der Benutzer des Laptops sehr viel mit dem assistierten Suizid in der Schweiz beschäftigt.«

»Das ist ein strafbares Delikt«, warf See ein. »Wer dabei hilft, geht für mindestens ein halbes Jahr hinter Gitter, wenn nicht mehr.«

»In Österreich«, stimmte Diana zu. »In der Schweiz ist es unter bestimmten Voraussetzungen straffrei, anderen beim Selbstmord zu helfen.« Sie dachte an den Herrn Oberst und seine Geschichte mit dem Großonkel. »Kommt dabei nicht NaP zum Einsatz?«

Alfred nickte. »Sehr richtig. Ein absolut tödliches Gift, das nur in bestimmten Einrichtungen im Beisein eines Arztes und eines sogenannten Sterbebetreuers eingenommen werden darf. Und natürlich nur, wenn feststeht, dass der Patient schwer krank ist und keine Hoffnung auf Besserung oder Heilung besteht.«

»So wie in unserem Fall. Frau Hauzenberger hatte Bauchspeicheldrüsenkrebs.«

»So schaut es aus, Diana.«

»Geben die von den Schweizer Selbstmordkliniken den Leuten das Zeug etwa mit nach Hause?«, wollte See wissen.

»Nein, das NaP muss der Sterbewillige höchstpersönlich in Anwesenheit seines Sterbebegleiters in der Einrichtung einnehmen.«

»Das hat die Hauzenberger aber nicht gemacht.«

»Offensichtlich nicht. Aber sie hat sich genaue Informationen vom Schweizer Verein ›DIGNITAS‹ beschafft. Es gibt da sogar eine E-Mail, in der sie um Zusendung von NaP gegen Vorauskasse bittet. Dieser Wunsch wurde jedoch abgelehnt.«

»Heißt das jetzt, dass sie das Zeug nicht gekauft hat?«

»Doch, Carlos. Wir haben eine Bestellung bei einer dubiosen Apothekenseite gefunden, deren Server irgendwo in China steht. Und eine Überweisung auf ein Konto auf den Cayman Islands. Wir sind nur drauf gestoßen, weil von dem Laptop aus eine eingescannte Kopie an den Lieferanten gesendet wurde. Dass dieses Konto ebenso dubios ist wie die Apotheke, brauche ich euch nicht zu erzählen. Es hat mehrere Urgenzen gegeben, weil das Mittel anscheinend nicht geliefert wurde, und mehr weiß ich nicht. Ob Huberta Hauzenberger das tödliche Gift schließlich erhalten hat oder nicht, geht aus dem, was wir auf dem Laptop gefunden haben, nicht hervor.«

»Nehmen wir einmal an, sie hat es bekommen«, spann Diana den Faden weiter, »dann wissen wir trotzdem nicht, ob sie damit wirklich Suizid begehen wollte oder die Tötung eines anderen Menschen im Sinn gehabt hat.«

»Wie auch immer«, sagte See, »selbst eingenommen hat sie es offensichtlich nicht, denn das hätte der Doc erwähnt. Und dem Saxenpichler kann sie es auch nicht untergejubelt haben, denn als er daran starb, war die Frau schon ein paar Monate tot.«

»Das heißt also«, fasste Diana zusammen, »dass wir davon ausgehen können, dass Frau Hauzenberger das Medikament bestellt und eventuell auch bekommen hat. Allerdings wurde sie angefahren und erstochen, bevor sie es schlucken konnte.«

See nickte. »So ist es. Sie hat das Gift entweder vorher weitergegeben, wovon ich nicht ausgehe, denn es gibt offensichtlich nirgends eine Leiche mit passender Todesursache, oder es wurde ihr aus dem Nachtkastl, oder wo immer sie es aufbewahrte, gestohlen. Bleibt die Frage: Wer wusste von dem Kauf und hatte zudem Zugang zu den Sachen der alten Frau?«

»Ihre Kinder!«, rief Diana.

»Ganz genau.«

»Und damit haben wir mit Brunhilde Hauzenberger anscheinend doch die Richtige geschnappt, auch wenn sie wahrscheinlich nicht für den Tod der Mutter, aber doch für den von

Saxenpichler verantwortlich ist. Fragt sich nur, was sie für ein Motiv hatte. Bisher besteht zwischen den beiden noch gar kein Zusammenhang.«

»Dazu werden wir sie morgen befragen«, beschloss See. »Jetzt fahre ich erst einmal zu Emgrabner.«

»Sehr gut«, war Diana einverstanden. »Hast du noch Zeit für mich, Alfred? Ich möchte dir und deinem Kollegen in der Zwischenzeit den wahrscheinlichen Tatort zeigen.«

34

Das kleine Wäldchen erstreckte sich rechts und links der kaum befahrenen Straße. Sie war so eng, dass zwei Autos nur mit großer Vorsicht aneinander vorbeigelenkt werden konnten, und das auch nur, wenn sie ganz langsam unterwegs waren. Von der Stadt kommend verlief die Straße zuerst eine Zeit lang bergauf, bevor sie nach einer Kuppe für wenige Meter leicht bergab führte, bevor sie wieder anstieg.

»Hier will Sigi Hauzenberger das Pedal gefunden haben«, erklärte Diana und wies auf eine Stelle am Ende der langen Geraden, die er ihr am Vortag gezeigt und die sie gemeinsam mit See ordnungsgemäß abgesichert hatte.

Alfred und sein Kollege starrten auf den feuchten Boden. Neben einem schmalen, vielleicht knapp zwei Meter breiten Streifen, auf dem allerlei Gräser und Unkraut wuchsen, begann bereits der Nadelwald. Die dünnen Stämme der Fichten standen dicht an dicht. Wo die Sonne nicht durch ihre Äste drang, war der Boden braun und voller Tannennadeln. Dazwischen befanden sich vereinzelte bemooste Stellen.

»Wenn das Pedal da gelegen hat, wird das Auto in etwa hier die Fahrradfahrerin erwischt haben«, sagte Alfred und beschrieb mit seiner Rechten einen vagen Kreis. »Es kommt natürlich darauf an, wie schnell es unterwegs war. Aber nichts davon sagt etwas darüber aus, ob sie absichtlich angefahren wurde oder es sich um einen Unfall handelte.«

Diana seufzte. »Wahrscheinlich ist es ohnehin verlorene Liebesmüh. Aber ich wollte euch die Stelle zeigen. Es hätte ja sein können, dass euch doch irgendetwas auffällig erscheint.«

»Na ja, auffällig.« Alfreds Kollege blickte sich abschätzig um. »Was sollte uns hier noch auffallen? Der Vorfall hat sich vor einem halben Jahr ereignet. Da war der Winter dazwischen, und die Natur verändert sich ständig, Frau Pölz.«

»Sie haben ja recht.« Diana hob resignierend beide Arme. »Fahren wir ins LKA zurück. Hoffentlich hat See bei seiner Befragung von Helwig Emgrabner mehr Glück gehabt.«

»Einen Augenblick!« Alfred ging zu seinem Fahrzeug hinüber, das am Straßenrand geparkt war, und öffnete den Kofferraum. Mit einem länglichen grauen Ding in der Rechten kam er gleich darauf wieder zurück.

»Der Metalldetektor?«, wunderte sich sein Kollege. »Du glaubst doch nicht, dass Teile des havarierten Fahrzeugs hier irgendwo vergraben wurden?«

Diana hingegen war sofort klar, was Alfred suchte. »Die Tatwaffe!«, rief sie. »Eine gute Idee. Nachdem alle Messer von Brunhilde Hauzenberger nicht in Frage kommen, haben wir diesbezüglich noch nichts in der Hand.«

Alfred begann, die runde Platte über den Boden zu bewegen. »Einen Versuch ist es jedenfalls wert«, sagte er, klang aber selbst nicht besonders überzeugt. »Obwohl ich mir nicht vorstellen kann, dass der Täter so dumm war, die Tatwaffe am vermutlichen Tatort zu vergraben. Er musste doch damit rechnen, dass wir sie hier in jedem Fall finden.«

Da war Diana anderer Ansicht. »Der Täter hat auch das Pedal hier liegen lassen. Er ging also davon aus, dass wir diese Stelle nie entdecken würden. Daher könnte er auch die Tatwaffe hier vergraben haben und –«

»Bing!«, machte der Detektor.

»Bingo!«, rief Alfred, bückte sich und legte ein scharfes japanisches Küchenmesser frei.

35

Helwig Emgrabner sah sich selbst als Mann von Welt, der Entscheidungen mit sicherer Hand traf und dann zu ihnen stand, egal wie viel Gegenwind ihm auch ins Gesicht blies. Obwohl er ein Mensch offener Worte war, war er allseits anerkannt und beliebt. Nie hätte er sich vorstellen können, dass es etwas geben könnte, was ihm aus tiefster Seele peinlich war. Aber sich von einem Kriminalbeamten, den er noch dazu als seinen Seminartrainer kennengelernt hatte, über sein intimes Verhältnis zu Lia Wikovits befragen zu lassen war sogar ihm höchst unangenehm. Dies umso mehr, als dem Herrn Abteilungsinspektor offensichtlich nichts peinlich war.

»Ich muss Sie das fragen: Haben Sie eine außereheliche Beziehung mit Ihrer Mitarbeiterin, Frau Lia Wikovits?«, war dieser gleich mit der Tür ins Haus gefallen, kaum dass er an dem Besprechungstisch im Büro Platz genommen hatte.

Emgrabner vergewisserte sich, dass die schalldichte Tür fest verschlossen war, bevor er zu einem energischen Dementi ansetzte. »Hören Sie, Herr Kommissar, ich bin ein glücklich verheirateter Mann. Wie kommen Sie –«

Eine Geste Sees ließ ihn mitten im Satz innehalten. »Bleiben Sie bei der Wahrheit«, forderte er streng. »Sonst werde ich Ihnen alles Weitere, was Sie mir erzählen werden, auch nicht glauben. Vergessen Sie nicht, dass ich Sie zwei Tage bei der ›Sensenwirtin‹ erlebt habe. Und da hätte sogar ein Blinder erkennen können –«

»Dass Sie selbst auf die Lia scharf sind? Stimmt, das war nicht zu übersehen.« Er hatte reflexartig geantwortet. Wer dem Heli Emgrabner blöd kam, dem kam auch er blöd.

Der schöne Carlos und der schöne Helwig – das war ein Schöner zu viel im Raum. Zum Glück für beide war See zu sehr Profi, als dass er sich auf so einen Machtkampf eingelassen hätte. »Also haben Sie eine Affäre«, schloss er trocken.

»Gut, meinetwegen. Obwohl ich immer noch nicht weiß, wofür das wichtig sein soll.«

Darüber war sich See auch noch nicht hundertprozentig

im Klaren. Also verschanzte er sich wieder hinter der Macht seiner Funktion. »Ich stelle hier die Fragen. Wie lange läuft das schon?«

Emgrabner zuckte mit den Schultern. »Seit knapp eineinhalb Jahren, würde ich sagen. Wenn Sie das genaue Datum wissen wollen, dann fragen Sie am besten Lia, also Frau Wikovits. Frauen wissen das im Allgemeinen genauer.«

»Apropos Frauen«, See beugte sich seinem Gegenüber entgegen, »was sagt denn die werte Frau Gemahlin zu Ihrem Verhältnis? Weiß sie Bescheid?«

»Sind Sie wahnsinnig?«, fuhr Emgrabner auf. »Natürlich nicht, und dabei muss es auch bleiben. Sie haben doch nicht etwa vor, Louise in diese Geschichte einzuweihen?«

»Ich habe einen Mord aufzuklären«, sagte See streng, »da interessiert mich Ihr Pantscherl reichlich wenig.«

»Gott sei Dank.« Emgrabner atmete hörbar auf. Etwas zu früh, wie sich gleich darauf herausstellte.

»Es sei denn, Ihr Verhältnis hat etwas mit dem Mord zu tun.« Bevor Emgrabner auch diesen Verdacht empört zurückweisen konnte, setzte See auch schon fort: »Hat Saxenpichler von Ihrem Verhältnis gewusst?«

Emgrabner nickte. »Leider. Wir waren zu dritt auf einer Dienstreise in Hongkong. Lia und mir ist der dumme Fehler unterlaufen, dass wir in der Hotelbar getanzt haben und … na ja. Jedenfalls hatte der Rudi nichts Besseres zu tun gehabt, als heimlich ein Video mit seinem depperten Handy aufzunehmen. Dabei hatten wir gedacht, der wäre längst in seinem Zimmer und schläft. Er verträgt, äh, vertrug nämlich die Zeitumstellung nicht.«

»Und dann?«, wollte See wissen, der ahnte, dass das nicht alles gewesen sein konnte.

»Dann hat der Depp auch noch gesehen, wie Lia in meinem Zimmer verschwunden ist.«

»Sie hätten in Ihrem Zimmer auch eine berufliche Besprechung unter vier Augen führen können«, meinte See und merkte sofort, wie unglaubwürdig die Ausrede klang.

»Ja, genau«, sagte Emgrabner spöttisch. Und weil es schon

egal war, fügte er noch hinzu: »Und ein verhängnisvolles Foto, das uns beide in meinem Büro zeigt, gibt es auch noch.«

An den nackten Hintern erinnerte sich See nur allzu gut. Wie kann man nur so blöd sein, sich gleich mehrmals erwischen zu lassen?, wunderte er sich im Stillen. Er selbst hatte immer wieder etwas mit verheirateten Frauen, aber da ließ er sich doch nicht erwischen. »Wie viel haben Sie ihm für sein Schweigen bezahlt?«, fragte er.

»Wieso wissen Sie … Ich meine, natürlich habe ich ihm nichts bezahlt!« Emgrabner errötete unter seiner Bräune, von der See mit kritischem Blick annahm, dass sie durch ein Solarium zustande gekommen war.

»Wir haben uns doch darauf geeinigt, dass wir bei der Wahrheit bleiben wollen«, erinnerte er ihn jetzt in ungewohnt sanftem Tonfall.

Emgrabner starrte auf die Tischplatte und nannte den Betrag.

»Und das jeden Monat?« See war baff. »Sie müssen ja eine Mörderkohle verdienen, wenn Sie sich das leisten konnten.«

»Gehört die Höhe meines Einkommens auch zum Verhör?«, fragte der schöne Heli genervt.

See beeilte sich, zum eigentlichen Punkt zurückzukommen. »Machen wir's kurz: Rudolf Saxenpichler war ein unangenehmer Zeitgenosse. Ich kann das bestätigen, ich habe ihn ja selbst erlebt. Er ging Ihnen mit seiner krankhaften Sparsamkeit gehörig auf die Nerven, Tag für Tag.«

Emgrabner nickte.

»Wegen ihm machte Ihnen die Arbeit keinen Spaß mehr. Er ging Risiken ein, die Sie ausbaden mussten. Er brachte mit heimlich gedrehten Videos und eindeutigen Fotos Ihre Ehe in Gefahr.«

Emgrabner nickte wieder. Zögerlicher diesmal.

»Mit der Zeit hatten Sie so eine Wut, dass Sie gar nicht anders konnten, als …« Erwartungsvoll blickte er sein Gegenüber an.

»Als was?«, fragte Emgrabner, statt wie gehofft Sees Vermutung zu bestätigen.

»Als zu entscheiden, dass Saxenpichler aus Ihrem Leben

verschwinden muss«, vollendete der Inspektor den Satz. »Am besten für immer.«

»Und weiter?«, fragte Emgrabner.

Seine so offen zur Schau gelegte Gelassenheit ließ See die Nerven durchgehen. »Und weiter?«, äffte er den Befragten nach. »Ich werde Ihnen sagen, was ›und weiter‹ geschah. Sie haben Saxenpichler umgebracht! Weil er Sie erpresst hat. Und darum nehme ich Sie jetzt fest. So schaut es nämlich aus.«

»So ein Blödsinn!«, schrie nun auch Emgrabner. »Ich lass mir doch keinen Mord anhängen. Wo hätte ich denn das Gift herbekommen sollen, bitte schön? Das kriegt man doch bestimmt nicht im Supermarkt. Und wie hätte ich den Rudi dazu bringen sollen, das Zeug zu schlucken?«

See atmete tief durch und lehnte sich in seinem Stuhl zurück. Dass seine Theorie diverse Schwachstellen hatte, wusste er selbst. Es war Zeit, sich zu beruhigen und wieder einen kühlen Kopf zu bekommen. Aber der geschniegelte Kerl regte ihn so dermaßen auf!

Er beschloss, einen neuerlichen Überraschungsangriff zu starten. Schließlich kannte er seit Kurzem die Quelle, aus der das Gift höchstwahrscheinlich stammte. »Etwas anderes, Herr Emgrabner: In welcher Beziehung standen Sie zu Huberta Hauzenberger?«

Der schöne Heli war ganz offensichtlich aus der Fassung gebracht. »Zu wem?«

»Huberta Hauzenberger aus St. Magdalena. Sie wollen mir doch nicht weismachen, dass Ihnen der Name nichts sagt?«

»Das brauche ich Ihnen nicht weiszumachen. Der Name sagt mir tatsächlich nichts.«

»Aber geh«, suchte See wieder im Spott Zuflucht. »Und warum wurde dann Ihre Schwester dabei beobachtet, wie sie das Haus der Frau Hauzenberger betrat?«

»Meine Schwester betritt viele Häuser, die ich nicht kenne«, sagte Emgrabner ebenso spöttisch. »Da müssen Sie sie schon selbst fragen.«

Dass er so nicht weiterkam, war für See offensichtlich. Er holte die Kopie des Schreibens aus der Mappe, das sein Gegenüber schwer belastete, und reichte sie ihm. »Wie erklären Sie sich diesen Brief?«

Während Emgrabner las, wurden seine Augen immer größer.

»Die Renate, das Aas!«, explodierte er schließlich. »Das Pamphlet muss von ihr stammen! Ich kenne ihre gestelzte Ausdrucksweise und ihr Faible für akademische Titel. Die will mir etwas anhängen, die dumme Nuss! So eine selbstgerechte, arrogante Funsen! Dabei hat sie doch so viel Dreck am Stecken. Ich an ihrer Stelle wäre ganz ruhig.« Und dann erzählte er See alles, was im vergangenen Herbst passiert war. Und zwar jedes noch so kleine Detail.

Der Abteilungsinspektor hörte sich den Bericht in Ruhe an und griff dann zum Telefon, um die entsprechenden Maßnahmen einzuleiten.

36

»Hast noch Zeit für einen Kaffee?«, erkundigte sich Alfred, während er sich aus seinem weißen Anzug schälte. »Wenige Minuten von hier gibt es einen wunderschönen Gastgarten. Ich finde, wir sollten das gute Wetter ausnutzen. Wer weiß, ob es nicht schon morgen wieder regnet.«

Kaffee? Diana hatte immer Zeit für Kaffee. Im Gegensatz zu Alfreds Kollegen, der das japanische Messer umgehend ins Labor bringen wollte.

Kurz darauf saßen sie unter grünen Gartenschirmen. Aus dem Kaffee war ein kleines Gulasch geworden. Mit Mineralwasser, weil sie im Dienst waren, und intensiven Mutmaßungen zu den zwei aktuellen Fällen. Der Kaffee folgte nach dem herzhaften Gericht und für Alfred ein Stück Malakofftorte. So schwer es ihr auch fiel, Diana verzichtete auf die süßen Verlockungen auf der Speisekarte. Wer beim Bergaufgehen schnaufte, brauchte auch keine Mehlspeisen zwei Tage hintereinander. Manchmal konnte sie sehr streng mit sich sein.

»Sonst esse ich als Nachspeise fast immer einen Apfelstrudel«, sagte der Alfred soeben. »Weißt du, wo es den besten gibt? Oben bei der der ›Sensenwirtin‹. Der ist ein Gedicht, sag ich dir. Mir gefällt das Hotel überhaupt sehr gut. Früher, als es der alte Grabert noch geführt hat, war es ja eher schiach und abgewohnt. Aber jetzt: blitzsauer und gemütlich.«

»Gemütlich, ja«, stimmte Diana zu. »Aber blitzsauber? Zumindest nicht überall. Schau dir nur diese Fotos an.« Sie griff zum Handy, das neben ihrem Glas auf dem Tisch lag, und wischte sich in Windeseile durch ihren Fotoordner. »Na, was sagst du dazu?« Sie lachte laut auf, als sie Alfreds entgeistertes Gesicht sah.

»Hast du das wirklich bei der ›Sensenwirtin‹ aufgenommen? Welches Zimmer ist das, um Himmels willen?«

»Das Büro der feschen Frau Grabert. Ich habe es selbst nicht glauben können, deshalb musste ich unbedingt diese Fotos machen. Quasi als Beweis.«

Alfred schüttelte immer noch fassungslos den Kopf. »So ein Dreck überall. Und der zerschlissene Hundekorb. Das hätte ich nie von ihr gedacht.« Dann schien ihm etwas ins Auge gefallen zu sein. Er beugte sich vor und zoomte einen Gegenstand näher heran.

Diana wartete gespannt, was jetzt kommen würde.

»Ist das ein Knochen?«, fragte er mehr sich selbst als seine Begleiterin.

Diana lachte auf. »Den habe ich auch gesehen. Wurde wahrscheinlich vom Haushund abgenagt. Die Sauberste ist die Wirtin wahrlich nicht. Wenn ich zu wenig Personal hätte, würde ich doch selbst mal zum Staubsauger greifen.«

Alfred starrte noch immer auf das Bild. »Ich müsste mich schon komplett irren, aber der Knochen schaut aus wie ein Metacarpal, also ein Ossa metacarpalia.«

»Bitte?«

»Wie ein Mittelhandknochen.«

»Von einem Menschen?« Diana setzte sich gerade auf. »Bist du dir sicher?«

»Ziemlich«, sagte Alfred. »Am besten schickst du mir das

Bild, und ich mach im Büro einen Abgleich. Du hast den Knochen nicht zufällig sichergestellt?«

Diana errötete leicht. »Wo denkst du hin? So paranoid bin ich nun auch wieder nicht, dass ich jeden Knochen einsammle, der irgendwo herumliegt. Vor allem dann nicht, wenn daneben ein Hundenapf steht.«

»Sollte sich mein Verdacht bestätigen, könnte das der Metacarpal sein, der zur zweiten Hand der Toten aus dem Wald gehört. Allerdings wäre es hilfreich, das Original untersuchen zu können.«

»Ich fahre sofort zur ›Sensenwirtin‹ nach St. Magdalena«, bot Diana an. »Vielleicht habe ich ja Glück, und der Knochen liegt noch an Ort und Stelle auf dem Boden. Herr Ober, zahlen, bitte!«

Sie hatte kein Glück. Als Diana wenig später die Sensenwirtin bat, einen Blick in ihr Büro werfen zu dürfen, weil sie angeblich ihren Lippenstift dort verloren zu haben glaubte, war das Zimmer picobello aufgeräumt. Nicht die geringste Spur zeugte mehr von Unordnung oder einem Knochen.

37

Freitagnachmittag, die letzte Besprechung vor dem Wochenende. Der Herr Oberst war wieder einmal ungehalten. »Warum geht denn da nichts weiter?«

»Kein Wunder, wenn die Pölz es versäumt, wichtige Beweisstücke sicherzustellen«, sagte See in Anspielung auf den liegen gelassenen Knochen.

Diana warf ihm einen Blick zu, der so mordlüstern war, dass er sogar ihn zum Verstummen brachte.

»Das Gegenteil ist der Fall, Herr Oberst«, ergriff sie dann das Wort. »Es ist allerhand weitergegangen. Immerhin haben wir jetzt die Tatwaffe: ein besonders scharfes, robustes japanisches Messer, wie es auch bei der Sensenwirtin in der Küche zum

Einsatz kommt. Ich habe den Küchenchef, einen gewissen Herrn«, sie sah in ihrem Block nach, »Sieber, gefragt, ob es jemals in der Hotelküche noch ein zweites solches Messer gab. Er verneinte die Frage; es habe immer nur eins gegeben. Die Wirtin habe es voriges Jahr gekauft und dann so begeistert davon geschwärmt, dass Brunhilde Hauzenberger ebenfalls plante, sich eines zuzulegen.«

»Hervorragend!«, rief der Herr Oberst, für den die Dinge mal wieder klar auf der Hand lagen. »Zum Glück ist Brunhilde Hauzenberger noch in Gewahrsam. Der Carlos lag richtig mit seiner Annahme: Es ist eine Sie.«

»Sie hatte ein Motiv«, begann See zusammenzufassen. »Eine schwierige Mutter-Tochter-Beziehung, so etwas kennt man ja. Die Alte hat sich ständig in alles eingemischt, wollte ihr sogar den Arbeitsplatz verleiden. Und wer weiß, was sonst noch. Einen Mann vielleicht. Diesbezüglich gibt es ja jede Menge Möglichkeiten.«

Wo er recht hat, hat er recht, dachte Diana. Mütter konnten einem alles verleiden. Oder es zumindest versuchen. Hazel Wood war das beste Beispiel dafür.

»Der Doc schrieb etwas von einem fachgerechten Stich am oberen Ende der Halswirbelsäule. Brunhilde ist Jägerin, sie sollte diese Technik beherrschen«, setzte See fort. »Sie hat sich also ein japanisches Messer gekauft –«

»Das bei der Hausdurchsuchung nicht gefunden wurde, weil sie es nach dem Mord im Waldboden vergraben hatte«, ergänzte Diana.

»Genau. Und sie hatte Zugang zum Büro ihrer Chefin, wo sie die zweite Hand an den alten Hund verfütterte. Jetzt brauchen wir nur ein Geständnis oder zumindest den Beweis, dass sie in Saxenpichlers Tiefkühltruhe gewühlt und den Schlüssel dort versenkt hat, und dann –«

»Aber warum hätte ihr dieser Saxendings den Schlüssel geben sollen?«, fragte Wöglinger dazwischen.

See war alles andere als erfreut über diesen Einwurf. »Das ist doch jetzt wurscht, Fritz!«, schnauzte er ihn an. »Irgendeinen Grund wird er schon gehabt haben.«

Diana hatte eine Idee. »Der Nachbar hat doch angegeben, der Saxenpichler habe bis vor einiger Zeit eine fesche Freundin gehabt«, sagte sie. »Bisher haben wir angenommen, dass er damit die Sensenwirtin gemeint haben könnte, aber wer sagt uns denn, dass das nicht Brunhilde Hauzenberger war?«

»Also, fesch ist die aber nicht«, war alles, was See dazu einfiel.

»Das liegt doch immer im Auge des Betrachters«, befand Diana.

»Wenn ihr mich fragt, ich glaub nicht, dass das so war«, meldete sich Wöglinger wieder zu Wort, der an diesem Tag ungewohnt aufmüpfig war. »Ich hab mich vor ein paar Tagen von meiner Freundin getrennt. Das Letzte, was ich der überlassen hätte, wäre mein Wohnungsschlüssel gewesen.«

Diana konnte dieser Argumentation durchaus etwas abgewinnen. Andererseits: »Saxenpichler hatte auch nach der Trennung zu seiner Ex-Freundin Greta ein gutes Verhältnis. Warum sollte das bei seiner Ex-Freundin Brunhilde nicht der Fall gewesen sein?«

Der Herr Oberst fand die Zeit reif, um wieder einmal mit beiden Handflächen auf die Tischplatte zu schlagen. »Hervorragend!«, rief er erneut. »Diese Beweislage reicht ganz sicher für eine Untersuchungshaft aus. Damit haben wir also den Mordfall um die Tote im Wald abgeschlossen. Es war Brunhilde Hauzenberger. Bleibt noch der Fall Rudi Saxenpichler. Was gibt es dazu?«

Diana wollte ihm antworten, doch See preschte in gewohnter Manier vor. »Das Opfer hat seinen Kollegen Emgrabner erpresst, der somit ein Motiv für den Mord hat. Beide konnten sich nicht ausstehen, beide waren auf dem Urfahraner Markt, und beide haben gemeinsam unser schreckliches Seminar besucht. Sowohl im Hotel als auch auf dem Jahrmarkt hätte Emgrabner jede Menge Möglichkeiten gehabt, Saxenpichler das Gift in ein Getränk zu schütten. Laut Gerichtsmediziner wirkt es etwa ein bis zwei Stunden nach der Einnahme.«

»Hervorragend«, sagte der Herr Oberst ein weiteres Mal. »Damit wäre also auch dieser Fall gelöst. Jetzt müssen wir nur noch warten, bis der Haftrichter die Untersuchungshaft über die beiden verhängt, und dann gehe ich am Dienstag damit an die Medien.«

»Bleibt nur noch eine Frage zu klären«, sagte Diana, der wieder einmal die unbeliebte Aufgabe zufiel, den Enthusiasmus ihres Vorgesetzen bremsen zu müssen, »wie kam Emgrabner an das NaP, das sich ganz offensichtlich im Besitz der alten Hauzenberger befand? Wenn es jemand aus ihrem Zimmer entwenden konnte, dann doch nur ihr Sohn oder ihre Tochter. Und warum sollte es einer der beiden an Emgrabner weitergegeben haben?«

Der Herr Oberst machte eine wegwerfende Handbewegung. »Ich kann mich nicht auch noch um alle Details kümmern. Es ist wahrlich eure Aufgabe, das herauszufinden. Und zwar bis Dienstag, wenn ich bitten darf!«

38

Endlich Wochenende! Endlich war Lilli wieder einmal in Linz. Endlich ein gemütliches Frühstück mit der Familie. Endlich in Ruhe Zeitung lesen. Tante Gusti hatte aufgetischt, was ihre Küche und der Bäcker ums Eck hergaben. Auf der feinen Porzellanplatte türmten sich Schinken, Salami und jede Menge Käse. Dazu gab es frische Weckerl, Salzstangerl und ein Gebäck, das man nur in Oberösterreich als Mohnflesserl kennt. Die Eier waren so kernweich, dass es eine wahre Freude war. Aufgeschnittene Paprikaschoten, Tomaten und Essiggurken boten die nötigen Vitamine, die Marmelade war selbst gemacht. Kaffee, frisch gepresster Orangensaft und ein Glas Sekt sorgten dafür, dass niemand durstig bleiben musste. Ohne ein Piccolo wäre es für Dianas Großtante kein ordentliches Frühstück gewesen.

Jetzt waren alle satt, und die Teller standen bereits in der Spülmaschine.

Dianas Tochter Lilli, die zwei Jahre in Amerika studiert hatte und nun in Wien ihren Master machte, und Gusti steckten ihre

Köpfe über dem großen Kreuzworträtsel in der Wochenendausgabe vom »Tagesblatt« zusammen.

»Die Muse, die hier gefragt ist, heißt Terpsichore«, sagte die alte Dame soeben und füllte schwungvoll die für die Antwort vorgesehenen Kästchen aus.

»Ein Wahnsinn, was du alles weißt.« Lilli war begeistert, und ihre Urgroßtante freute sich sichtlich darüber.

Diana, die es sich auf Gustis ausladendem Sofa gemütlich gemacht hatte, blickte von einer zur anderen. Wie schön, zwei ihrer drei Liebsten wieder einmal unter einem Dach zu wissen. Nur ihr Freund fehlte, um die Runde komplett zu machen. Leider war Piet von Düsseldorf direkt nach Berlin weitergeflogen, wieder einmal einer Geschäftsidee auf der Spur. Piet war ständig ganz neuen, lukrativen Geschäftsideen auf der Spur, leider nicht immer mit dem gewünschten Erfolg. Jedenfalls würde er erst am kommenden Samstag wieder nach Linz zurückkehren. Wenigstens war das etwas, worauf Diana sich freuen konnte. Zufrieden lehnte sie sich zurück und schlug das »Tagesblatt« auf. Über das Weltgeschehen kam sie zur heimischen Politik und von dort zu den lokalen Nachrichten.

»He, die kenn ich!«, rief sie plötzlich und tippte mit dem Zeigefinger auf ein kleines Foto in der linken unteren Ecke. »Da ist ein Bild von der Sensenwirtin und ein paar Männern in der Zeitung«, sagte sie, als Gusti und Lilli von ihrem Kreuzworträtsel aufsahen. »Vielleicht ist sie für irgendetwas geehrt worden. Ach, hier steht es ja: ›Margarethe Grabert aus St. Magdalena‹«, las sie laut vor, »›wurde als Vorsitzende der Sparte wurst- und fleischverarbeitende Betriebe der oberösterreichischen Wirtschaftskammer wiedergewählt.‹« Sie sah von der Zeitung auf. »Das kann doch nur ein Irrtum sein, die müsste doch in der Sparte Hotellerie und Gastgewerbe gewählt werden.«

»Nicht unbedingt«, erwiderte Tante Gusti, schob sich die Brille zurecht und überprüfte die Antwort, die Lilli zuletzt in das Kreuzworträtsel eingetragen hatte. »Was soll denn ein Justinbiber ein? Ein Tier?« Sie sprach das J aus wie bei Jubel oder Julius.

Lilli ließ ihr perlendes Lachen hören, das Diana so liebte.

»Das ist ein amerikanischer Sänger, dessen Name hier gesucht wird, Tante Gusti. Niemand, den du dir merken musst.«

»Was meintest du mit ›nicht unbedingt‹?«, fragte Diana nach.

»Wovon redest du?« Gusti war kurz verwirrt, kam dann aber selbst drauf. »Ach so, von der Greta Grabert. Die ist doch gelernte Fleischhauerin, weißt du das nicht? Bis vor zwei Jahren hatte sie ein eigenes Geschäft im Hotel ihres Vaters. Ihr Großvater fing ursprünglich damit an, bevor er dann nach und nach das Hotel baute. Greta hat die Fleischhauerei aufgegeben, als ihr Vater starb und sie sich allein um das Hotel und den Gastbetrieb kümmern musste. Das macht sie großartig. Wir sollten bald einmal gemeinsam zu ihr essen gehen.«

»Und die Fleischhauerei hat sie aufgegeben?«, erinnerte sie Diana an ihr eigentliches Thema.

»Ja, genau«, setzte Gusti fort. »Jetzt ist aus den Räumen der Metzgerei so ein Seminarzentrum geworden, oder wie man das nennt. Wahrscheinlich meint sie, dass sie damit mehr Geschäft macht. – Kennst du einen Fluss in Oberitalien, vier Buchstaben, der letzte ist ein a?«

Das ist ja mal eine interessante Neuigkeit, dachte Diana. Während Gusti und Lilli am Tisch weiterrätselten, gingen ihr die Worte des Gerichtsmediziners durch den Kopf. Für den fachgerechten Stich, der Huberta Hauzenberger ins Jenseits befördert hatte, käme neben einem Jäger auch ein Chirurg, ein Tierarzt oder ein geübter Fleischhauer in Frage. Oder eben auch eine Fleischhauerin, worüber See sich mit Sicherheit gefreut hätte. Was bedeutete das für ihren Fall? Rückte damit die Sensenwirtin etwa in den Kreis der Verdächtigen?

Diana runzelte die Stirn. Das konnte doch nicht sein, oder? Aber hatte nicht Hazel erwähnt, dass sich die beiden nicht ausstehen konnten? Was natürlich noch lange kein Mordmotiv war. Hätte die fesche Sensenwirtin überhaupt die nötige kriminelle Energie für so ein Verbrechen? Kaum vorstellbar. Andererseits hatte Diana in ihrer Laufbahn schon genug Täter überführt, denen man ihre Tat niemals zugetraut hätte. Ihr fiel ein, dass die Sensenwirtin jeden Tag das Mittagessen zu ihrer Nachbarin bringen ließ. So etwas tat man doch nicht, wenn man wusste, dass die Frau nicht mehr lebte. Und wie würde dann Saxenpichlers Tod ins Bild passen? Dass die beiden Morde zusammenhingen, stand für sie außer Frage. Angenommen, die Sensenwirtin hatte die alte Hauzenberger umgebracht, warum sollte sie anschließend die abgehackten Hände ihrem Freund Saxenpichler übergeben haben? Und überhaupt, die beiden waren doch gerade dabei gewesen, ihre Liebesbeziehung wiederaufzunehmen. Das Ehepaar Warnau hatte ausdrücklich bestätigt, dass der gute Rudi der Wirtin nachgestiegen war und sie am liebsten für sich allein gehabt hätte. Wenn man das wollte, legte man seiner Angebeteten doch keine abgehackte Hand in den Safe.

»Und was hältst du davon?«

Diana schreckte aus ihren Gedanken auf und blickte mitten in das erwartungsvolle Gesicht ihrer Tochter.

»Wovon?«

»Tante Gusti hatte die Idee, das schöne Wetter zu nutzen, um einen kleinen Ausflug in den Tierpark am Pöstlingberg zu machen. Sie hat im Radio gehört, dass die Erdmännchen Nachwuchs bekommen haben.«

Pöstlingberg, dachte Diana und hatte sofort den gleichnamigen Seminarraum des Hotels vor ihrem geistigen Auge. Hatten sie eigentlich Fingerabdrücke von der Sensenwirtin genommen?

»Am besten nehmen wir die Pöstlingbergbahn«, bestimmte Tante Gusti. »Weißt du eigentlich, dass das Europas steilste Straßenbahn ohne Zahnräder ist, Lilli?«

»Freilich, Tante Gusti! Wenn man das nicht weiß, dann schafft man in Oberösterreich nicht einmal die Volksschule.« Sie wandte sich zu ihrer Mutter. »Was ist jetzt, Mam?«

»Eine gute Idee, ich zieh mir nur schnell andere Schuhe an.«

Nach dem Zoobesuch bestieg das munter plaudernde Trio gegen fünfzehn Uhr noch einmal die Pöstlingbergbahn. Aufgrund des ausgiebigen Frühstücks hatte es trotz des langen Spaziergangs im Tiergarten noch nicht wirklich Hunger, aber Gusto auf Kaffee und Kuchen. Also lud Diana die beiden ins

»Pöstlingbergschlössel« ein, von dessen Terrasse aus man einen wunderschönen Blick über die Stadt genießen konnte. An manchen Tagen, besonders wenn Föhn herrschte, sah man von dort bis zu den Alpen.

Wie bei diesem einladenden Wetter nicht anders zu erwarten war, herrschte Hochbetrieb. Doch sie hatten Glück, und es wurde tatsächlich ein Tisch frei, als sie sich auf der Terrasse umschauten. Noch dazu in der vordersten Reihe. Tante Gusti steuerte zielsicher darauf zu, bevor sich das ältere Ehepaar mit Rucksäcken, das schon länger unschlüssig am Eingang gewartet hatte, in Bewegung setzen konnte.

»Ist das nicht ein reizendes Platzerl? Kommt, meine Lieben, ihr setzt euch mir gegenüber. So habt ihr die beste Aussicht, ich kenne sie eh.«

So geschah es, dass Diana in dem Rundblick über Linz versank. Die Stadt lag ihr im Sonnenschein zu Füßen. Die Donau wand ihr grünes Band zwischen der Innenstadt und Urfahr hindurch. Dort, wo noch vor Kurzem der Jahrmarkt seine Zelte aufgeschlagen und das Riesenrad seine Runden gedreht hatte, eroberten sich jetzt die Autos der Pendler den Platz zurück.

Diana riss sich los und warf einen Blick in die kleine Speisekarte, die auch Snacks für den Nachmittag enthielt, bevor sie Kaffee und nun doch ein Stück Kuchen bestellte. Die beiden Frauen, die am Tisch hinter ihr saßen, Prosecco tranken und sich intensiv unterhielten, bemerkte sie nicht. Sie waren beide Mitte vierzig, elegant und gepflegt und dem Schmuck, den sie trugen, nach zu urteilen entweder selbst beruflich erfolgreich oder gut verheiratet. Die Frau, die Rücken an Rücken mit Diana saß, hatte brünette Haare und trug eine Bluse mit Schluppe zu ihrem adretten lachsfarbenen Kostüm. Aufgrund der fröhlichen Plauderei an ihrem eigenen Tisch schenkte Diana dem Gespräch im Hintergrund keine Beachtung, bis eine der Stimmen plötzlich um einige Nuancen lauter wurde.

»Und dann hat die dumme Kuh wirklich geglaubt, sie könnte mir den Mann ausspannen, den ich mir selbst erst mühsam geangelt hatte! Aber eine Renate Emgrabner lässt sich nichts wegnehmen, was ihr gehört! Das hätte sie eigentlich wissen können.«

Diana, die eben ihre Gabel mit einem Stück Kuchen zum Mund hatte führen wollen, hielt inne. Das war aber ein Zufall! Da fuhr sie einmal am Wochenende auf den Linzer Hausberg, und schon saß eine der Hauptzeuginnen des aktuellen Falles am Nebentisch! Automatisch zog sie den Kopf ein. Sie hatte keine Lust, erkannt und in ein Gespräch über den Stand der Ermittlungen verwickelt zu werden. Sie hatte frei und wollte die Sonne, den Blick und den Kuchen genießen.

»Das hätte ich mir an ihrer Stelle gut überlegt.« Die andere Frau kicherte. »Und was hast du gemacht, Renate? Hast du sie zur Rede gestellt und ihr gesagt, sie soll die Finger von ihm lassen?«

»Wo denkst du hin?«, erwiderte Frau Emgrabner. »Glaubst, ich hätte Lust auf eine Diskussion mit so einem Weib gehabt? Da gehe ich lieber kreativer vor.«

Jetzt lachten beide.

Was die Frau Doktor anschließend sagte, verstand Diana nur mehr bruchstückhaft. Zum einen sprach sie mit gesenkter Stimme, zum anderen plauderte Lilli begeistert über ihre Sommerpläne. Sie hatte einen Ferialpraktikumsplatz in Lissabon in Aussicht und wollte wissen, ob Diana nicht mit ihrem Papa vor Jahren dort gewesen sei, als sie noch glücklich verheiratet gewesen waren. Diana, hin- und hergerissen zwischen beruflicher und privater Neugierde, versuchte, sich auf zwei Gespräche gleichzeitig zu konzentrieren.

»Herr Ober, bringen Sie uns zwei Marillenschnapserl!«, rief Renate Emgrabner direkt neben Dianas Ohr. »Keine Widerrede, Louise, die gönnen wir uns jetzt.«

»Die Altstadt soll in den letzten Jahren komplett renoviert worden sein«, sagte Lilli währenddessen.

»Hoffentlich gibt es noch die kunstvollen Fliesen an den Hauswänden«, schwärmte Tante Gusti. »Ich war 1976 in Portugal auf Studienreise, oder war es 1979?«

Die Stimme der Frau Doktor war in der Zwischenzeit, sehr zu Dianas Leidwesen, wieder um einiges leiser geworden. Nun flüsterte sie nahezu: »Du glaubst es nicht … Sand … die hat geschaut …«

Hatte Frau Emgrabner »Sand« gesagt? Oder »Hand«?

»Dort gibt es auch diese originellen Straßenbahnen. Die fahren die engen Gassen hinauf und hinunter. Bist du mit denen auch unterwegs gewesen, Mam?«

Sie konnte doch nicht wirklich »Hand« gesagt haben, oder? Diana beugte sich im Stuhl zurück, um besser hören zu können. Die Erkenntnis traf sie wie ein Blitz: Tierarzt! Der Mörder könnte auch ein Tierarzt gewesen sein, hatte der Gerichtsmediziner geschrieben. Die anderen Berufe, die für ihn auch noch in Frage gekommen waren, waren für Diana mit einem Schlag nicht mehr relevant. Sie erinnerte sich noch ganz genau an Frau Emgrabners Worte bei der Vorstellungsrunde des unsäglichen Seminars: »Ich war ursprünglich Veterinärmedizinerin und habe in Linz am Schlachthof gearbeitet.« Dass sie nicht schon längst darauf gekommen war! Jetzt ergab es auch einen Sinn, dass die Frau bei Sigi Hauzenberger ein und aus ging! Die beiden waren Komplizen.

»Mam? Hallo, Erde an Mam!«

Nun war es eine andere Hand, die Diana aus den Gedanken holte, nämlich die ihrer Tochter, die nach ihrem Oberarm griff.

»Was ist denn auf einmal mit dir los? Bist du gedanklich wieder auf Mörderjagd? Das habe ich schon als Kind nicht ausstehen können. Es ist Wochenende, Mam, und du hast frei. Kannst du dich jetzt bitte wieder auf unser Gespräch konzentrieren?«

Das Lächeln, das Diana ihr schenkte, war reumütig. »Ach ja, natürlich! Worüber haben wir gerade geredet? Spanien?«

Zum Glück für den Familienfrieden rief Frau Dr. Emgrabner in diesem Augenblick laut und vernehmlich: »Junger Mann, die Rechnung, bitte!«

39

»Kollege Wöglinger, bitte bestellen Sie Frau Dr. Renate Emgrabner noch einmal herein«, sagte Diana am Montagmorgen, als sie das Büro betrat und ihre beiden Kollegen bereits vor ihren PCs sitzend vorfand. »Ich möchte ihr noch ein paar Fragen stellen.«

Wöglinger griff zum Telefon.

»Das kannst du bleiben lassen, Fritz«, sagte See, ohne aufzuschauen, und tippte weiter an seiner E-Mail.

Diana glaubte ihren Ohren nicht zu trauen. Gut, ihr engster Mitarbeiter war arrogant, selbstgefällig, selten kooperativ und neidete ihr ihre Position, aber er war noch nie so weit gegangen, eine ihrer Anweisungen zu widerrufen. Damit hatte er das Fass endgültig zum Überlaufen gebracht. »Was fällt dir ein?«, herrschte sie ihn an und schleuderte ihre Handtasche von der Verbindungstür aus quer durch ihr Büro. Mit einem lauten Knall fiel sie neben einem leeren Stuhl zu Boden. »Jetzt wird mir dein Verhalten aber endgültig zu blöd! Ich bin immer noch die Chefin, und wenn ich bestimme, dass die Emgrabner hereinbestellt werden soll, dann wird sie das auch! Ich verbitte mir jede Diskussion darüber, hast du mich verstanden?«

Während Wöglinger rot anlief und, den Telefonhörer immer noch unschlüssig in der Hand, nervös zu kichern begann, war Carlos See, sehr zu Dianas immer größer werdendem Unmut, souveräner Herr der Lage.

Er drehte sich zu ihr um, den Ellenbogen auf die Armlehne gestützt. »Kein Grund, sich künstlich aufzupudeln, Frau Chefin«, sagte er und betonte das letzte Wort mit Genuss. »Ich sag ja nicht, dass du die Emgrabner nicht befragen sollst. Nur dass es nicht nötig ist, sie extra einzubestellen. Sie wurde gestern Abend verhaftet und sitzt bereits bei uns in Haft. Du brauchst dich also nur dorthin zu begeben, um sie zu vernehmen. Was willst du sie eigentlich fragen?«

Sees Erklärung trug nicht dazu bei, dass sich seine Vorgesetzte beruhigte. Ganz im Gegenteil. »Du hast … du hast gestern Abend eine Verhaftung vorgenommen? In unserem Fall? Eigenmächtig? Und wann hattest du vor, mir das mitzuteilen? Warum hast du mich nicht umgehend angerufen? Bist du jetzt vollkommen –«

Weiter kam sie nicht. »Ich hab gar nichts vorgenommen!«,

wurde nun auch See laut und sprang auf. »Und davon Kenntnis erlangt habe ich auch erst heute Morgen. Dass du so spät kommst und ich es vor dir erfahre, dafür kann ich nun wirklich nichts.«

Diana bemühte sich, ruhig zu atmen, ging zu ihrer Tasche hinüber, hob sie auf und legte sie ordentlich auf den Stuhl, bevor sie sich wieder an ihren Kollegen wandte. »Also gut, noch einmal von vorne. Was ist passiert? Warum befindet sich die Emgrabner in Polizeigewahrsam?«

Sie setzte sich an Sees Besuchertisch, und er nahm ihr gegenüber Platz. Fritz Wöglinger legte den Hörer auf und beeilte sich, dem Beispiel zu folgen, froh, dass sich die Wogen anscheinend glätteten und er nicht mehr Gefahr lief, Ziel eines Wutausbruchs zu werden. Von wem der beiden auch immer.

»Also, es ist Folgendes«, begann See, »ich habe ja am Freitag noch Helwig Emgrabner zum anonymen Brief befragt. Für ihn war sofort klar, dass nur seine Schwester dahinterstecken konnte.«

»Da schau her!«

»Und dann hat er mir, wahrscheinlich aus brüderlicher Rache, erzählt, was die gute Renate für Dreck am Stecken hat. Im letzten Herbst hat sie gemeinsam mit dem Rudi Saxenpichler –«

»Die Alte umgebracht«, beendete Wöglinger den Satz und schaute bewundernd zu seinem Idol. »Wie du das immer schaffst, Carlos! Du entlockst den Leuten Geständnisse, von denen unsereins nur träumen kann.«

Diana knirschte mit den Zähnen. Es stimmte nicht, dass Carlos See mehr Geständnisse erhielt als sie. Ganz im Gegenteil.

»Ist schon recht, Fritz«, sagte See. »Aber es geht nicht um den Mord, sonst hätte ich sie ja wirklich verhaftet, wie du wüsstest, wenn du mitgedacht hättest. Nein, es geht um Betrug. Die ach so korrekte Juristin und der Saxenpichler haben anscheinend mit einem Schneeballsystem systematisch auf Facebook Leute abgezockt.«

»Das hätte ich ihr nicht zugetraut.« Diana war erstaunt. »Dem Saxenpichler schon, aber ihr nicht. Die wirkt doch immer so übertrieben seriös. Obwohl …« Das belauschte Gespräch vom

Vortag fiel ihr ein. »Kannst du dir vorstellen, dass die Emgrabner was mit dem Saxenpichler am Laufen hatte?«

Jetzt hatte sie Sees volle Aufmerksamkeit. »Du meinst, die haben mehr gespielt als nur Tennis? Wie kommst du auf diesen abstrusen Verdacht?«

Sie erzählte ihren Kollegen die Bruchstücke des Gesprächs, die sie beim Kuchenessen auf dem Pöstlingberg aufgeschnappt hatte.

»Was haltet ihr von folgender Schlussfolgerung: Renate Emgrabner und Rudi Saxenpichler waren ein Paar, aber dann wollte die Sensenwirtin ihren Ex-Freund zurückhaben und hat ihn ihr abspenstig gemacht? Dafür wollte sich Renate rächen und hat ihr die Hand in den Safe gelegt.« Diana überlegte kurz. »Vielleicht hatten die Emgrabner und die Sensenwirtin davor irgendwann einmal einen Nichtangriffspakt geschlossen«, setzte sie fort, als See schwieg. »Du lässt deine Finger von meinen Typen, dafür lasse ich meine von deinen. Darum das Wort ›Handschlagqualität‹ auf der Karte.« Noch während sie ihn aussprach, glaubte sie ihren Gedankengang selbst nicht mehr so recht.

»Nichtangriffspakt?«, wiederholte Wöglinger. »Das ist ja cool. Das muss ich mir merken.«

»Und woher, bitte schön, hatte sie die Hand?«, wollte See wissen. »War das dem Rudi Saxenpichler sein Abschiedsgeschenk zum Ende ihrer Beziehung?«

»Du hast etwas ganz Entscheidendes vergessen«, freute Diana sich, seinem Spott etwas entgegensetzen zu können. »Renate Emgrabner hat Veterinärmedizin studiert, bevor sie Juristin wurde. Und beim Schlachthof gearbeitet. Also kann sie mit Messern umgehen und hätte den Stich ausführen können, den der Doc beschrieben hat. Wer sagt uns also, dass nicht sie die alte Hauzenberger auf dem Gewissen hat?«

»Und der Saxendings hat die Hand für sie aufbewahrt. Quasi als Freundschaftsdienst«, spann Wöglinger den Faden weiter.

»Und was wäre das Motiv?« See war noch immer nicht überzeugt. »Was für ein Zusammenhang sollte zwischen der Toten und Renate Emgrabner bestanden haben?«

Wöglinger, der sich stolz aufgeplustert hatte, sank in seinem Stuhl zusammen. »Da hast du auch wieder recht, Carlos.«

»Ihr vergesst, dass ich die Emgrabner ins Haus vom Sigi Hauzenberger gehen gesehen habe«, trumpfte Diana auf. »Also besteht auf jeden Fall ein Zusammenhang. Welcher, das werde ich sie gleich selbst fragen. Wöglinger, Sie kommen mit. Ach ja, Carlos, und wenn mich jemand sucht: Falls die Emgrabner nicht geständig ist, fahre ich anschließend gleich zur ›Sensenwirtin‹ hinauf.«

»Apropos suchen«, fiel ihrem Kollegen ein, »der Oberst hat dich gesucht. Er fragt, wann er endlich seine Kamera zurückbekommt. Er will noch neue Videobänder kaufen, bevor sein Neffe heiratet.«

»Videobänder!«, rief Wöglinger. »Das ist jetzt aber nicht sein Ernst! Wo will er die denn kaufen? So etwas gibt's heutzutage doch nur mehr im Museum.«

Mist, die Kamera!, dachte Diana. Ihre Lust, die Filme zu überprüfen, war überschaubar.

40

Frau Dr. Emgrabner war empört. Empört darüber, dass man sie verhaftet hatte. An einem Sonntag! Wo sie doch bereits einer Bridge-Runde am Abend zugesagt hatte. Empört darüber, dass man sie für Machenschaften zur Verantwortung ziehen wollte, die allein Rudolf Saxenpichler zu verantworten hatte. Empört darüber, dass der ihre Gutmütigkeit schamlos ausgenutzt hatte und sie diese ausbaden musste. Empört. Empört. Empört.

»Nur weil er tot ist und Sie ihn nicht mehr fragen können, wird mir jetzt die Schuld gegeben. Das ist ein Skandal! Sie brauchen nicht glauben, dass ich das unwidersprochen hinnehmen werde, Frau Chefinspektorin!«

Diana bemühte sich, das Gespräch in ihre Richtung zu lenken, doch Renate Emgrabner leistete Widerstand.

»Ich kann Ihnen gar nicht sagen, wie ich den Rudi Saxenpichler dafür hasse. Man soll ja über Tote nichts Schlechtes reden, und das würde ich auch normalerweise niemals tun, aber das hier schlägt dem Fass den Boden aus!«

»Jetzt beruhigen Sie sich doch, Frau Emgrabner«, versuchte der junge Inspektor Wöglinger mit strenger Stimme einen Vorstoß, der bei beiden anwesenden Damen nicht besonders gut ankam.

»Also erstens«, fuhr die Beschuldigte auf, »bin ich immer noch Frau *Dr.* Emgrabner und zweitens weit davon entfernt, mich zu beruhigen. Der Rudi hat immer so depperte Ideen gehabt und dann einen Dummen gesucht, der die Konsequenzen für ihn ausbadet. Aber nicht mit mir, das sage ich Ihnen! Das lasse ich mir nicht gefallen! Eine Renate Emgrabner weiß sich zu wehren. Eine Renate Emgrabner …«

Diana versuchte eine andere Taktik. »Rudolf Saxenpichler war zwar Ihr Tennispartner, dennoch haben Sie ihn verabscheut.«

»Sehr richtig.« Renate Emgrabner kniff die Lippen zusammen und nickte.

»Haben Sie ihn deshalb umgebracht?«, wollte Diana wissen.

»Wie bitte? Umgebracht? Ich? Den Rudi? Natürlich nicht! Was glauben Sie denn?«

»Ich glaube«, antwortete Diana trocken, »dass Hass ein beliebtes Mordmotiv ist. Genauso wie verschmähte Liebe …«

»Wovon reden Sie denn da, um Himmels willen? Wer verschmäht denn wessen Liebe?«

»Sie hatten ein Motiv«, sagte Diana und streckte den Daumen der linken Hand in die Höhe. »Sie waren am Urfahraner Markt«, der Zeigefinger folgte, »auf der Mineralwasserflasche waren Ihre Fingerabdrücke«, der Mittelfinger, »und er war zumindest Ihr Tennispartner, wenn nicht sogar mehr.« Vier Finger der Hand waren jetzt ausgestreckt. »Davon rede ich!«

Renate Emgrabner lehnte sich ihr entgegen. »Der Rudi und ich sollen ein Liebespaar gewesen sein? Na, Ihre Phantasie möchte ich haben! Für diese absurde Behauptung fehlt Ihnen jeder Beweis.«

Diana dachte daran, dass in der Flasche keinerlei Spuren von

Gift gefunden worden waren, und musste ihr insgeheim recht geben. »Hatten Sie und Saxenpichler irgendwann einmal eine Beziehung?«, präzisierte sie ihre Vermutung.

»Eine Beziehung? Natürlich nicht!« Renate Emgrabner schnaufte unwillig und schüttelte den Kopf. »Das meinen Sie doch nicht ernst! Sie haben Rudi doch selbst kennengelernt. Der war ja schon im Büro mit seiner Sparsamkeit und seiner ständigen Nörgelei kaum auszuhalten. Und bevor Sie wieder falsche Schlüsse ziehen: Ich habe ihn trotzdem nicht umgebracht.«

»Aber Sie hatten seinen Wohnungsschlüssel.« Diana wusste selbst nicht genau, warum sie das sagte. Es war aus einer plötzlichen Eingebung heraus geschehen.

Die Antwort kam ebenso plötzlich. »Freilich! Ich habe seine Blumen gegossen, wenn er auf Dienstreise oder auf Urlaub war. Es gab ja sonst niemanden, der sich in der Zeit um die Pflanzen gekümmert hätte. Ist das jetzt auch schon verdächtig?«

Höchst verdächtig, fand Diana. »Und wo ist dieser Schlüssel jetzt?«

»Woher soll ich das wissen?«, fuhr Renate Emgrabner auf.

»Aha.« Wöglinger nickte wichtig.

»Aha, was?«, schnauzte Frau Emgrabner ihn an.

»Der Kollege wollte damit ausdrücken, dass wir wissen, wo sich der Schlüssel befindet«, erklärte Diana. »Wir haben ihn in der Tiefkühltruhe in Saxenpichlers Wohnung gefunden. In einer Packung Mischgemüse.«

»Wie bitte? Wie soll er denn dorthin gekommen sein?«

»Sagen Sie es uns.« Dianas Stimme war nichts als pure Freundlichkeit.

»So ein Unfug!«, rief Renate Emgrabner. »Was auch immer Sie in Rudis Gefriertruhe gefunden haben, mein Schlüssel war das mit Sicherheit nicht. Der hängt nämlich immer noch an meinem Schlüsselbund, der in meiner Tasche ist. Wo genau die sich aber befindet, weiß ich nicht. Die Wachbeamten haben mir alle meine persönlichen Gegenstände abgenommen. Grad so, als wäre ich ein Schwerverbrecher.«

Eine Schwerverbrecherin, korrigierte Diana im Stillen schon

ganz automatisch. Sees Genderwahnsinn hatte unleugbar auf sie abgefärbt. »Kollege, seien Sie so nett und überprüfen Sie die Aussage.« Diana wartete, bis Wöglinger den Vernehmungsraum verlassen hatte, bevor sie das Thema wechselte. »Was sagt Ihnen der Name Marianne Grabert?«

»Nichts«, antworte Frau Emgrabner. »Die Grabert, die ich kenne, heißt Margarethe und ist die Sensenwirtin in St. Magdalena. Wir sind beide zusammen in die Volksschule gegangen. Und natürlich war ich erst kürzlich auf einem Seminar in ihrem Hotel. Sie übrigens auch, wenn ich Sie daran erinnern darf!«

»Und sonst?«

»Was, und sonst?«

»Verbindet Sie beide sonst noch etwas?«

»Nicht dass ich wüsste.«

»Und der Name Huberta Hauzenberger. Was sagt Ihnen der?«, wollte Diana wissen.

Frau Emgrabner stutzte. »*Huberta* Hauzenberger? Nie gehört. Wer soll das sein?«

»Seltsam«, meinte Diana. »Sie als alte Magdalenerin sollten den Namen der örtlichen Hebamme doch kennen.«

Ihr Gegenüber sah sie verständnislos an. »Was soll mich eine Hebamme interessieren, wenn ich keine Kinder habe?«

Damit hatte sie auch wieder recht. »Und warum besuchen Sie dann Frau Hauzenbergers Sohn?«

Frau Doktor schien ernsthaft überrascht zu sein.

»Leugnen ist zwecklos. Ich habe Sie im Haus von Siegfried Hauzenberger verschwinden sehen.«

»Ach, das ist der Sohn von dieser … Hebamme? Das wusste ich nicht.«

»Was genau haben Sie bei ihm am Donnerstag letzter Woche am späten Nachmittag gemacht?«

»Also, hören Sie mal!« Renate Emgrabner war schon wieder empört. »Ich habe ihn besucht. Ich darf doch wohl noch meine Freunde besuchen, ohne der Polizei darüber Rechenschaft ablegen zu müssen.«

Und warum haben Sie die Tür nicht geöffnet, als ich mehrmals geläutet habe?, wollte Diana noch fragen, unterließ es aber lieber. Die Antwort lag auch so auf der Hand. Renate Emgrabner und der Sigi Hauzenberger waren ein Paar! Einzelheiten dazu wollte sie sich lieber nicht vorstellen.

»Mein Gott, die Renate Emgrabner!«, rief die Sensenwirtin eine halbe Stunde später. »Das war eine Streberin, ich sage es Ihnen. Die mochten wir gar nicht in der Klasse. Aber dafür hat sie später gleich zwei Abschlüsse geschafft. Das ist schon bewundernswert. Ich habe sie vor ein paar Tagen gesehen, als sie hier am Seminar teilgenommen hat. Ich hätte sie beinahe nicht mehr erkannt, so alt und so … vertrocknet schaut sie aus. Aber gut, seit der Volksschule sind ja auch mehr als dreißig Jahre vergangen. Fast schon vierzig! Und in der Zwischenzeit hatten wir so gut wie keinen Kontakt. Zum Essen ist sie jedenfalls noch nie hier gewesen.«

»Frau Grabert, etwas ganz anderes«, sagte Diana, die einsehen musste, mit der Eifersuchtsgeschichte auf der falschen Fährte gewesen zu sein. »Ich gratuliere zur Wiederwahl in der Wirtschaftskammer.«

»Oh, haben Sie das auch gelesen? Danke. Aber so etwas Besonderes ist das gar nicht. Mein Vater und mein Großvater haben sich immer engagiert, also folge ich ihrem Beispiel.«

»Ich habe gar nicht gewusst, dass Sie Fleischhauerin sind.«

»Ich bin sogar Fleischhauermeisterin«, korrigierte die Sensenwirtin stolz, bevor sie seufzte. »Das hat mir allerdings auch nichts genützt. Ich habe unser Geschäft zusperren müssen, weil es sich nicht mehr gerechnet hat. Die Leute kaufen lieber das Hormonbilligfleisch im Supermarkt. Gibt es denn etwas Neues von unserer Bruni?«

Diana war kurz abgelenkt. »Hat man Sie nicht informiert? Frau Hauzenberger befindet sich in Untersuchungshaft. Sie wird ihre Arbeit im Hotel also so schnell nicht wiederaufnehmen können.«

»Na geh, so was!« Die Wirtin schlug sich die Hand aufs Herz. »Das fass ich nicht! Die Bruni ihre eigene Mutter! Ist denn wirklich jeder Irrtum ausgeschlossen?«

»Gar nichts ist ausgeschlossen«, sagte Diana, der solch

dramatische Gesten gegen den Strich gingen. »Solange kein rechtskräftiges Urteil gesprochen worden ist, gilt bekanntlich die Unschuldsvermutung. Was mich gleich zur nächsten Frage bringt: Wo waren Sie am Abend des achten September des vorigen Jahres?«

»Am achten September im Vorjahr?«, wiederholte die Wirtin erstaunt. »Glauben Sie wirklich, das habe ich im Kopf? Aber ich kann im Kalender nachschauen, wenn Sie wollen.«

»Ich bitte darum«, sagte Diana und folgte der Wirtin, die sich mit schwingendem Dirndlrock den Flur entlang in Richtung Büro aufgemacht hatte.

»Haben Sie eigentlich auch einen Schlüssel zur Wohnung von Rudolf Saxenpichler?«, fragte Diana, als sie vor der abgesperrten Tür standen und die Wirtin ihren Schlüsselbund aus der im Kleid eingenähten Tasche fischte. Margarethe Grabert sperrte auf und öffnete die Tür. Ein verschämtes Lächeln glitt über ihre Gesichtszüge, als sie sich zu Diana umwandte. Geradeso, als hätte man eine besonders brave Klosterschülerin beim Küssen ertappt.

»Wo denken Sie hin, Frau Chefinspektorin«, erwiderte sie. »So weit waren wir in unserer neu belebten Beziehung noch nicht. Wir befanden uns ja erst – wie soll ich das nennen? – in der Annäherungsphase. Bitte, kommen Sie doch herein!«

Das Zimmer war noch immer aufgeräumt. Die Papiere lagen Eck auf Eck. Keine verschimmelte Kaffeetasse weit und breit. Nur der zerschlissene Hundekorb in der Ecke war vom Chaos vor wenigen Tagen übrig geblieben.

»Jetzt schaut es hier herinnen schon besser aus, nicht wahr?« Die Wirtin ließ ihr bekannt schallendes Lachen hören. »Mei, war mir das peinlich. Ich kann mich nur noch einmal bei Ihnen entschuldigen.« Sie trat zum Schreibtisch, beugte sich vor, klickte auf der Tastatur ihres PCs herum und starrte dabei auf den Bildschirm. »So, da haben wir ja meinen Kalender. Um welchen Tag ging es noch mal?«

»Um den achten September.«

»Was ist denn da passiert?« Die Wirtin setzte sich hinter ihren Computer und klickte bis zum September zurück.

»An dem Abend des Tages ist Ihre Nachbarin Huberta Hauzenberger nach Angaben ihres Sohnes verschwunden und wurde höchstwahrscheinlich ermordet.«

Die Sensenwirtin schnappte nach Luft und starrte Diana an. »Und was hat das mit mir …? Sie glauben doch nicht etwa …? Also, ich weiß wirklich nicht, was ich dazu sagen soll.«

»Derzeit sollen Sie mir nur eines sagen«, erwiderte Diana, »nämlich wo Sie an jenem Abend beziehungsweise in der Nacht zum darauffolgenden Tag waren.«

»Ah, da haben wir es! An dem Abend war ich mit meinen Freundinnen auf dem Urfahraner Markt«, sagte die Wirtin. »Schauen Sie her, dann können Sie sich selbst davon überzeugen.« Sie schwieg und versuchte offensichtlich, sich zu erinnern. »Ich bin damals etwa gegen zehn nach Hause gefahren. Mit dem Taxi, weil ich schon einiges intus hatte. Prosecco, Bier, Wein, Sie können es sich eh vorstellen. Es war eine fröhliche Runde mit meinen Mädels.«

»Wissen Sie noch, welches Taxiunternehmen Sie damals angerufen haben?«

Die Sensenwirtin lachte. »Gar keines. Ich habe mir einfach einen Wagen geschnappt, der vor dem Ausgang stand. Und zu Hause bin ich sicher noch mit dem Dougie eine Runde spazieren gegangen. Das mache ich immer möglichst spät. Der ist schon ein alter Herr und hält nicht mehr die ganze Nacht durch wie früher. Und dann bin ich wohl zu Bett, denn der nächste Tag war ein ganz normaler Arbeitstag. Eigentlich bin ich immer ab sieben Uhr im Hotel. Sie können gern meine Leute fragen, die werden das bestätigen, sofern sie sich noch erinnern. Und bevor Sie das auch noch wissen wollen: Für die Nacht habe ich kein Alibi. Leider, ich wollte, es wäre anders.«

Diana schob ihr den Block hin, der auf dem Schreibtisch lag. »Würden Sie mir hier bitte sämtliche Namen, Adressen und Telefonnummern der Freundinnen aufschreiben, die mit Ihnen den Abend verbracht haben? Vielen Dank!«

Die Wirtin machte sich sofort daran, diesem Wunsch nachzukommen.

»Ach ja, noch etwas«, begann Diana, als sie das Blatt anschließend zusammenfaltete und in ihre Tasche steckte. »Als ich das vorletzte Mal hier war, lag ein menschlicher Mittelhandknochen auf dem Fußboden.« Sie deutete mit dem Zeigefinger auf die Stelle, wo der verdreckte Napf gestanden hatte. »Haben Sie dafür eine Erklärung?« Sie hielt ihren Blick starr auf die Wirtin gerichtet.

Zuerst schien es, als wäre Frau Grabert völlig aus der Fassung gebracht, sie erblasste sogar leicht. Dann aber fing sie sich wieder und lachte. »Mein Gott, jetzt haben Sie mir aber einen Schreck eingejagt, Frau Chefinspektorin. Das Thema Hand in meinem Haus lässt mir immer noch das Blut in den Adern gefrieren. Was Sie hier in meinem Büro gesehen haben, war mit Sicherheit ein Knochen von einem Tier. Wahrscheinlich von einem Kaninchen oder einem Wildhasen. Beide Gerichte stehen in regelmäßigen Abständen auf der Tageskarte. Wenn dem so ist, gebe ich Dougie öfter Knochen, die in der Küche übrig geblieben sind. Manchmal hat das auch die Bruni gemacht. Die liebt Hunde.«

41

»Eine Frage will mir nicht aus dem Kopf gehen: Wie ist die Mörderin an das Gift gekommen?«

»Wie bitte?« Diana schaute irritiert vom winzigen Display auf. Vor einer Stunde hatte sie damit begonnen, sich das Video von einer weißen Wand anzusehen, das sie in der Nacht des ersten Seminartags zum zweiten aufgenommen hatte, um damit die gedrehten Verhandlungsszenen zu überspielen. Sie hatte den Geschäftsführern der Firma Meissl ausdrücklich höchste Diskretion zugesichert und wollte dieses Versprechen einhalten, so langweilig die Überprüfung auch war. Als sie nun den Kopf hob und See mit erwartungsvollem Blick vor sich stehen sah, drückte sie auf Stopp.

»Das Gift?«, sie überlegte. »Wir wissen nur sicher, dass es vom Laptop der Frau Hauzenberger aus bestellt wurde. Noch ist nicht vom Tisch, dass ihre Tochter es Saxenpichler untergejubelt hat. Allerdings könnte sie es auch weiterverkauft haben. Oder ihr Bruder Sigi. Der braucht für seine Kifferei bestimmt immer Geld. Vielleicht ist er durch seine Sucht auf dumme Gedanken gekommen.« Sie stand auf. »Ich wollte ihm ohnehin noch ein paar Fragen stellen. Außerdem muss ich dringend mal eine Pause machen. Du glaubst gar nicht, wie anstrengend das ist, sich auf eine bewegungslose Szene und die Hintergrundgeräusche zu konzentrieren, die von außen in den Raum dringen.«

»Dann lass es sein«, schlug See vor. »Gib dem Oberst die alte Kiste zurück und fertig.«

»Würde ich ja gern«, antwortete sie. »Aber zum einen habe ich versprochen sicherzustellen, dass alle Verhandlungen gelöscht werden, und zum anderen will ich nichts verpassen. Vielleicht hat die Kamera zufällig Stimmen von Leuten vor dem Seminarraum aufgenommen. Immerhin fand die Aufnahme am Tag vor Saxenpichlers Ermordung und der Sache mit der Hand statt. Aber damit kann ich auch nachher weitermachen. Jetzt fahre ich nach St. Magdalena hinauf und fühle Sigi Hauzenberger noch einmal auf den Zahn.«

»Da komme ich doch glatt mit«, beschloss See. »Langsam habe ich das ungute Gefühl, wir haben etwas Entscheidendes übersehen.«

»Auf Sie habe ich grad noch gewartet«, begrüßte Siegfried Hauzenberger die Beamten wenig begeistert. Heute trug er eine schwarze Jeans und ein schwarzes T-Shirt, das Gesicht war rasiert, die Haare geschnitten. Es schien, als wäre ein Wandel mit ihm vorgegangen.

Vielleicht, weil er um seine Mutter trauert?, überlegte Diana, wusste aber, dass sie ihn das nicht fragen konnte.

»Kommen Sie halt rein, wenn es unbedingt sein muss.« Er machte die Tür weit auf und wies mit der Hand in Richtung Wohnzimmer. »Lang habe ich aber nicht Zeit, das sag ich gleich. Am Nachmittag habe ich ein Vorstellungsgespräch.«

»Wir bleiben nur kurz«, beeilte Diana zu versichern.

»Ich muss mir jetzt einen Job suchen«, erklärte Sigi weiter.

»Und wem verdanke ich das? Ihnen beiden. Sie haben dafür gesorgt, dass man mir die Pension von der Mutter von einem Tag auf den anderen gestrichen hat. Und die Gelder, die ich seit ihrem Tod erhalten habe, muss ich auch zurückzahlen und wahrscheinlich noch eine saftige Strafe obendrein. Recht schönen Dank dafür!«

»Das haben Sie sich ganz allein zuzuschreiben«, antwortete Diana streng.

»Was mir nicht aus dem Kopf gehen will«, sagte See, als sie im Wohnzimmer waren und er sich mit Schwung auf das grüne Cordsofa setzte.

»Aufpassen!«, rief Sigi Hauzenberger und klang fast panisch. »Sie dürfen die Polster nicht durcheinanderbringen, das kann die Mutter nicht leiden.«

See bemühte sich, das Kissen neben sich wieder ordentlich aufzustellen, was ihm mehr schlecht als recht gelang. »Saxenpichler starb durch Gift, das Sie im Internet bestellt haben«, setzte er dann fort.

Erwartungsgemäß konnte Siegfried Hauzenberger diesen Verdacht nicht auf sich sitzen lassen. »Ich habe noch nie in meinem Leben Gift bestellt, damit das ein für alle Mal klar ist!«, rief er aus und nahm See gegenüber Platz. »Wenn, dann war das die Mama. Sie wollte wegen ihrer Krankheit sterben. Die hat Krebs gehabt, das wissen Sie doch längst. Sie war gegen eine Operation, außerdem hat sie lange Zeit gehofft, dass sie den Krebs wie ihre Warzen wegbeten kann. Mutter hat an so etwas geglaubt.«

»Wenn Sie daran glaubte, warum hat sie dann das Gift gekauft?«, warf Diana ein.

»Weil das Gift ihr Plan B war, wenn Sie so wollen. Hätte das Wegbeten nicht rechtzeitig geholfen und wären die Schmerzen unerträglich geworden, dann wollte sich Mutter umbringen. Sie hatte es nicht so mit Spitälern, und über studierte Ärzte hat sie immer geschimpft.«

»Angenommen, Sie sagen die Wahrheit. Wie kam es dann dazu, dass Rudolf Saxenpichler anstelle Ihrer Mutter das Gift genommen hat?«

»Die Mutter hätte es ja nicht mehr schlucken können, die

war doch schon tot«, erwiderte Sigi Hauzenberger in der für ihn eigenen Logik.

»Sie haben es ihm also gegeben, weil es Ihre Mutter nicht mehr brauchte?«, schloss See.

Hauzenberger riss die Augen auf. »Sind Sie wahnsinnig? Warum hätte ich das denn machen sollen? Mir war der doch wurscht, wie oft soll ich das eigentlich noch sagen?«

»An wen haben Sie das Gift dann verkauft?«, wollte Diana wissen.

»An niemanden. Ich hab doch nicht einmal gewusst, wo es die Mutter aufbewahrt hat. Das hätte sie mir nie und nimmer verraten.«

»Dann stellt sich allerdings die Frage, wie Saxenpichler an das Gift kam. Der wird ja nicht durch Ihr Haus geschlichen sein und das Nachtkastl Ihrer Mutter geplündert haben.«

»Hier schleicht niemand herum«, bestätigte Sigi Hauzenberger, »außer die Holzer Marianne. Und der habe ich deutlich gezeigt, was ich davon halte.«

»Wer?«, fragte See irritiert und war kurz vom eigentlichen Thema abgelenkt.

»Es war trotzdem nicht richtig, eine wehrlose Frau niederzuschlagen. Sie können froh sein, dass sie auf eine Anzeige verzichtet hat«, sagte Diana streng.

»Was?«, fragte See noch irritierter.

»Herr Hauzenberger und meine Mutter hatten eine kleine Auseinandersetzung, nicht weiter wichtig«, beeilte sich Diana, ihn zumindest über das Wesentlichste zu informieren. »Was mein Kollege wissen wollte«, sagte sie an Hauzenberger gewandt, »ist, wie das Gift von Ihrer Mutter in Herrn Saxenpichlers Körper gelangt ist.«

»Was weiß denn ich?«, fuhr dieser auf. »Vielleicht hat es ja die Holzer Marianne genommen? Wer sagt denn, dass das nicht möglich ist?« Er blickte sie trotzig an.

»Ich«, sagte Diana mit mehr Bestimmtheit, als sie empfand. »Außerdem war meine Mutter an dem Nachmittag bei Ihnen, an dem Saxenpichler starb. Das geht sich also schon rein zeitlich nicht aus.«

»Wenn das so ist, können wir uns jetzt ja wieder auf den Fall konzentrieren«, murrte See. »Denken Sie doch einmal nach, Herr Hauzenberger. Wo bewahrte Ihre Mutter im Allgemeinen wichtige Dinge auf?«

Der Mann überlegte. »Es könnte gut sein, dass sie das Gift an dem Abend bei sich getragen hat, als sie verschwand. Ein paar Tage davor hatte sie nämlich zu mir gesagt: ›Wenn es so weit ist, Sigi, dann werde ich draußen in den Armen von Mutter Natur sterben.‹ Ich habe mir damals schon gedacht, dass sie plant, sich umzubringen.«

»Und Sie haben nichts unternommen, um ihren angekündigten Selbstmord zu verhindern?« See konnte es nicht glauben.

»Warum hätte ich das tun sollen?« Sigi verstand offensichtlich die Frage nicht. »Ich bin alt genug, um allein zu leben, ich brauch die Mutter nicht mehr. Und sie war alt genug, um ihre eigenen Entscheidungen zu treffen. Wenn sie sich etwas in den Kopf gesetzt hatte, konnte es ihr eh niemand ausreden.«

Dann schwiegen alle drei.

»Sagen wir also, es ist wie folgt abgelaufen«, schlug See schließlich vor. »Ihre Mutter ist an jenem Abend im September in den Wald gefahren. Sie haben gedacht, das wäre eine gute Möglichkeit, sich ihr zu entledigen, weil Sie ihre Strenge und ihre Vorschriften schon so lange nervten. Sie wussten genau, wo sie hinwollte, also sind Sie in Ihr Auto gestiegen und haben auf der Straße im Wald auf sie gewartet.«

»Hab ich nicht«, fuhr Sigi auf.

»Sie haben mit dem Auto im Wald auf sie gewartet«, wiederholte See seelenruhig. »Und als sie mit dem Fahrrad zwischen den Bäumen auftauchte, sind Sie aufs Gaspedal gestiegen.«

Diana hielt die Luft an. Das klang alles sehr schlüssig.

»Bin ich nicht!«, rief Sigi Hauzenberger nun noch etwas lauter.

»Nennen Sie uns einen Grund, warum wir Ihnen das glauben sollen«, sagte Diana.

»Weil ich gar kein Auto habe. Oder sehen Sie draußen irgendwo eins?«

»Dann haben Sie es sich eben ausgeliehen«, setzte See ungerührt fort. »Als Sie Ihre Mutter dann gesehen haben, haben Sie sie absichtlich angefahren, weil Sie sie ja, wie Sie eben selbst gesagt haben, nicht mehr brauchten. Und anschließend haben Sie ihr mit dem Messer den Todesstich versetzt.«

»So ein Blödsinn!«

»Dann haben Sie das Gift, das sie bei sich trug, an sich genommen und überlegt, wie Sie die Leiche entsorgen.«

»Habe ich nicht. Ich war zu Hause.«

»Also riefen Sie Ihren Freund Rudi Saxenpichler und baten ihn um Hilfe. Zu zweit haben Sie die Leiche und das Fahrrad in den Kürnberger Wald gebracht und dort verscharrt.«

»Hören Sie auf damit, das ist doch alles nicht wahr!«

»Wahrscheinlich haben Sie Saxenpichler irgendetwas versprochen und das mit Handschlag besiegelt. Aber dann wollten Sie sich nicht mehr daran halten.«

»Handschlagqualität«, das stand auf dem Schild im Safe der Honeymoon-Suite, dachte Diana. Sees Theorie hatte wirklich Hand und Fuß. Saxenpichler hatte erwiesenermaßen einen Hang zur Erpressung gehabt. Wahrscheinlich hatte er auch mit dem Schild jemanden unter Druck setzen wollen. Fragte sich nur, wen? Aber hätte er nicht, wenn er den Sigi Hauzenberger hätte erpressen wollen, die Hand woanders hinlegen müssen? Auf wen hatte er es also abgesehen gehabt? Auf die Sensenwirtin? Nein, die schied aus. Die hatte er erobern, nicht erpressen wollen. Die Warnaus? Aber noch immer gab es kein Indiz, das darauf hindeutete, dass Saxenpichler sie überhaupt gekannt hatte. Den tschechischen Reisegast, mit dem er in der Halle gestritten hatte? Sie warteten noch immer auf das Vernehmungsprotokoll der Prager Kollegen. Oder vielleicht Brunhilde Hauzenberger?

»Also sind Sie hinüber ins Hotel geschlichen und haben Saxenpichler das Gift in seinen Tee gemischt. Oder Sie haben ihn auf dem Urfahraner Markt abgepasst ...«, spann See seinen Faden weiter und weiter.

Sigi Hauzenberger sagte nichts mehr. Er saß auf dem weichen Sessel und starrte vor sich hin, die Lippen trotzig zusammengekniffen.

Diana ging auf den Parkplatz hinaus und rief Wöglinger an. »Was ist eigentlich bei der Untersuchung von Saxenpichlers Wagen herausgekommen?«

»Auf den ersten Blick nichts Verdächtiges, wieso?«

»Ich rede nicht von einer oberflächlichen Begutachtung, sondern von DNA-Spuren im Kofferraum«, sagte sie ungeduldig.

»Darauf wurde das Auto nicht untersucht. Hätten wir das anordnen sollen? Der Saxenpichler ist doch das Opfer und auf dem Urfahraner Markt gestorben und nicht im Auto, deshalb –«

Das konnte doch nicht wahr sein! »Wo steht das Fahrzeug jetzt?« Hoffentlich hatten etwaige Erben es noch nicht abgeholt, flehte sie innerlich.

»Eh noch bei uns«, lautete die Antwort wie von Diana gewünscht. »Was soll ich veranlassen?«

»Die KTU soll sich noch einmal das Auto ansehen und prüfen, ob DNA-Spuren von Huberta Hauzenberger zu finden sind. Darüber hinaus sollen die Kollegen nach Fingerabdrücken von ihrem Sohn, Siegfried Hauzenberger, Ausschau halten. Und sagen Sie, dass es dringend ist.« Sie wollte schon auflegen, als ihr noch etwas einfiel. »Aber vorher prüfen Sie, ob je ein Führerschein auf seinen Namen ausgestellt wurde und ob auf ihn ein Fahrzeug zugelassen ist. Die Info brauche ich sofort, ich warte auf Ihren Rückruf.«

»Die Frau Chefinspektorin!«, hörte sie die fröhliche Sensenwirtin rufen, als sie aufgelegt hatte.

Sie sah auf und ging Frau Grabert entgegen, die eben die Straße überquerte.

»Was machen Sie denn da? Befragen Sie den Sigi zu seiner Schwester? Gibt es etwas Neues wegen unserer Bruni? Ich kann's noch immer gar nicht glauben. Andererseits klingt Untersuchungshaft schon recht endgültig.«

»Wie ich Ihnen bereits gesagt habe: Noch ist nichts endgültig«, beeilte sich Diana, sie zu korrigieren. »Aber gut, dass ich Sie sehe. Könnten Sie mir in Ihrer Küche so einen Kaninchenknochen zeigen, von dem wir gestern gesprochen haben? Mich würde sein Aussehen doch sehr interessieren.«

»Einen Kaninchen…?« Dann erinnerte sich die Wirtin offensichtlich an ihr letztes Gespräch. »Ah, richtig! Wahrscheinlich war das ein ganz normaler Phalanx proximalis, also ein Knochen aus der Pfote.«

»Dann würde ich gern so einen Knochen mitnehmen«, sagte Diana.

»Mei, das tut mir jetzt aber leid«, die Wirtin schien die Tatsache wirklich zu bedauern, »aber bei uns haben heute die Spargelwochen begonnen. Darum haben wir die Anzahl der Fleischgerichte stark reduziert. Derzeit gibt es weder Hasen noch Kaninchen im Haus. Hätte der Knochen die Bruni vielleicht entlastet?«

»Warum interessiert Sie das so brennend?«

»Das mit der Bruni geht mir halt schon zu Herzen. Sie ist unsere Restaurantleiterin, und ich mag sie auch persönlich sehr gern. Und jetzt sitzt die Arme im Gefängnis! Ich habe soeben ein Inserat im ›Tagesblatt‹ aufgegeben, dass ich eine neue Kraft suche, weil wir schon vor dieser Sache im Service unterbesetzt waren. Ich halte wirklich die Daumen, dass doch noch alles gut ausgeht und die Bruni bald wieder bei mir arbeiten kann.« Sie seufzte, um kurz darauf schon wieder zu lächeln. »Aber ich weiß ja, dass Sie alles Menschenmögliche tun, um diese schreckliche Geschichte bald aufzuklären, Frau Chefinspektorin.«

»Schaun wir mal«, war alles, was Diana zu diesen vertrauensvollen Worten einfiel.

Spargelwochen, dachte sie, als sie wieder das Haus von Siegfried Hauzenberger betrat. Gusti hatte am nächsten Tag Geburtstag und liebte Spargel. Und ihre Großtante würde gern einmal wieder bei der »Sensenwirtin« essen, das hatte sie am Wochenende mehrfach betont. Vielleicht sollte sie sie heute Abend spontan zum Essen nach St. Magdalena einladen?

Ihren eigentlichen Geburtstagsabend beging Gusti traditionellerweise mit ihren besten Freundinnen, die einander seit ihrer Ausbildung an der Lehrerbildungsanstalt in der Honauerstraße kannten. Anfangs waren sie eine Runde von acht Freundinnen gewesen, die in der Zwischenzeit auf drei geschrumpft war. Doch die hielten weiterhin eisern zusammen. Es muss schön sein, so langjährige enge Freundinnen zu haben, ging es Diana durch den Kopf. Ihre eigenen hatten sich in alle Winde zerstreut.

Im Haus von Sigi Hauzenberger wurden Dianas Gedanken rasch wieder ins Hier und Jetzt zurückgeholt. Denn gerade, als sie dabei war, durch den engen Flur zu gehen, erreichte sie Wöglingers Rückruf.

»Wir haben Ihre Aussagen überprüft, Herr Hauzenberger«, sagte sie daher, als sie wenig später wieder das Wohnzimmer betrat.

See und der Sohn der Toten standen sich Auge in Auge gegenüber, und See befahl soeben: »Sie sollen sich wieder hinsetzen, habe ich gesagt!«

Also ließ sich Hauzenberger wieder auf den weichen Sessel fallen.

»Sie haben die Wahrheit gesagt«, sagte Diana. »Es ist tatsächlich kein Fahrzeug auf Sie zugelassen. Und da Sie auch keinen Führerschein besitzen, ist nicht anzunehmen, dass Ihnen jemand sein Auto geliehen hat. Außerdem wären dem Eigentümer die Spuren eines Unfalls mit Sicherheit aufgefallen.«

»Davon rede ich doch die ganze Zeit«, murrte Hauzenberger.

»Die KTU wird sich Saxenpichlers Pkw noch einmal genauer vornehmen«, informierte Diana See.

»Und wegen der paar Kleinigkeiten warst du jetzt so lange weg?«, wollte See wissen. Wenn er schon auf dem Holzweg gewesen war, wollte er zumindest seinen Frust an jemand anderem auslassen.

»Ich habe vor dem Haus die Sensenwirtin getroffen, und wir haben einige Worte gewechselt. Sie wollte natürlich wissen, wie es mit ihrer Restaurantleiterin weitergeht. Ich muss zugeben, dass ich die Frau bewundere. Sie hat einen so wichtigen Ausfall im Service zu verkraften und bleibt trotzdem weiterhin gelassen und gut aufgelegt. Eine nette Person.«

»So nett ist die gar nicht«, murmelte Sigi Hauzenberger.

Diana musste lachen. »Weil sie Ihnen das Gratis-Mittagessen gestrichen hat?«

»Das auch.« Er machte eine wegwerfende Handbewegung. »Aber darum geht es nicht. Die Mama und die Greta haben sich nie ausstehen können, und seit der Geschichte vor gut eineinhalb Jahren haben sie nicht einmal mehr miteinander geredet. Die Mama hat gesagt, die Greta sei eine gottlose Schlampe und noch so einen Mist. Das erzähle ich Ihnen lieber nicht. Darum bin ich ja auch aus allen Wolken gefallen, als die Bruni eines Tages mit einem Mittagessen dagestanden ist und gesagt hat, das sei für unsere Mutter. Von der Sensenwirtin und noch dazu gratis! Ich glaube, die Mama hätte glatt der Schlag getroffen, wenn sie nicht eh schon tot gewesen wäre.«

»Wahrscheinlich war das so eine Art Dank für den Grund für den Parkplatz, den Sie ihr im Namen Ihrer damals schon toten Mutter verpachtet haben«, mutmaßte See.

Sigi Hauzenberger wunderte sich nicht, dass die Kriminalpolizisten Bescheid wussten. »So könnte man es sehen«, gab er daher zu. »Komisch war es trotzdem. Denn dafür zahlt sie ja eh jeden Monat eine ordentliche Summe.«

»Was war denn das für eine Geschichte vor gut eineinhalb Jahren?«, wollte Diana wissen.

Es war offensichtlich, dass es Sigi Hauzenberger peinlich war, darüber zu sprechen. »Na ja, eigentlich nichts«, sagte er ausweichend. »Etwas Persönliches eben, das eigentlich nur die Greta und die Mutter angegangen ist. Ich selbst habe das eher durch Zufall mitbekommen und weil die Mama so aufgewühlt und empört war, dass sie ihren Mund nicht halten konnte. Das war fast beängstigend. Im Allgemeinen konnte sie nämlich schweigen wie ein Grab.«

»Und was war jetzt los? Wenn Sie schon angefangen haben zu erzählen, dann wollen wir die Geschichte auch zu Ende hören.« Diana hoffte, dass auch Sigi Hauzenberger den Mund nicht würde halten können.

»Wollen Sie nicht lieber mit der Greta darüber reden?«, fragte dieser flehentlich. »Aber sagen Sie ihr nicht, dass Sie das von mir wissen.«

»Dass wir was von Ihnen nicht wissen?«, ließ Diana nicht locker.

Hauzenberger konnte dem Druck nicht standhalten. »Dass sie abgetrieben hat. Das ist das, was Sie nicht von mir wissen. Die Greta war schwanger, aber fragen Sie mich nicht, von wem, weil ich das nicht weiß. Ist mir auch vollkommen wurscht. Sie war schon weiter als im dritten Monat.«

»Und die Abtreibung wurde von Ihrer Mutter vorgenommen?«, erkundigte sich Diana atemlos. Das waren ja völlig unerwartete Informationen. War die alte Hebamme etwa als Engelmacherin unterwegs gewesen? Und wenn ja, würde sich damit der Kreis der Mordverdächtigen auf all ihre ehemaligen Patientinnen ausweiten? Und deren Angehörige?

»Sind Sie wahnsinnig?«, widersprach ihr Sigi Hauzenberger zu ihrer Beruhigung sofort. »Die Mutter war doch eine strikte Gegnerin von Abtreibungen, egal in welchem Monat.«

»Zu wem ist die Sensenwirtin stattdessen gegangen?«

»Der Eingriff hat irgendwo stattgefunden, keine Ahnung, wo genau. Die Greta war schon wieder zu Hause, da hat sie am Abend furchtbare Schmerzen bekommen. Sie hat den Franz, den Rezeptionisten, zu uns geschickt, damit er die Mutter zu Hilfe holt. Die wollte zuerst gar nicht gehen, weil sie die Greta wie gesagt nicht ausstehen konnte. Aber dann hat sie ihr wohl doch leidgetan, weil ja ungefähr eine Woche vorher auch noch ihr Vater, also der alte Sensenwirt, gestorben war. Sie hat ihre Tasche gepackt und ist hinüber. Wie sie zurückgekommen ist, war sie fuchsteufelswild! ›So eine elende Schlampe!‹, hat sie immer wieder gerufen. ›Eine Kindsmörderin, eine elendigliche!‹ Entschuldigen Sie, aber so hat sich die Mutter ausgedrückt. Und dann hat sie noch draufgesetzt: ›Mit der rede ich kein Wort mehr! Nie mehr in meinem Leben!‹«

Diana lehnte sich an das Fensterbrett des Wohnzimmers. Das waren wirklich unglaubliche Neuigkeiten, allerdings hatte sie keine Ahnung, ob und wie diese für ihren Fall relevant sein könnten.

»Wie geht es dem Butzerl?«, hörte sie Tante Gusti in ihrer Erinnerung fragen. Nun wusste sie es. Es hatte nie ein Butzerl gegeben. Der Fötus war abgetrieben worden. Nach dem dritten Monat! Warum so spät? War die Wirtin vor dem Tod des Vaters etwa so beschäftigt gewesen, dass sie die Schwangerschaft gar nicht bemerkt hatte?

»Und wer war der Vater?«, stellte See die Frage, die Diana auch schon in den Sinn gekommen war.

Hauzenberger zuckte wie erwartet mit den Schultern. »Wie ich eh schon gesagt habe: Ich habe nicht die geringste Ahnung. Ich weiß nur, dass ich es mit Sicherheit nicht war. Alles andere ist mir wurscht.«

Als Tante Gusti nach dem Butzerl gefragt hatte, hatte sich Diana nicht näher mit dem Thema befasst, da ihr das Privatleben der Sensenwirtin für ihre Mordfälle nicht relevant erschien. Nun fragte sie sich, ob sich das durch Sigi Hauzenbergers Erzählung geändert hatte. »Die arme Frau«, sagte sie. »Zuerst stirbt der Vater, und kurz darauf verliert sie ihr Kind. Wahrlich viel auf einmal.«

See schwieg, aber es war ihm anzusehen, dass es hinter seiner Stirn arbeitete.

»Es könnte sein«, fiel Hauzenberger endlich ein, »dass die Greta damals noch mit dem Saxenpichler zusammen war. Sicher bin ich mir allerdings nicht. Was ich aber hundertprozentig weiß: Nach dem Begräbnis vom Sensenwirt war der Rudi nicht mehr hier heroben. Zumindest mehrere Monate lang nicht.« Er fing unvermittelt zu kichern an. »Na, das wäre ja eine super Story! Die liebe Greta war noch mit dem Rudi Saxenpichler zusammen, als sie ein Kind von einem anderen erwartete. Und damit er es nicht merkt, hat sie es abgetrieben. Er kommt doch dahinter und lässt sie sitzen. Meine Mutter hatte doch recht, Greta ist und bleibt eine Schlampe.«

»Erstens kennen wir keine Details, und zweitens steht es uns nicht zu, darüber zu urteilen«, verbat sich Diana kategorisch jede weitere Spekulation. Hauzenbergers Schadenfreude ging ihr auf die Nerven. Hatte die Sensenwirtin in Wahrheit Saxenpichlers Kind abgetrieben? Hatte dieser die alte Hauzenbergerin auf dem Gewissen, weil er erst jetzt, Monate nach dem Eingriff, hinter die Abtreibung gekommen war und fälschlicherweise annahm, die Hebamme hätte den Eingriff durchgeführt? Oder musste er selbst sterben, weil er begonnen hatte, die Sensenwirtin wegen der Abtreibung zu erpressen? Hatte er ihr deshalb die Hand in den Safe gelegt? Beides schien möglich. Aber wie passte das Schild mit der Aufschrift »Handschlagqualität« dazu?

Diana brannte darauf, ihre Gedanken mit Carlos See zu besprechen, und wollte sich soeben von Sigi Hauzenberger verabschieden, als ihr Kollege noch eine ganz andere Frage in den Raum stellte.

»In welcher Art von Beziehung stehen Sie zu Renate Emgrabner?«

Diana war dankbar. Sie selbst hätte die Frage glatt vergessen. Aber war das angesichts ihres Verdachts gegen Saxenpichler und die Sensenwirtin überhaupt noch von Belang?

»Na, Sie sind gut! Glauben Sie wirklich, ich hätte auch nur das geringste Interesse an so einer wichtigtuerischen … Schachtel? Und können Sie sich vorstellen, dass die sich je mit einem Mann wie mir einlassen würde? Die glaubt doch, sie sei was Besseres, nur weil sie –«

»Wie stehen Sie zueinander?«, unterbrach ihn See ungeduldig.

»Wir kennen uns flüchtig, das ist alles.«

»Warum wurden Sie dann dabei beobachtet, wie Sie Frau Emgrabner ins Haus gelassen haben?«

»Ich wurde dabei beobachtet?« Sigi Hauzenberger war fassungslos. »Lebe ich etwa in einem Polizeistaat, der unbescholtene Bürger vierundzwanzig Stunden am Tag überwacht? Und ich Naivling habe immer angenommen, dies sei ein freies Land!«

»Also?«, ließ See nicht locker.

»Das geht Sie gar nichts an, was ich in meinem Haus mache.« Hauzenberger verschränkte die Arme vor der Brust, kniff die Lippen zusammen und hatte, wie See und Diana insgeheim natürlich wussten, völlig recht.

42

»Mal angenommen, dein Verdacht stimmt«, sagte See, den Diana in ihre Gedanken eingeweiht hatte, und trommelte wieder einmal mit den Fingern aufs Lenkrad, »wo sind die Beweise?«

Sie bewegten sich im Schritttempo vorwärts. Seit in Linz die alte Eisenbahnbrücke abgerissen worden war, standen nur mehr zwei Brücken zur Überquerung der Donau zur Verfügung. Die Fahrt von St. Magdalena zum LKA dauerte daher eine gute halbe Stunde länger als früher.

»Wenn der Saxenpichler die alte Hauzenbergerin angefahren hätte, dann müssten doch Spuren vom Unfall am Äußeren seines Fahrzeugs zu erkennen sein. Aber davon hat die Spurensicherung nichts erwähnt.«

Diana nickte. »Ich verstehe ohnehin nicht, wie das Ganze abgelaufen sein soll. Hat ihr der Mörder aufgelauert? Wollte er –«

»Oder sie«, warf See ein.

»Oder sie sie ursprünglich mit dem Auto töten und hat erst, als er oder sie merkte, dass die Frau noch lebt, zum Messer gegriffen?«

»Kann sein«, sagte See vage.

»Das hieße dann aber doch, dass der Täter oder von mir aus auch die Täterin gewusst haben müsste, dass die Frau in dieser Nacht vorhatte, zur Waldlichtung zu radeln.«

»Klingt nicht unlogisch«, stimmte See zu.

»Dann wäre die Abtreibungsgeschichte irrelevant, denn es ist nicht davon auszugehen, dass Saxenpichler oder die Wirtin von dem Ausflug wussten. Aber wer dann? Sigi Hauzenberger mit Sicherheit, doch der hat weder Auto noch Führerschein. Außerdem scheint der seinen Hintern nur aus dem Haus zu bewegen, wenn es absolut sein muss.«

»Also doch seine Schwester?«

Diana nickte. »Genau. Und die hätte auch ein scharfes Messer im Auto mitführen können.«

»Als Jägerin wollte sie sicher darauf vorbereitet sein, bei etwaigen Wildunfällen eingreifen zu können«, mutmaßte auch See.

»Genau«, bestätigte Diana noch einmal.

»Allerdings«, begann See, und Dianas Begeisterung erhielt einen Dämpfer, »verwendet eine Jägerin für solche Fälle einen Knicker, wie wir ihn auch bei Brunhilde Hauzenberger im

Auto gefunden haben, und kein japanisches Küchenmesser. Und ihr Knicker ist bekanntlich sauber. Was mich auf einen anderen Gedanken bringt. Der Alfred hat doch gesagt, so ein Messer sei nicht nur scharf, sondern auch relativ teuer, richtig?«

»Richtig«, bestätigte Diana, die sich gedanklich von Brunhilde Hauzenberger als Täterin nicht verabschieden wollte. Alles passte einfach so gut zusammen. Zu gut?

»Damit können wir Saxenpichler als Täter ausschließen«, sprach See weiter. »Der hätte es nie über sein geiziges Herz gebracht, einen so teuren Gegenstand zu vergraben. Selbst wenn er es in der Tatnacht panisch getan hätte, hätte er das Messer spätestens am nächsten Tag wieder ausgegraben. Wer nicht einmal eine Süßstofftablette wegwerfen kann, der lässt bestimmt kein japanisches Messer im Wald zurück.«

»Stimmt«, gab Diana freimütig zu. »Außerdem wusste er sicher nicht, wie man einen fachgerechten Stich in die Halswirbelsäule setzt. Damit können wir Saxenpichler als Mörder der Hauzenberger wohl ein für alle Mal ausschließen.« Das Autotelefon meldete sich. Sie schaltete die Freisprechanlage ein. »Was gibt es, Kollege?«

»Ich hatte mich geirrt, Frau Pölz«, begann Fritz Wöglinger. »Die KTU hat sich das Auto von diesem Saxenpichler doch genauer angeschaut. Ich habe soeben den Bericht erhalten und dachte, Sie wollen gleich Bescheid wissen.«

»Komm zum Punkt, Fritz!«, bellte See ungehalten.

»Ach, hallo, Carlos«, sagte Wöglinger. »Also, die Leiche der Frau Hauzenberger wurde definitiv in diesem Fahrzeug transportiert. Der Kofferraum ist zwar akribisch gereinigt worden, aber Alfred hat doch noch Spuren sicherstellen können.«

»Das ist ja interessant«, sagte Diana, als sie aufgelegt hatte.

»So viel zum Thema«, See ahmte ihre Stimme nach und übertrieb dabei genussvoll, »damit können wir Saxenpichler als Mörder der Hauzenberger wohl ein für alle Mal ausschließen!«

Am Nachmittag machten sich See und Wöglinger auf, um Frau Dr. Emgrabner einen Besuch abzustatten. Die Verdachtsmomente den Betrug betreffend waren schwerwiegend gewesen, und der Richter hatte Verdunklungsgefahr angenommen, daher befand auch sie sich in Untersuchungshaft.

See ließ der Gedanke nicht los, dass Renate Emgrabner und Sigi Hauzenberger unter eine Decke steckten, wenn er auch noch nicht wusste, unter welcher. Hauzenberger war so gesprächig gewesen und hatte sie mit überraschend vielen Informationen versorgt, die er nicht hätte preisgeben müssen. Warum nur war er gerade dann schweigsam geworden, als sie sich nach Frau Emgrabner erkundigten?

Er beschloss, nach der Vernehmung noch bei dessen Schwester Brunhilde vorbeizuschauen, die im selben Untersuchungsgefängnis saß wie Dr. Emgrabner, um sie mit den Ausführungen ihres Bruders zur Abtreibung der Sensenwirtin zu konfrontieren. Vielleicht hatte See ja Glück, und sie würde ihm einen entscheidenden Hinweis darauf liefern, ob diese alte Geschichte etwas mit einem der Mordfälle zu tun haben konnte.

Diana rief derweil ihre Großtante an und lud sie zum Abendessen bei der »Sensenwirtin« ein.

»Was für eine liebe Idee, Kinderl, vielen Dank!«, freute sich Tante Gusti. »Ich liebe Spargel. Hoffentlich gibt es dazu einen ordentlichen Parmaschinken, die Kombination mag ich am liebsten. Für wann bestellst du den Tisch?«

»Neunzehn Uhr?«, schlug Diana vor. »Ich bin eine Viertelstunde vorher bei dir, dann können wir gemeinsam mein Auto aus der Atrium-Garage holen.«

»Sieben passt mir sehr gut. Am besten reservierst du auf Kropatschek, vielleicht sagt ihnen mein Name noch etwas und wir bekommen einen guten Platz. Nicht dass sie uns an einen Katzentisch neben der Küchentür setzen.«

»Mach ich, Tante Gusti. Dann bis nachher!«

Diana legte auf und reservierte den Tisch sofort, bevor etwas anderes dazwischenkommen konnte.

Sie wollte sich eben wieder den Unterlagen vor sich auf dem Tisch widmen, als ihr siedend heiß einfiel, dass sie dringend noch ein nettes Geburtstagsgeschenk für Tante Gusti besorgen musste.

Leider hatte sie nicht die geringste Idee, was. Im neuen Laden im Nachbarhaus in der Mozartstraße gab es Vintagemöbel und allerlei Kleinigkeiten. Ob sie wohl dort etwas Passendes fand? Das wäre praktisch, denn sie könnte auf dem Nachhauseweg auf einen kurzen Sprung vorbeischauen.

Sie war eben dabei, die Homepage des Ladens anzuklicken, als ihr die Kamera des Herrn Oberst ins Auge stach. Genervt rollte sie mit den Augen, schaltete sie wieder ein und drehte den Ton auf maximale Lautstärke. Sie würde das Video nebenbei laufen lassen. Sollte die Aufnahme irgendetwas Wichtiges enthalten, würde sie es schon mitbekommen. Aber wahrscheinlich war die Kontrolle des Bandes ohnehin verlorene Liebesmüh, wie See es vermutete.

Mit einem kurzen Blick auf das Display vergewisserte Diana sich, dass nur das Standbild der weißen Wand des Seminarraums zu sehen war, und begann, sich durch die Homepage des Ladens zu klicken. Wirklich eine große Auswahl! Besaß Tante Gusti eigentlich Salz- und Pfefferstreuer? Die angebotenen waren aus gedrechseltem Olivenholz und würden ideal zu ihrem rustikalen Alltagsgeschirr aus den siebziger Jahren passen. Für das edle Porzellan, mit dem sie nur für Gäste eindeckte, waren sie allerdings zu klobig. Also doch vielleicht besser den versilberten Kerzenleuchter. Sie könnte auch zwei davon nehmen oder auch drei, wenn sie …

»Jetzt schließ doch die Tür, verdammt noch mal!«, brüllte eine weibliche Stimme so laut, dass Diana zusammenzuckte und vor Schreck die Homepage schloss.

Irritiert schaute sie sich um. Sie war immer noch allein in ihrem Zimmer, auch das Display der Kamera zeigte weiterhin die weiße Wand.

»Wage ja nicht, mich anzubrüllen, Schwester«, forderte eine Männerstimme. Sie klang scharf. »Du glaubst wohl, du kannst mit mir weiterhin umspringen, wie es dir passt, aber da hast du dich geschnitten!«

Diana war ganz Ohr. Die Stimme stammte von der Aufnahme und gehörte Rudolf Saxenpichler.

»Geh schau, Rudi, es geht mir ja doch nur darum, dass meine

Gäste nichts mitbekommen.« Das war ohne Zweifel die besänftigende Stimme der Sensenwirtin.

»Solange mir das Hotel nicht zumindest zur Hälfte gehört, sind mir deine Gäste so etwas von egal!«, schrie Saxenpichler.

Nach dem zärtlichen Geflüster einer wiederaufkeimenden Liebe klang dieser Wortwechsel wahrlich nicht. Saxenpichler wollte etwas von der Sensenwirtin, das stand für Diana fest. Aber es war mit Sicherheit keine Beziehung, wovon sie und See bisher ausgegangen waren. Wie waren sie eigentlich auf diesen Gedanken gekommen? Ach ja, die Sensenwirtin selbst hatte sie darauf gebracht.

Diana drückte die Pausentaste, um ihre Gedanken zu ordnen, bevor sie die beiden weiterstreiten lassen wollte. Saxenpichler beanspruchte also die Hälfte des Hotels. Das war ja allerhand! Anscheinend war die Sensenwirtin ein weiteres seiner Erpressungsopfer gewesen. Aber was um Himmels willen wusste er über sie, das ihr diesen hohen Preis wert gewesen sein konnte? Ging es doch um die Abtreibung? War das Wissen darum ein halbes Hotel wert? Und wem gegenüber hätte sie verschwiegen werden sollen, um einen so hohen Preis zu rechtfertigen?

Diana ließ den Film weiterlaufen.

»Ich habe getan, was du von mir verlangt hast, mehr kann ich nicht machen. Wenn die Emgrabner zu blöd ist, kann ich nichts dafür. Du mit deiner ewigen Sparerei. Jetzt siehst du, was du davon hast«, sagte Greta Grabert.

Diana hatte ein eigenartiges Gefühl dabei, die weiße Wand anzusehen. Ab und zu flackerten Anzeichen eines Schattens über das Display, während zwei Stimmen zu hören waren, von denen eine einem Toten gehörte. Was hatte die Emgrabner mit der Abtreibung zu tun? Hatte die etwa den Eingriff durchgeführt? Sie war schließlich Veterinärmedizinerin.

»Es kann eben nicht jeder das Geld so sinnlos zum Fenster hinausschmeißen wie du. Glaubst du vielleicht, mein Vater wäre je zu einem Vermögen gekommen, wenn er so verschwenderisch gewesen wäre?«

Tausend Fragen gingen Diana durch den Kopf: Saxenpichlers Vater besaß ein Vermögen? Wer war überhaupt der Vater, wenn nicht der Pfarrer? Und inwiefern war das für ihren Fall relevant?

Sie drückte wieder auf die Stopptaste und überlegte: Wenn der Vater ein Vermögen besaß, musste er noch leben. In Saxenpichlers Hinterlassenschaft hatten sie zwar einige Wertpapiere und einen größeren Bargeldbetrag gefunden, aber das als Vermögen zu bezeichnen wäre übertrieben gewesen. Dass der Vater verstorben war und Rudi das Geld durchgebracht haben konnte, erschien ihr bei seiner amtsbekannten Sparsamkeit nicht wahrscheinlich. Sie ließ den Film weiterlaufen.

»Du hast es mir versprochen, Greta. In die Hand hinein. Eine Schande, dass ich dich daran erinnern muss, nach all dem, was ich für dich getan habe …«

»Aber ich habe doch schon unterschrieben!«, schrie die Wirtin, und ihre Stimme schien sich beinahe zu überschlagen. »Mehr kann ich nicht machen! Und jetzt lass mich endlich in Ruh!«

»Den Teufel werde ich tun!«, brüllte Saxenpichler zurück. »Wenn du mich nicht auf der Stelle zum Notar begleitest, werde ich andere Saiten aufziehen, das schwöre ich dir. Glaubst du etwa, es war einfach, noch heute Abend einen Termin zu bekommen? Das habe ich nur wegen meiner Beziehungen geschafft.«

»Wie stellst du dir das vor? Du siehst doch, was hier los ist. Ich kann unmöglich weg. Es wird doch kein Problem für dich sein, einen neuen Termin in drei Wochen zu vereinbaren. Dann ist der Ahmed aus dem Urlaub zurück, und der Franz steht nicht mehr allein hinter der Rezeption. Dann kann ich hier auch leichter weg. Mit deinen tollen Beziehungen wird das doch ganz einfach sein.« Ihre Stimme triefte vor Hohn.

»Glaubst, ich bin deppert und lass mich von dir noch länger hinhalten? Du kommst heute mit, oder …«

Diana zuckte zusammen, als sie die Wirtin aufschreien hörte.

»Aua, du tust mir weh! Wirst du wohl deine Pfoten von meinem Arm wegnehmen …«

Ein Schatten huschte über die weiße Wand.

»Das lasse ich mir nicht gefallen. Und von dir schon gar

nicht. Da kannst du dir deinen Termin in die Haare schmieren! Wenn du noch welche hättest!«

Das Öffnen einer Tür war zu hören, und ein Luftzug wehte das oberste Blatt des Flipcharts seitlich ins Bild. Die Sensenwirtin hatte den Seminarraum offensichtlich verlassen.

»Bleib sofort stehen, du unmögliches Weibsstück!«, rief Saxenpichler ihr nach, bevor die Tür mit Schwung ins Schloss fiel. Die Kamera filmte weiter die weiße Wand, und der Raum lag wieder in völliger Stille da.

Diana lehnte sich in ihrem Stuhl zurück und atmete tief durch. Sie fühlte sich wie erschlagen. Wer hätte gedacht, dass die fehlende Löschfunktion der alten Kamera zu etwas nutze sein konnte?

Sie stand auf und öffnete das Fenster. Sie brauchte dringend frische Luft. Einige Minuten lang starrte sie ins Freie.

»Hamma nix zu tun, Frau Kollegin? Tun wir den Vögeln beim Fliegen zuschauen?«, war plötzlich die spöttische Stimme des Herrn Oberst zu vernehmen. Er hatte das Zimmer so ungewohnt leise betreten, dass Diana ihn nicht gehört hatte.

Zum Glück hatte sie die Homepage mit den Kerzenständern und Salz- und Pfefferstreuern bereits geschlossen, sodass sie nun mit mehr Gelassenheit antworten konnte, als sie eigentlich empfand. »Nein, ich denke nach.«

Den Herrn Oberst interessierte nicht, worüber, da er in dem Augenblick seine Kamera entdeckte.

»Ach, da ist sie ja. Sie läuft? Was haben Sie denn aufgenommen? Eine weiße Wand? Hat das auch einen Sinn?«

Damit er sie nicht für komplett verrückt hielt, setzte sie sich wieder, erinnerte ihn an die fehlende Löschfunktion und bat ihn, sich einen Besucherstuhl zu schnappen und neben ihr Platz zu nehmen. Sie wolle ihm etwas zeigen.

Der Herr Oberst schaute sich die letzten aufgenommenen Minuten schweigend und mit immer stärker werdendem Stirnrunzeln an.

Diana war gespannt auf seine ersten Worte.

»Sie wissen aber schon, dass es verboten ist, andere Leute abzuhören und das Gespräch dann Dritten zugänglich zu machen«, reagierte er unerwartet, nachdem Saxenpichler den Seminarraum lautstark verlassen hatte. »Sie haben sich soeben strafbar gemacht, Frau Pölz.«

Diana konnte es nicht glauben. »Das geschah ja nicht mit Absicht …«, rechtfertigte sie sich. Am liebsten hätte sie ihrem Vorgesetzten den Akt über den Kopf geschlagen. Sie hatte eine bahnbrechende Entdeckung gemacht, die dem Fall, nein, die beiden Fällen eine entscheidende Wendung geben konnte, und ein absurder Vorwurf war alles, was ihm dazu einfiel?

Der Herr Oberst hob spöttisch eine Augenbraue. »Sie haben mir dieses Gespräch nicht mit Absicht vorgespielt?«, erkundigte er sich dann. »Ich würde sagen, das geschah sogar mit voller Absicht.«

»Und wenn schon.« Diana wurde es zu dumm. »Wenn Sie wussten, dass das nicht gestattet ist, warum haben Sie sich die Szene dann bis zum Ende angesehen? Haben Sie damit meinem Vergehen nicht erst Vorschub geleistet? Und jetzt vergessen wir am besten dieses unwesentliche Detail«, sagte sie, als er schon zu einem Widerspruch ansetzen wollte, »und konzentrieren uns auf den Inhalt. Für den Akt werde ich selbstverständlich eine Abschrift anfertigen, damit wir dem Gericht kein unrechtmäßiges Beweismittel vorlegen müssen.«

»Was denn für ein unrechtmäßiges Beweismittel?«, erkundigte sich See, der soeben die Verbindungstür zwischen ihren beiden Büros geöffnet hatte. »Habe ich etwas versäumt?«

43

Tante Gusti öffnete, kaum war die scheußliche Klingel verstummt. Sie hatte dem Friseur offensichtlich einen Besuch abgestattet, denn ihre weißen Haare drehten sich zu ordentlichen kleinen Löckchen. Sie trug ihr elegantes blaues Kleid mit farblich dazu passenden flachen Schuhen. Ihre Wangen glühten.

»Ich freue mich so, dass wir beiden Hübschen heute fein ausgehen«, sagte sie und griff zu ihrer Handtasche.

Diana bekam ein schlechtes Gewissen. Sie hatte für ihr Äußeres weit weniger Aufwand betrieben. Nach Feierabend war keine Zeit mehr gewesen, um die dunklen langen Haare zu waschen, die sie deshalb am Hinterkopf aufgesteckt trug. Zumindest glänzten Perlenohrstecker in ihren Ohren. Und eine frisch gebügelte Bluse zur schwarzen Hose hatte sie auch angezogen. »Ich freu mich auch, Tante Gusti. Dein Geburtstag gehört schließlich würdig gefeiert.« Sie lächelte und hoffte, dass Gustis Elan und Enthusiasmus sie anstecken würden.

Als Diana wenig später ihren Wagen über die Ausfahrtsrampe des Parkhauses lenkte, bemerkte sie, wie sich bleierne Müdigkeit über sie legte. Hätte sie der Großtante das gemeinsame Essen nicht schon versprochen gehabt, sie hätte an diesem Abend das Haus vermutlich nicht mehr verlassen. Der Gedanke an ihre bequeme blaue Couch und ein gutes Glas Rotwein wäre zu verlockend gewesen. Sie hatte einen langen, intensiven und vor allem kräfteraubenden Tag hinter sich. Ihr Vorgesetzter war so begierig darauf, bei der für morgen voreilig einberufenen Pressekonferenz zumindest einen Mörder präsentieren zu können, dass er jedes ihrer Argumente zu widerlegen versucht hatte, um an Brunhilde Hauzenberger als Täterin festhalten zu können. Und See war sowieso jedes Mittel recht gewesen, um sie vor dem Oberst schlecht dastehen zu lassen.

»… fast ein schlechtes Gewissen«, hörte sie Gustis Stimme.

Ein schlechtes Gewissen? Warum hatte sie denn ein schlechtes Gewissen?, wunderte sich Diana. Was hatte Gusti mit den beiden Mordfällen zu tun? »Wie bitte?«, fragte sie und sah verwirrt zu ihrer Großtante hinüber.

Die Ampel sprang auf Grün um, und sie legte den ersten Gang ein.

»Na, wegen der Kosten«, antwortete Gusti. »Der ›Sensenwirt‹ war immer schon teuer, ein komplettes Abendmenü konnte ich mir nur einmal alle paar Monate gönnen. Und ich fürchte, seine Tochter wird die Preise noch weiter angehoben haben. Bist du dir sicher, dass du dir das leisten kannst, Kinderl?«

»Ganz sicher«, beeilte sich Diana, ihr zu bestätigen. Du musst dich auf die Gusti konzentrieren, rügte sie sich selbst. Die Fälle haben auch Zeit bis morgen.

Dass dem nicht so sein würde, konnte sie zu diesem Zeitpunkt noch nicht ahnen.

»Ah, die Toiletten sind noch immer dort, wo sie früher auch waren«, stellte Tante Gusti fest, als sie das Hotel betreten hatten, und atmete auf. »Ich werde gleich mal verschwinden, fürchte aber, es wird etwas länger dauern, Kinderl. Geh ruhig schon vor zu unserem Tisch. Nicht dass sie ihn anderweitig vergeben. Ich komme gleich nach. Nein, wirklich«, bekräftigte sie, als Diana Protest einlegen wollte. »Ich finde dich dann schon.«

Und so kam es, dass Diana allein das Restaurant der »Sensenwirtin« betrat und an der Tür wartete, um zu ihrem Tisch geführt zu werden. Interessiert sah sie sich um. Am Abend wirkte der Raum viel eleganter als zur Mittagszeit. Die rot-weiß-blau karierten Tischdecken waren verschwunden und hatten gestärkten weißen Tüchern Platz gemacht. Blütenweiße Servietten standen, kunstvoll zu Fächern gefaltet, neben blank polierten Weingläsern.

Die Hälfte der Tische war bereits belegt, auf den anderen standen kleine Reservierungsschilder. Zwei Kellner wieselten hin und her. Einer balancierte ein großes Tablett mit vollen Tellern in seiner Rechten, der andere war dabei, benutztes Geschirr in die Küche zu tragen. Ringsum wurde lebhaft geplaudert. Die Wirtin, die eben eine Vierergruppe zu ihrem Tisch begleitet hatte, drehte sich um, um den nächsten Gästen strahlend entgegenzugehen.

Als sie Diana erkannte, entgleiste ihr Lächeln. »Frau Chefinspektorin«, sagte sie im Näherkommen mit gesenkter Stimme, um keine Aufmerksamkeit zu erregen. »Was wollen Sie denn noch von mir? Es tut mir leid, aber Ihr Besuch passt mir gerade überhaupt nicht. Sie sehen doch selbst, was heute bei uns los ist.«

»Keine Sorge«, Diana sprach ebenso leise und in einem Tonfall, von dem sie hoffte, dass er beruhigend wirken würde, »ich bin heute mit meiner Großtante Ihr Gast. Sie haben mir so einen Gusto auf Spargel gemacht.«

Ein Kellner wollte sich soeben an der Wirtin vorbeischlängeln, doch die hielt ihn am Ärmel fest.

»Bring die Dame zu unserem allerschönsten Tisch am Fenster«, bestimmte sie.

»Das ist sehr nett von Ihnen«, wandte Diana ein, »aber wir haben bereits reserviert.« Die Wirtin hatte sich ganz offensichtlich von ihrem kurzen Schock erholt und lächelte sie nun wieder so freudestrahlend an, dass Diana sich fragte, ob sie sich ihr Entsetzen nur eingebildet hatte.

»Ich werde doch meinen wichtigsten Gast heute Abend nicht mit einem zweitklassigen Tisch abspeisen. Sie bekommen den besten. Was ist, Kevin?«

Der junge Kellner beugte sich vor, um seiner Chefin etwas zuzuflüstern. Diana glaubte zu verstehen, dass der Platz bereits von anderen Kunden reserviert war, doch das ließ die Wirtin nicht gelten.

»Ich regle das schon«, sagte sie und wünschte Diana einen schönen Abend, bevor sie sich zum Reservierungsbuch begab, um etwas darin zu vermerken.

Der Abend verging wie im Flug. Tante Gusti unterhielt ihre Großnichte mit vielen witzigen Anekdoten. Der Spargel war hervorragend, bissfest, aber nicht holzig, die Sauce hollandaise hausgemacht und die Portion Parmaschinken, die sie beide dazu bestellt hatten, großzügig bemessen. Der Weißburgunder, eine Empfehlung des Kellners, passte perfekt zu dem Festmahl.

Während Diana, die noch Auto fahren musste, sich mit einem Glas Wein begnügte, war Tante Gusti bald bei ihrem zweiten. Von der ungewohnten Menge Alkohol beflügelt, gingen ihr die Geschichten noch leichter über die Lippen, und sie bemerkte nicht, dass Diana ungewohnt schweigsam war.

Obwohl sich diese wirklich bemühte, ihrer Großtante aufmerksam zuzuhören, wollten ihr die Verdächtigen nicht aus dem Sinn gehen. Da war zuallererst Brunhilde Hauzenberger, die Hauptverdächtige. Angenommen, sie hatte ihre Mutter auf dem Gewissen, wie würden sie ihr das nachweisen, wie sie zu einem Geständnis bewegen können? Bezüglich des Mordes an Saxenpichler war seit dem Nachmittag auch die Sensenwirtin wieder in den Kreis der Verdächtigen gerückt. Schließlich war sie offensichtlich von ihm erpresst worden. Hatte er tatsächlich gedroht, die illegale Abtreibung publik zu machen, und sie das Strafverfahren, das damit unweigerlich drohte, gefürchtet? Hatte sie ihn deshalb ins Jenseits befördert? Und welche Rolle hatte Renate Emgrabner eigentlich in der ganzen Geschichte gespielt? Immerhin war sie in der Aufzeichnung von Greta Grabert erwähnt worden. »Renate hat einen Fehler begangen«, hatte diese gesagt. Aber was für einen? Dass sie etwas mit der Abtreibung zu tun gehabt haben könnte, schien Diana zu sehr an den Haaren herbeigezogen zu sein.

Und Saxenpichler selbst? In seinem Wagen waren Spuren der toten Huberta Hauzenberger entdeckt worden. Hatte doch er sie ermordet? Aber was sollte er für ein Motiv gehabt haben? Und hatte sich anschließend jemand für ihren Tod gerächt? So käme Sigi Hauzenberger wieder ins Spiel. Für ihn wäre es ein Leichtes gewesen, das Gift zu verwenden. Vielleicht tat er ja nur so, als wäre ihm alles wurscht.

44

Die brünette Frau ging rastlos in dem kleinen Raum auf und ab. Er maß höchstens zwei mal drei Meter, besaß kein Fenster und war ziemlich vollgestellt, was ihren Bewegungsradius überdies einschränkte. Einen großen Vorteil hatte er allerdings: Sie war dort allein.

Allein zu sein war wichtig, wenn man nachdenken musste. Und die Brünette musste nachdenken. Und zwar intensiv, dringend und ungestört. Sie konnte förmlich spüren, wie sich die Schlinge immer enger um ihren Hals zusammenzog. Heute war schon wieder die Kripo bei ihr aufgetaucht. Diesmal völlig überraschend und unter falscher Angabe von Gründen. Auch die Fragen wurden von Mal zu Mal unangenehmer.

Die wissen längst Bescheid, ging es ihr durch den Kopf. Die wissen alles! Der einzige Grund, warum die Beamten die Karten nicht offen auf den Tisch legten, war allein der, dass sie sie quälen wollten. Sie wollten sehen, dass sie zusammenbrach, dass sie reumütig alles gestand. Jedes noch so kleine furchtbare Detail.

Die Brünette blieb stehen und atmete tief durch.

Darauf können sie lange warten, schwor sie sich. Von mir werden sie nichts erfahren. Kein Sterbenswörtchen, auch wenn sie mich foltern.

Foltern? Allein das Wort machte ihr Angst. Vor einiger Zeit hatte sie einen amerikanischen Film im Kino gesehen, in dem die Kriminalisten nicht gerade zimperlich mit einer Verdächtigen umgingen. Aber solche Methoden waren in Österreich mit Sicherheit verboten. Hoffentlich!

Die Brünette begann wieder, unruhig in dem kleinen Raum auf und ab zu gehen. Und was, wenn nicht? Was, wenn sich die Beamten nicht an die Gesetze hielten? Dieser Inspektor See schien ein brutaler Kerl zu sein, seine Freundlichkeit war nur Fassade.

Unter Anwendung körperlicher Gewalt würde sie gestehen, das wusste sie. Und dann war alles aus. Sie wollte nicht lebenslang hinter Gitter!

Wo habe ich bloß die Tabletten?

Sie hockte sich vor das kleine Kästchen und sperrte die Tür auf. Alles Unnütze schmiss sie in hohem Bogen hinter sich. Jetzt, da sie die Entscheidung getroffen hatte, konnte es ihr nicht schnell genug gehen.

Ah, da waren sie ja. Zwei volle Packungen Schlaftabletten. Die nur Menschen verschrieben wurden, die unter so starken Schmerzen litten, dass sie ohne hoch dosierte Mittel nächtelang kein Auge zutaten.

Die Brünette stand auf und ging zum Waschbecken. Ein rascher Blick in den Spiegel, sie sah müde aus und verhärmt. Kein Wunder nach all dem, was sie durchgemacht hatte.

Ihre Kindheit war wahrlich kein Zuckerschlecken gewesen. Genauso wie ihre Zeit als Erwachsene. Gut, man konnte sich nicht aussuchen, wann und wo man geboren wurde, aber immerhin, wann und wo man starb.

Mit geübten Bewegungen drückte sie die Tabletten aus den Blistern.

Schnell, dachte sie, das muss schneller gehen!

Sie wollte tot sein, wenn man sie in diesem Raum fand. Und dass man sie finden würde, das stand für sie fest.

45

»Was für ein wunderschöner Abend, vielen Dank, Kinderl!« Gusti griff über den Tisch und tätschelte dankbar Dianas Hand. »Wie heißt es bei den Brüdern Grimm: ›Ich bin so satt, ich mag kein Blatt: Mäh! Mäh!‹«

Diana musste lachen. »Das freut mich.«

Aber die alte Dame hatte sich bereits suchend umgewandt. »Wo ist eigentlich die Greta? Ich habe sie noch gar nicht gesehen.«

Erstaunt blickte sich nun auch Diana im Restaurant um. »Zu Beginn des Abends hat sie die Gäste begrüßt. Als sie erfuhr, dass du Geburtstag hast, hat sie uns den besten Tisch gegeben.«

Noch während sie das sagte, fragte sich Diana, warum sie eigentlich flunkerte. Als sie jedoch das freudestrahlende Gesicht ihres Gegenübers sah, wusste sie es wieder. Ihrer Großtante konnte man immer eine besondere Freude damit machen, wenn man sie bevorzugt behandelte. Diana bereute kein Wort ihrer kleinen Schwindelei. Allerdings nur kurz.

»Wenn das so ist, muss ich mich unbedingt bei ihr persönlich bedanken. Sie war schon immer so aufmerksam! Außerdem will ich ihr ein Kompliment für das gute Essen machen. Wo mag sie nur stecken?«

Diana fand sich in einem Gewissenskonflikt wieder. Einerseits wollte sie die alte Dame nicht enttäuschen, andererseits stellte sie sich die peinliche Situation vor. Was, wenn die Wirtin ihre Angaben korrigierte und zugab, vom Geburtstag nichts gewusst zu haben? Diana hatte Gusti ihr gegenüber ja noch nicht einmal mit Namen erwähnt. Was wäre wohl peinlicher?, fragte sich Diana. Von der Sensenwirtin oder der Großtante beim Schwindeln erwischt zu werden?

»Herr Ober!«, hörte sie Gusti da auch schon rufen. »Wo finde ich denn die Wirtin? Ich möchte mich persönlich bei ihr für den wunderbaren Abend bedanken.«

Der junge Mann hob bedauernd die Schultern, konzentriert darum bemüht, die leeren Gläser nicht fallen zu lassen, die er in seiner Rechten trug. »Ehrlich gesagt habe ich keine Ahnung. Eigentlich müsste sie hier sein. Wahrscheinlich ist sie nur kurz in der Küche. Soll ich sie für Sie holen?«

»Nein danke, machen Sie sich keine Mühe«, sagte Gusti gut gelaunt.

Diana atmete auf. Gusti hatte ihren Plan zum Glück fallen gelassen, ihre kleine Schwindelei würde also nicht auffliegen.

»Darf es noch etwas sein?«, erkundigte sich da der Kellner, der sie bedient hatte. »Zwei Schnapserl vielleicht? Ich hätte da ganz was Edles.«

»Möchtest du, Tante Gusti?«, fragte Diana.

Da die alte Dame abwinkte, wünschte ihre Großnichte zu zahlen.

»Selbstverständlich.« Der Mann im schwarzen Anzug verschwand, um die Rechnung zu holen.

Gusti legte ihre Hand auf Dianas Arm. »Zahl du in Ruhe, Kinderl, ich gehe inzwischen Greta Grabert suchen. Keine Sorge, ich kenne das Haus, ich war schließlich viele Jahre lang jede Woche hier. Wir treffen uns dann im Foyer.«

Und ehe Diana sich's versah, hatte Gusti mit wieselflinken kleinen Schritten das Restaurant verlassen. Es blieb ihr also nichts anderes übrig, als allein dem Mann im schwarzen Anzug entgegenzusehen, der bereits mit einem kleinen Holzkästchen zurückkam.

Als sie den Kreditkartenbeleg unterschrieben hatte, überreichte ihr ein freundlicher Lehrling zwei kleine Pralinen. Diana wickelte eine davon in eine Papierserviette und steckte sie in die Handtasche. Tante Gusti war eine Süße und würde sich über die kleine Überraschung sicher freuen. Die zweite Praline ließ sie genussvoll auf ihrer Zunge zergehen.

Dann erhob sie sich und ging langsam an der leeren Rezeption vorbei ins Foyer. Sie setzte sich auf eines der Sofas, schnappte sich eine der Zeitschriften, die auf den kleinen Tischen für Gäste bereitlagen, und wartete. Und wartete. Und wartete.

Nach zehn Minuten stand sie wieder auf. Im Magazin hatte sie keinen einzigen Artikel gefunden, der sie zu fesseln vermochte. Außerdem hatte sie es eilig. Sie musste am nächsten Tag früher aufstehen als gewöhnlich, um im LKA die Pressekonferenz für den Herrn Oberst vorzubereiten.

Also beschloss sie, Tante Gusti zu suchen. Vielleicht war die ja mit der Wirtin in deren Büro und hatte sich verplaudert. Oder war die alte Dame etwa gar in die Küche eingedrungen? Die Köche würden mit ihrem Besuch sicher keine Freude haben, denn noch immer gingen Essen raus.

Diana schlenderte zur Rezeption hinüber, die unbesetzt war. Wie ungewöhnlich! Der umsichtige Herr Franz ließ seine Loge doch nie im Stich.

Nun gut, dann würde sie eben, ohne zu fragen, zum Büro gehen, sie kannte schließlich den Weg. An diesem Abend war ihr das allerdings unangenehm. Sie war schließlich nicht im Dienst und hatte in dem Bereich des Hotels eigentlich nichts verloren.

Das laute Geräusch eines Folgetonhorns, das plötzlich erklang, ließ sie im Schritt innehalten. Erschrocken sah sie zur Eingangstür zurück. Das Blaulicht eines Einsatzfahrzeugs brach sich mehrfach in den Glasscheiben.

War Gusti etwas zugestoßen? Dianas Herz setzte einen Schlag lang aus. War sie gestürzt? Hatte sie einen Schwächeanfall erlitten? Warum stand die Rettung vor der Tür? Und vor allem: Warum hatte man sie nicht längst verständigt?

Da stürmte auch schon ein junger Notarzt ins Hotel und lief grußlos an ihr vorbei in Richtung Lift.

Ein etwas älterer Sanitäter folgte ihm auf den Fersen, sah aber kurz zu ihr hinüber und blieb stehen. »Sie sind schon da«, stellte er überrascht fest. »Das ging aber flott.«

Diana hatte keine Ahnung, was er meinte. Dann aber erkannte sie, dass es sich bei ihm um ebenjenen Rot-Kreuz-Mitarbeiter handelte, der auf dem Urfahraner Markt den ohnmächtig geglaubten Saxenpichler versorgt hatte.

»Was sind das denn für neumodische Sitten?«, hörte sie ihn murren. »Ruft man jetzt etwa zuerst die Kripo an, bevor man uns verständigt?«

»Kommst du, Mandi, oder soll ich alleine fahren?« Der Mediziner stand in der offenen Liftkabine und hielt mit der Hand die Tür auf, die sich immer wieder schließen wollte.

Diana wusste zwar nicht, worum es ging, aber etwas anderes umso besser: Sie würde keinen Augenblick länger damit warten, es herauszufinden. »Ich komme mit!«, rief sie.

»Aber sicher nicht«, bestimmte der Arzt, der offensichtlich noch nicht lange als Notarzt tätig war. Zumindest sah sie ihn zum ersten Mal. Und er sie offensichtlich auch. »Das ist ein Notfall. Wenn Sie eine Angehörige sind, warten Sie am besten hier. Es ist niemandem geholfen, wenn Sie uns oben im Weg stehen.«

»Das passt schon«, sagte der Sanitäter, bevor Diana den Mund aufmachen konnte. »Das ist Chefinspektorin Pölz von der Kripo.«

»Guten Abend«, grüßte Diana schlicht.

Der Arzt trat zur Seite, um sie einsteigen zu lassen. »Entschuldigen Sie, das wusste ich nicht.«

»Passt schon.« Diana war froh, dass er nicht nach ihrem Dienstausweis fragte. Der steckte nämlich zu Hause in ihrem anderen Blazer.

»Dritter Stock. Dort befinden sich anscheinend die Privaträume der Wirtin«, sagte der Sanitäter und drückte auf den entsprechenden Knopf.

»Wissen Sie schon, was passiert ist?«, fragte Diana, während der Aufzug langsam nach oben fuhr.

»Wir sollen eine Person reanimieren«, sagte der Arzt und

wies auf den Koffer in seiner Linken. »Deshalb auch der Defi. Warum man allerdings die Kripo eingeschaltet hat, ist mir schleierhaft.«

Herzstillstand? Diana stöhnte auf. Lieber Gott, bitte, lass es nicht Tante Gusti sein!

Die Lifttür glitt nach rechts, und Diana sah auf den ersten Blick, dass ihr Gebet nicht erhört worden war. Die Tür, die den rechten Flügel des Hotels vom mittigen Treppenhaus trennte, stand offen. Im Flur dahinter lag Gusti Kropatschek auf dem Fußboden. Jemand hatte ihr ein kleines Kissen unter den Kopf geschoben und die Beine hochgelagert. Aus der ebenfalls offenen Zimmertür daneben kam soeben mit eingezogenem Kopf Herr Franz heraus. Selbst in der dämmrigen Flurbeleuchtung erkannte Diana, dass er kreidebleich war und zitterte.

»Wie gut, dass Sie da sind, meine Herren«, sagte er. »Sie müssen sich beeilen, ich fürchte, sie ist tot!«

46

Etwa zur selben Zeit, als Kellner Kevin Diana dienstbeflissen zum schönsten Tisch des Restaurants führte, wartete Karl-Heinz See in der Schlange vor der Kinokasse. Neben ihm stand Joe, sein bester Kumpel, der vorhatte, sich in Kürze ein neues Motorrad zuzulegen. Sie hatten also genug Gesprächsstoff, um die Wartezeit auf das Angenehmste zu überbrücken.

»Zweimal Kino A, Plätze möglichst weit hinten«, sagte Joe, als sie endlich an der Reihe waren.

See spürte sein Handy in der Hosentasche vibrieren. Ach ja, richtig, das musste er noch ausschalten. Er hasste es, wenn Leute im Kino auf ihren Smartphones herumwischten und die hellen Displays vom Geschehen auf der Leinwand ablenkten. Das Handy vibrierte noch immer, und er beeilte sich, es aus der Tasche zu ziehen. Heute war sein freier Abend, also brauchte er auch nicht abzuheben. Wenn es dienstlich war, musste sich der Anrufer wohl oder übel an den kleinen Fritz wenden, der

Bereitschaftsdienst hatte. Und privat erwartete er auch nichts Wichtiges. Nicht seit er sich von Biggy getrennt hatte. Sie hatte einfach zu sehr geklammert, die Gute. Etwas, das er überhaupt nicht leiden konnte. Ein Carlos See brauchte seine Freiheit!

»Steck das Handy wieder weg«, sagte Joe, der ihm sein Ticket übergeben wollte. »Die werden einen Abend wohl auch mal ohne dich auskommen. Ich hole mir Nachos. Willst du auch welche? Chilisauce oder Käse?«

»Chili natürlich, große Portion.« Sees Blick streifte das Display. »Das ist Alfred.« Er klang überrascht. »Ich geh doch kurz dran. Dauert nicht lange.«

Joe schnaufte unwillig und stellte sich an der nächsten Schlange an.

»Was gibt's?«, fragte See inzwischen. »Bist du um diese Uhrzeit etwa noch in Amt und Würden?«

»Hi, Carlos, ich hoffe, ich störe dich nicht bei einem romantischen Was-auch-immer. Ich habe es ohnehin zuerst bei Diana versucht, aber die geht nicht an ihr Handy.«

»Hast du etwas anderes erwartet? Und noch störst du nicht. Ich bin im Kino. Allerdings geht der Film gleich los. Also, was gibt es?«

»Es hat mir einfach keine Ruhe gelassen«, sagte Alfred mysteriös. »Ich habe mir die ganze Zeit gedacht, dass wir etwas übersehen haben müssen.«

»Meine Rede!«, rief See erfreut.

»Genau. Also habe ich die DNA vom Saxenpichler mit sämtlichem Material des Falles verglichen. Und bingo!«

»Bingo? Jetzt mach es doch nicht so spannend. Ich geh in einen Thriller, mehr Spannung an einem Abend vertrage ich nicht.«

»Saxenpichler ist mit größter Wahrscheinlichkeit der Bruder von Margarethe Grabert. Der Halbbruder, um genau zu sein.«

See schnappte nach Luft. »Hieß es nicht, dass die beiden einmal ein Paar waren?«

»Doch«, war alles, was Alfred dazu einfiel.

Zudem hatte die Sensenwirtin angegeben, sie seien auf dem besten Weg gewesen, wieder eines zu werden, fiel See ein. Sie hatte schlichtweg gelogen. Das bewies nun nicht nur Dianas Video, sondern auch Alfreds Testergebnis. »Glaubst du, die beiden wussten von ihrem Verwandtschaftsverhältnis?«, fragte er Alfred.

»Der Saxenpichler dürfte es auf alle Fälle gewusst haben. Die grauweißen Haare, die wir in seinem Safe gefunden haben, stammen von ihrem gemeinsamen Vater. Und ich nehme an, die Grabert wusste es auch.«

»Und wer ist dieser gemeinsame Vater?« Doch schon bevor Alfred antworten konnte, traf See die Erkenntnis wie ein Blitz. »Der alte Sensenwirt?«, rief er laut und hielt sich erschrocken die Hand vor den Mund, als die Umstehenden ihn entgeistert ansahen. »Der alte Sensenwirt?«, flüsterte er noch einmal.

»Davon ist auszugehen.«

»Der den Saxenpichler nie als seinen Sohn anerkannt hat«, zog See die nächste Schlussfolgerung. »Denn sonst hätte der ja einen offiziellen Erbanspruch.«

»Kommst du jetzt endlich?« Joe hielt das Schälchen mit den Nachos in die Höhe.

»Ja, gleich!«, antwortete See.

Plötzlich machte der Ausdruck »Lebensversicherung« neben dem Haarbüschel Sinn. Der gute Rudi Saxenpichler war ein Erpresser sondergleichen gewesen. Da er im Besitz der Haare war, hatte er offensichtlich drohen können, seine Verwandtschaft zur Sensenwirtin publik zu machen. Einen illegalen Sohn zu haben und diesen ein Leben lang nicht anzuerkennen, das hätte stark am honorigen Image des alten Grabert gekratzt. Kein Wunder, dass seine Tochter das hatte verhindern wollen.

»Danke dir, Alfred!«, beeilte See sich, zu sagen. »Das könnte die Spur sein, die uns entscheidend weiterhilft. Bis morgen!« Er legte auf und schaltete das Handy aus. Alles Weitere hatte Zeit bis zum nächsten Tag. Jetzt würde er sich zuerst einmal vom Film ablenken lassen und erst anschließend völlig neu zu denken beginnen. Der Herr Oberst würde schauen, wenn er ihm am nächsten Morgen die Lösung in beiden Mordfällen präsentierte! Und die Pölz erst.

Als ebendiese Pölz kurz nach Mitternacht ins Bett fiel, war sie sich sicher, lange keinen Schlaf finden zu können. Ihre Gedanken fuhren Karussell, der Schock saß ihr immer noch in sämtlichen Gliedern. Doch während sie noch darüber nachgrübelte, was sie am nächsten Morgen am besten als Erstes erledigen sollte, kam der Schlaf auch schon über sie.

47

Diana schlief so unruhig, dass sie am nächsten Morgen, als der Wecker sie aus den wirrsten Träumen riss, wie gerädert erwachte. Sie quälte sich aus dem Bett und war zum ersten Mal, seit Piet nach Düsseldorf geflogen war, froh, dass er nicht neben ihr lag.

Wenn er mich so sehen könnte, dachte sie bei einem kritischen Blick in den Badezimmerspiegel, völlig zerknittert und mit Augenringen, die ihr bis zu den Mundwinkeln reichten, er würde ohne zu zögern schleunigst Reißaus nehmen.

Sie versuchte, sich selbst aufmunternd zuzulächeln, was allerdings eher aussah, als würde sie eine Grimasse schneiden, und stieg dann unter die Dusche. Der heiße Wasserstrahl, gefolgt von einem kalten, weckte ihre Lebensgeister wenigstens halbwegs, und nach dem Ankleiden und einem doppelten Espresso im Stehen fühlte sie sich endlich in der Lage, der Menschheit gegenüberzutreten.

Als sie das Haus verließ, empfing sie ein noch kühler Morgen. Doch die Sonne schien bereits und versprach einen weiteren milden Maitag. Diana sah auf die Uhr. Halb acht. Für den frühen Nachmittag war die Pressekonferenz angesetzt. Sie musste dringend vorher noch einiges klären, um zu verhindern, dass der Herr Oberst die falsche Täterin präsentierte. Seit gestern Nacht war das Gefühl, dass die Lösung zum Greifen nah war, immer stärker geworden. Und sie würde nach ihr greifen. Aber dazu brauchte sie erstens einen kühlen Kopf und zweitens noch ein paar entscheidende Informationen. Wie spät war es? Immer noch halb acht. Zu früh, um im Krankenhaus aufzutauchen. Die Ärzte hatten sie gebeten, nicht vor zehn Uhr zu kommen. Zuerst die Visite, dann der Besuch der Kripo. Ordnung musste sein.

»Sie wird die Nacht auf der Intensivstation verbringen«, hatte der diensthabende Mediziner gesagt.

Diana war im Rettungswagen mitgefahren und dann neben der Krankenbahre hergelaufen, als man die Patientin in die Notaufnahme schob. Sie wäre gern noch länger an ihrer Seite geblieben, doch man hatte ihr den Zutritt verwehrt, da dringende notfallmedizinische Maßnahmen durchgeführt werden mussten. Also war sie nach Hause gegangen, hatte ihre E-Mails am Handy gecheckt und eine Liste all der Punkte erstellt, die sie am nächsten Tag, also heute, unbedingt erledigen musste. Dabei war ihr aufgefallen, dass sich Alfred gegen halb acht Uhr bei ihr gemeldet hatte. Sie rief ihn zurück, doch er hatte sein Handy nicht mehr eingeschaltet. Also versuchte sie es bei Wöglinger. Ebenfalls vergeblich. Nun, hatte sie gedacht, dann wird es wohl nichts Wichtiges gewesen sein. Zumindest nichts, was nicht auch so lange warten konnte, bis sie sich im LKA wiedersahen.

Diana fischte ihr Mobiltelefon aus der Jackentasche, um die Liste, die sie gestern erstellt hatte, noch einmal durchzulesen. Alfred hatte sich bisher nicht wieder gemeldet. Es war zwar zu früh für einen Besuch im Krankenhaus, aber nicht in der Justizanstalt. Sie gab kurz im Büro Bescheid, wo sie zu finden war, und ging die Fadingerstraße hinunter.

»Frau Dr. Emgrabner, diesmal bestehe ich auf einer Antwort: Was haben Sie wirklich mit Siegfried Hauzenberger zu tun?«, fragte Diana nach der Begrüßung.

Sie hatte sich erschrocken, als die Juristin von einer Justizwachebeamtin in den kahlen Besprechungsraum geführt worden war. Renate Emgrabner sah bleich und müde aus, und ihre ohnehin schon magere Gestalt schien noch dünner geworden zu sein.

»Machen Sie es bitte kurz«, hatte sie gebeten, deshalb kam Diana sofort auf den Punkt. Sie hoffte, dass auch ihr Gegenüber es so halten und keine Veranlassung dafür sehen würde, noch einmal ausweichend zu antworten oder die Unwahrheit zu sagen.

»Jetzt ist es eh schon egal«, erwiderte Emgrabner resigniert, »nachdem Sie mich am Krawattl haben.«

Diana war ganz Ohr. Anscheinend wollte die sittenstrenge Juristin ihr nächstes Vergehen gestehen. Worum würde es sich handeln? Doch nicht etwa um einen Mord? Hatte sie gemeinsam mit Siegfried Hauzenberger dessen Mutter umgebracht? Das würde so gar nicht zum Tathergang passen, der ihr gestern Abend noch schlüssig erschienen war.

»Siegfried Hauzenberger war mir Geld schuldig, und das habe ich mir geholt«, begann Renate Emgrabner. »Glauben Sie, ich hätte Sie damals vor seinem Haus nicht bemerkt? Oh doch! Ich habe Sie durchs Vorzimmerfenster gesehen. Wie Sie dastanden und uns nachstarrten. Als Sie dann den Finger nicht mehr vom Klingelknopf genommen haben, habe ich dem Sigi gesagt, er soll nicht aufmachen und sich still verhalten. Der Depp weiß bis heute nicht, wieso.«

»Ich auch nicht«, gab Diana zu. »Also?«

»Weil ich den Vertrag erstellt habe, darum. Den Pachtvertrag, mit dem der Sigi im Namen seiner Mutter der Greta Grabert den Garten verpachtet hat. Auch wegen der notwendigen Bauarbeiten musste einiges geregelt werden. Es war vereinbart, die Kosten für das Aufsetzen des Vertrags zwischen den beiden zu teilen.«

Das fand Diana tatsächlich erstaunlich. »Sie haben Geld dafür bekommen? Sind Sie denn auch niedergelassene Rechtsanwältin? Ich dachte, Sie wären bei Meissl angestellt.«

»Bin ich auch«, bestätigte Renate düster.

»Dann dürfen Sie keine entgeltlichen rechtlichen Tätigkeiten ausüben. Das wissen Sie schon, oder? So etwas nennt man Winkelschreiberei. Das ist illegal und strafbar.«

»Natürlich weiß ich das.«

Diana machte sich ein paar Notizen. Vielleicht war das ja für ihre Kollegen vom Betrug interessant. Sie selbst wollte etwas ganz anderes wissen: »Und wieso hat Siegfried Hauzenberger

Sie mit der Vertragserstellung beauftragt? Wie gut kennen Sie sich?«

»Mit Menschen wie dem Hauzenberger habe ich normalerweise nichts zu tun. Greta Grabert hat mich beauftragt. Den Hauzenberger habe ich bei der Unterzeichnung des Pachtvertrags das erste Mal gesehen. Das Geld hatte er nicht dabei, obwohl Barzahlung vereinbart war. Später hat er mich immer wieder vertröstet und schließlich gar nicht mehr abgehoben, weder am Handy noch am Festnetztelefon. Darum habe ich eines Tages beschlossen, ihn aufzusuchen und ihm nicht mehr von der Seite zu weichen, bis er mir das Geld übergeben hatte. Es war ein dummer Zufall, dass Sie gerade an diesem Tag in St. Magdalena waren.«

»Wieso sollte die Sensenwirtin Sie mit dem Entwurf des Vertrages beauftragt haben? Warum ist sie nicht zu einem der ortsansässigen Anwälte gegangen?«

Frau Emgrabner seufzte. »Das war die Idee vom Rudi, Gott hab ihn selig. Sie wissen doch, wie sparsam er ist, äh, war. Ich habe versprochen, es für den halben Preis zu machen, den ein Anwalt verlangt hätte.«

»Die Idee von Herrn Saxenpichler!«, rief Diana erstaunt. »Was hatte denn der mit dem Pachtvertrag zwischen dem Siegfried Hauzenberger und der Sensenwirtin zu tun?«

»Eigentlich nix. Zumindest nicht offiziell.«

Diana wurde ungeduldig. »Geht es auch etwas genauer?«

Und so erfuhr sie schließlich, dass die Sensenwirtin Ende des letzten Jahres beschlossen hatte, Rudolf Saxenpichler die Hälfte des Hotels zu überschreiben. Warum, hatte Renate Emgrabner nie in Erfahrung bringen können, aber vermutet, dass es im weitesten Sinne mit einer Erbschaft zu tun hatte.

»Und weil er so geizig war, wollte er, wie er sich ausdrückte, das Geld für den Schenkungsvertrag keinem Anwalt in den Rachen schieben. Eines Tages ist er zu mir ins Büro gekommen, hat mir einen Packen handschriftlicher Zettel und den Plan des Hotels auf den Tisch geknallt und gesagt: ›Lade dir eine Vorlage aus dem Internet herunter und dann adaptiere sie nach unseren Vorgaben.«« Renate Emgrabner schnaufte unwillig. »Als ob das so einfach wäre. Wochenlang bin ich an dem Dokument gesessen. Ich bin zwar promovierte Juristin, aber mit Schenkungsverträgen von Immobilien habe ich nicht unbedingt jeden Tag zu tun.«

»Haben Sie dafür ebenfalls Geld verlangt?«

»Freilich!«, fuhr Frau Emgrabner auf. »Glauben Sie, ich sitze umsonst wochenlang an dem Schriftstück und opfere dafür auch noch einen Großteil meiner Freizeit? Ich bin doch nicht blöd! Auch in diesem Fall haben wir uns auf die Hälfte dessen geeinigt, was ein Anwalt bekommen hätte. Ein absoluter Freundschaftspreis.« Sie schwieg kurz, seufzte und sagte dann: »Leider war alle Mühe umsonst. Die Greta hat zwar unterschrieben, aber der Notar hat sich geweigert, den Vertrag beim Grundbuchamt einzureichen. Anscheinend waren einige meiner Vertragsbestimmungen nicht gesetzeskonform. Jedenfalls hat sich der Rudi aufgeregt, das kann ich Ihnen sagen. Mein Geld habe ich bis heute nicht gesehen, und nach seinem Tod kann ich es mir wohl für immer abschminken.«

Diana dachte an das Video, in dem von einem Notar die Rede gewesen war. Und von einem Fehler, den Renate Emgrabner begangen hatte.

»Dann hat der Notar Ihren Vertrag also überarbeitet, und die Sensenwirtin hätte erneut unterschreiben müssen«, schlussfolgerte sie. »Doch diesmal hat sie sich geweigert.«

»Wieso fragen Sie mich eigentlich die ganze Zeit aus, wenn Sie das ohnehin schon wissen?« Frau Dr. Emgrabner war fassungslos.

Als Diana anschließend im Sonnenschein zum LKA marschierte, überlegte sie, warum die Wirtin zugestimmt hatte, ihrem Ex-Freund die Hälfte des Hotels zu überschreiben. So etwas war vielleicht in einer langjährigen Partnerschaft vorstellbar, aber doch nicht, wenn die Liebe längst erloschen war. Und dass sie es war, dafür war das Video ein untrüglicher Beweis. Und was hatte Frau Emgrabner mit der Erbschaft gemeint? Warum nur hatte sie diesbezüglich nicht nachgefragt?

Diana blieb stehen und atmete tief durch. Der Gedanke, der ihr in diesem Augenblick gekommen war, war zu abenteuerlich, als dass sie ihn für möglich halten konnte. Oder doch?

Sie versuchte, sich noch einmal alle Einzelheiten des Gesprächs auf dem Video in Erinnerung zu rufen. Diana J. Pölz mochte zwar mit einem der schlechtesten Namensgedächtnisse des gesamten Oberösterreichischen LKAs gesegnet sein, aber von Zeugenaussagen konnte sie sich oft ganze Passagen Wort für Wort merken.

Saxenpichler war in den leeren Seminarraum gekommen und hatte als Erstes gesagt: »Wage ja nicht, mich anzubrüllen, Schwester!« Schwester! War das nicht nur so dahingesagt gewesen, kein Art Gangsterslang? War der Vater, der ein Vermögen gemacht hatte, etwa ihr gemeinsamer Vater? Der Sensenwirt?

Sie griff zum Telefon und drückte auf eine Kurzwahltaste. »Hallo, Alfred, ich bin's, Diana. Bitte vergleiche doch umgehend die DNA der Sensenwirtin mit der von Rudolf Saxenpichler. – Das hast du schon gemacht? Interessant, und was ist rausgekommen?«

48

»Manchmal blicken wir wahrlich in menschliche Abgründe ungeahnten Ausmaßes«, sagte der Herr Oberst und schaute so zufrieden in die Runde der Journalisten, als hätte er höchstpersönlich für die Beseitigung sämtlicher solcher Abgründe gesorgt. Die Reporter, die ihn kannten, rollten mit den Augen, die anderen hingen an seinen Lippen. Alle machten sich Notizen. Zwei spektakuläre Morde waren aufgeklärt worden. Sowohl der mit der abgehackten Hand, der für die Presse erfreulich viel Spielraum für die unterschiedlichsten Spekulationen gelassen hatte, als auch der auf dem Urfahraner Markt. Noch dazu im Riesenrad, einem besonders ausgefallenen Tatort. So etwas interessierte die Leser.

»Was weiß man denn schon von dem Inneren eines Menschen, wenn man ihn nur oberflächlich kennt?«, setzte der Herr Oberst fort. »Dann erscheint einem eine Frau wie Margarethe Grabert als nette, patente Person, die mit Tüchtigkeit und Geschick ein Hotel leitet. Niemand blickt so intensiv hinter eine Fassade wie wir Tag für Tag.«

Der Reporter der Tageszeitung »Austria« schnaufte unwillig. Solche Klischees wären ihm auch eingefallen. Er war zur Pressekonferenz gekommen, weil er hoffte, eine brisante Story bringen zu können. Eine Geschichte, die zu der Schlagzeile »Dirndllady mordete im Blutrausch« oder eventuell auch zu »Das Dirndl hui, im Inneren pfui!« passte.

»Wer von uns kann den Schock nachvollziehen, wenn man schwanger ist … also, ich meine im übertragenen Sinn … also, wenn man schwanger ist«, sagte der Herr Oberst, dem niemand vorwerfen konnte, druckreif zu sprechen, »und dann am Totenbett des Vaters erfährt, dass der Kindsvater der Sohn des eigenen Vaters und damit der Halbbruder ist. Das muss doch ein Schock sein!«

Die Journalisten der Boulevardblätter hauten in die Tasten ihrer tragbaren Geräte. Da war sie endlich, die Story, auf die sie gewartet hatten.

Hoffentlich sagt er jetzt nicht auch noch, dass sie das Kind deshalb abgetrieben hat, dachte Diana. Das ging die Öffentlichkeit nun wirklich nichts an.

Oder doch? Schließlich war das die Ursache dafür, dass die bloße Abneigung zwischen der Sensenwirtin und Huberta Hauzenberger in blanken Hass umgeschlagen war.

Die Mutter von Siegfried Hauzenberger muss wirklich eine unangenehme Zeitgenossin gewesen sein, dachte Diana. Wie hatte sie nur das Gerücht in die Welt setzen können, Saxenpichler wäre der Sohn eines Kaplans gewesen, wenn sie es doch gar nicht gewusst hatte? Und natürlich hatten die Leute den Worten einer Hebamme geglaubt. Es war kein Wunder, dass Saxenpichler sie dafür hasste, nachdem er ans Totenbett seines tatsächlichen Vaters gerufen worden war und dort die Wahrheit erfahren hatte.

Der Herr Oberst las mittlerweile den Bericht vor, den Diana

in der Mittagszeit für ihn vorbereitet hatte, wobei er sich wie immer nicht genau an den Wortlaut hielt.

»Frau Margarethe Grabert, also die Sensenwirtin von St. Magdalena, hat im vergangenen Herbst nach einem Besuch des Urfahraner Markts einen Verkehrsunfall verursacht, bei dem sie nach eigenen Angaben unter Alkoholeinfluss stand. Sie stieß die pensionierte Hebamme Huberta Hauzenberger vom Fahrrad, und da diese noch am Unfallort damit drohte, die Abtreibung ebenso publik zu machen wie die alkoholisierte Fahrt, tötete sie diese mit einem Messerstich.« Der Herr Oberst blickte beifallheischend in die Runde. »Gemeinsam mit ihrem ehemaligen Lover«, setzte er fort, um sich dann dem Bericht gemäß zu korrigieren, »äh, ihrem Partner Rudolf Saxenpichler, von dem sie zu diesem Zeitpunkt bereits wusste, dass er ihr Halbbruder war, verscharrte sie die Leiche im Kürnberger Wald, wo sie ein halbes Jahr später aufgrund unserer umfangreichen Ermittlungen gefunden wurde. Saxenpichler hackte wahrscheinlich am darauffolgenden Tag ohne das Wissen der Täterin Frau Grabert die Hände der Leiche ab. Es ist davon auszugehen, dass dies mit dem Vorsatz geschah, Frau Grabert zu erpressen.«

Erstauntes Gemurmel hob an.

Der Herr Oberst genoss seine wichtige Rolle sichtlich. Dann beugte er sich wieder über das Blatt in seinen Händen. »Anfang dieses Monats legte er eine der abgehackten Hände in einen Zimmersafe des Hotels ›Zur Sensenwirtin‹ und drohte, die zweite direkt der Polizei zu übersenden und die Rolle seiner Halbschwester bei dem Mord an Frau Huberta Hauzenberger offenzulegen, sollte sich diese weigern, ihm die Hälfte des Hotels zu überschreiben. Auf das hätte er Anspruch gehabt, hätte ihn sein Vater, also der alte Sensenwirt, als Sohn anerkannt.«

Manch ein Gesicht blickte ratlos in die Runde. Das waren doch gar zu viele Informationen auf einmal gewesen.

»Um, wie sie selbst angab, den schamlosen Erpressungen nicht weiter ausgesetzt zu sein«, sprach der Herr Oberst weiter, »tötete Margarethe Grabert daraufhin Rudolf Saxenpichler mit Gift, das sie bei der toten Huberta Hauzenberger, ihrem ersten Opfer, gefunden hatte.«

Es folgte der nächste beifallheischende Blick und die Verkündung: »Somit sind die Ermittlungen von zwei grausamen Verbrechen abgeschlossen und diese aufgeklärt. Das bewährte Team unseres LKAs, bestehend aus mir sowie Frau Chefinspektorin Pölz, hier zu meiner Rechten, und Herrn Abteilungsinspektor See, zu meiner Linken, hat wieder einmal großartige Arbeit geleistet. Hat noch jemand Fragen?«

»Weiß man schon, was mit dem Hotel geschieht?«, fragte der Journalist vom »Tagesblatt«.

Der Herr Oberst hatte keine Ahnung und begann, in seinen Aufzeichnungen nach der Antwort zu suchen.

»Frau Grabert wird es verkaufen. Weitere Einzelheiten stehen noch nicht fest«, antwortete Carlos an seiner Stelle.

»Was ist dran an dem Gerücht, dass die Sensenwirtin Selbstmord begehen wollte, um sich ihrer Verhaftung zu entziehen?«, wollte eine andere Redakteurin wissen.

Der Herr Oberst sah zu Diana hinüber.

»Das ist richtig«, bestätigte sie. »Frau Grabert wurde gestern am späten Abend bewusstlos aufgefunden, nachdem sie die Überdosis eines Schlafmittels geschluckt hatte. Das Mittel war ursprünglich ihrem Vater verschrieben worden, und sie hatte zwei Packungen davon aufbewahrt. Ich darf anmerken, dass sie inzwischen über dem Berg ist.«

»Aber auch nur«, warf der Herr Oberst ein, »weil Frau Chefinspektorin Pölz besondere Geistesgegenwart bewiesen hat. Als sie die Wirtin im Restaurant nicht wie üblich antraf, schloss sie blitzschnell, dass etwas nicht stimmen konnte. Sie stürmte in ihre Privaträume, fand die Wirtin bewusstlos vor und alarmierte umgehend die Rettung. Frau Grabert hat meiner Mitarbeiterin ihr Leben zu verdanken. Sie hat …« Er verstummte erstaunt, als Diana ihm ihre Hand auf den Unterarm legte.

»Danke, Herr Oberst, aber ich möchte das gerne richtigstellen«, sagte sie. »Der Selbstmord von Margarethe Grabert wurde allein durch die Geistesgegenwart und Hartnäckigkeit einer ganz anderen Dame verhindert. Von Frau Auguste Kropatschek.« Sie zeigte mit der Rechten auf ihre Großtante, die in der ersten Reihe saß und die Pressekonferenz interessiert mitverfolgte.

Die alte Dame hatte den Schwächeanfall, den der Schock ausgelöst hatte, die Wirtin leblos auf dem Bett liegen zu sehen, gut überstanden. Sie war es gewesen, die telefonisch Herrn Franz verständigt hatte, bevor ihr im Flur des Hotels die Beine versagten.

Als sich die Kameras ihr zuwandten und das Blitzlichtgewitter auf sie niederging, strahlte Gusti übers ganze Gesicht. Zu wissen, dass man einem Menschen das Leben gerettet hatte, war das schönste Geburtstagsgeschenk. Und natürlich auch, dafür im Mittelpunkt des allgemeinen Interesses zu stehen. Neuartig, aber schön. Denn wann hatte eine Auguste Kropatschek dazu schon einmal die Gelegenheit? Sie grinste vergnügt. Wahrscheinlich nie wieder.

Da konnte sie natürlich noch nicht wissen, dass … Aber das ist schon wieder ein anderer Kriminalfall.

Dank

Für einen Kriminalroman sind Spezialkenntnisse aus den unterschiedlichsten Fachbereichen unerlässlich. Ich danke all meinen Informanten und Tippgeberinnen. Allen voran möchte ich Isabella und natürlich Michael vor den Vorhang holen. Herzlichen Dank euch beiden! Wo wäre ich ohne euer Insiderwissen!

Sophia Scheer
ALLES TOTE KOMMT VON OBEN
Broschur, 320 Seiten
ISBN 978-3-95451-188-4

»Mehr Lokalkolorit für einen Linz-Krimi geht nicht.«
Oberösterreichische Nachrichten

»Ein leicht lesbarer Krimi, gewürzt mit einem Wien-Linz-Wettstreit.«
Die Presse

SOPHIA SCHEER
Bis die Fetzen fliegen
KRIMINALROMAN
emons: